Nicole Gozdek

# Murphy

## Rache ist süß

DRACHENMOND VERLAG

DRACHENMOND VERLAG

Astrid Behrendt
Rheinstraße 60
51371 Leverkusen
http: www.drachenmond.de
E-Mail: info@drachenmond.de

Lektorat: Laura Evers
Korrektorat: Michaela Retetzki
Satz: Marlena Anders
Layout: Astrid Behrendt
Umschlagdesign: Marie Graßhoff
Bildmaterial: Shutterstock

Druck: Booksfactory

ISBN978-3-95991-455-0

# Alles, was schiefgehen kann, wird auch schiefgehen

Kennt ihr das? Ihr seid im Stress, weil ihr einen wichtigen Termin habt, und ausgerechnet dann lässt der Fahrstuhl ewig auf sich warten, die Autobatterie streikt und zu allem Überfluss fährt euch dazu auch noch der Bus oder die U-Bahn direkt vor der Nase weg und lässt sich selbst davon nicht aufhalten, dass ihr rennt, brüllt und dabei wild mit den Armen wedelt.

Es sind Tage mit wichtigen Ereignissen wie das Vorstellungsgespräch beim Wunsch-Arbeitgeber, das erste Date, die Besichtigung für die Traumwohnung, der erste Tag im neuen Job oder andere bedeutende Anlässe, an denen ihr denkt, dass es wie verflucht zugeht. Dann schiebt ihr die Schuld auf das Schicksal, dumme Zufälle, Gott, den Teufel, mieses Karma und was weiß ich noch alles.

Doch ihr irrt euch.

Einige von euch haben sicher schon einmal von Murphys Gesetz gehört: *Alles, was schiefgehen kann, geht auch schief.*

Es ist die perfekte Erklärung dafür, dass der Wecker natürlich dann den Geist aufgibt, wenn ihr ihn am nötigsten braucht, oder dafür, dass die Waschmaschine ausgerechnet dann kaputtgeht, wenn unerwartet eine größere Reparatur am Auto ansteht und ihr gerade den Sommerurlaub für die Familie fest gebucht habt – es finanziell also sowieso schon eng ist – und ihr ihn nicht mehr stornieren könnt, ohne das Geld für die Reise zu verlieren.

Wenn eure Verzweiflung und euer Frust am größten sind, glaubt ihr für einen Moment, eine lachende Stimme zu hören, die sich über euch und euer Pech lustig macht. Dann jedoch denkt ihr, dass ihr euch getäuscht haben müsst. Schließlich seid ihr ganz allein oder alle anderen um euch herum machen mitfühlende Gesichter. Wer hätte euch denn auslachen sollen? Es ist doch niemand da, der sich vor lauter Schadenfreude über euer Unglück ergötzt.

Ihr irrt euch.

Die lachende Stimme, das ist *meine.*

Ich lache *immer,* wenn etwas schiefläuft.

Denn es ist meine Schuld. Nicht die des Universums, des Teufels, des Zufalls oder irgendwelcher anderer bösen Mächte. Ich gebe es gerne zu.

Nur zu, schiebt die Schuld für eure Missgeschicke sowie für eure kleinen und großen Katastrophen in Zukunft gerne auf mich!

Wer ich bin?

Mein Name ist Murphy.

# Ein Unglück kommt selten allein

Mein Wecker klingelt um kurz nach sieben Uhr. Es ist Montag, der Beginn einer ganz normalen Arbeitswoche, deshalb hatte ich meinen Wecker aufgezogen und mich zeitig zu Bett begeben. Ja, ich habe nach wie vor so ein altes Ding, das man selbst aufziehen muss. Ich mag die lieber als Wecker, die mithilfe von Batterien oder elektrischem Strom funktionieren. Nicht nur, weil ich das Ticken so angenehm finde. Schließlich weiß ich selbst am besten, was bei dem neumodischen Mist alles schiefgehen kann. Je komplizierter etwas ist, desto eher lässt es dich im Stich.

Mein altmodischer mechanischer Wecker hat dagegen noch nie versagt. Als er klingelt, stelle ich ihn aus und gähne. Ich habe beschlossen, diese Woche Frühschicht zu machen – es ist ganz angenehm, wenn man sein eigener Arbeitgeber ist und sich seine Arbeitszeiten selbst einteilen kann. Manchmal stehe ich erst mittags oder nachmittags auf, je nachdem ob ich gerade in Berlin die Spätschicht-Arbeiter, die Shopper oder die Nachtschwärmer ärgern will oder mich mein Job in ein anderes Land mit einer anderen Zeitzone führt.

Auch wenn ich meinen Wohnsitz schon seit einigen Jahren in Berlin habe, so bin ich beruflich doch häufig außerhalb unterwegs.

Warum ich mein Quartier in Deutschlands Hauptstadt aufgeschlagen habe, kann ich nicht sagen. Es lag jedenfalls nicht an den Politikern. Die finde ich so dermaßen langweilig und nervtötend, dass ich ihnen, wenn möglich, aus dem Weg gehe. Leider ist es natürlich nicht immer machbar – in dieser Hinsicht ist eine Großstadt ebenfalls ein Dorf – und falls ich den Langweilern doch mal auf irgendeinem Empfang oder einer Party begegne, wo sie großspurig ihre Reden halten oder aufgeblasen in die Kameras der Presseleute lächeln, dann spiele ich ihnen hin und wieder einen Streich. Danach darf man in der Zeitung ihre Fotos bewundern, auf denen sie übergossen mit Champagner dastehen, sich überraschend auf dem Hosenboden sitzend wiederfinden oder ihnen ein Vogel auf den piekfeinen Anzug geschissen hat. Die meisten Missgeschicke landen dabei noch nicht einmal in der Presse, sogar Fotografen und Journalisten kann man kaufen. Aber mir reicht es, wenn *ich* weiß, dass mein Streich funktioniert hat, ich brauche keine Beweise ihrer öffentlichen Blamage. Bedauerlicherweise hat noch keiner von ihnen die Lektion begriffen und geht meinen Veranstaltungen aus dem Weg.

Ja, *meinen* Veranstaltungen. Ich habe eine ganze Reihe davon: Geburtstage, Preisverleihungen, Einweihungen, Umzüge, Scheidungen, erste Dates, Führerscheinprüfungen, Klausuren, Feiertage wie Weihnachten und Ostern und viele mehr. Hochzeiten, Verlobungsfeiern und Hochzeitsanträge liebe ich ganz besonders. Gutes Essen, viel Drama, ganze Sturzbäche von Tränen, bis die Veranstaltung vorbei ist – und niemand vermutet, dass ich meine Hand bei manchen Minikatastrophen und Beinaheweltuntergängen im Spiel gehabt habe. Mal ehrlich, dramatischer als eine angespannte Braut an ihrem Hochzeitstag, die bei jeder Kleinigkeit, die nicht zu hundert Prozent wie geplant verläuft, am liebsten die ganze Hochzeit absagen würde, geht es nicht.

Vorstellungsgespräche, Geschäftsessen oder Meetings mit wichtigen Kunden hingegen werden auf die Dauer langweilig. Die Möglichkeiten, wie ich sie boykottieren kann, wiederholen sich irgendwann.

Anders sind da Hochzeiten, Hochzeitsanträge und Geburtstagsfeiern. Heutzutage will jeder ein ganz einmaliges und erinnerungswürdiges Event aus diesen besonderen Ereignissen machen – und das lässt mir ebenfalls viele Möglichkeiten, mich kreativ zu verwirklichen. Hochzeiten am Strand, Geburtstagsfeiern auf einem Schiff, Anträge beim Fallschirmspringen oder auf einem Berggipfel und viele verrückte Ideen mehr wären vor einhundert Jahren undenkbar gewesen. Ein Hoch auf den Fortschritt!

Alles wird ständig komplizierter. Die Menschen machen jetzt Urlaub, benutzen täglich komplexe technische Geräte, steigen in Flugzeuge und jetten ans andere Ende der Welt – oder sogar bis zum Mond! Alles ist möglich, selbst als Kind ins falsche Flugzeug zu steigen (Ich liebe die »Kevin allein«-Filme! Sie sind eine Hommage an mich und an mein Gesetz!), am Flughafen zu stranden, ungewollt zum Schmuggler zu werden und vieles mehr. Früher war manchmal das Aufregendste, was ich anstellen konnte, das Bett unter einem Liebespärchen beim außerehelichen Seitensprung zusammenbrechen zu lassen, der Rest ihres Lebens verlief im stets gleichen, langweiligen Trott. Ganz ehrlich, die Unsterblichkeit kann manchmal verdammt ätzend sein.

Die Menschen im 21. Jahrhundert jedoch haben *Freizeit*, sie haben *Hobbys*, sie machen *Urlaub*, sie wechseln den *Beruf*, sie haben *Ansprüche*, sie versuchen, aus ihrem Leben auszubrechen, sich kreativ zu verwirklichen, sie haben *Geld*, das sie mit vollen Händen ausgeben, und es vergeht kaum eine Woche, in der sie nicht auf irgendeiner *Veranstaltung* unterwegs sind. Klar, das ist für mich mehr Arbeit, aber auch mehr Abwechslung als in manchen Jahrhunderten davor.

Und weil mir meine Arbeit inzwischen wieder Spaß macht, springe ich nun gut gelaunt aus dem Bett, dehne mich einmal und gehe dann zum Kleiderschrank. Meinem Spiegelbild schenke ich dabei keine Beachtung – mal ehrlich, wieso können manche Leute stundenlang vor dem Ding stehen und sich selbst anstarren, bevor sie morgens in die Gänge kommen? Lasst es euch von jemandem, der so lange gelebt hat wie ich, gesagt sein: Ihr wacht nicht eines Tages auf und seid plötzlich ein anderer. Das passiert nur ganz, ganz selten. Nicht einem von hundert oder einem von tausend, nicht einmal einem von einer Million oder von einer Milliarde.

Mir ist es passiert. Aber ich bin ja auch anders. Ich bin kein normaler Mensch.

Deshalb sehe ich auch keinen Tag älter aus als fünfundzwanzig, obwohl ich das schon lange nicht mehr bin. Mein Gesicht ist ein Allerweltsgesicht, durchschnittlich attraktiv, bartlos. Ich muss mich morgens noch nicht einmal rasieren, vielleicht hat mich das Rasieren aus diesem Grund schon immer so fasziniert. Eins von meinen täglichen Ritualen ist es daher, jemand anderem dabei zuzugucken. Erst danach kann ich ganz normal in den Tag starten.

Ich öffne den Schrank, wodurch ich meinen Anblick in der Spiegeltür nicht mehr ertragen muss, und greife hinein, um ein Hemd und eine Hose auszuwählen. Da ich beschlossen habe, in Deutschland zu bleiben, sind es Sommersachen. Jetzt im Mai ist es bereits ungewöhnlich heiß – die ideale Zeit für Eiskugelunfälle.

Nachdem ich mich angezogen habe, trinke ich etwas Wasser und besorge mir beim Bäcker nebenan ein belegtes Brötchen. Das Praktische ist: Dadurch, dass mich niemand sehen kann, muss ich auch nichts bezahlen. Für die Menschen bin ich unsichtbar. Ich kann einfach hinter die Theke gehen, mir ein Brötchen aussuchen, es nehmen, es unsichtbar machen und wieder hinausschlendern, ohne dass mich jemand einen Dieb nennt.

Warum ich überhaupt auf Nahrung und Schlaf angewiesen bin, weiß ich nicht. Ich habe es nie hinterfragt. Es ist einfach so. Vielleicht könnte ich ganz normal weiterexistieren, wenn ich ab morgen nichts mehr esse oder trinke, andererseits wozu sollte ich das ausprobieren? Ich liebe gutes Essen und leckere Getränke. Und zum Glück gibt es stets wieder neue Gerichte, Rezepte und kulinarische Kreationen, sodass mir diese Angewohnheit nie langweilig wird.

Der Nachteil an meiner Unsichtbarkeit ist natürlich, dass die Menschen mir nicht ausweichen können. Wie häufig ich schon angerempelt worden bin! In Großstädten, in denen sich die Menschen drängen, ist es ganz besonders schlimm.

Warum ich dann ausgerechnet nach Berlin gezogen bin? Nun, hier passiert auch mehr als in einem langweiligen Dorf. Und ich bin gerne dort, wo ich Spaß haben kann.

Inzwischen sehe ich das Angerempeltwerden nicht mehr als lästige Nebenwirkung meiner Andersartigkeit. Und warum sollte ich das auch? Mir tut es ja nicht weh und die Menschen, die mich anrempeln, tragen dann plötzlich ihren Kaffee auf dem Hemd oder der Bluse, beklecken sich mit Eis oder sonstigen Leckereien für unterwegs, lassen ihre Handys oder andere für sie wichtige Gegenstände fallen oder stürzen und verletzen sich. Eins jedoch ist immer gleich: Jeder von ihnen flucht und ärgert sich. Das ist Musik in meinen Ohren.

Nach dem Verzehr des Brötchens mit Ei konzentriere ich mich und *springe*.

Im nächsten Moment befinde ich mich in einem kleinen Badezimmer mit langweiligen weißen Fliesen und einem einfachen Badezimmerschrank von IKEA und starre den Mann an, der nur in seiner Unterwäsche bekleidet vor dem Waschbecken steht und zum Rasierer greift.

Es geht los!

Aufregung erfasst mich. Ich weiß nicht, wer der Mann ist. Er ist vielleicht vierzig Jahre alt oder ein, zwei Jahre älter, hat eine beginnende Glatze und erste graue Haare auf dem Kopf. Der Rest ist dunkelbraun oder schwarz, das kann ich bei der schlechten Beleuchtung nicht erkennen. Bei meiner Ankunft habe ich nämlich als Allererstes die Birne in der Deckenbeleuchtung zerstört. Leider ohne dass es dem Mann aufgefallen wäre. Anscheinend ist er noch nicht ganz wach.

»Ehrlich? Ich finde dich schon wieder in einem Badezimmer beim nächsten Rasierunfall?«

Ich zucke nicht zusammen, als sich nun *Ein Unglück kommt selten allein* neben mir materialisiert. Unglück sieht aus wie ein Junge von vielleicht neun oder zehn Jahren und ist eine echte Nervensäge. Er fühlt sich von Unfällen und Missgeschicken angezogen und taucht regelmäßig dort auf, wo ich gerade arbeite, und fällt mir auf den Wecker.

»Was willst du, Nervensäge?«, frage ich grob, während der Mann, in dessen Badezimmer wir uns aufhalten, endlich bemerkt hat, dass seine Deckenlampe ihn im Stich gelassen hat, und nun das Licht am Badezimmerschrank einschaltet.

»Ich heiße nicht Nervensäge«, sagt die Nervensäge und verzieht verärgert das Gesicht. Er sieht aus, als würde er gleich anfangen loszubrüllen, doch das stört mich nicht. Schließlich kann uns der Mensch weder sehen noch hören. Selbst wenn das seine Vorteile hat, so bedeutet dies bedauerlicherweise, dass Wesen wie ich und Unglück nur uns und die anderen haben, um uns zu unterhalten. Und die kleine Plage hat beschlossen, dass sie mein Freund sein will, und lässt sich leider auch nicht durch Ignorieren, Unhöflichkeiten oder Streiche davon abbringen. Ich hätte gedacht, dass er spätestens nach einem oder zwei Jahrzehnten begreifen würde, dass er unerwünscht ist, jedoch ärgerlicherweise geht er mir sogar nach über einem Jahrhundert immer noch täglich auf den Keks.

»Ich weiß, Unglück«, erwidere ich genervt, während der Mann seinen Rasierer ansetzt. Er benutzt keinen elektrischen, was ein Fehler ist, denn der Schnitt am Kinn lässt ihn augenblicklich wie ein kleines Schweinchen bluten und panisch nach dem Handtuch neben dem Waschbecken greifen. Ich lache.

»Mein Name ist Friedrich«, erklärt mir der kleine Unglücks-Schmarotzer mit aller kindlichen Würde, die er aufbringen kann. »Was will ich von einem Schwachkopf auch anderes erwarten? Du kannst dir genauso wenig neue Tricks ausdenken, wie du dir meinen Namen merken kannst. Jeden Tag das Gleiche! Was ist so spannend an Männern, die sich beim Rasieren schneiden?«

»Das verstehst du nicht.«

»Da hast du recht. Bei Archie wäre es jedenfalls lustiger gewesen«, behauptet der Stachel in meinem unsterblichen Fleisch dann auch noch und ich knurre.

Wenn ich den Namen schon höre! *Archie!* Ich nenne ihn stattdessen Arsch, doch der Blödmann begreift noch nicht einmal, dass ich ihn beleidige! Nach seiner Theorie bin ich ein Franzmann und kann seinen Namen einfach nicht richtig aussprechen. Wie doof muss man sein, um zu überhören, dass ich akzentfreies Deutsch – und übrigens auch jede andere Sprache der Welt – spreche?

Archie ist ein lästiger Plagegeist, noch mehr als Friedrich. Die anderen behaupten ständig, wir seien uns ähnlich. Sie müssen blind sein, wir sind uns überhaupt nicht ähnlich! Archie hat ein Putten-Gesicht mit runden, rosigen Wangen, umrahmt von goldenen Locken. Kennt ihr die Decken- oder Wandgemälde in alten Kirchen oder Museen, auf denen kleine, dicke Engel abgebildet sind? Archie könnte dafür als Kind Modell gestanden haben. Inzwischen sieht er aus wie Anfang zwanzig und obwohl er etwas abgenommen hat, so wird er wohl nie gertenschlank sein – erst recht nicht, da wir Unsterblichen uns körperlich nicht mehr sonderlich verändern. Er liebt Süßigkeiten und ist ständig am Naschen, wenn wir uns sehen.

Dummerweise ist er ebenfalls im Katastrophen-Geschäft tätig und so habe ich häufiger mit ihm zu tun als mit den anderen. Der Einzige, den ich noch häufiger sehe als Arsch, ist Friedrich und ratet mal, ob ich darüber glücklich bin. Der kleine Unglücksrabe wird zwar von Missgeschicken angezogen, allerdings ist er zu faul, um sich selbst etwas auszudenken. Das Einzige, was er kann, ist Meckern und Kritisieren.

»Wenigstens habe ich Ideen!«, fauche ich ihn daher an. »Denk dir erst einmal selbst etwas aus, bevor du mich kritisierst!«

Der Junge grinst nur fies. »Wer sagt denn, dass ich das nicht mache?«, fragt er und tut sehr geheimnisvoll. Er will, dass ich neugierig werde und nachhake, doch darauf kann er lange warten.

Ich ignoriere ihn. Mein Opfer hat inzwischen den harmlosen kleinen Schnitt mit einem Pflaster überklebt und sitzt schweißgebadet in der Küche, wo er sich von seiner Lebensgefährtin oder Ehefrau einen Whiskey einschenken lässt.

Ernsthaft? Was ist das denn für ein Weichei?! Wenn er Angst hat, sich beim Rasieren zu schneiden, soll er einen elektrischen Rasierer verwenden!

Angewidert wende ich mich ab. Mein morgendliches Ritual bringt irgendwie gar keinen Spaß mehr. Nicht nur, dass Friedrich reingeplatzt ist, was er schon lange nicht mehr gemacht hat, auch die Reaktion des Opfers selbst ist nicht lustig, sondern einfach nur erbärmlich.

Schlecht gelaunt schließe ich die Augen und konzentriere mich. Im nächsten Moment bin ich in München und von Friedrich ist zum Glück nichts mehr zu sehen oder zu hören.

Es wird Zeit, mit der Arbeit zu beginnen, beschließe ich, während die Morgensonne mir ins Gesicht scheint und die letzten Schlechte-Laune-Falten vertreibt.

# Wenn man vom Teufel spricht

Ich habe mir kein bestimmtes Ziel ausgesucht, daher stehe ich jetzt in einer mir unbekannten, von Autos befahrenen Münchener Geschäftsstraße und sehe mich erst einmal in Ruhe um.

Es gibt Apotheken, Bäckereien, Restaurants, eine Buchhandlung, einen Metzger und dazu einige andere Geschäfte, aber zurzeit ist noch wenig los. Kein Wunder, es ist ja erst kurz vor acht.

Schulkinder laufen lachend und lärmend an mir vorbei, doch ich ignoriere sie. Sie erinnern mich zu sehr an Friedrich und ich habe beschlossen, dass ich diesen Montagmorgen genießen will, und das geht nur ohne ihn. Daher konzentriere ich mich auf die Erwachsenen in meiner Nähe.

Zahlreiche Männer, Frauen und Jugendliche stehen in den beiden Bäckereien an. Langweilig!

Gedankenverloren löse ich mehrere Paar Schnürsenkel, lasse den Kleber an den hochhackigen Absätzen einer elegant gekleideten Dame, die achtlos an mir vorbeihetzt, verschwinden, genieße einen kurzen Moment lang ihr derbes Gefluche, das gar nicht zu ihrem vornehmen Äußeren passt, und entdecke dann mein erstes Opfer.

Es ist eine junge Frau von Mitte oder Ende zwanzig mit langen brünetten Haaren, die sie zu einem praktischen Zopf zusammengebunden hat. Ihr weißes T-Shirt und die lange weiße Leinenhose schreien geradezu nach meiner Aufmerksamkeit. Ich grinse erfreut.

Viele behaupten ja gerne, dass Menschen, die tierlieb sind, keine schlechten Menschen sein können. Vermutlich bilden sie sich ein, dass Tiere einen siebten Sinn für das angeborene Böse haben oder einen ähnlichen Blödsinn. Ich hätte ihre Theorie im Handumdrehen widerlegen können, aber leider sieht oder hört mich ja keiner von ihnen.

Ihr müsst nämlich wissen, Tiere *lieben* mich.

Ehrlich! Egal, ob Hunde, Katzen, Pferde, Vögel, Insekten oder Amphibien, sie alle freuen sich jedes Mal so unbändig, wenn ich ihnen meine Aufmerksamkeit schenke, dass sie alles tun wollen, was mich glücklich macht.

Und ratet mal, was mich glücklich macht.

Ich habe ein paar meiner tierischen Anbeter ganz in meiner Nähe entdeckt und zu mir gerufen. Dann hole ich tief Luft, hebe um der Dramatik willen den Arm, zeige auf mein Opfer und rufe: »Attacke!«

Die Frau kreischt laut, als sich ihr ein Schwarm Tauben im Sturzflug nähert. Dann beginnt das Bombardement und sie schreit noch lauter.

Platsch. Plitsch, platsch. Platsch!

Die Tauben landen mehrere gute Treffer, bevor sie abdrehen müssen. Ich klatsche begeistert, während sie ein paar Meter weiterfliegen, auf Markisen, Dachüberständen und Laternen Platz nehmen und zufrieden gurren.

»Das habt ihr sehr gut gemacht!«, lobe ich sie.

»So eine SCHEISSE! Verdammter MIST!«

Die Flüche der Frau bringen mich zum Lachen. Nun schenke ich ihr erneut meine volle Aufmerksamkeit. Das T-Shirt und die Hose sind nicht länger rein weiß, sie sind gesprenkelt, marmoriert, gemustert oder wie auch immer man die unregelmäßig verteilten Kleckse aus Taubenscheiße nennen will, die nun auf der Vorderseite ihrer Kleidung kleben. Etwas ist ebenfalls auf ihren weißen Turnschuhen, ihrer Handtasche und ihren Haaren gelandet.

Ich taufe mein Opfer kurzerhand in *Taubenkunstwerk* um.

Taubenkunstwerk greift wie ein Rohrspatz schimpfend in ihre Handtasche, um aus deren Untiefen feuchte Tücher hervorzukramen.

Mein lieber Scholli! Das habe ich jetzt nicht erwartet!

Ich empfinde beinahe etwas wie Respekt für Taubenkunstwerk, als es ihr gelingt, einen Teil der Scheiße mit ihrer hinterhältigen Allzweckwaffe zu entfernen. Unerwartet fängt sie bei ihrer Handtasche an. Mal ehrlich, manche Frauen haben eindeutig die falschen Prioritäten!

Mitleidige Passanten nähern sich jetzt Taubenkunstwerk und bieten ihre Hilfe an. Als zwei weitere Frauen der inzwischen sieben Schaulustigen und vier hilfsbereiten Damen und Herren feuchte Tücher zücken, erkenne ich, dass ich die Feuchttücher-Hersteller demnächst unbedingt mal besuchen sollte. Diese Mistkerle machen mein Geschäft kaputt! Das geht gar nicht!

Kurzerhand verpasse ich den feuchten Tüchern einen Extraschuss Nässe und verfolge grinsend, wie Taubenkunstwerk jetzt ahnungslos überall Flecken hinterlässt. Momentan wischt sie sich Exkremente aus den Haaren, während sie vom Taubenangriff erzählt und hin und wieder wütende Blicke in Richtung meiner Freunde wirft, die zwar weiterhin glücklich gurren, jedoch längst das Interesse an ihr und den anderen Passanten verloren haben. Bislang hat keiner Brötchenkrümel oder etwas ähnlich Spannendes fallen lassen.

»Diese Scheißviecher sollte man abknallen!«, empört sich ein Herr im schicken Anzug laut. Seine Aktentasche weist ihn als irgendeinen Bürohengst aus, der vermutlich zu Hause dafür den dummen Esel spielen darf. Meine Sympathie kann er damit trotzdem nicht erlangen. Er hat meine Freunde bedroht!

»Na, warte!«, drohe ich ihm.

Wütend kneife ich die Augen zusammen und konzentriere mich. Eigentlich ist es nicht schwer, was ich tue. Ich brauche mir nämlich nur etwas bildlich vorzustellen, so wie die beiden goldfarbenen Verschlüsse des braunen Aktenkoffers, den der Anzugträger in der Hand hält. Ich sehe in meiner Vorstellung, wie die Verschlüsse in Sekundenschnelle altern, das Metall weich wird und der Schließmechanismus ausleiert. Es ist egal, wie gut die Verschlüsse am Koffer befestigt sind. Ich denke nur: »Ab mit euch!«, sie gehorchen und lösen sich mit einem leisen Plopp.

Es gibt einen überraschenden Knall, als eine Hälfte des Aktenkoffers auf dem Boden aufschlägt. Das Gesicht des taubenfeindlichen Arschlochs ist sehenswert, als sein Blick verdutzt auf den Griff in seiner Hand fällt, die immer noch brav den Aktenkoffer festhält.

Mit einem Rascheln rutschen lose Papiere und Akten aus dem aufgeplatzten Koffer. Ein Apfel kullert über den Fußgängerweg und landet auf der Straße, wo er von einem achtlosen Autofahrer platt gefahren wird. Mehrere Kugelschreiber fallen aus einer kleinen Innentasche, die nun kopfüber Richtung Boden zeigt.

Nun flucht auch Taubenfeind, während Taubenkunstwerk mit der Reinigung ihres Schadens aufgehört hat, um ihn und die Kofferkatastrophe anzustarren.

Hilfreiche Gutmenschen hasse ich wie die Pest. Leider sind in dieser Menge ebenfalls ein paar von ihnen vertreten, während ich nur einen Gleichgesinnten entdecken kann, der sich ein schadenfrohes Grinsen verkneift. Entweder mag er Taubenfeind nicht oder er findet Taubenkunstwerk gelungen, nur leider traut er sich nicht, seine Gefühle offen zu zeigen. Ich habe da weniger Hemmungen: Ich lache.

Die Unterhaltung meiner beiden Opfer mit den Schaulustigen ist inzwischen recht laut geworden. Taubenfeind will natürlich sofort die Hersteller seines anscheinend minderwertigen Aktenkoffers auf ein Vermögen verklagen, da nun seine wichtigen Papiere endlich mal ein bisschen Frischluft haben schnuppern dürfen und fröhlich auf dem Gehweg liegen. Sie dürfen ihre Freiheit nicht allzu lange genießen, denn die Gutmenschen sammeln die Papiere, Akten und Kugelschreiber wieder ein. Den Apfel können sie jedoch nicht mehr retten.

Der schimpfende Anzugträger beruhigt sich daraufhin so weit, dass er sich ein gegrummeltes Dankeschön für seine Helfer abringen kann, packt alles wieder in den unschuldigen Koffer, schließt ihn und hält ihn dann mit beiden Händen zu, während er weitereilt. Kurz darauf verschwindet er im Büro eines Versicherungsmaklers. Na, das passt ja. Dann weiß er wenigstens, wem er den Schaden zu melden hat.

Nachdem Taubenfeind verschwunden ist, löst sich auch die Menge um Taubenkunstwerk endlich auf und die Menschen erinnern sich wieder, dass sie ebenfalls Termine haben und zur Arbeit, zum Arzt oder wo auch immer hinmüssen. Sie lassen Taubenkunstwerk allein zurück, ohne zu ahnen, dass sie mir damit ein hilfloses Opfer ausliefern.

Nun gut, sie wäre auf jeden Fall hilflos und mein Opfer, denn wie soll sie sich gegen mich wehren? Sie hat ja keine Ahnung, dass es mich gibt und ich sogar direkt neben ihr stehe, als sie den Schlüssel aus ihrer Handtasche kramt, um die Tür zur Apotheke zu öffnen, in der sie arbeitet.

Ich sorge dafür, dass ihr der Schlüssel aus den feuchten, wenn auch inzwischen wieder sauberen Händen gleitet und würge damit meinen neuen Gegnern, den Feuchttücher-Herstellern, erneut einen rein, die nun die Schuld für das nächste Missgeschick ihrer Kundin tragen dürfen. Es klirrt nicht, als der Schlüssel unten aufkommt, denn Taubenkunstwerk steht nach wie vor auf dem kleinen Gitterrost, der als Fußabtreter fungiert. Natürlich fällt der Schlüssel ungehindert durch die schmalen Ritzen und landet weich auf den dort am Boden angesammelten Blütenblättern. Wofür haltet ihr mich? Für einen unfähigen Chaosstifter wie Friedrich?

Wenn man vom Teufel spricht …

»Krass!«

Unglücksrabe Friedrich steht plötzlich neben mir und mustert das lebende Kunstwerk staunend. Obwohl die Frau Haare, Handtasche und Turnschuhe größtenteils säubern konnte, hatte sie mit den Feuchttüchern beim T-Shirt und der Leinenhose nicht viel Erfolg. Das Einzige, was sie mit ihrer Wischerei erreichen konnte, ist, dass die Flecken etwas blasser geworden sind und die nassen Stellen nun allen Passanten einen Blick auf ihre Unterwäsche gestatten. Und so kann Friedrich meine Künste bewundern, was er zu meinem Erstaunen auch tut. Vermutlich fällt meine Begrüßung daher weniger gereizt aus, als sie es andernfalls gewesen wäre.

»Wie hast du mich gefunden?«, frage ich resigniert.

»Das verrate ich dir nicht«, meint der Junge und kratzt sich am Kopf. Vermutlich verstecken sich ganze Schuppen-Dörfer unter den ungekämmten hellbraunen Haaren. Friedrich scheint nicht viel von Körperpflege zu halten, denn seine halblange Mähne sieht aus, als sei sie schon eine Weile nicht mehr gewaschen oder geschnitten worden.

»Ich habe nachgedacht«, fährt der Junge nach einer kleinen Pause fort, in der wir in einträchtigem Schweigen beobachten, wie die Apotheken-Verkäuferin sich bemüht, den Gitterrost aus dem Boden zu hebeln. Sie hat sich dafür hinknien müssen, was sie wohl nicht besonders stört. Kein Wunder, der Straßendreck an ihren Knien fällt unter den bereits vorhandenen Flecken auf ihrer Hose nicht weiter auf.

»Und das ist etwas so Besonderes, dass du mir davon erzählen musst?«, kann ich mir die nächste Stichelei nicht verkneifen. »Glückwunsch, Friedrich! Du hast das Denken entdeckt!«

Ich hätte mir die Bemerkung sparen können, denn der Junge macht den Eindruck, als habe er sie überhaupt nicht gehört. Nervös kaut er auf seiner Unterlippe, starrt zu Boden und wippt auf den Füßen vor und zurück. Schließlich sieht er auf.

»Bringst du mir bei, wie man anderen Leuten Streiche spielt?«, platzt er heraus und schaut mich hoffnungsvoll an.

Wie bitte?! Ich höre wohl nicht richtig!

»Was willst du?! Ich soll dein Lehrer werden?«, vergewissere ich mich daher vorsichtshalber. Taubenkunstwerk hat inzwischen den Schlüssel aus dem Auffangbecken gefischt und den Gitterrost wieder eingesetzt. Gerade will sie den Schlüssel in die Tür stecken und ihn im Schloss herumdrehen, als ich verstört dafür sorge, dass er entzweibricht.

»Du hattest recht«, gibt *Ein Unglück kommt selten allein* zu. »Ich spiele den anderen keine Streiche oder sorge dafür, dass etwas schiefläuft, so wie du oder Archie. Niemand hat mir je gezeigt, wie das geht. Gut, ich habe auch nie gefragt. Hin und wieder passiert mal was, aber das ist dann Zufall. Ich kann meine Kräfte nicht steuern! Oder gar beiläufig einsetzen, so wie du mit dem Schlüssel gerade eben. Ich brauche jemanden, der mir zeigt, wie das funktioniert!«

»Dann frag Archie! Er freut sich sicher, wenn er dein Mentor sein darf.«

So leicht werde ich Friedrich jedoch nicht los. »Aber du bist besser!«, beharrt er, während ich Taubenkunstwerk ihrer schlechten Laune und ihrem Anruf beim Schlosser überlasse und die Straße entlangmarschiere. Die Apotheke wird heute wohl mit einiger Verspätung öffnen.

Mein Plagegeist folgt mir natürlich. Subtile Hinweise wie diese hat er noch nie verstanden.

»Haha!«, mache ich schließlich. »Ich glaube dir kein Wort! Vorhin hast du mich immerhin noch als einfallslos bezeichnet. Und nun willst du von mir lernen? Gib es zu! Archie hat deine Bitte abgelehnt und nun kommst du zu mir, um dich wieder bei mir einzuschleimen!«

»Ich habe Archie gar nicht gefragt«, kommt es leise von der linken Seite und ich bleibe überrascht stehen, um ihn anzustarren. Verschwunden sind das Selbstvertrauen, die Herausforderung und der Spott, an die ich mich schon so gewöhnt habe. Stattdessen sieht er mich so flehentlich an, dass ich gar nicht anders kann.

Ich werde gemein.

»Warum sollte ich ausgerechnet *dich* unterrichten wollen?«, höhne ich.

»Weil …«

Friedrich findet keine Worte und verstummt. Bevor er doch noch mit einem Grund aufwartet und ich das Wortgefecht gegen ein Kind verliere, mache ich mich vom Acker und springe zurück nach Berlin.

# Hochmut kommt vor dem Fall

Das Springen, Teleportieren oder wie auch immer man es sonst nennen will, ist einer der größten Vorteile der Unsterblichkeit. Ich kann morgens in Berlin aufwachen, etwas Chaos in eine Hollywood-Hochzeit bringen, den Ausblick von der Zugspitze genießen, zum Mittagessen mal kurz nach Rom oder Venedig springen, um die original italienische Küche zu genießen, auf der Chinesischen Mauer entlangspazieren, bei den australischen Surfern und Beachboys für etwas Unheil sorgen, bei streng geheimen Meetings dabei sein, kostenlos Konzerte, Kino-Premieren oder Sportveranstaltungen besuchen, hin und wieder eine Hochzeit auf einem von sechs verschiedenen Kontinenten crashen, ein erstes Date vermasseln und vieles mehr. Und das an einem einzigen Tag.

Oder ich kann ganz einfach in meine Wohnung zurückkehren, wenn ich keine Lust mehr auf Arbeit habe, den anderen Lebenden Sprichwörtern wie Friedrich aus dem Weg gehen will oder nur mal eine kurze Pause brauche. Gut, zugegeben, bei manchen von ihnen handelt es sich lediglich um Redewendungen, aber sie nennen sich eben so.

Ja, es gibt noch andere wie mich.

Nun ja, vielleicht nicht *genau so wie mich* – es gibt nur einen Murphy –, aber ihr versteht schon, was ich meine. Von vielen habt ihr sicher schon gehört: *Aller guten Dinge sind drei. Alter geht vor Schönheit. Blut ist dicker als Wasser. Morgenstund hat Gold im Mund* – das hat sie wirklich. Alle Zähne sind aus reinem Gold und selbst die Zunge ist goldfarben. Es sieht unheimlich aus.

Andere sind weniger bekannt. Wahrscheinlich haben nur wenige von euch schon mal von *Der Teufel ist ein Eichhörnchen* gehört. Ein echt fieser Genosse. Wir beide sind schon ein paarmal aneinandergeraten und leider nicht im Guten auseinandergegangen. Seitdem flüchte ich und springe sofort irgendwo anders hin, sobald ich ein Eichhörnchen sehe.

Allerdings ist Eichhörnchen nicht der einzige Unsterbliche, dem ich aus dem Weg gehe. *Die Nacht ist keines Menschen Freund* schert sich beispielsweise wenig darum, dass ich ein Unsterblicher und kein Mensch bin. Eigentlich gilt die Vereinbarung, dass wir unsere Kräfte nicht gegeneinander einsetzen, aber Nacht hält sich nicht daran. Vielleicht hat niemand ihm etwas von dem Gesetz erzählt, ich weiß es nicht. Freiwillig ist *Eine Krähe hackt der anderen kein Auge aus* garantiert nicht bei Nacht vorbeigekommen und hat ihm erklärt, dass er die Regeln befolgen muss. Bei uns anderen hat Krähe das natürlich getan. Von ihrem endlos währenden Gekrächze, bis ich endlich eingewilligt habe, tun mir immer noch die Ohren weh.

Doch ich halte mich an die Vereinbarung. Sonst hätte ich Archie oder Friedrich schon längst einen Katastrophentag beschert, der sich gewaschen hat.

Ich seufze bei diesem schönen Gedanken und trete ans Fenster, um von dort aus über Berlin zu schauen. Meine Wohnung liegt ziemlich weit oben in einem Hochhaus ohne funktionierenden Aufzug, was mich nicht stört, wie ihr euch denken könnt. Das Gebäude ist heruntergekommen, vieles ist kaputt oder funktioniert nicht richtig.

Einer der Nachteile, wenn ich irgendwo wohne, ist, dass meine Kräfte ebenfalls im Schlaf wirken und willkürlich Dinge oder Ereignisse in meiner Umgebung beeinflussen. Daher die defekten Fahrstühle, die trotz wöchentlicher Reparaturen einfach nicht funktionieren wollen. Inzwischen haben die Eigentümer aufgegeben und die Mieter benutzen die Treppen.

Ja, das Hochhaus ist trotzdem bewohnt. Wer hier wohnt, hat keine Alternative. Berlin ist teuer, der verfluchte Turm – Warum eigentlich nicht Murphys Turm? –, wie sie das Gebäude nennen, ist billig. Hier leben Nutten, Drogensüchtige, Squatter, der Abschaum der Gesellschaft.

Und ich.

Dass ich eine der Wohnungen okkupiere, fällt gar nicht weiter auf. Von den Eigentümern kommt selten jemand vorbei. Denn Mängel, von denen sie nichts wissen, müssen sie nicht teuer reparieren lassen.

Und dann sind da ja auch noch die nicht funktionierenden Aufzüge und der Turm hat über dreißig Stockwerke.

Ich lebe in der achtundzwanzigsten Etage, nicht direkt unter dem Dach, was mir die Bewohner vom Leib hält, die sich hin und wieder trotzdem bis ganz nach oben quälen, um den wunderschönen Ausblick über Berlin bei guter Sicht zu genießen, aber doch so weit oben, dass ich der einzige Bewohner auf meiner Etage bin. Mit anderen hätte *Sport ist Mord* auch seine Freude gehabt. Mehrfach achtundzwanzig Stockwerke rauf- und runterlaufen an einem Tag, wer tut sich das schon freiwillig an?

Verständlicherweise bekomme ich nie Besuch, bezahle nie Miete, zwacke Strom, Wasser und Heizung einfach von den anderen ab und bin zufrieden, wenn ich den übrigen Bewohnern und den anderen Unsterblichen so aus dem Weg gehen kann. Unter uns herrscht die ungeschriebene Regel, dass wir einander nie zu Hause besuchen. Die Regel hat wohl mehr Morde unter unseresgleichen verhindert als Krähes Gesetz. Nach mehreren Jahrhunderten (in meinem Fall) oder Jahrtausenden der Unsterblichkeit kann niemand die Gesellschaft der anderen ununterbrochen ertragen.

Daher bin ich sehr schockiert, als ich plötzlich ein Geräusch höre und eine Präsenz in meiner Wohnung spüre, die ganz klar einem von uns gehört.

Es ist Arsch.

Gut, ihr könnt ihn meinetwegen Archie nennen, mir egal, ich nenne ihn trotzdem Arsch. Denn er ist einer. Nicht nur, weil er unaufgefordert in meinen Rückzugsort geplatzt ist.

Der Katastrophen-Stümper wirkt heute anders als sonst. Ich brauche einen Moment, um den Grund zu erkennen.

Arsch sieht wütend aus.

Ich glaube, ich habe sein Putten-Gesicht bisher nie zornig verzogen gesehen. Eine wirklich Furcht einflößende Grimasse bekommt er mit seinen rundlichen Wangen und puppenhaften Gesichtszügen natürlich nicht hin. Er sieht lächerlich aus. Beinahe hätte ich vergessen, dass ich sauer auf ihn bin.

»Habe ich dich etwa zu mir eingeladen, Arsch? Verschwinde sofort von hier!«, zische ich ihn an.

»Ich heiße Archie!«, erklärt mein ungebetener Besucher wie automatisch zum wiederholten Mal und holt danach tief Luft. »Was zum Teufel hast du mit Friedrich gemacht?«

Da ich mit dieser Frage überhaupt nicht gerechnet habe, starre ich ihn einen Moment lang nur verdutzt an. »Nichts«, sage ich schließlich.

»Lüg nicht!«, fordert Archie empört.

Langsam werde ich richtig sauer. Immerhin ist er uneingeladen in meine Wohnung geplatzt und nun beleidigt er mich. Das geht zu weit!

»Als ob ich das nötig hätte!«, erkläre ich ihm von oben herab. »Ich weiß zwar nicht, was es dich angeht, aber ich halte mich an die Regeln. Im Gegensatz zu dir! Also hau endlich ab! Du bist hier nicht willkommen!«

Erst jetzt scheint Arsch zu begreifen, dass er in meine Wohnung und mein Territorium eingedrungen ist. Er wird blass.

»Sorry«, murmelt er verlegen.

»Wie hast du mich überhaupt gefunden?«, frage ich. Nicht dass es ein Telefonbuch oder ein Meldeamt für uns geben würde. Und ich habe gedacht, dass wir uns nicht einfach so gegenseitig aufspüren können. Doch da habe ich mich anscheinend geirrt. Nicht nur Friedrich, sondern jetzt auch Arsch sind ein stichhaltiges Gegenargument für meine Hypothese.

»Du hast Friedrich also wirklich nichts getan?«, kontert Arsch stattdessen und wirkt leicht skeptisch.

»Nein!«

»Warum ist er dann bei mir aufgetaucht, in Tränen aufgelöst, und konnte mir nur deinen Namen sagen, als ich ihn fragte, was los ist?«

Dieses kleine Biest! Natürlich ist er gleich bei seinem strahlenden Helden petzen gegangen!

»Das lag mit Sicherheit nicht an mir! Ich habe ihn nicht anders behandelt als sonst! Und nur, weil ich ihn nicht als Lehrling haben wollte …«, rechtfertige ich mich.

»Aha!«, unterbricht mich Archie triumphierend. »Das ist es! Du hast seine Gefühle verletzt!«

Er starrt mich vorwurfsvoll an und schüttelt missbilligend den Kopf. Für einen Augenblick erinnert er mich an meinen Vater, trotz Putten-Gesicht.

»Sind wir hier im Kindergarten?«, will ich wissen. »*Pfui! Du warst unartig, geh in deine Ecke und denk über dein Verhalten nach?*«

»Friedrich ist ein Kind, Murphy!«, sagt Arsch mit solchem Ernst, dass ich mir hier wie der Bösewicht vorkomme, obwohl ich nichts falsch gemacht habe.

»Spinnst du? Ich weiß nicht, wie alt er ist, aber mit über hundert Jahren ist er definitiv kein Kind mehr, egal, wie alt er aussieht!«

Arsch seufzt tief. »Tue ihm einfach den Gefallen, Murphy! Bitte! Es bedeutet ihm so viel. Du bist sein großes Vorbild. Er sieht zu dir auf, wie du weißt.«

Nein, weiß ich nicht. Auf welchem Planeten lebt er denn? Alles, was ich von Friedrich höre, ist, wie toll Archie doch ist. *Archie hat dies und das gemacht. Kennst du schon den neuesten Streich, den Archie verübt hat?* Und so weiter und so fort. Von Heldenverehrung und Vorbildfunktion in meinem Fall können wir da definitiv nicht sprechen.

»Nein, tut er nicht. Er hat mich nur gefragt, weil du es nicht machen wolltest«, entgegne ich entschieden. Die Schuld lasse ich mir nicht zuweisen!

»Bitte?«, wundert er sich. »Er hat mich nie gefragt!«

Sieht verdammt überzeugend aus, seine Unschuldsmiene. So ein Putten-Gesicht ist also doch zu etwas gut.

»Wer's glaubt, wird selig«, sage ich und zeige dann zur Tür. Arsch starrt mich verdutzt an. »Was soll das?«

»Da du anscheinend das Springen verlernt hast: Dort ist die Tür. Danke für den Besuch, das sollten wir wiederholen. Vielleicht, wenn Weihnachten und Ostern auf einen Tag fallen.«

Ja, die verschiedenen Formen der Unhöflichkeit habe ich drauf. Arsch auch, denn er erkennt endlich, dass er unerwünscht ist, und verschwindet. Ohne sich zu verabschieden. Unzivilisierter Bastard!

Jetzt brauche ich einen Tapetenwechsel und frische Luft. Ich entscheide mich für einen Besuch in Hamburg. An den Landungsbrücken atme ich tief ein und starre auf die Elbe, auf der wie immer viel los ist. Etliche Leute flanieren an mir vorbei, ein paar rempeln mich an und wirken verdutzt, einige Touristen wollen zur Hafenrundfahrt, andere mit der Fähre rüber nach Finkenwerder. Und dies ist nur ein Teil des üblichen Schiffsverkehrs.

Ich werde ruhiger. Bislang war der Tag, mal abgesehen von Taubenkunstwerk und Taubenfeind, nicht sehr erfolgreich. Mein Arbeitspensum leidet unter den Heimsuchungen durch Friedrich und Arsch. Obgleich ich mein eigener Chef bin, mein Tagespensum muss ich auf jeden Fall schaffen.

Es wird euch vielleicht wundern, aber auch ich bin vor den Auswirkungen meiner Magie nicht gefeit. Nicht ohne Grund benutze ich einen mechanischen Wecker und habe keine elektrischen Geräte in meiner Wohnung. Nachts kann ich meine Kräfte nämlich nicht steuern. Radiowecker, Fernseher, Computer, Mikrowellen, Herde, Rauchmelder, Telefone, Kühlschränke – all das sind Dinge, die ich nicht besitze. Bei mir hält Technik nie sehr lange, sogar wenn ich sie nicht zerstören will. Ich habe mich daran gewöhnt und das meiste ist sowieso unnützes Zeug. Ich bin in einer Zeit aufgewachsen, in der es all das nicht gab. Für mich sind ein WC und eine Dusche schon ein gewaltiger Fortschritt. Mehr Luxus brauche ich nicht.

Ich merke, dass meine Gedanken abgeschweift sind, als ich nach einer Weile die Präsenz eines anderen Unsterblichen spüre, der in einiger Entfernung durch die Gegend schlendert. Hochgeschreckt starre ich erst auf die Uhr, fluche, weil es mittlerweile schon nach elf ist, und drehe mich dann um.

Es ist das Schleimmonster.

Natürlich gibt es keine Sprichwörter über Schleimmonster! Idioten!

Das ist mein Spitzname für *Hochmut kommt vor dem Fall.* Gut, wer Hochmut nicht kennt, der wundert sich jetzt sicher über die Bezeichnung, die anderen werden verständnisvoll nicken.

Es ist nicht so, dass Hochmut hässlich ist. Im Gegenteil, sie ist sogar recht schön anzuschauen – wenn man sich die Nase zuhält. Ihre eigene Nase hält sie nicht ohne Grund stets nach oben. Sie kann sich vermutlich selbst nicht riechen.

Leider hat Hochmut auch eine hässliche Seite. Aus ihren Füßen tritt ein für die Menschen unsichtbarer Schleim aus. Die Fußstapfen aus Schleim sind wie tickende Zeitbomben. Du weißt nie, wann die Schleimbombe explodiert. Dieser unsichtbare Schleim ist lediglich für uns Unsterbliche zu sehen, leider auch zu riechen. Das Schleimmonster ist daher kein gern gesehener Partygast, wie ihr euch vorstellen könnt.

Wenn ein Mensch nun auf eine dieser Bomben tritt, kann es sein, dass in zehn Fällen gar nichts passiert und der elfte dann die Schleimbombe zündet. Dann wird der Schleim plötzlich spiegelglatt. Und zack! Dort liegt ein gestürzter Mensch, der sich nicht erklären kann, was passiert ist, und wieder ist ein Sprichwort bewiesen.

Da der Geruch langsam unerträglich wird, trotz einer recht angenehmen Brise an diesem heißen Maitag, und ich schon zu lange gefaulenzt habe, beschließe ich, mir nun endlich mein nächstes Opfer zu suchen. Gerade hatte ich die perfekte Idee, die ich unbedingt ausprobieren muss.

# Aller guten Dinge sind drei

Konzentriert denke ich an meinen Zielort, nach einmal Blinzeln bin ich auch schon da.

Paris. Die Stadt der Liebe.

Aktuell jedoch ebenfalls der Schauplatz für eines der größten Tennisturniere der Welt. Und heute ist der erste Turniertag der French Open, den will ich natürlich nicht verpassen.

Sportveranstaltungen sind toll. Besonders, wenn es sich um große Wettbewerbsveranstaltungen handelt. Ich liebe Olympia, Welt- und Europameisterschaften, die Champions-League, Formel 1-Rennen und alle anderen Sportevents, in denen die Emotionen schnell hochkochen.

Dummerweise haben solche Großevents den Nachteil, dass ich ständig jemandem aus der Freakshow begegne, wie ich die anderen gerne nenne. Und bei jeder zweiten Veranstaltung begegne ich *Sport ist Mord.*

Der Psycho steht direkt vor mir, als ich mich auf der Zuschauertribüne materialisiere. Nur knapp vermeide ich ein Zusammenzucken. Vor ihm will ich mir keinesfalls eine Blöße geben.

»Murphy«, grüßt er, nickt mir einmal kurz zu und lässt den Blick dann wieder über die Zuschauer gleiten.

Ich erschaudere, obgleich sich der kalte Blick nicht gegen mich richtet. Wenn ihr Sport sehen könntet, würdet ihr ihm wohl schmachtende Blicke zuwerfen oder ihm respektvoll zunicken, denn der Mann ist über einen Meter neunzig groß, schlank, durchtrainiert und hat ein attraktives Gesicht. Ich musste mir schon etliche Schwärmereien von weiblichen Dummbatzen aus der Freakshow über seine majestätische Nase, seine strahlend blauen Augen, seine goldenen Haare und seine Grübchen anhören. Dummerweise lächelt Sport nur dann, wenn er gerade ein neues Opfer gefunden hat.

Ihr haltet mich für schlimm? Ich bin harmlos. Ungefährlich. Auch wenn ich zugegebenermaßen schadenfroh bin.

Aber ich bin kein Psycho. Mir bringt es keinen Spaß, jemanden möglichst schmerzhaft umzubringen.

*Sport ist Mord* macht in diesem Moment seinem Namen wieder alle Ehre. Ein alter Mann greift sich plötzlich röchelnd an den Hals. Er bekommt keine Luft mehr, da Sport mit der Rechten seine Luftröhre zudrückt und sie langsam zerquetscht. Von der Tragödie bekommt außer mir niemand etwas mit. Der Alte kann nicht um Hilfe rufen, dafür hat Sport gesorgt. Seine linke Hand liegt fest über dem Mund des Mannes.

Unten auf dem Platz geht das Tennismatch weiter. Der Ballwechsel muss spannend sein, denn die Zuschauer um uns herum springen auf, jubeln und schreien, während ich alles andere tun will, als dem grausamen Schauspiel vor meinen Augen zuzuschauen und zu klatschen. Leider kann ich meinen Blick nicht abwenden. Ich wage es nicht, Sport den Rücken zuzukehren. Beinahe wäre ich woandershin teleportiert, aber ich muss an mein Tagespensum denken, also bleibe ich gezwungenermaßen stehen.

Als es wieder ruhiger wird und die Spieler eine Pause machen, ist der alte Mann schon längst tot. Morgen wird dann in den Zeitungen stehen, dass der Turnier-Mörder wieder zugeschlagen hat. Und Europol und das FBI werden weiter einem Phantom nachjagen, das sie niemals schnappen können.

Mir bringt dieses Match keinen Spaß. Nachdem Sport endlich verschwunden ist – ich will gar nicht wissen, wohin –, gehe ich zum nächsten Platz weiter und sehe dort eine Weile zu. Sie sind bereits im 3. Satz und die beiden Spieler sind mit Feuereifer bei der Sache.

Umso besser.

Grinsend lasse ich meine Fingerknochen knacken und atme tief durch. Selbstverständlich brauche ich diese theatralischen Gesten nicht wirklich, zumal mich ja niemand sieht, aber sie helfen, um mich zu beruhigen. Bald habe ich die unangenehme Begegnung mit Sport und seinem Opfer vergessen.

Dann lege ich los.

*Zack!*

Ein Stöhnen geht durch die Menge. Der Aufschlag ist im Netz gelandet.

*Zack!*

Ein Fluch ertönt vom Spieler, der es nicht fassen kann, dass er den Aufschlag nun bereits zum zweiten Mal versemmelt hat. Doch er ist ein Profi und so flucht er nur ein bisschen mehr als sonst, als er jeden Aufschlag dieser Runde ins Netz schlägt.

Nun ist der andere an der Reihe. Sein schadenfrohes Grinsen wische ich ihm schnell aus dem Gesicht, heute schreibe ich ausgleichende Gerechtigkeit ganz groß. Bald ist es sein Gegner, der wieder lachen und grinsen kann. Das Spiel geht an ihn, ohne dass der Ball nur einmal übers Netz geflogen wäre und er sich hätte anstrengen müssen.

Die Journalisten sind hochaufmerksam, als der erste Pechvogel die Bälle von einem Balljungen entgegennimmt und seine Pechsträhne brechen will. Natürlich lasse ich ihn nicht.

Die Zuschauer stöhnen und springen auf, als auch dieses Spiel zu null an den Gegner des Aufschlägers geht. Drei verlorene Spiele in Folge, ohne dass die Spieler über den Sandplatz hetzen mussten, gab es vermutlich noch nie. Mich hat nun der Ehrgeiz gepackt. Ich treibe den Satz hoch bis zum Tiebreak und die Spieler von einem Wutanfall zum nächsten. Der Schiedsrichter hat beide Kontrahenten bereits ermahnt und Opfer Nummer eins benötigte einen neuen Schläger, nachdem er seinen alten zu Boden geschmettert und kaputt gemacht hat. Natürlich habe ich da ebenfalls ein bisschen nachgeholfen. Als die Aufschlagspunkte der Bälle im Netz endlich auf beiden Seiten dasselbe Wort ergeben, gratuliere ich mir selbst.

Welches? Nun, dreimal dürft ihr raten.

»Murphy? Ein wenig selbstgefällig heute?«, ertönt eine Stimme neben mir, die ich sogar über den Lärm der Menge und der Journalisten gut hören kann.

Eine schlanke Frau mit langen blonden Haaren kommt näher. Sie trägt ein weißes Sommerkleid, das tadellos sitzt und keinen einzigen Fleck aufweist. Allein deswegen hätte ich am liebsten meine Hände in den roten Sand auf dem Platz gedrückt und sie danach an ihr abgewischt. Aber nein, *sie* muss ja wieder perfekt aussehen und dazu noch meinen Tag ruinieren!

Trinity streicht sich die langen Haare nach hinten, bevor sie mich missbilligend ansieht. »Es ist keinem von uns geholfen, wenn die TV-Leute erkennen, dass du die Spieler deinen Namen ins Netz hast schreiben lassen. Unsere Existenz ist aus gutem Grund geheim, vergiss das nicht!«, rügt sie mich, wobei sie wie eine gutmeinende Lehrerin wirkt und ich wie ein dummer kleiner Junge. »Ich habe eingreifen müssen, damit das nicht geschieht.«

»Du hast was getan?!«

Ich fasse es nicht! Wieso muss sie sich ständig einmischen? Trinity ist schlimmer als Friedrich. Schlimmer als Archie. Lästiger als die Gutmenschen. Kein Wunder, denn sie ist *Aller guten Dinge sind drei* und gerade hat sie wieder einmal meinen perfekten Tag ruiniert.

Das Schlimmste ist wohl, dass sich meine Gegenspielerin nicht einmal als solche sieht. Sie denkt, sie *hilft* mir. Wie gestört ist das denn? Will ich etwa, dass sie nun dafür sorgt, dass der dritte Satz an Opfer Nummer eins geht und damit auch das Match? Dass sich die Kameraleute und Journalisten auf die beiden stürzen und sie zum Match des Jahrhunderts befragen? Zwischendurch klingelt beim Manager des Siegers das Telefon und er hetzt aufgeregt zu seinem Spieler. Ich könnte kotzen, als ich höre, wie er seinem bislang recht unbekannten Klienten berichtet, dass Hollywood angerufen hat und seine Geschichte inklusive dieses Matches verfilmen will.

Doch es kommt noch schlimmer.

Eine weltberühmte Sängerin tritt aus ihrer Loge und geht zum unglücklichen Verlierer, begrüßt ihn herzlich, um ihm dann im nächsten Moment schöne Augen zu machen und als kleinen Trostpreis einen Exklusivauftritt von ihr zu schenken.

»Aller guten Dinge sind drei?«, höhne ich und spucke vor ihr aus. »Wann kapierst du endlich, dass das für mich *nie* gilt? Immer wenn du auftauchst, machst du alles kaputt! Und dann soll ich mich freuen, weil du mir *hilfst?* Bist du irre? Bescheuert? Oder einfach nur strohdoof?«

*Aller guten Dinge sind drei,* oder einfach nur Trinity genannt, wirkt zutiefst verletzt. Es dauert nicht lange und *Jeder ist seines Glückes Schmied* steht neben ihr und legt tröstend den Arm um sie. Trinitys Bruder ist genauso nervtötend wie sie, aber um einiges schlauer und mit seinen breiten Schultern und muskulösen Armen normalerweise jemand, dem ich aus dem Weg gehe.

Leider erinnere ich mich daran erst, als er mir mit all seiner Kraft eine verpasst hat und ich aus meiner Ohnmacht erwache. Mir dröhnt der Schädel und mein Körper fühlt sich an, als wäre eine Rinderherde – alias die Zuschauer – einmal über mich drübergetrampelt. Ich schwöre Schmied laut fluchend Rache.

»Ähem!«, räuspert sich da jemand missbilligend und keckernd neben mir. »Hat da jemand das Abkommen vergessen, dem er zugestimmt hat?«

Die schwarze Krähe sitzt neben mir auf dem Boden und mustert mich über ihren spitzen Schnabel hinweg tadelnd. Meine Gegner haben mich anscheinend in einen Gang geschleppt und an der Wand liegen lassen. Vermutlich hatten sie ein schlechtes Gewissen, als die Zuschauer mich auf dem Weg von und zu ihren Plätzen als Fußabtreter benutzt haben. Ich höre den Kommentator draußen den Zwischenstand im nächsten Spiel ansagen und frage mich, wie lange ich bewusstlos gewesen bin. Vermutlich zu lange.

»Wie spät ist es?«, frage ich Krähe.

»Woher soll ich das wissen?«, entgegnet sie gleichgültig. »Sehe ich etwa so aus, als würde ich eine Armbanduhr oder ein Handy bei mir tragen und könnte mal eben die Zeit ablesen? Ist es nicht egal, wie spät es ist? Zunächst einmal hätten wir zwei ein dringenderes Problem zu klären als die Uhrzeit! Du hast die Regeln verletzt!«

»Gar nichts habe ich!«, wehre ich mich sauer gegen die Unterstellung. »Erklär das Schmied! *Er* hat seine Kräfte gegen *mich* eingesetzt und nicht umgekehrt! Was du daran hättest erkennen können, dass ich hier bewusstlos auf dem Boden lag.«

Unparteiisch ist Krähe natürlich kein Stück, in ihren Augen bin ich ständig der Böse.

»Was hast du angestellt?«, will sie misstrauisch wissen. »Schmied hätte niemals einen Streit begonnen!«

»Vielleicht solltest du das auch einmal Trinity erklären. Am besten in Worten, die ihr Ameisengehirn versteht! Sie hat mit ihren Kräften meinen entgegengewirkt!«, ärgere ich mich laut, während ich mich langsam aufsetze. Ich habe selten körperliche Beschwerden, aber von

Schmieds Hieb ist mir tatsächlich schwindelig. Zum Glück klingen die anderen Schmerzen langsam ab.

»Ah!«, macht *Eine Krähe hackt der anderen kein Auge aus.* »Verstehe! Du warst unhöflich gegenüber seiner Schwester. Wusste ich es doch!«

Und schon bin ich wieder der Böse. Na klasse!

Ich ignoriere sie, während ich zurück zum Platz gehe und mich aufmerksam umschaue. Zum Glück folgt mir Krähe nicht. Schließlich entdecke ich eine Uhr und kippe beinahe wieder aus den Latschen.

Es ist sechzehn Uhr! Wie kann das sein?! Eben war ich noch an den Landungsbrücken und dort war es kurz nach elf!

Leichte Unruhe erfasst mich, weil es bereits so spät ist. Viel habe ich diesen Tag nicht geschafft. Gut, mein Streich an den beiden Tennisspielern hat eine Weile gedauert. Doch kann ich ihn überhaupt zu meinem Tagespensum zählen, wenn Trinity die negativen Folgen einfach so ins Gegenteil verkehrt hat?

Also stehen bislang nur der Rasierunfall, Taubenkunstwerk und Taubenfeind auf meiner Habenseite. Beiläufige Missgeschicke zählen leider nicht und selbst davon habe ich heute nur wenige bewirkt.

Schnell springe ich ins nächste Café. Ich brauche eine Stärkung auf den Schreck.

Dummerweise begegne ich dort gleich der Geschmacksverirrung. So ein Pech aber auch!

Die Geschmacksverirrung ist blind und trägt eine Binde über den Augen, wodurch Verwechslungen mit Justitia recht häufig vorkommen.

Leider ist sie nicht Justitia. Die selbstgefällige Schreckschraube wäre viel leichter zu ertragen gewesen.

»Murphy, bist du das?«, fragt die Blinde, als ich unwillkürlich einen schweren Seufzer ausstoße. Anscheinend kann sie uns Unsterbliche schon an den Geräuschen unterscheiden, die wir machen. Erstaunlich.

Ansonsten ist ihr Unterscheidungsvermögen leider unterentwickelt. Das wäre nicht so schlimm, wenn sie nicht mit einem langen Blindenstock bewaffnet wäre, der gemeinerweise mit einem spitzen Metallende ausgestattet ist. Diesen pflegt sie wild in alle Richtungen zu schwenken.

Ihr denkt, das Schlimmste, was die harmlose Blinde anrichten kann, sind ein paar blaue Flecken und blutige Kratzer? Ha! Irrtum!

Dieser Blindenstock ist die gefährlichste Waffe der Welt! Geschwungen von der schlimmsten Untäterin der Geschichte: *Liebe macht blind.*

Ich höre euch schon amüsiert lachen. Einfältige Narren!

Ihr habt gewiss eine Venus oder einen Amor vor Augen, die dafür sorgen, dass die liebreizende Schönheit ihren mutigen Helden bekommt, wie ihr es aus den zahlreichen Liebesgeschichten kennt.

Einen größeren Betrug als all die Märchen um Liebe gibt es nicht. Liebe ist gefährlich. Liebe ist blind. Liebe ist unbesiegbar.

Nur trifft sie leider häufig nicht die Richtigen, da Liebe unter Geschmacksverirrungen leidet und ein *Handicap* hat, wie man es heutzutage wohl höflich umschreibt. So sieht es aus. Die Tussi, die für euer Liebesglück zuständig ist, hat eine so verdammt miese Erfolgsquote, dass ihr von jedem anderen euer Geld zurückverlangen oder ihn verklagen würdet. Dummerweise geht das bei Liebe natürlich nicht.

Und selbst jetzt kann sie es nicht lassen, Unheil zu stiften. Die Spitze ihres Blindenstocks hebt sich langsam, richtet sich auf einen der Tische, an dem sich ein alter Mann mit einer ebenso alten Frau unterhält. Oder von ihr unterhalten wird. Oder was auch immer. Auf jeden Fall quasselt seine Begleitung ohne Punkt und Komma in Italienisch auf ihn ein, wodurch ich die beiden kurzerhand zu Touristen erkläre, die die Pariser Café-Kultur genießen wollen.

Daraus wird jetzt allerdings nichts mehr. Die Geschmacksverirrung hat nämlich erneut zugeschlagen. Mit einem kräftigen Druck auf einen Knopf in ihrer Massenvernichtungswaffe schießt sie einen Strahl auf den alten Mann ab.

Er weiß zwar nicht, dass er getroffen wurde, doch irgendetwas spürt er, denn er richtet sich langsam auf und sieht sich aufmerksam um. Seine Frau, ich vermute jedenfalls, dass sie seine Ehefrau ist – mit einer Wildfremden wäre er wohl nicht nach Paris gereist –, ahnt nichts von dem drohenden Verhängnis.

*Liebe macht blind* wirkt entschlossen, als sie sich umdreht und den Stock wild durch den Raum wirbelt. Ich erfahre etwas Neues, denn der Stock passiert widerstandslos mehrere Personen und Tische, ohne Schaden anzurichten. Anscheinend befinden sich die Geschmacksverirrung und ihre Vernichtungswaffe nicht auf derselben Ebene der Wirklichkeit wie die Menschen. Das hätte mich nicht überraschen dürfen, immerhin können die Menschen uns aus diesem Grund nicht sehen oder hören, selbst auf Fotos oder Audioaufnahmen ist es, als würden wir für sie einfach nicht existieren. Doch ich habe noch kein Lebendes Sprichwort gesehen, das keine materiellen Dinge berühren kann.

Als sich die Spitze auf eine Schar Teenager von vielleicht dreizehn oder vierzehn Jahren richtet, entfährt mir unwillkürlich ein lautes »Nein!«.

»Nein?«, fragt die Blindschleiche und legt den Kopf schief, um zu lauschen. Dann scheint sie zu erkennen, warum ich protestiert habe, doch sie zeigt kein Anzeichen eines schlechten Gewissens, als sie ihren sprichwörtlichen Pfeil einfach auf die Café-Besitzerin richtet, die vielleicht fünfzig Jahre alt ist und definitiv besser zu dem alten Italiener passt. Ein rötlicher Lichtstrahl trifft die Französin.

Die Welt scheint stillzustehen, als sich die Blicke der beiden zum ersten Mal kreuzen. Vergessen sind die Gespräche der in mehreren Sprachen plappernden Menschen um sie herum, unhörbar das Klirren und Scheppern des Bestecks und Geschirrs von den Tischen und der Theke.

In diesem Moment zählen nur noch die beiden. Die frisch Verliebten sehen sich an, ein Strahlen legt sich über ihre Gesichter und sie gehen … nein, sie schweben aufeinander zu, um sich mitten im Café an den Händen zu nehmen.

»Glückwunsch, du alte Blindschleiche! Du hast gerade wieder zwei Ehen zerstört!«, sage ich kopfschüttelnd, als nun die Italienerin laut kreischend auf ihren Mann losgeht und der Ehemann der Café-Besitzerin, vom plötzlichen Tumult angelockt, verständnislos das Schauspiel und das seltsame Verhalten seiner Frau beobachtet. Im Gegensatz zu der baldigen Ex-Frau des Italieners ahnt er nicht, was ihm blüht.

Mal ehrlich, und ihr behauptet, ich wäre bösartig und gemein! Manche der sogenannten Guten richten eindeutig weitaus mehr Schaden an als ich.

»Wer hätte das gedacht? Murphy als Verteidiger der Ehe?«, wundert sich Liebe und richtet den Blick ihrer blinden Augen dann auf mich. Und wenn euch in diesem Moment nicht ebenfalls ein Schauder über den Rücken gelaufen wäre, würde ich euch Lügner nennen!

»Das bin ich nicht!«, wehre ich mich entschieden. Ich muss schließlich meinen schlechten Ruf wahren.

»So? Zuerst verhinderst du, dass ich danebentreffe, und dann hast du Mitleid mit den Ehepartnern?«

Liebe zieht die Augenbrauen hoch und ich bete, dass ihre Binde hält und sich nicht löst. Ich will nicht wissen, welch schrecklicher Anblick darunter verborgen ist. Der Blick aus verbundenen Augen ist schon schlimm genug.

»Es war einfach eine Feststellung.«

»Nein, Murphy. Es war weit mehr als das«, entgegnet sie und wirkt nachdenklich.

Ich verschwinde, bevor ich merke, was ich tue. Im nächsten Moment ärgere ich mich über mich selbst. Nicht nur, dass ich getürmt bin, als hätte ich Angst vor der alten Schachtel; nicht nur, dass ich es aufgrund ihrer Anwesenheit versäumt habe, meine Kräfte gegen jemanden zu richten. Nein! Sie hat mich auch noch um meinen wohlverdienten Kaffee und Kuchen gebracht!

# Rache ist süß

Mir knurrt der Magen, daher springe ich gleich weiter nach Wien, in ein kleines Caféhaus, das ich wegen seiner göttlichen Kuchen und Torten gerne besuche.

Auf der Theke stehen zum Glück noch zahlreiche der Leckereien, auch wenn sie schon große Lücken aufweisen, weil ich für die Kaffeezeit recht spät dran bin. Während mein Blick von einer Torte zur nächsten wandert und ich mich kaum entscheiden kann, überkommt mich plötzlich ein seltsames, ungutes Gefühl.

Ich bin nicht allein.

Beinahe schlage ich frustriert mit dem Kopf auf die Theke, als ich die vertraute Freak-Präsenz spüre, doch ich kann mich gerade noch bremsen. Anscheinend legen es die anderen Lebenden Sprichwörter darauf an, meinen Tag zu ruinieren. Ich bin heute bereits überdurchschnittlich vielen von ihnen begegnet: Friedrich, Arsch, dem Schleimmonster, Sport, Trinity, Schmied, Krähe und dann noch der Geschmacksverirrung.

Langsam drehe ich mich um. Arsch steht neben einem Tisch, an dem ein junges Pärchen sitzt, und hat mich anscheinend nicht bemerkt. Ich gehe näher heran. Seine ganze Aufmerksamkeit ist weiterhin auf das Pärchen gerichtet. Der junge Mann erzählt der Frau etwas, die daraufhin den Tränen nahe ist, während er mitleidlos fortfährt und keine Anstalten macht, sie zu trösten. Stattdessen schiebt er ihr sein Stück Torte rüber, mit der Begründung, dass sie ja eh mehr an Süßigkeiten hänge als an ihm und dass ein weiteres Stück ja nichts mehr ausmachen würde, so fett wie sie geworden sei.

Nun flennt die junge Frau wie ein Schlosshund, was nicht attraktiv aussieht, und Archie hört auf, seinen Lolli zu lutschen. Sein Putten-Gesicht verzieht sich vor Zorn und er nimmt den Lutscher aus dem Mund.

Oh, oh!

Ich ahne, was jetzt kommt. Arsch ist bei der Arbeit. Dummerweise bedeutet das, dass ich mich zurückhalten muss und ihm nicht dazwischenfunken darf. Gedankenverloren stehle ich einer vorbeieilenden Kellnerin einen Teller mit einem Stück Schwarzwälder Kirschtorte vom Tablett, genau in dem Moment, als Archie seinen Lolli und seine Magie auf die junge Frau richtet.

Der junge Mann erhebt sich – ganz klar versucht er, die Frau nicht nur sitzen zu lassen, sondern ihr auch noch die Rechnung aufs Auge zu drücken – und bemerkt nicht, wie sich der Gesichtsausdruck seiner Ex-Freundin plötzlich verändert. Verschwunden sind der Schmerz und der Liebeskummer, plötzlich funkeln ihre Augen zornig. Sie springt blitzschnell auf, schnappt sich den Tortenteller, den ihr Ex ihr zugeschoben hat, hebt ihn hoch und klatscht ihn ihrem ehemaligen Liebsten mit einem Wutschrei ins Gesicht.

Er brüllt vor Schreck und Schmerz, während der Teller zu Boden fällt und zerbricht. Plötzlich sind alle Blicke auf ihn und seine Ex gerichtet, die nun die Gelassenheit selbst ist. Ihre Hand liegt beschützend auf ihrem Bauch.

»Ich bin nicht dick, ich bin *schwanger*!«, sagt sie laut in die schockierte Stille hinein. »Und wenn du das als Entschuldigung nimmst, mich ungestraft betrügen und beleidigen zu dürfen, dann hörst du von meinem Anwalt!« Sie wendet sich an die Bedienung, die ich gerade bestohlen habe und die das Schauspiel fasziniert beobachtet hat. »Die Rechnung geht auf ihn.«

Die Schwangere schnappt sich ihre Handtasche und verlässt unter dem Applaus der anderen Gäste das Café. Die Bedienung ist blitzschnell mit der Rechnung da und knallt sie vor dem Mann auf den Tisch, der sich die blutende Nase hält, die gebrochen aussieht, und gleichzeitig versucht, die zermatschte Torte aus seinem Gesicht zu entfernen.

Er flucht noch immer wie ein Rohrspatz. »Diese Irre! Die verklage ich wegen Körperverletzung!«

»Sie sollten sich schämen!«, fährt ihn daraufhin die Bedienung an und die Schaulustigen pflichten ihr bei. Kurz darauf ist ein großer, lautstarker Streit im Gange und Arsch wendet sich zufrieden um.

»Ernsthaft, Arsch?«, frage ich ihn, weil mir sein selbstgefälliges Grinsen nicht passt. »Fällt dir nichts Besseres ein als der veraltete Kuchen-ins-Gesicht-Streich?«

»Das ist ein Klassiker!«, wehrt sich *Rache ist süß*. »Und überhaupt! Das musst du gerade sagen! Du mit deiner Rasierunfall-Macke! Hast du etwa Minderwertigkeitskomplexe, weil dir kein Bart wächst, oder was?«

Ich schnappe unwillkürlich nach Luft. Mit einem fiesen Konter von Arsch habe ich nicht gerechnet.

»Ich muss mein Gesicht nicht unter einem Bart verstecken! Dir allerdings würde ein bisschen Gesichtsbehaarung nicht schaden. Du wirkst ja nicht gerade männlich mit deinem Putten-Gesicht und dem Lolli im Mund!«, schlage ich zurück.

Ich habe das Vergnügen, Arsch absolut sprachlos zu erleben. Fassungslos starrt er mich mit offenem Mund an. Entschlossen, einen ebenso guten Abgang hinzulegen wie die Schwangere gerade eben, nehme ich einen Bissen von dem Kuchen und springe weiter in den nächsten Park.

Nachdem ich mich vergewissert habe, dass mir kein weiterer Freakshow-Auftritt blüht, verzehre ich genüsslich mein Stück Torte und klaue mir anschließend eine Flasche Cola von einem Familienvater, der mit seinen vier Kindern einen Ausflug in den Park macht und nun Mühe hat, seine Plagegeister, auf die die Mai-Sonne anscheinend wie Koffein wirkt, in den Griff zu bekommen. Selbst schuld, denke ich. Und eigentlich ist mein Diebstahl ja eine gute Tat, denn mehr Aufputschmittel können die Blagen definitiv nicht gebrauchen.

Nachdem ich meine Pause beendet habe, will ich weiterspringen, als ich plötzlich ein merkwürdiges Ziehen verspüre, das mir leider bekannt vorkommt.

»O nein!«, stöhne ich, als ich den Kiffer bemerke, der sich neben mich auf die Bank fallen lässt und selig die Familien und Liebespaare auf den Gehwegen und Wiesen um uns herum beobachtet.

»Ist es nicht ein herrlicher Tag, Murphy?«, fragt er mit einem strahlenden Lächeln.

»Nein.«

»Warum so schlecht gelaunt? Die Sonne scheint, alle sind glücklich und genießen den Frühling. Das solltest du mal versuchen!«, meint mein ungebetener Besucher. Ich habe den Wunsch, ihm sein drogenbeseeltes Grinsen aus dem Gesicht zu wischen. Leider weiß ich, dass das bei ihm nicht funktioniert. *Dem Glücklichen schlägt keine Stunde* kennt keine Traurigkeit, keinen Schmerz, keinen Zorn oder einfach nur Gleichgültigkeit. Das Dauergrinsen ist auf seinem Gesicht festgefroren und wirkt für mich etwas manisch. Konstante Fröhlichkeit ist bestimmt nicht einfach zu ertragen. Kein Wunder, dass der Glückliche Drogen nimmt. Nur würde ich mir wünschen, dass er sie woanders zu sich nehmen würde.

»War nett, mit dir zu plaudern«, versuche ich mein Glück, »aber nun muss ich leider los. Es ist noch sehr viel zu tun und ich habe wirklich keine Zeit für Müßiggang.«

»Stets so in Eile!«, wundert sich der Glückliche. »Du weißt doch, dass Stress schädlich ist, mein Lieber. Schalte mal einen Gang runter! Genieß das Leben! Lass die Arbeit einfach mal Arbeit sein!«

Ich merke, wie seine Stimme meinen Verstand einlullt und das Ziehen stärker wird. Meine Mundwinkel verziehen sich wie von selbst zu einem Lächeln und ehe ich michs versehe, setze ich mich wieder neben den Glücklichen auf die Bank und beobachte mit ihm zusammen die Menschen um uns herum. Die Szenerie ist idyllisch und der Kiffer nimmt einen tiefen Atemzug.

Die Ahnungslosen um uns herum merken nicht, wie sich seine Magie ausbreitet und sich wie ein unsichtbarer Nebel über uns alle legt. Die Luft flimmert und wellt sich im strahlenden Sonnenlicht, als sich die Zeitblase weiter ausbreitet.

Ein kleiner Teil meines Bewusstseins, der nicht unter dem Einfluss der Präsenz des Glücklichen steht, schreit mich an, *sofort zu springen,* doch ich ignoriere die nervige Stimme. Stattdessen lausche ich meinem neuen besten Freund, der mir von seinen Neuigkeiten erzählt.

Unbemerkt verstreicht die Zeit. Sie dehnt sich und wellt sich, mit jedem Atemzug atmet der andere etwas von ihr und dem Glück der Menschen um uns herum ein. Als die Sonne untergeht, verabschiedet sich mein Freund von mir und dematerialisiert sich.

Das Lächeln tröpfelt von meinem Gesicht, als ich langsam begreife, was passiert ist. »Du verdammter Zeitdieb!«, brülle ich.

Wie konnte ich nur so ein Idiot sein? Warum bin ich nicht sofort gesprungen, als ich das Ziehen erkannt habe?

Panik kommt in mir auf. Zwar trage ich keine Uhr, aber ich bin mir sicher, dass dieser Bastard mir mindestens vier Stunden gestohlen haben muss.

»Und *ihn* stellt Krähe natürlich nicht zur Rede!«, schimpfe ich. »Es ist ihr egal, dass alle ihre Kräfte *gegen mich* einsetzen. Aber wenn *ich* einmal nur *drohe,* meine Kräfte gegen die anderen einzusetzen, bekomme ich Ärger!«

Unsere Paragraphenreiterin ist ganz eindeutig parteiisch und kann mich nicht ausstehen. Leider gibt es niemand anderen, bei dem ich mich über sie beschweren kann und der sie bestrafen würde.

Nach dem ersten Zorn setzt jetzt Panik bei mir ein. Es ist Montagabend und es steht nun zweifelsfrei fest, dass ich mein Tagespensum nicht schaffen werde, und ich weiß, was das bedeutet. Trotzdem muss ich versuchen, die Katastrophe zu verhindern und noch so viel Chaos wie möglich zu verursachen.

Ich springe zurück nach Berlin, in ein schickes Restaurant mit schneeweißen Tischtüchern, Kellnern in schwarzen Anzügen, Kerzen und echten Blumengestecken auf jedem Tisch. Ich weiß, dass das Restaurant gerne für erste Dates oder besondere Dinner genutzt wird, und sehe mich nach Opfern um. Als Erstes lege ich die elektronische Kasse lahm und lasse alle Bestellungen und Rechnungen verschwinden. Der Ober, der gerade eine Rechnung ausdrucken will, verzieht das Gesicht, als nun zusätzlich schwarzer Qualm aus dem Drucker aufsteigt. Sofort reißt er den Stecker und das Verbindungskabel zum Computer heraus, schnappt sich das defekte Gerät und rennt mit ihm raus, damit die Gäste von der Katastrophe nichts mitbekommen.

Das reicht nicht!

Panisch huscht mein Blick über die anwesenden Gäste. Bei wem kann ich den größten Schaden verursachen?

Ich bringe den nächsten Kellner, der einem Paar das Essen servieren will, punktgenau zum Stolpern. Während er zu Boden stürzt, segeln die Suppe und das Steak auf das elegante Kleid der Dame, die aufschreit und wie wild mit der Serviette das Essen von ihrer Abendgarderobe wischt.

Mir bleibt keine Zeit, den Anblick meiner beiden Opfer zu genießen. Ich muss weitermachen und sehe mich sofort wieder nach weiteren um.

Die nächsten!

Ein paar Tische weiter lasse ich einen nervösen jungen Mann die brennende Kerze umstoßen, während er dabei ist, seiner Freundin einen Antrag zu machen. Gerührt wie sie ist, springt sie auf und greift mit Freudentränen in den Augen nach seinen Händen, bevor sie ihn küsst. Währenddessen setzt die Kerze das Tischtuch in Flammen, greift auf die Dekoration über und züngelt an seinen Ärmeln.

»Sie brennen!«, ruft der Gast vom Nachbartisch erschrocken und stürzt sich mit einer Wasserflasche bewaffnet auf das verliebte Pärchen. Inzwischen bemerkt der Verlobte, dass seine Unterarme brennen, und schreit, während er auf die Flammen einschlägt und seine Liebste hysterisch kreischt und von der Feuerkatastrophe vor ihr zurückweicht. Gleichzeitig rennt ein Kellner herbei und richtet den Feuerlöscher auf den unglücklichen Verlobten.

Ich sorge dafür, dass das Ding in seinen Händen verrutscht und die Masse zunächst auf dem brennenden Tischtuch landet und nicht auf dem Mann. In diesem Moment erreicht ihn der Gast vom Nebentisch und überschüttet ihn schwungvoll mit der Wasserflasche, deren Inhalt zum Großteil auf seinem Kopf und auf seinen Oberarmen landet. Zumindest verhindern die klitschnassen Stellen, dass sich die Flammen weiter ausbreiten.

Dann endlich bekommt der Kellner seinen widerspenstigen Feuerlöscher in den Griff und überzieht den Verletzten von Kopf bis Fuß mit dem weißen Schaum. Der Schneemann gibt ein Bild des Jammers ab, als er schluchzt und sich die verbrannten Unterarme hält. Während die ersten Gäste jetzt auf die Idee kommen, den Notarzt zu rufen, sende ich einen elektromagnetischen Impuls aus und zerstöre jedes Handy im Umkreis von hundert Metern.

Ich habe so viel Unglück und Chaos angerichtet, wie ich in kurzer Zeit konnte. Doch es reicht nicht, ich spüre bereits das Kribbeln der Energie, die sich in mir aufstaut.

Sofort springe ich ins nächste schicke italienische Restaurant weiter und rempele jemanden an, als ich mich materialisiere. Mein Blick wandert unwillkürlich zu dem Mann hinüber und ich erstarre vor Schreck, als mich wütende Augen anblitzen.

Es ist Arsch.

»Du!«, zischt er.

Er sitzt an einem Tisch, zusammen mit *Wer den Schaden hat, braucht für den Spott nicht zu sorgen,* und hat ein Glas Wein und ein überbackenes Nudelgericht mit Pilzen vor sich stehen. Während ich mich noch wundere, dass Arsch anscheinend auch etwas anderes als Süßigkeiten isst, und den Mund öffne, um ihm etwas Beleidigendes zuzurufen, spüre ich es.

*Nein!*

Das Kribbeln breitet sich nun rasant von meinem Kopf über meine Brust, die Arme und Beine zu den Finger- und Zehenspitzen aus. Die Unglücksenergie knistert nur für mich hörbar und stößt dabei eine Melodie aus, die wie ein schadenfrohes Lachen klingt.

Bevor ich ein Wort der Warnung ausstoßen kann, schlägt sie auch schon zu.

Die Energie schießt aus meinen Fingerspitzen und schlägt in Archie ein, der sich im Schock umdreht und vom Stuhl rutscht. Erschrocken greift er nach dem Tisch, bekommt die Tischdecke zu fassen und zieht sie mit sich.

Und mit ihr alles, was sich auf dem Tisch befindet.

Während sich das heiße Nudelgericht über seinen Kopf ergießt, der Rotwein auf seinem hellen Jackett landet und Spotts Weißwein sich im nächsten Moment dazugesellt, plumpst Archie mit einem lauten Knall und einem schmerzerfüllten Stöhnen mit dem Hintern auf den Boden.

Die Tischdecke flattert neben ihm herab. Die Kerze war nicht angezündet, sonst hätte sie meinen lästigen Widersacher nun beim Treffer gegen die Brust in Brand gesetzt. Das Einzige, was sich jetzt noch auf dem gerade hübsch gedeckten Tisch befindet, ist Spotts Lasagne, die an der Kante stehen geblieben ist.

Noch während ich das bemerke, schießt ein weiterer Energiestoß aus meinen Fingern und trifft sie. Die Schale kippelt für einen kurzen Moment gefährlich und folgt dann ihren Gefährten, um sich auf Archies Jackett wieder mit ihnen zu vereinen.

Ich stehe da wie versteinert und betrachte Archie, der ein Bild des Elends bietet. Mein Mund öffnet sich zu einer Entschuldigung, als meine Energie schon zum nächsten Schlag ausholt.

Mit einem Knall entlädt sie sich, schießt aus jeder Pore meines Körpers und verbreitet im ganzen Restaurant Chaos.

Die Lampen an den Wänden explodieren.

Die Tische stürzen um.

Die Stühle brechen unter den Gästen zusammen, als hätte sich deren Gewicht plötzlich verzehnfacht.

Aus den Champagnerflaschen schießen Fontänen.

Die Weinflaschen und Gläser brechen in der Mitte entzwei.

Die Flaschen mit den teuren alkoholischen Getränken hinter der Theke machen Plopp und zerspringen eine nach der anderen, während sie den Triumphmarsch des Chaos ertönen lassen.

Tischdecken, Kleidungsstücke, Sitzpolster und Teppichböden fangen Feuer, während die brennenden Kerzen von den Tischen segeln.

Es knallt, es zischt und es knirscht, als sich das Chaos ausbreitet.

Dann herrscht für einen Moment geschockte Stille, bevor die Schreie beginnen. Der Kristalllüster in der Mitte des Saals erbebt von ihnen, das Klirren erfasst schnell die gesamte Konstruktion.

Dann gibt die Deckenhalterung nach und der Lüster fällt.

Während des ohrenbetäubenden Gekreisches beginnt der Fluch meiner Existenz schadenfroh zu kichern.

Und Spott lacht. Er lacht, bis ihm die Tränen kommen, und zeigt dabei auf Archie, der da sitzt wie erstarrt und ungläubig die Zerstörung betrachtet, die ich um uns herum angerichtet habe.

Ich bete, dass es nicht noch schlimmer kommt, doch natürlich hätte ich mir diesen Wunsch ganz einfach sparen können. Schließlich weiß ich es besser.

Plötzlich gibt es ein lautes, reißendes Geräusch und ein großer Riss zieht sich quer über den Fußboden des gesamten Saals und verbreitert sich mit jeder Sekunde. Panik bricht aus, jemand ruft »Ein Erdbeben!« und als wäre dies das Startsignal, rappeln sich nun alle auf, treten einander auf die Hände, die Füße oder andere Köperteile, während sie erst voller Todesangst übereinanderkrabbeln, um schnellstmöglich zum Ausgang zu kommen, dann aufstehen, losrennen, sich gegenseitig schubsen und drängeln und von der Tür zurückreißen, um sich an den anderen Gästen vorbei nach draußen zu schieben.

»DU!«, brüllt Archie, während ihm die Tränen über die Wangen rennen und die Nudelsoße von seinen blonden Locken tropft. »Wie kannst du es wagen, mich erst zu beleidigen und mich jetzt auch noch zu demütigen und meinen Abend zu ruinieren?!«

»Äh«, mache ich, weiß aber nicht, was ich sagen soll. »Das wollte ich nicht«, kommt es schließlich lahm von meinen Lippen. Inzwischen befinden nur noch wir drei uns im brennenden Restaurant. Archie, Spott und ich.

»*Das wollte ich nicht!*«, äfft Archie mich höhnisch nach und blitzt mich mit vor Zorn funkelnden Augen an. »Ach! Und Friedrich wolltest du ebenfalls nicht verletzen, oder was? Stattdessen soll ja mal wieder ich an allem schuld gewesen sein, bestimmt auch an dem Chaos hier, das muss ich mir selbst zuzuschreiben haben, was, Murphy?«

»Fang nicht schon wieder von Friedrich an!«, herrsche ich ihn an. Plötzlich bin ich wütend. »Halt deine verdammte Klappe!«, brülle ich Spott an, der ununterbrochen laut lacht und nun vor Schreck verstummt.

Ich wende mich wieder Arsch zu. »Wenn du den kleinen Unglücksraben wie ein hilfloses Kind behandeln und heile Familie mit ihm spielen willst, bitte sehr! Aber halte mich da raus, verstanden? Ich will nichts mehr mit euch beiden zu tun haben!«

Der Zorn lässt mich Dinge aussprechen, die ich ihm schon lange mal sagen wollte.

»Ach ja? Das ist mal wieder typisch, Murphy! Einfach abhauen, weil das leichter ist! Du trägst Verantwortung und bist kein kleines Kind, das machen kann, was es will!«

»Ach, so ist das!«, mischt sich nun Spott verwundert ein und unterbricht damit Arschs Tirade. Wir wenden uns ihm zu. Seltsamerweise wirkt er nun beleidigt und gereizt, während er gerade eben alles urkomisch gefunden hat. Ich frage mich, was mit ihm los ist.

»Nein, du verstehst das falsch!«, ruft Archie erschrocken und rappelt sich nun vom Boden auf, um einen Schritt auf Spott zuzumachen und flehentlich die Hand auszustrecken.

»Ich verstehe das falsch?«, fragt Spott und kräuselt verächtlich die Lippen. »Wer redet denn die ganze Zeit von nichts anderem als von diesem Idioten hier und von der kleinen Nervensäge, häh? Von wegen, *da ist nichts zwischen uns, Spott!* Verarschen kann ich mich selbst!«

»Nein!«

Während Spott springt und Arsch losschluchzt, begreife ich plötzlich, was Spott hier zu suchen gehabt hat. Warum sich die beiden in einem schicken Restaurant befunden haben, mit Kerzen, Wein und gutem Essen.

Es ist ein Date gewesen und ich habe es ruiniert. Ich habe Spott dazu gebracht, Archie auszulachen und zu glauben, dass mein Auftritt der eines eifersüchtigen Ex-Liebhabers ist.

Ich habe Archies *Date* ruiniert.

Meine Erkenntnis kommt zu spät. Mit einer Entschuldigung auf den Lippen drehe ich mich zu ihm um ... und bekomme seine Faust ins Gesicht.

Es tut nicht weh – Archie schlägt wie ein Mädchen –, aber ich bin so verblüfft über seine plötzliche Aggressivität, dass es mir die Sprache verschlägt.

»Ich hasse dich, Murphy!«, stößt Archie unter Schluchzern hervor. »Das wirst du mir büßen!«

Und während er sich in Luft auflöst, das demolierte und brennende Edelrestaurant einem Totalschaden gleicht, höre ich das Kichern meiner Magie.

# Schlaf ist die beste Medizin

Alles wird gut. Zeit heilt alle Wunden. Schlaf ist die beste Medizin.

So ein Quatsch! Nichts davon stimmt. Die drei sind lediglich Betrüger mit einer super Propaganda. Wer ihre Sprüche und angeblichen Lebensweisheiten glaubt, ist meiner Meinung nach selbst schuld!

Daher bietet sich mir kein Trost, als am Morgen danach mein Wecker klingelt und ich mich an den Super-GAU des letzten Abends erinnere. Das Schellen des Weckers geht mir auf die Nerven und ich ärgere mich, weil ich ihn überhaupt gestellt habe. Dummerweise bin ich immer noch voller überschüssiger Unglücksenergie, sodass ich höre, wie sich mein mechanischer Wecker in seine Bestandteile auflöst, bevor ich überhaupt die Chance habe, die Augen aufzuschlagen und ihn auszustellen.

Ich fühle mich scheiße und beschließe, einfach liegen zu bleiben. Warum die Augen aufschlagen und die Verwüstung anschauen, die ich über Nacht angerichtet habe? Was soll das bringen? Ich kann mir ja vorstellen, wie es bei mir in der Wohnung aussieht. Totale Zerstörung rundherum. Genauso wie beim letzten Mal, als meine Unglücksenergie Amok gelaufen ist.

Nie wieder wollte ich das Opfer meiner Magie sein und dieses Mal habe ich sie so lange im Griff gehabt wie nie zuvor. Achtzehn Jahre Kontrolle und dann ein Tag mit der Freakshow – und puff! Alles dahin und mein Leben ist erneut ein Scherbenhaufen.

Wenigstens steht der Turm noch, sonst würde ich nicht so weich liegen. Wenn meine Chaosenergie die Kontrolle übernimmt, ist alles möglich. Einmal bin ich nach einem Ausbruch in einer eingestürzten Holzhütte aufgewacht. Ich musste springen, um mich von all dem Schutt auf mir zu befreien und wieder an die Oberfläche zu gelangen.

Ich habe lange gebraucht, um meine Angst vor geschlossenen Räumen zu überwinden und erneut mit einem Dach über dem Kopf schlafen zu können. Damals habe ich mein Quartier in wärmeren südlichen Gefilden aufschlagen müssen.

Aber ein Umzug ist dieses Mal leider keine Lösung. Vor diesen Problemen kann ich nicht davonlaufen, immerhin kann Archie springen und mich überall finden. Ich habe noch seine Drohung im Ohr und sehe sein verzweifeltes und wütendes Gesicht vor mir. Was genau habe ich da gestern eigentlich kaputt gemacht? Waren er und Spott ein Paar und ich bin schuld an ihrer Trennung? Oder war es ein erstes Date und ich habe verhindert, dass sie zusammenkommen?

Archies Gesicht hat mir Angst gemacht. Es war das erste Mal, dass ich ihn und seine Unglücksenergie ernst genommen habe. Ich meine, eigentlich ist er nur eine schwächere Version meiner selbst. Seine Kräfte beschränken sich auf Unglücksfälle und Racheakte mit Süßigkeiten wie Torten, Schokolade und so weiter. Der Torten-Streich ist eine seiner Spezialitäten.

Doch es ist immer ein Unterschied, wenn die Kräfte eines Lebenden Sprichworts Amok laufen. Wir haben dann keinerlei Kontrolle mehr über sie, sondern können nur noch das Beste hoffen. Ich würde die Katastrophe niemals bewusst provozieren, aber bei Archie bin ich mir da nicht so sicher. Ihm gegenüberzustehen, wenn er wütend und voller Energie ist, scheint mir eine beängstigende Vorstellung zu sein. Am besten ist es, wenn ich ihm ein paar Tage aus dem Weg gehe und dann versuche, mich bei ihm zu entschuldigen. Zumindest müsste er ja Verständnis für meinen Kontrollverlust haben, wir sitzen schließlich alle im selben Boot.

Wenn ich einen schlechten Tag habe, so wie heute, bezeichne ich mich gerne mal als Sklave meiner Magie oder sie als Fluch meiner Existenz. In gewisser Hinsicht stimmt das. Ich kann nicht eines Tages beschließen, dass ich anderen keine Streiche mehr spielen und fortan ein lieber, netter Kerl sein will, der Katzen von Bäumen rettet und alten Omis über die Straße hilft. So funktioniert meine Magie nicht.

Andererseits gefällt mir mein Leben auch. An den meisten Tagen bringt es mir Spaß, Chaos in die langweilige Ordnung zu bringen und den Leuten kleinere oder größere Streiche zu spielen. Und es kommt normalerweise nie jemand ernsthaft zu Schaden.

Gestern war das anders und ich meine damit nicht den Verlobten mit den Verbrennungen. Der Kristalllüster hätte jemanden erschlagen, bei der Massenpanik hätte jemand zu Tode getrampelt werden können und ich hätte nichts tun können, um es zu verhindern. Meine Magie ist grausamer als ich.

Und noch immer steckt zu viel von ihr in mir.

Seufzend schlage ich die Augen auf. Manchmal beneide ich die Menschen um ihre Urlaube und Wochenenden. So etwas kennen wir Freaks nicht. The show must go on! Tag für Tag, Woche für Woche, Jahr für Jahr, bis in alle Ewigkeit.

Daher ist blaumachen, so verlockend es klingt, keine Option. Selbst wenn mein Bett so angenehm weich ist und mich nicht gehen lassen möchte.

Moment mal!

Plötzlich bin ich hellwach. Ich kann tatsächlich nicht aufstehen!

Die Decke auf mir ist zwar weich und leicht, aber sie bewegt sich kein Stück, als ich versuche, die Füße zu heben. Und zudem kann ich meine Beine nicht bewegen, weil sie am Laken festzukleben scheinen.

Stehe ich unter Drogen? Oder warum kann ich mich nicht richtig rühren?

Beunruhigt drehe ich meinen Kopf zur Seite. Das heißt, ich versuche es, denn die Bewegung fällt mir verdammt schwer. Mein Schädel scheint im Kissen zu versinken und lässt sich nur ein paar Zentimeter zur Seite drehen. Genug, um zu erkennen, dass ich nicht entführt wurde, sondern mich noch immer in meiner Wohnung befinde.

»Was zur Hölle ist hier los?«, schimpfe ich laut, doch mir antwortet nur Stille.

Langsam habe ich den Verdacht, dass mir Archie oder Friedrich – oder beide zusammen – einen üblen Streich gespielt haben. Haben sie mich im Schlaf mit Sekundenkleber überschüttet, oder was?

Ein paar Sekunden später stelle ich fest, dass ich mich geirrt habe. Sie haben mich nicht mit Sekundenkleber ans Bett gefesselt.

Nein, es ist schlimmer.

Archie hat mein gesamtes Bett in klebrige, rosafarbene Zuckerwatte verwandelt!

Ich fluche ein paar Minuten wie ein Rohrspatz, bis sich langsam und widerwillig ein Hauch von Bewunderung in mir breitmacht. Diese Art der Bestrafung zeugt von Kreativität und mehr schadenfrohem Ideenreichtum, als ich dem selbstgerechten Arsch zugetraut habe. Normalerweise spielt er sich ja gerne als Moralapostel auf und bestraft diejenigen, die es seiner Meinung nach verdient haben. Dies ist der selbstsüchtigste Einsatz seiner Kräfte, den ich je erlebt habe.

Ärgerlicherweise bin ich das Opfer.

Wo steckt eigentlich Krähe? Müsste die Nervensäge nicht langsam mal auftauchen, um sich einzumischen? Immerhin hat Archie seine Kräfte gegen mich eingesetzt!

Nun gut, wenn man fair ist, habe ich meine Kräfte zuerst gegen ihn eingesetzt. Ob Krähe das Argument gelten lässt, dass mir die Kontrolle entglitten ist, ist eher zweifelhaft. Wetten, dass Krähe sich auf Arschs Seite schlägt?

Fünf Minuten später ist unsere gefiederte Regelwächterin immer noch nicht aufgetaucht. Auch von Archie ist nichts zu sehen, zu hören oder zu spüren. Ich hätte ja erwartet, dass er sich irgendwo in der Wohnung aufhält und darauf wartet, dass ich aufwache, damit er zusehen kann, wie ich mich winde und versuche, mich zu befreien.

Dummerweise habe ich damit wenig Erfolg. Keine Ahnung, was er mit der Zuckerwatte angestellt hat, aber sie erweist sich als unzerstörbar. Ich kann sie weder lösen noch in irgendeiner Form zersetzen, wegsprengen oder in etwas anderes verwandeln. Auf irgendeine Weise ist das Zeug resistent gegen Chaosenergie.

Und jetzt?

Ich versuche es weiter, ich weiß nicht wie lange. Nach einer gefühlten Stunde bin ich der Panik nahe. Wie lange will mich Arsch hier schmoren lassen? Den kompletten Vormittag? Den ganzen Tag? Eine Woche? Oder noch länger?

Sorge macht sich in mir breit. Wenn ich bereits jetzt zu viel Chaosenergie in mir trage, wie schlimm wird die Situation dann in ein paar Stunden sein? Wie lange muss sich die Magie in mir aufstauen, bis sie sich erneut Bahn bricht und den Turm zerstört? Würde Arsch wirklich zulassen, dass so viele Unschuldige zu Schaden kommen?

Ich bin bescheuert!

Als mir die Idee kommt zu springen, ist es geradezu lächerlich einfach, mich zu befreien.

Meine Freude ist von kurzer Dauer, denn ich schlage auf dem Schlafzimmerboden auf, wie ich losgesprungen bin: liegend, mit dem Rücken nach unten.

»Autsch!«

Für einen Moment bleibe ich einfach liegen und lasse die Schmerzen abklingen. Als ich mich ein paar Minuten später aufsetze, sehe ich rosa Beine. Auch wenn ich jetzt nicht mehr im Bett festklebe, so bin ich das schreckliche Zeug doch nicht vollständig losgeworden.

Ich erhasche im zersprungenen Spiegel am Schlafzimmerschrank einen Blick auf mich und stöhne auf. Von Kopf bis Fuß bin ich mit einer dünnen Schicht Zuckerwatte bedeckt. Ich sehe aus wie ein kleines rosa Glücksschweinchen, das es bei den Menschen zu Silvester gibt.

»Ich hasse dich, Arsch!«

Wie zuvor antwortet mir nur Stille und ich beginne an der Intelligenz meines Gegners zu zweifeln. Wieso ist Archie bislang nicht aufgetaucht, um mir eins reinzuwürgen? Verspürt er keine Schadenfreude? Oder reicht es ihm zu wissen, dass er mein Bett in ein gefräßiges rosa Monstrum verwandelt hat? Ich verstehe ihn nicht.

»Schluss mit Grübeln!«, befehle ich mir und stehe auf, um ins Bad zu gehen. Wie erwartet herrscht in meiner Wohnung das Chaos. Die Tapeten lösen sich von den Wänden, der Putz darunter ist gesprungen, einige Wände weisen sogar Risse auf, durch die ich nach draußen oder ins Nebenzimmer schauen kann. Die Möbel sind allesamt zerbrochen und stehen größtenteils nicht mehr. Die Küchenschränke sind zu Boden gestürzt. Dass ich von dem Lärm nicht aufgewacht bin, ist ein Wunder.

Auch im Badezimmer sieht es nicht viel besser aus. Die Glaswände der Duschkabine sind rissig, aber solange ich vorsichtig bin, werden sie eine letzte Dusche überstehen, ohne zu zersplittern.

Meine rosafarbene Unterwäsche lasse ich achtlos zu Boden fallen. Aufräumen macht keinen Sinn, wenn ich heute Abend eh woanders wohne. Vorsichtig betrete ich die Dusche und greife zum Haarwaschmittel. Die Zuckerwatte in meinen Haaren stört mich am meisten, sodass ich bereits eine ordentliche Portion Shampoo auf meinem klebrigen Kopf verteilt habe, bevor ich merke, dass etwas nicht stimmt.

Etwas riecht komisch. Nach Honig.

Ist Archie etwa unbemerkt in meine Wohnung gesprungen und beobachtet mich, während ich nackt in der Dusche stehe?

»Perverser Spanner!«, brülle ich.

Dann lausche ich, aber nichts rührt sich und ich spüre auch nicht seine Anwesenheit. Nur der verräterische süßliche Duft hängt immer noch in der Luft.

Ich benötige ein paar Sekunden, um zu begreifen, dass der Geruch von mir selbst kommt. Und weitere fünf Sekunden, um zu checken, dass der Honig, der mir an den Händen klebt, aus der Haarwaschmittel-Flasche stammt und mir nun in den Haaren steckt.

»So eine verdammte Scheiße!«

Fortwährend fluchend stelle ich das Wasser an und bin froh, dass die Wasserversorgung noch funktioniert und ich im Schlaf nicht die Leitungen habe platzen lassen. Auch das ist schon ein paarmal vorgekommen.

Doch nach einem Moment verfärbt sich das Wasser und ich erkenne, dass ich mich zu früh gefreut habe. Statt klarer Flüssigkeit strömt eine schwarze Brühe aus dem Duschkopf.

Ich stehe nackt, in klebrige rosa Zuckerwatte gehüllt, mit Honig in den Haaren und an den Händen in der Dusche und fluche wie ein Hafenarbeiter, während dunkle Schokoladensoße über meinen Körper strömt, als Friedrich im Bad auftaucht.

»Was hast du mit Archie gemacht?«, fragt er wütend. Dann sieht er mich und bekommt große, runde Augen.

»Verzieh dich!«, brülle ich.

Der Plagegeist rührt sich nicht von der Stelle. Dass ich nackt unter der Dusche stehe, scheint ihn nicht im Geringsten zu stören. Mich dafür aber umso mehr.

»Ist das Zuckerwatte mit Schokolade?«

»Wonach sieht es denn aus? JA, DAS IST ZUCKERWATTE MIT SCHOKOLADE, DU DUMMKOPF! UND NUN RAUS HIER!«

Mein Wutgebrüll macht Friedrich leider keine Angst. Vermutlich hätte ich mich auch nicht ernst genommen, wenn ich an seiner Stelle gewesen wäre.

»Warte, ich mache ein Foto!«, ruft er begeistert. »Das muss ich aufbewahren!«

Ich glaube, ich spinne!

Friedrich springt und taucht kurz darauf mit einer Kamera in seinen Händen wieder bei mir auf. Er hat ernsthaft vor, mich so abzulichten.

Aber nicht mit mir!

Die Chaosenergie in mir brodelt, doch dieses Mal habe ich nicht vor, sie länger zu unterdrücken, sondern lasse sie frei. Die Kamera in seinen Händen explodiert und Friedrich flüchtet schreiend.

Dann platzt das Wasserrohr in der Wand, danach die Fliesen und die Wand selbst und plötzlich regnen Scherben, Wasser und Chaosenergie auf mich herab und spülen die Spuren von Arschs Streich fort. Nur dass ich es nicht länger als harmlosen Streich und faire Revanche sehe.

»Du willst Krieg? Den kannst du haben!«

# Eine Krähe hackt der anderen kein Auge aus

Natürlich sollte ich mich erst einmal abtrocknen und anziehen, bevor ich mich auf den Kriegspfad begebe. Daher trete ich nun aus der Duschkabine.

Und fluche, als die Glastür unter meiner Berührung in sich zusammenfällt und Splitter auf mich und die gesprungenen Fliesen herabregnen. Zum Glück muss ich mich nicht durch dieses Minenfeld bewegen, sondern kann direkt ins Schlafzimmer zurückspringen.

Als ich die Tür des Kleiderschranks öffne, bricht dieser auseinander und ich halte plötzlich die verspiegelte Tür in der Hand. Ich kann sie nicht halten, weshalb sie mir auf die nackten Zehen kracht. Danach springe ich erst einmal im Viereck durch das Zimmer und singe meine Tageshymne.

»So ein Scheiß … so ein Scheiß …«

Als die Schmerzen endlich abgeklungen sind, hat meine Stimmung den absoluten Tiefpunkt erreicht und ich schmiede Rachepläne gegen Arsch.

»Na, warte!«, murmle ich. Natürlich genau in dem Moment, als Krähe ins Zimmer springt.

»MURPHY! Wie konntest du nur?«, zetert sie.

Na super! Das war ja klar! Wenn ich sie mal brauche, kommt sie natürlich zu spät!

»Das hätte ich nie und nimmer von dir gedacht! Und dabei bin ich ja schon einiges von dir gewohnt! Aber das schlägt dem Fass den Boden aus und ist an Gemeinheit wirklich kaum zu überbieten …«

»Ich wollte das nicht!«, unterbreche ich Krähes Schimpftirade.

»Lügner!«

»Ich lüge nicht!«, wehre ich mich wütend. »Frag doch *Kindermund tut Wahrheit kund,* ob ich lüge! Es war ein Unfall!«

»Ein Unfall?«, echot Krähe und keckert skeptisch. »Wie um Himmels willen soll *das* ein Unfall gewesen sein?«

Ich raufe mir die Haare, die nun zum Glück frei von ekligem, süßem Zeug sind, und bemerke erst jetzt, dass ich mich *erneut* nackt rechtfertigen muss, worauf ich überhaupt keinen Bock habe. Daher gehe ich zum Haufen, der einmal mein Kleiderschrank gewesen ist, und wühle aus dem Chaos Unterwäsche, Socken, Shorts und ein T-Shirt hervor.

»Was ist denn hier passiert?«, fragt Krähe, die sich anscheinend jetzt zum ersten Mal umsieht, während ich mich anziehe.

Blitzmerkerin!

»Ich habe gestern mein Tagespensum nicht erfüllt, meine Chaosenergie ist daher Amok gelaufen und hat alles um mich herum zerstört. Das sieht man doch! Oder denkst du, ich hätte die Verwüstung gestern Abend und hier in meiner Wohnung *freiwillig* veranstaltet?«

»Tagespensum?«, wiederholt Krähe irritiert.

»Ja, das meinte ich mit Unfall. Ich wollte das nicht!«

Die Ordnungshüterin scheint mir zum ersten Mal zuzuhören und nachdenklich zu werden.

»Willst du mir tatsächlich weismachen, dass du nicht wusstest, dass du in Archies Date platzt? Dass das Zufall war?«

»Halleluja! Du hast es kapiert! Genau das will ich damit sagen!«

»Ich glaube dir nicht«, erwidert Krähe und ich stöhne frustriert auf. Warum überrascht mich das nicht?

»Und diese Geschichte mit dem Tagespensum ... willst du ernsthaft behaupten, dass du, der Meister über die Chaosenergie, sie nicht unter Kontrolle hast, wenn du dieses ... dieses Tagespensum nicht erfüllst?«

»Stell dir vor, ich bin genauso ein Sklave meiner Existenz wie ihr anderen auch! Es wäre also nett, wenn du mich einmal – *ein einziges Mal* – so behandeln könntest wie die anderen!«

Krähe ist für einen Moment stumm und liefert sich nur ein stilles Blickduell mit mir. Seltsamerweise hilft es, um meinen Frust und meinen Zorn etwas zu dämpfen. Ich werde ruhiger.

Doch was ich dann als Nächstes höre, macht meinen inneren Frieden mit einem Schlag wieder zunichte.

»Murphy, es gibt kein Tagespensum, das wir erfüllen müssen«, sagt Krähe und ich starre sie an, ohne ihre Worte zu begreifen.

»Was?«

»Keiner von uns hat ein Tagespensum. Wie kommst du auf die verrückte Idee, dass du eine bestimmte Menge an Streichen verüben *musst*?« Krähe schüttelt den Kopf und scheint ihre Wut verloren zu haben. »Da hat dir jemand einen ordentlichen Bären aufgebunden, fürchte ich. Nein, du bist derjenige, der dieses Chaos angerichtet hat. Aber ich glaube dir, dass es dir nicht bewusst war, was du da tust. Anscheinend hast du dir selbst nicht eingestanden, dass du eifersüchtig warst, und hast deshalb Archies Date platzen lassen.«

»Eifersüchtig?«, wiederhole ich fassungslos. »Ich bin *nicht eifersüchtig*!«

So langsam gefällt mir die Krähe, die nie Verständnis für mich hatte und mir dauernd nur Vorwürfe machte, besser als diese neue Version der Regelwächterin.

»Ach, Murphy!«, seufzt sie. »Es ist okay. Warum sagst du Archie nicht, was du für ihn empfindest? Entschuldige dich bei ihm. Ich bin sicher, dass ihr zwei irgendwann wieder zusammenkommen werdet.«

Was ich für ihn empfinde?

Wieder mit Archie zusammenkommen?

Ich habe die Redewendung *sich wie im falschen Film fühlen* nie verstanden, doch jetzt begreife ich, was die Menschen damit meinen. Mir ist es ein Rätsel, wie Krähe auf einen solchen abstrusen Mist kommt und ihn auch noch ernsthaft glauben kann.

»Erstens: Ich liebe Archie nicht.«

Ich kann es nicht fassen, dass ich sogar Archie sage und nicht Arsch, wie sonst gewöhnlich.

»Zweitens: Ich *war* nie mit ihm zusammen, ich *will* nicht mit ihm zusammen sein und ich *werde* auch nie mit ihm zusammenkommen! Wie kommst du überhaupt darauf, dass ich Gefühle für ihn hätte? Er geht mir fürchterlich auf die Nerven und ich versuche, ihm aus dem Weg zu gehen, so gut es mir möglich ist. Ich kenne Archie noch nicht einmal richtig! Ich wusste auch nicht, dass er schwul ist, mit Spott zusammen ist oder in dem Restaurant sein würde!«

Ich bin bei jedem Satz lauter geworden und schreie Krähe nun an.

»Jetzt lügst du!«, behauptet sie gereizt. »Schön und gut, dass du deine Gefühle nicht eingestehen willst, aber es ist allgemein bekannt, dass ihr beiden mal ein Paar wart! Und nachdem Archie so lange deinetwegen Liebeskummer hatte und nun endlich wieder glücklich ist, machst du ihm alles kaputt!«

Ich begreife, dass ich sagen kann, was ich will. Krähe wird mir nicht glauben. Sie hat sich eine alternative Wirklichkeit zusammengesponnen und gehört meiner Ansicht nach in eine Klapsmühle. Nur dass es keine Psychiater für durchgedrehte Lebende Sprichwörter gibt. Sonst hätte der Glückliche vielleicht endlich mal andere Hilfe als seine Drogen bekommen.

Dennoch versuche ich ein letztes Mal, zu Krähe durchzudringen. »Ich weiß nicht, wer dir diesen Mist erzählt hat«, erkläre ich geduldig, »aber ich bin nicht schwul und ich war nie mit Archie zusammen! Und nun entschuldige mich bitte, ich muss mir eine neue Wohnung suchen.«

Ich gehe zurück zum zerstörten Kleiderschrank und suche meine Kleidung zusammen. Sie sind das Einzige, das ich mitnehmen werde. Einige Stücke sind zerrissen und bleiben liegen, andere kann ich retten, wenn ich sie von den Splittern und Scherben befreie und einmal wasche. Trotzdem muss ich mich auf Shoppingtour begeben, sobald ich eine neue Wohnung gefunden habe.

»Also gut, ich gebe euch einen Tag, um die Angelegenheit untereinander zu klären«, meint Krähe plötzlich. »Entschuldige dich bei ihm!«

Ich wirbele empört herum. Mich entschuldigen, nach dem, was Archie sich heute geleistet hat?

Aber Krähe ist schon weg, bevor ich den Mund öffnen kann.

»Ich hasse diese Freaks!«

# Lachen ist die beste Medizin

Man sagt ja, dass Lachen hilft, wenn man sich scheiße fühlt. Ich habe es ausprobiert und kann die Behauptung leider nicht nachvollziehen. Trotz des lächerlichen Ultimatums von Krähe empfinde ich keine Heiterkeit. Mein Frust, mein Zorn und meine Verwirrung werden dadurch nicht weniger.

Doch bevor ich Rachepläne gegen Archie schmieden kann, habe ich zu tun. Erst muss ich packen, dann will ich frühstücken – seltsamerweise haben mich all die Zuckerwatte, der Honig und die Schokolade hungrig gemacht. Der Rest des Vormittags wird wohl mit Wohnungssuche draufgehen, danach muss ich shoppen gehen und arbeiten, damit der heutige Tag nicht genauso katastrophal endet wie der gestrige.

Ich fühle mich gestresst, als ich eine Sporttasche hervorhole und meine Klamotten hineinwerfe. Da ich nicht sentimental bin und den Kriegsschauplatz so schnell wie möglich verlassen möchte, springe ich, ohne mich ein letztes Mal umzusehen, von meiner Wohnung direkt in die Bäckerei nebenan, will an den Menschen vorbei hinter die Theke schleichen, als …

»Huhu, Murphy!«

Oh, bitte nicht!

Es gibt einiges, was ich auf nüchternen Magen ertrage, allerdings nicht die überdrehte gute Laune von *Lachen ist die beste Medizin*, die sich nun freudestrahlend bei mir unterhakt und mich von dem einzigen Lichtblick des Tages, dem Käsesandwich vor mir, zurückreißt, bevor ich es mir schnappen kann.

Während mich Lachen mit solch offensichtlicher und unverständlicher Freude angrinst, die ihr eigentlich einen Freifahrtschein in die nächstbeste Irrenanstalt hätte bescheren sollen, steht ihr grauhaariger Lebensgefährte *Schlaf ist die beste Medizin* beinahe unbeteiligt daneben und lässt sich nach einer Weile zu einem langsamen Nicken herab.

Währenddessen plappert Lachen wie eine Schnellfeuerwaffe auf mich ein. »Nachdem wir erfahren hatten, dass dies dein Stammcafé ist, *mussten* wir einfach herkommen, mein Lieber! Du *ahnst* ja nicht, welch böse Gerüchte über dich verbreitet werden. Nicht wahr, mein Schatz? Ich konnte es nicht fassen! Nicht unser Murphy, der wäre niemals zu etwas so Bösartigem fähig, habe ich den anderen gesagt. Aber die wollten ja nicht auf mich hören! Also *mussten* wir einfach herkommen und dich warnen, mein Lieber!«

Meine Ohren versuchen auf Durchzug zu schalten, was angesichts der Lautstärke, mit der Lachen spricht, nicht möglich ist. Danach probiere ich, meinen Arm aus ihrer Umklammerung zu befreien und etwas von ihr abzurücken, aber genauso gut hätte er an ihr festgeleimt sein können. Sie ist stärker, als ich dachte.

Lachen sieht aus wie eine Dauerwelle tragende, blond gefärbte und überschminkte Mittfünfzigerin, die unbedingt jünger wirken will, als sie ist. Ich habe ihr mal gesagt, dass sie damit Erfolg hatte, weil sie nun mal definitiv jünger aussieht, als die geschätzt vier- oder fünftausend Jahre alte Schabracke, die sie tatsächlich ist, und habe es ironisch gemeint. Dummerweise versteht Lachen keine Ironie, was selbst ironisch wäre oder einfach nur erbärmlich, und leider denkt sie nun, dass ich sie mögen würde, und findet jede meiner Beleidigungen und meiner Fluchtversuche vor ihr einfach nur lustig.

Als Lachen einmal kurz Luft holt, atme ich erleichtert ein und will ihr sagen, dass …

»Und, mein Junge, wie geht es dir?«, unterbricht mich Schlaf bereits, während der erste Ton über meine Lippen in die Freiheit zu klettern versucht. Zu spät!

»Du siehst doch, dass es ihm nicht gut geht, Morph!«, tadelt Lachen ihn sofort und ich habe meine Chance verpasst, das Gespräch im Keim abzuwürgen. »Wie würde es dir denn gehen, wenn die anderen so gemeine, abscheuliche und bösartige Gerüchte über dich verbreiten würden?!« Sie tätschelt mir den Arm.

Ein »Ich …« schafft es gerade so über meine Lippen.

»Setz dich, mein Lieber!«, unterbricht sie mich. Sie geht zu einem freien Tisch in der Ecke. Ich hingegen bleibe stehen, was dazu führt, dass ich mit quietschenden Sohlen einfach mitgeschleift werde und Lachen albern kichernd meint: »Ich bin so froh, dass du deinen Sinn für Humor nicht verloren hast, mein Lieber!«

Dann haben wir es in die Ecke geschafft, ich werde auf einen Stuhl gedrückt und sehe gerade noch, dass Plätzchen vor uns auf dem Tisch stehen, bevor mir auch schon die erste knochentrockene Mordwaffe in den Rachen geschoben wird. Ich lasse vor Schreck meine Tasche fallen und beginne zu würgen.

»Iss, mein Lieber!«, sagt Lachen fröhlich und bemerkt nicht, dass ich kurz vor dem Erstickungstod stehe.

Ich will einfach nur noch weg und versuche zu springen, während ich um das Monstrum herum würge und Luft in meine Kehle ziehe. Doch noch während sich die Energie in mir aufbaut, merke ich, wie sie auch schon wieder in sich zusammenfällt und ein Schwall künstliche Heiterkeit mich in einen schwachsinnig grinsenden Affen verwandelt. Später werde ich Lachen dafür hassen, aber momentan bin ich zu keinem klaren Gedanken mehr fähig.

»Ich konnte es nicht fassen, als ich gehört habe, dass Archie ein Date mit Spott hat. Ich meine, *Archie*! Wie konnte er nur?! Ihr wart so ein *süßes* Paar, und dann betrügt er dich einfach und du musst es auf diese Weise erfahren. *Kein Wunder*, dass du ausgeflippt bist! Das wäre ich auch, wenn ich Morph mit einer anderen erwischt hätte!«

Ich muss mehr von Lachens Schwachsinn abbekommen haben, als ich dachte, denn ich glaube, sie sagen zu hören, dass Archie und ich ein süßes Paar wären. Bis der Gedanke vollständig zu mir durchgedrungen ist, ist Lachen schon dabei, mir Beziehungstipps zu geben.

»Du musst ihm zeigen, wie sehr du ihn liebst, mein Junge! Überrasch ihn! Bring wieder etwas Pfeffer in eure Beziehung! Zeig ihm, was er verpasst, wenn er mit diesem Idioten Spott ausgeht! Ich meine, Spott! Hallo? Beim direkten Vergleich schlägst du den doch um Längen!«

»Wie wahr!«

»Ich …«, würge ich hervor, was Lachen allerdings nicht hört, da ich nach meinem Beinaheerstickungstod noch etwas heiser bin.

»Wenn du ein verständnisvolles Ohr brauchst und dich aussprechen willst, Morph und ich sind jederzeit für dich da! Wir helfen dir gerne! Sollen wir mal ein ernstes Wörtchen mit Archie sprechen?«

»NEIN!«, stoße ich entsetzt hervor. Ich sehe mich schon vor dem Altar stehen, hingeschleift vom Klebearm, während das Quietschen meiner Sohlen die Kirche erfüllt, und Archie vom schwachsinnigen Komplizen der Oberirren aus der Freakshow in einer Art Wachkoma auf mich zuschwebt und dann das Eheversprechen spricht, das Lachens Wahnsinn und ihre Kuppelei-Versuche ihm entlockt haben.

Die Horrorvorstellung sorgt endlich dafür, dass ich wieder klar denken kann. Erneut versuche ich, meinen Arm aus der Todesschlinge namens Lachen zu befreien, die mich nun verständnisvoll ansieht.

»Ich verstehe, mein Lieber. Du brauchst einfach ein bisschen Zeit, um Archies Betrug zu verzeihen.«

»Schlaf ist die beste Medizin!«, pflichtet Morpheus ihr bei.

Sofort protestiert Lachen: »Ist sie nicht! Jedes Kind weiß doch …«

Ich sehe die Berührung nicht kommen, doch plötzlich liegt Schlafs rechte Hand auf meinem Oberarm und ich höre den Rest nicht mehr, während die Welt um mich herum schwarz wird.

# Unverhofft kommt oft

Ich weiß nicht, wie lange ich auf der Tischplatte gelegen und gedöst habe. Als ich langsam wieder zu mir komme, verfluche ich Lachen und Schlaf.

Sie allein schaffen es, mich zu einem hilflosen Kleinkind zu reduzieren, das sie nach Belieben herumschubsen können. Und meine Unglücksenergie ist leider gar keine Hilfe gegen ihre Freak-Energie. An den beiden prallt sie einfach ab, wird wirkungslos eingesaugt oder – schlimmer noch – in Schwachsinn oder Müdigkeit verwandelt auf mich zurückgeworfen. Ich weiß nicht, ob es daran liegt, dass die beiden ein paar Jahrtausende älter – und stärker – sind als ich, aber ich habe mit meinen Kräften keine Chance gegen sie.

Also bleibt mir nur Mord. So langsam erscheint mir das als einzige sinnvolle Alternative. Natürlich wird Krähe danach im Dreieck springen und anschließend drohen, mich umzubringen, doch das ist es mir wert.

Ärgerlicherweise habe ich noch nie gehört, dass einer der Freaks das Zeitliche gesegnet hätte, also bin ich mir nicht sicher, ob wir überhaupt sterben können. Und falls ja, was dazu nötig wäre. Während ich die verschiedenen Möglichkeiten durchgehe, verziehe ich frustriert das Gesicht.

»Er sieht so traurig aus!«

Erwürgen? Erstechen? Erschießen? Erschlagen? Oder einfach vergiften?

»Er sieht sooo *gut* aus!«, seufzt da eine zweite lästige Mädchenstimme und ich frage mich, ob gerade Pausenzeit und eine Horde durchgeknallter Teenager in die Bäckerei eingefallen ist. Wie spät ist es eigentlich?

Als ich mich umdrehe, um die Menschen genervt anzusehen, schrecke ich zurück. Vier langhaarige Monster stehen vor mir und kreischen entzückt, als sie meine Aufmerksamkeit haben.

»MURPHY!«

Ich habe keine Ahnung, wer die vier Mädchen sind, denn ich habe sie noch nie zuvor gesehen. Doch sie müssen Freaks sein, sonst könnten sie mich nicht sehen, auch wenn ihre Präsenz so schwach ist, dass ich sie zuvor nicht bemerkt habe.

»Verschwindet!«

»Oh! Siehst du? Ich habe doch gesagt, dass er unter der Trennung leidet!«

»Also, ich finde Spottie ja auch ganz süß, wenn ich zugeben muss.«

»Spinnst du? Nichts geht über Murchie!«

Ich leide anscheinend an den letzten Spuren des Schwachsinns, denn mir entfleucht nur ein »Was?«, während ich benommen den Kopf schüttele.

Ich verstehe kein Wort von dem, was diese Schwachmaten sagen. Anscheinend bemerken die Mädchen meine Verwirrung und fühlen sich bemüßigt, mich aufzuklären. Ich wünsche mir, sie würden es lassen, denn je mehr ich höre, desto stärker kämpft sich das vorhin mühsam heruntergewürgte Plätzchen wieder meine Kehle hoch.

»Wir sind eure größten Fans! Die Gründer des Murchie-Fanclubs!«

»Ja, genau! Wir shippen euch seit Jahren! Ihr seid so *süüüß* zusammen!«

»Murphy …«, schreit die Erste.

»… und …«, fällt die Zweite ein.

»… Archie …«, brüllt die Dritte und ich ahne Böses.

»… sind MURCHIE! YEAH!«

Die vier brüllen die letzten Wörter zusammen und vollführen einen so dermaßen bescheuerten Tanz, als würden sie feiern, dass sie gerade ihre Gehirne verschenkt haben. Mir wird schlecht, als ich begreife, was diese Freaks mit Murchie meinen.

»Wir haben sogar eine Website und eine Facebook-Seite über euch! Mit allen Fotos und News! Und natürlich gibt es auch ein Logo, Fanartikel, Fanfiction-Storys und vieles mehr! Und vor Kurzem haben wir eine Seite auf Instagram über euch eingerichtet, damit alle Lebenden Sprichwörter stets up to date sind! Schade, dass die Menschen unsere Fotos und Videos von euch nicht sehen können, sonst hättet ihr bestimmt noch tausendmal mehr Fans.«

Eins der Mädchen hält mir ihr Smartphone unter die Nase, auf dem sie hektisch herumwischt und mir massenhaft Bilder von mir selbst, von Arsch und – oh Wunder – von uns zusammen zeigt. An die meisten dieser Begegnungen kann ich mich nicht einmal erinnern. Alles ist mit schwachsinnigen Bemerkungen, Herzen und schrecklichen, an Gelbsucht leidenden Totenschädeln verziert.

Ich finde das Ganze so grauenhaft, dass ich kurzerhand das Smartphone lahmlege, um nicht noch mehr von diesen Albtraum-Bildern sehen zu müssen.

»Ich fasse es nicht! Wie lange verfolgt ihr mich schon?«, rufe ich, während das Mädchen mit dem kaputten Handy panisch auf ihr überflüssiges Technik-Teil eintippt, ohne das sie anscheinend nicht leben kann, denn sie beginnt zu flennen, als wäre ihre Mutter gerade vor ihren Augen gestorben oder als stünde der Weltuntergang unmittelbar bevor.

»Seit Jahren! Und nun reden wir zum ersten Mal mit dir, das ist sooo aufregend! Ich glaube, ich falle gleich in Ohnmacht!«, gibt die eine aufgeregt quietschend zu und wedelt sich mit einer Hand Luft zu.

»Ihr! Ihr habt Krähe und den anderen weisgemacht, dass Archie und ich ein Paar sind!«, platze ich mit meiner Erkenntnis heraus.

Ich habe Krähe für verrückt gehalten, doch schuld sind diese vier geistig unterentwickelten Sparflammen-Existenzen, die noch nicht einmal bemerken, wie erbärmlich sie sind. Die eine heult noch immer wegen ihres Handys und die zweite kippt doch tatsächlich in diesem Moment wie angekündigt aus den Latschen.

Dummerweise genau auf meinen Schoß. Ich strecke die Hände aus, um nicht von ihrem wahrscheinlich steinharten Hohlschädel getroffen zu werden, und fange sie auf.

*Kreisch!*

Plötzlich zuckt ein Lichtblitz durch die Bäckerei und das Geschrei der Mädchen droht mein Trommelfell platzen zu lassen.

»Ich bin so neidisch!«, jammert die Heulsuse. »*Ich* wollte doch ein Foto mit ihm machen!«

»Schickst du es mir?«

»Nein, das ist meins!«

Es gibt einen Knall, als bei der plötzlichen Rangelei mein Tisch umgestoßen wird. Drei Mädchen gucken erschrocken, das vierte erwacht in meinen Armen und springt von meinem Schoß. Und weg sind sie.

Eine Sekunde später erinnert nichts mehr an die Begegnung mit meinem Fanclub aus der Hölle.

# Erstens kommt alles anders, zweitens als man denkt

Während ich denke, dass mein Tag nicht schlimmer werden kann, fällt mein Blick auf die Uhr und ich fange beinahe selbst an, mädchenhaft loszukreischen. Es ist *viertel nach zwei*! Morpheus hat mir den kompletten Vormittag gestohlen!

»Ich bringe ihn um!«, schwöre ich. »Gleich nachdem ich Lachen erledigt habe, ist Morpheus dran!«

Die beiden Begegnungen in der Bäckerei haben mich so abgelenkt, dass ich zum Wichtigsten noch gar nicht gekommen bin: zum Essen.

Ich springe daher von meinem Ecktisch auf, wundere mich kurz, dass ich nicht ein einziges Mal bei meinem unfreiwilligen Schlaf gestört wurde, und marschiere dann durch den verhältnismäßig leeren Raum zur Auslage. Der Mittagsansturm ist längst vorbei, sodass nur noch wenige belegte Brötchen da sind. Ich schlängele mich vorsichtig an zwei Verkäuferinnen vorbei und greife mir mit einem frustrierten Seufzen ein Kern-Monster. Habe ich erwähnt, dass ich Kerne auf Brötchen hasse? Es ist mir egal, dass die so wunderbar gesund sind, wie alle behaupten, und dass man lange etwas davon hat – ja klar, die hängen einem nach dem Essen ja auch stundenlang zwischen den Zähnen und rauben einem dazu den letzten Nerv!

Aber ich habe heute einfach kein Glück: Es gibt keine anderen mehr. Also nehme ich es mir schlecht gelaunt und beginne, die Kerne vom Brötchen zu kratzen, als mein Blick auf die Theke fällt, auf der noch ein paar Tageszeitungen vom Morgen liegen.

Mir springt die Titelschlagzeile ins Auge: »Feuerkatastrophe im *Giorgios* – ein Toter und fünf Schwerverletzte«.

Ich zucke zurück und höre meine Unglücksenergie schadenfroh lachen. Es ist also doch gestern Abend bei meinem Super-GAU jemand ernsthaft zu Schaden gekommen. Ein Mensch ist tot, weitere sind schwer verletzt.

In diesem Moment hasse ich mein Leben. Wo ist Archie, wenn man jemanden zum Draufschlagen braucht?

Ich mag nicht einmal mehr das Brötchen essen, die schlechten Nachrichten haben mir den Appetit gründlich verdorben. Stattdessen lasse ich es zurück in die Theke fallen und mache das Einzige, was meine Laune heute ein bisschen heben könnte.

Frustshopping.

In Berlin gibt es zahlreiche Shoppingcenter und andere Einkaufsmöglichkeiten, wenn man auf der Suche nach neuen Klamotten ist. Mir ist es dabei egal, welche Marke auf den Sachen prangt, Hauptsache, sie passen und sie gefallen mir. Der Preis ist mir beim Einkaufen egal – ich bezahle sie ja sowieso nicht.

Wenn ich mich allerdings zum Frustshopping aufmache, sind mir zwei andere Dinge wichtig: große Läden und viele Menschen.

Daher springe ich jetzt in eins der großen Einkaufszentren und direkt in einen bekannten Markenshop.

Perfekt! Es ist viel los!

Ich fühle mich bis in die Fingerspitzen geladen, als ich die Knöchel knacken lasse und loslege.

Als Erstes entferne ich jedes einzelne Größenetikett im gesamten Laden, indem ich sie einfach durch Chaos zersetze.

Es dauert nicht lange und verärgerte Rufe werden laut. Die Kunden rufen die Verkäufer herbei, die völlig verwirrt sind und sich das Fehlen der Etiketten nicht erklären können. Schnell werden die Stimmen der Verärgerten lauter.

»Ich werde mich beim Geschäftsführer beschweren!«

»So eine Sauerei! Was ist das hier für ein Saftladen!«

»WIE BITTE?! Sie denken, dass ich es nötig habe, dieses … dieses Zelt tragen zu müssen?«

Ich merke, wie sich meine Mundwinkel zu einem Grinsen verziehen und sich ein Teil meiner Anspannung löst. Frustshopping ist wirklich das beste Mittel gegen Stress!

Natürlich ist es mit dem Etiketten-Streich nicht getan. Als Nächstes bringe ich die Kleiderständer und Regale durcheinander. Normalerweise ist ja alles in aufsteigender Größe sortiert – ab sofort nicht mehr. In unbeobachteten Momenten bringe ich Kleiderständer nach Kleiderständer, Regal nach Regal durcheinander und freue mich diebisch, als dann die ersten Kunden zu meinen Komplizen werden. Unsicher, wohin die Sachen gehören, die sie eben anprobiert oder zum Betrachten herausgenommen haben, legen sie die Kleidungsstücke einfach irgendwohin.

Ich beginne zu pfeifen, als ich nun wieder gut gelaunt mit einem Gedanken einen Kleiderständer mit T-Shirts und einen Ständer mit Shorts die Plätze tauschen lasse. Kunden, die eben nach einem T-Shirt greifen wollten, wirken fassungslos und trauen ihren Augen nicht, als sie plötzlich eine kurze Hose in den Händen halten.

Das einzige Nervende an dem Spaß ist das Geschnatter, das stetig lauter wird. Ich setze also kurzerhand einen Stapel Hosen in Brand.

»FEUER!«

Entsetzte Schreie sind doch so viel besser als verwirrtes Geschnatter, findet ihr nicht auch?

Aber meine Zufriedenheit löst sich ganz schnell in Luft auf, als ich spüre, wie sich meine Unglücksenergie erneut regt – dieses Mal, ohne dass ich ihr etwas befohlen hätte.

»NEIN!«, brülle ich, als ein Windstoß durch den Laden fegt und die Flammen immer weitergetragen werden. Blitzschnell brennt der halbe Laden lichterloh.

Mädchen und Frauen kreischen, Männer rufen nach der Feuerwehr und Kinder weinen, während alle panisch und hustend zum Ausgang rennen und versuchen, vor dem Inferno zu flüchten. Einige fallen hin, werden umgestoßen oder rennen irgendwo gegen, weil sie im dichten, schwarzen Qualm die Hindernisse nicht mehr erkennen können.

»Verdammt!«, murmele ich frustriert. »Ich wollte doch noch einkaufen!«

Heute ist wirklich nicht mein Tag. Natürlich taucht genau in diesem Moment Friedrich auf. Ich stöhne genervt.

»Was ist denn hier los?«

»Siehst du doch!«, raunze ich ihn an. »Es brennt!«

»Warum bist du denn so schlecht gelaunt? Normalerweise grinst du doch immer breit, wenn du Streiche dieses Ausmaßes verübt hast«, wundert sich Friedrich, aber ich ignoriere ihn, während ich zum Ausgang gehe.

Durch das Chaos bin ich zwar einiges an Unglücksenergie losgeworden, doch ich habe immer noch keine neuen Sachen! Dafür aber Gesellschaft. Was will der Junge überhaupt hier?

Und warum nenne ich den kleinen Unglücksraben einen Jungen? O Gott! Hat Archies Zuckerwatte mir eventuell den Verstand geraubt?

»Uuuh, voll gruselig, deine Grimasse! Du könntest in der Geisterbahn auftreten!«, verkündet Friedrich, als hätte ich das wissen wollen.

»Hast du vergessen, dass die Menschen uns nicht sehen können? Was soll das bringen, wenn ich versuche, sie in der Geisterbahn allein mit meinem Gesicht zu erschrecken?«, motze ich los, während ich nun strammen Schrittes durch das sich rasch leerende Einkaufszentrum marschiere. Meine Hoffnung, Friedrich wieder loszuwerden, sei es durch mein Tempo oder meine Kritik, erfüllt sich leider nicht.

»Was willst du überhaupt hier?«

Um uns herum schrillt weiterhin der Feueralarm. Die Menschen haben inzwischen fast alle das Einkaufszentrum verlassen, sodass ich zum nächsten Bekleidungsshop gehen und mir in Ruhe etwas aussuchen kann.

Nur dass ich nicht allein bin, somit auch keine Ruhe habe, und gar nicht so weit komme.

»Nicht die schon wieder!«, stöhne ich, als ich das Höllen-Quartett von vorhin entdecke, das kichernd vor der Auslage eines Juweliers steht, sich Ringe und Ketten mit Herzen und weiterem sentimentalen Schnickschnack ansieht und dabei auf einzelne Stücke zeigt.

»Verdammt! Die Neos!«

Friedrich zerrt mich ins nächste Geschäft, einen kleinen Zeitschriften- und Tabakladen, sodass wir außer Sicht sind. Nicht dass es bei den stärker werdenden, dunklen Rauchwolken in meinen Augen eine große Rolle spielt. Was hat *er* denn gegen die vier?

»Die Neos?«, wundere ich mich.

»Abkürzung für die Neologismen«, erklärt Friedrich abwesend und in einem Tonfall, als wäre das selbstverständlich, während er verstohlen den Kopf aus der Tür streckt und das Höllen-Quartett nicht aus den Augen lässt. Aber ich stehe nicht auf der langen Leitung, ich weiß tatsächlich nicht, wer oder was die vier sind. Auch wenn es mir schwerfällt, vor Friedrich zuzugeben, dass ich keine Ahnung habe, so muss ich doch unbedingt wissen, wer meine neuen Feinde sind.

»Was sind Neologismen?«

Nun dreht sich Friedrich zu mir um. »Ernsthaft? Das weißt du nicht? Es ist allgemein bekanntes Wissen unter uns Lebenden Sprichwörtern … ah, ich vergaß, du willst ja mit uns anderen nichts zu tun haben.« Er seufzt und starrt mich einen unangenehm langen Moment schweigend an.

»Also gut«, meint er dann, »ich erkläre es dir. Neologismen sind sprachliche Neuschöpfungen, also neue Wörter oder Redewendungen, die von den Menschen erfunden werden. Häufig stammen sie aus der Jugendsprache. Wenn sie einen gewissen Bekanntheitsgrad erreicht haben, tauchen diese Neos bei uns auf.«

»Das heißt, das sind neue Lebende Sprichwörter?«, frage ich und vermeide das Wort *Freaks*, weil ich nicht will, dass Friedrich beleidigt ist und die Erklärung abbricht. Wissen ist Macht – und eine überaus nützliche Waffe gegen das lästige Mädchenquartett.

»Nein«, entgegnet Friedrich jedoch überraschend. »Sie sind nicht wie wir – jedenfalls noch nicht. Erst wenn sich eine Redewendung oder ein Sprichwort bei mehreren Generationen im Sprachgebrauch fest etabliert hat, wird ein Neologismus zum Lebenden Sprichwort und damit ebenfalls unsterblich. Und durch die Modewellen heutzutage sind solche Sprachneuschöpfungen schnell auch wieder unmodern. Ich tröste mich immer mit dem Gedanken, dass sich die vier eines Tages vielleicht einfach mit einem Puff wieder in Luft auflösen. Hach, wäre das schön!«

»Das heißt, sie sind fast wie wir, nur nicht unsterblich?«, hake ich nach.

Friedrich runzelt die Stirn. »Natürlich nicht!« Kopfschüttelnd mustert er mich. »Erinnere dich einfach mal an deine Anfänge zurück! Du konntest doch zu Beginn auch nicht mehr als Springen, deine Kräfte sind ja erst später erwacht. Genauso ist es bei den Neologismen. Sie leben noch in beiden Welten, in unserer und der der Menschen. Das heißt, sie können uns sehen, aber die Menschen können sie ebenfalls wahrnehmen. Dummerweise haben diese vier Neos jedoch keine Ahnung, wie man sich benimmt. Und sie sind verdammt oberflächlich!

Nur weil ich zufällig wie ein Kind aussehe und nicht altern kann, denken sie, sie haben das Recht, mich auszulachen und ständig auf mir herumzuhacken!«

Während sich Friedrich nun wütend ereifert, bemerkt er nicht, dass seine Erklärung mich ziemlich verstört hat. Heißt das etwa, *alle* anderen Sprichwörter haben sich aus Neologismen entwickelt? Das kann doch nicht stimmen, oder?

Langsam begreife ich, dass ich mich nicht nur anders *fühle* als die Freaks. Ich *bin* anders.

»Friedrich?«

»Ja?«, fragt der Junge und starrt mich überrascht an.

»Hast du ein Tagespensum an Energie, die du verbrauchen musst, damit sie nicht außer Kontrolle gerät?«, frage ich ihn mit einem mulmigen Gefühl im Bauch.

Friedrich blinzelt verwirrt und scheint meine Frage nicht zu begreifen, was mir eigentlich schon die Antwort gibt.

»Was meinst du damit? Du weißt doch, dass ich meine Kräfte nicht steuern kann. Wie kann ich da meine Energie verbrauchen? Es passiert normalerweise nur alle paar Wochen, manchmal nur alle paar Monate, dass mir ein Streich gelingt. Woher sollte ich da ein Tagespensum haben? Das ist absurd!«

Herzlichen Glückwunsch, Murphy! Du bist ein Freak unter den Freaks!

Ich schere mich nicht darum, dass wir uns immer noch vor meinen teuflischen Fans verstecken, sondern trete kräftig auf den Zeitschriftenständer neben mir ein. Zeitungen und Magazine fallen dabei zu Boden. Nach einem Moment höre ich die Mädchenstimmen draußen näher kommen und mein Fuß beginnt zu schmerzen, aber nicht einmal das bringt mich dazu, damit aufhören zu können.

»Murphy!«, zischt Friedrich entsetzt und wirft einen Blick auf den Gang draußen. Anscheinend steuern die Mädchen jetzt direkt auf uns zu. »Was tust du da? Hör sofort damit auf!«

Ich kann nicht und ehrlich gesagt will ich auch gar nicht aufhören. Wut erfüllt mich vom Kopf bis zu den pochenden Zehen und ich fasse es nicht, dass ich so lange gebraucht habe, um zu erkennen, was ich bin.

Ich bin nicht *Alles, was schiefgehen kann, wird auch schiefgehen.*

Nein, ich bin nur sein Opfer, sein Träger, seine Marionette.

Wer hat mir das angetan?

# Man soll den Tag nicht vor dem Abend loben

Ich schnappe mir Friedrich und springe ins nächste Einkaufszentrum, weg von den Neos, dem beißenden Qualm, den sich ausbreitenden Flammen und den hereinstürmenden Feuerwehrmännern. Es wundert mich kurz ein bisschen, dass ich den kleinen Unglücksraben einfach so mitnehmen kann und dass er sich nicht wehrt, dann konzentriere ich mich aufs Wesentliche.

Mit großen Schritten stürme ich durch die schmalen Gänge, remple die Kunden und Verkäufer an, die sich verwundert umschauen, schnappe mir T-Shirts und kurze Hosen in meiner Größe, mache einen Abstecher zur Unterwäsche-Abteilung und decke mich mit dem Nötigsten für die nächsten Tage ein. Dann will ich alles in meine Sporttasche stecken … und entdecke, dass ich sie nicht bei mir habe.

»Nicht auch das noch!«, stöhne ich.

»Was ist los?«, fragt Friedrich, der ausnahmsweise mal ausgesprochen nicht-nervig ist.

»Hast du meine Sporttasche gesehen? Sie ist weg.«

»Du hattest keine Sporttasche bei dir.«

Verdammt! Ich muss sie in der Bäckerei stehen lassen haben!

Die Arme voller Klamotten, springe ich zurück in meine Lieblingsbäckerei, gehe in die Ecke, in der Lachen, Schlaf und ich gesessen haben, und sehe … nichts.

Meine Sachen sind weg!

»Großartig! Einfach wundervoll!«

»Hier ist sie auch nicht?«, erkundigt sich Friedrich, der mir überraschend gefolgt ist. »Was war denn drin?«

»All meine Sachen! Meine Klamotten, die ich aus meiner zerstörten Wohnung gerettet habe!«, erkläre ich und bin dermaßen genervt, dass meine Chaosenergie alle elektrischen Geräte und Smartphones in einem Radius von einem Kilometer lahmlegt. Das Licht im Café erlischt, die Kaffeemaschine hört auf zu blubbern und der Backofen gibt ein fröhliches Pfeifen und Piepen von sich, das jedoch rasch verstummt.

»Oh! Heißt das, du hast jetzt gar nichts mehr außer die Sachen in deinen Armen?«, macht der Junge mitleidig und tut dann etwas so Schreckliches, dass ich prompt alles fallen lasse.

Er tätschelt mir den Arm und meint: »Du kannst erst mal bei mir wohnen, wenn du willst, Murphy.«

Hat er den Verstand verloren? Wie kommt er darauf, dass ich das wollen würde? Wir sind doch keine Freunde!

Mir liegt schon eine ätzende Bemerkung auf den Lippen, als ich mich bremse. Überraschenderweise hat er mit einer Sache recht: Ich werde seine Hilfe brauchen, wenn ich herausfinden will, wer mir das angetan und mich in ein verfluchtes, unsterbliches Sprichwort verwandelt hat. Besser also, wenn ich meine Gereiztheit in nächster Zeit nicht so deutlich zeige.

»Nein danke. Ich suche mir was Eigenes«, entgegne ich und klinge sogar in meinen eigenen Ohren ungewöhnlich höflich. Dann bücke ich mich seufzend, um meine Klamotten wieder einzusammeln, während Friedrich mir hilft und sogar das Tragen übernimmt.

Beim letzten Mal habe ich mir eine leere Wohnung gesucht und sie dann nach und nach selbst eingerichtet. Dafür habe ich jetzt allerdings keine Zeit. Ich habe Wichtigeres zu tun.

Kurzerhand springe ich durch die Stadt von Straße zu Straße und suche nach vollen Briefkästen. Wenn ich einen gefunden habe, werfe ich einen kurzen, aber gründlichen Blick in die Wohnung. An Wohnungen, die nur kurzfristig frei stehen, weil die Bewohner im Urlaub sind, oder an leer stehenden Appartements habe ich kein Interesse, wodurch sich die Suche etwas hinzieht. In einem Mehrfamilienhaus werde ich schließlich fündig. Kaum bin ich in der Wohnung, begrüßt mich schon der markante Geruch.

»Du bist ganz schön makaber«, meint Friedrich, der mir die ganze Zeit stumm gefolgt ist und noch immer meine neuen Klamotten trägt. Erstaunlicherweise hat er mir während der stundenlangen Suche keine einzige nervende Frage gestellt.

Ich schnappe mir den älteren Herrn, der vor ein paar Tagen friedlich in seinem Sessel gestorben zu sein scheint, mitsamt dem Möbelstück und teleportiere die beiden in ein stillgelegtes Bergwerk. Die Wahrscheinlichkeit, dass dort jemand den Toten finden wird, tendiert gegen null.

Dann springe ich zurück, leere den verräterischen Briefkasten von der Post und der Werbung, lösche den Namen vom Namensschild dort und an der Haustür, ersetze ihn durch ein unauffälliges »M. Müller« und erkläre damit die Wohnung offiziell zu meiner.

Nein, ich heiße nicht Müller mit Nachnamen. Ist es euch schon einmal aufgefallen, wie viele Müller, Meyer und Schmidt es in Deutschland gibt? Um anonym zu bleiben, sind diese Nachnamen wunderbar geeignet. Und eine leere Wohnung ohne Namensschild fällt eher auf als ein Mieterwechsel. Die Menschen in Großstädten kennen ihre Nachbarn ja eh meistens nicht.

Als ich die Fenster aufgerissen und mich ins Arbeitszimmer begeben habe, beginne ich, die Unterlagen dort durchzusehen. Bald breitet sich ein triumphierendes Grinsen auf meinem Gesicht aus.

»Was ist?«

»Jackpot!«, jubele ich und lächle Friedrich an. Ich bemerke nur am Rande, wie der Junge überrascht zusammenzuckt, denn ich wende mich bereits wieder der gefundenen Besitzurkunde zu. Bei meiner neuen Wohnung handelt es sich nicht um eine Mietwohnung, sondern um Privatbesitz, sprich kein Vermieter, mit dem ich mich in den nächsten Tagen herumärgern muss, bevor er mich in Ruhe hier wohnen lässt. Endlich läuft an diesem beschissenen Tag mal etwas rund!

»Machst du das immer so? Du suchst dir eine Wohnung mit einem toten Besitzer und ziehst dann einfach ein?«, fragt Friedrich nachdenklich.

»Meistens. Das ist am einfachsten«, erkläre ich geistesabwesend, während ich weiter die Schubladen des Schreibtisches durchstöbere.

»Oh!«, macht er.

Ich finde allerhand unnützes Zeug und seufze. Bevor ich mich hier richtig wohlfühlen kann, ist erst einmal Ausmisten und Aufräumen angesagt. Da es bestimmt schon achtzehn Uhr ist und ich heute noch einiges vorhabe, mache ich mich lieber gleich ans Werk. In der Küche finde ich einige große Müllbeutel und drücke auch Friedrich ein paar in die Hand, der mich verdutzt anstarrt.

»Mach dich nützlich!«, fordere ich ihn gut gelaunt auf. »Alle persönlichen Unterlagen, Fotoalben, Erinnerungsstücke und Ähnliches müssen raus.«

Damit sind wir dann die nächste Stunde gut beschäftigt, denn die Wohnung ist mit ihren hundert Quadratmetern oder noch mehr ein echter Glückstreffer. Ich habe neben einem großen Wohn- und Esszimmer und einem Arbeitszimmer auch ein Schlafzimmer, ein Gästezimmer, eine Abstellkammer, eine Küche und ein großes Bad.

Leider hat der Vorbesitzer jeden Quadratmeter mit unnützem Zeug vollgestellt, das wir nun in Müllbeutel stopfen und dann zur Müllhalde bringen. Durchs Teleportieren geht das zum Glück recht schnell.

Als es kurz nach neunzehn Uhr ist, erkläre ich unser Tagewerk für beendet und wir gönnen uns eine gekühlte Limonade und jeweils einen Joghurt aus dem Kühlschrank, der trotz meines Energieüberschusses noch funktioniert und sich nicht in eine Schimmelkolonie verwandelt hat.

Schnell verfalle ich wieder ins Grübeln, aus dem mich Friedrich schließlich reißt. Er ist in den letzten Stunden erstaunlich ruhig gewesen – das muss das erste Mal gewesen sein, dass ich seine Anwesenheit so lange ertragen habe.

»Warum wusstest du nicht über die Neos Bescheid, Murphy?«

»Weil ich keiner gewesen bin«, erkläre ich ihm ungewöhnlich geduldig. Wenn ich seine Hilfe will, muss ich ihn wohl einweihen.

Friedrich reißt die Augen auf und blinzelt ein paarmal. »Das ist nicht möglich!«, behauptet er. »Wie bist du denn dann entstanden? Jeder von uns beginnt seine Existenz doch als Neo und steigt dann zum Lebenden Sprichwort auf.«

»Ich nicht«, entgegne ich. »Ich war vorher ein Mensch. Ich habe mein Gesetz selbst erfunden. Nun gut, auch wenn es ärgerlicherweise einem anderen zugeschrieben wird, nachdem ich so lange gebraucht habe, um es bekannt zu machen.«

Das scheint ihn noch mehr zu überraschen, denn nun sagt Friedrich erst mal gar nichts mehr.

»Das erklärt einiges«, murmelt er irgendwann und ich frage mich, was das nun schon wieder heißen soll.

»Hast du schon mal gehört, dass einer von den anderen einen Menschen in einen Unsterblichen verwandelt hat?«, will ich stattdessen von ihm wissen. Ich habe leider überhaupt keine Idee, wer mir das angetan haben könnte. Und wenn mir jemand bei der Suche weiterhelfen kann, dann der kleine Unglücksrabe. Er kennt schließlich jeden und freut sich, wenn ich ihn an etwas teilhaben lasse.

»Nein. Tut mir leid, Murphy. Das weiß ich nicht«, meint er nach etwas längerem Grübeln und meine Hoffnung zerplatzt wie eine Seifenblase. Plötzlich will ich ihn einfach nur noch loswerden.

»Nun gut, danke für deine Hilfe«, sage ich und springe vom Küchentisch auf.

Friedrich bleibt sitzen. Wie erwartet, versteht er die Aufforderung zu gehen nicht.

»Das heißt, du willst herausfinden, wer dir das angetan hat. Stimmt's?«, fragt er nachdenklich. »Meinst du nicht, dass du dann den Streit mit Archie beilegen solltest?«

Erstaunlicherweise habe ich nach meinem chaotischen Tag und all den unerwarteten Enthüllungen ganz vergessen, was am Vorabend und am Morgen passiert ist. Irgendwie scheint mir das jetzt weniger von Bedeutung zu sein, als die Person zu finden, die mich verflucht hat.

»Vielleicht hast du recht«, gebe ich zu. Natürlich wurmt es mich, was Arsch mir angetan hat, andererseits habe ich – gegen meinen Willen zwar, aber dennoch – angefangen.

»Entschuldige dich bei ihm«, rät mir der Junge unerwartet weise. »Du weißt, dass Archie extrem nachtragend sein kann, schließlich ist er *Rache ist süß*. Wenn du morgen nicht wieder eine Schokodusche genießen willst, solltest du den ersten Schritt machen.«

Das klingt so … so vernünftig. Dabei bin ich nie vernünftig, weil ich kein Fan von Ordnung bin. Andererseits kann ich das Chaos eines Streits mit Arsch nicht gebrauchen. Ich seufze und gebe mich Friedrich – und Krähe – geschlagen.

»Also gut. Wo ist er? Dann entschuldige ich mich.«

»Du kannst ihn wirklich nicht selber aufspüren?«, will Friedrich neugierig wissen. »Das gehört zu den grundlegenden Fähigkeiten, die wir als Erstes erlernen.«

»Nein«, gebe ich zu. »Meine Kräfte scheinen anders zu funktionieren als eure.«

»Also gut. Ich zeige dir, wo er ist.«

Friedrich nimmt meine Hand und springt. Plötzlich stehen wir in einem Berliner Park und die Sonne scheint mir direkt ins Gesicht. Obwohl es inzwischen halb acht am Abend ist, ist es immer noch erstaunlich warm, sodass ich eine Weile brauche, um Archie unter all den lachenden und fröhlichen Männern, Frauen und Kindern, die den sommerlichen Mai-Abend genießen, ausfindig zu machen. Friedrich springt und lässt uns allein mit den Menschen zurück.

Archie ist der Einzige, der nicht lacht, sondern eine verdrießliche und bekümmerte Miene zieht, während er blicklos auf einen kleinen See starrt.

»Archie?«, rufe ich ihn vorsichtig, denn er scheint meine Ankunft nicht bemerkt zu haben. Er sitzt neben einem Eisstand auf einer Bank und sieht nicht in meine Richtung, während ich näher komme.

»Archie?«

Endlich sieht er auf. Sofort nehmen seine traurigen Hundewelpenaugen, für die ich mich in Grund und Boden schämen würde, wenn ich welche hätte, einen wütenden Glanz an.

»Du!«, faucht er. »Was willst du hier? Willst du dich an meinem Unglück ergötzen? Dann sieh mich an! Mir geht es *beschissen*! Deinetwegen!

Oder ist dir das noch nicht genug? Wo bleibt dein schadenfrohes Lächeln, Murphy? Oder planst du schon, wie du als Nächstes mein Leben ruinieren kannst?«

»Es war ein Unfall, ich wollte das nicht …«, beginne ich.

Archie unterbricht mich mit einem höhnischen Lachen. »*Du* wolltest das nicht! Natürlich nicht! Wie komme ich bloß auf die Idee, dass es deine Schuld sein könnte? Immerhin bist du ja nicht derjenige, der allen Menschen jeden Tag gemeine Streiche spielt und sie damit verletzt! Nein, Murphy doch nicht! Schuld ist seine Unglücksenergie!

Willst du mich verarschen, Murphy?! Denkst du, Krähe hätte mir nicht erzählt, welche fadenscheinige Entschuldigung du dafür gehabt hast, mein Glück zu zerstören?«, fährt mich Archie an und ich weiß nicht, was ich entgegnen soll. So wütend habe ich ihn noch nie gesehen.

»Du hältst dich ja für etwas Besseres als uns! Und wehe, man versucht nett zu sein und dein Freund zu werden! Dann darf man unentwegt mit Demütigungen und Zurückweisungen rechnen! Oder sich Arsch nennen lassen und die Beleidigung mit einem Lächeln herunterschlucken! Denkst du wirklich, ich wäre bescheuert und hätte nicht begriffen, dass du mich beleidigt hast?«

Er ist auf mich zugekommen und stößt mir nun den Zeigefinger vor die Brust. Ich bin so verdutzt, dass ich etwas tue, was nie gut ist: Ich sage die Wahrheit.

»Ja.«

Archie brüllt los. Sein wutverzerrtes Gesicht ist beängstigend, als er seinen ausgestreckten Zeigefinger schwenkt. Ich begreife nicht rechtzeitig, was er vorhat, während sich sein Finger auf den Eisstand richtet.

In dem sich Eis befindet.

Eis.

*Süßes* Eis.

Verdammt!

Ungläubig starre ich die Kugel an, die sich ohne Formkelle aus der Schokoladeneis-Masse bildet und in die Luft erhebt. Als hätte ein Tennisspieler ihr plötzlich einen Schlag mit seinem Schläger verpasst, schießt sie dann mit Karacho auf mich zu.

Sie trifft mich mitten ins Gesicht.

Während ich mir geschockt die kühle Schokoladenmasse aus dem Gesicht wische, höre ich ein seltsames Zischen und dann macht es Platsch.

Kalte Eisbomben prasseln nur so auf mich ein. Ich drehe mich um, reiße die Hände vors Gesicht, um die Geschosse nicht ins Auge zu bekommen, aber der Beschuss lässt nicht nach.

Während ich loslaufe, höre ich Archie rufen: »Ich werde dein Leben genauso zerstören, wie du meins zerstört hast! Mach dich auf was gefasst! Von wegen, ich bin nur ein schwacher Abklatsch von dir!«

Ich habe bereits ein paar Meter zurückgelegt, doch die Eiskugeln haben noch genauso viel Schmackes wie vorher, auch wenn ich jetzt renne.

Dummerweise habe ich vergessen, dass ich in einem Park bin, denn ich muss einen Hindernislauf absolvieren, zwischen all den Fußgängern, Skatern und Radfahrern hindurch, die nichts von meiner Flucht oder den fliegenden Eisbomben mitbekommen. Alles, was wir Freaks berühren, sei es nun körperlich oder durch unsere Magie, ist unsichtbar. Außer wir wollen, dass die Menschen die Gegenstände sehen.

Der Eiskugel-Beschuss lässt nicht nach. So langsam müssten die Schalen doch leer sein, oder?

Drei Sekunden später ist endlich Stille und ich bleibe erleichtert stehen. Ich fühle mich eklig verklebt. Von Kopf bis Fuß tropft Eis der verschiedensten Geschmacksrichtungen an mir herunter. Wahrscheinlich sehe ich dazu so furchtbar aus, wie ich mich fühle.

Während mein erster Schock über Archies unerwarteten Angriff nachlässt, höre ich das Wispern von mir inzwischen leider nur zu bekannten Mädchenstimmen – und das Klicken von Kameras.

»Ihr!«, wirbele ich mit einem wütenden Schrei zu den Neos herum, die ängstlich quietschen und sich in Luft auflösen. Ich will nicht wissen, was das Höllen-Quartett aus dem Vorfall machen wird. Wieso bin ich nicht gesprungen, als der hinterhältige Angriff begonnen hat? Warum habe ich nicht ihre Kameras zerstört, bevor sie dematerialisiert sind? Morgen wird jeder Freak gesehen haben, wie Arsch mich mit Eisbomben beschießt und ich weglaufe.

Wut überkommt mich. Auf Archie. Auf die Mädchen. Und auf mich selbst.

Plötzlich quiekt es zu meinen Füßen. Ich sehe überrascht nach unten.

Es ist ein Eichhörnchen.

Ein EICHHÖRNCHEN!

»Argh!«, kreische ich entsetzt und springe mehrere Dutzend Mal, um sicherzugehen, dass das Eichhörnchen meine Spur verloren hat.

Als ich mich endlich traue, zurück nach Hause zu springen, erwische ich zur Krönung des schlimmsten Tages meines Lebens Friedrich dabei, wie er gerade mein Gästezimmer bezieht.

# Eine Hand wäscht die andere

Als ich am nächsten Morgen wach werde, ist etwas anders, das spüre ich sofort. Ich benötige ein paar Minuten, um mich daran zu erinnern, dass ich eine neue Wohnung habe. Das Bett fühlt sich ungewohnt an, aber immerhin ist es nicht aus Zuckerwatte. Ich versuche, optimistisch zu sein, und ziehe die Bettdecke über meinen Kopf.

Es ist Mörder-Miesmacher-Mittwoch. Nach den beiden letzten Tagen hätte ich es nicht für möglich gehalten, doch mein Elend ist noch steigerungsfähig. Das Schlimmste ist, dass ich keinen Plan habe, wie ich etwas an meiner Situation ändern kann. Ich fühle mich hilflos und frustriert – und genervt von mir selbst.

Ein Tag Pause täte mir gut, damit ich Pläne schmieden und meinen Schlag gegen Archie gut vorbereiten kann. Aber die Zeit dafür habe ich nicht. Ich habe ja nicht einmal eine ruhige Minute.

Lautes Pfeifen tönt vom Flur her und ein Radio spielt modernes Gejaule, das die Menschen Musik nennen. Für mich ist es eine Folter, die ich noch nie am frühen Morgen ertragen musste. In der Hoffnung, dass der Lärm von selbst wieder aufhört, lege ich das Kissen über meinen Kopf und verschließe so meine Ohren.

Es hilft nichts. Die Tür zu meinem Schlafzimmer wird aufgerissen, jemand hüpft an meinem Bett vorbei zum Fenster und reißt die Gardinen auf. Zum Glück habe ich bereits einen Sonnenschutz auf meinen Augen, sonst hätte ich jetzt gestöhnt. Stattdessen spiele ich toter Murphy.

Auch das rettet mich nicht.

Plötzlich reißt mir mein dreister unerwünschter Besucher die Bettdecke weg und zupft an meinem Kissen, damit ich es loslasse.

»Aufstehen! Das Frühstück ist fertig!«

Einen Moment lang bin ich so geschockt, dass ich meine kostbare Beute nicht mehr festhalte und mich nun den Herausforderungen des neuen Tages stellen muss.

Zehn Minuten später sitze ich, ohne recht zu begreifen, wie ich dort hingekommen bin, komplett angezogen in der Küche am Frühstückstisch und starre auf den Teller mit Apfel-Pfannkuchen, das Glas Orangensaft, die Schale Joghurt und den Apfel, die Friedrich vor mir platziert hat.

Wie im Hotel beim Frühstücksbuffet. Ich fühle mich in meiner eigenen Wohnung nicht wohl, sondern wie ein Gast. Wenn mir die Vorstellung nicht so anstrengend erscheinen würde, hätte ich mir gestern Abend noch eine neue Bleibe gesucht.

»Hast du gut geschlafen?«, fragt die Nervensäge mich in einem solch fröhlichen Ton, dass ich an mich halten muss, um ihn nicht zu erwürgen.

Ich antworte nicht. Obwohl ich keinen Hunger habe, stecke ich meine Gabel in den Pfannkuchen, schneide ein Stück ab und schiebe es in den Mund.

Eine Geschmacksexplosion breitet sich auf meiner Zunge aus. Ich halte einen Moment lang überrascht inne, starre auf meinen Teller, dann auf Friedrich, danach wieder auf meinen Pfannkuchen und beginne mit Feuereifer, den Rest zu vertilgen. Das Essen ist richtig gut!

Als der Pfannkuchen aufgegessen ist, sehe ich mich in der Küche um. »Gibt es noch mehr?«, frage ich hoffnungsvoll, obwohl ich keinen weiteren Pfannkuchen-Teller entdecken kann.

»Hier!«, sagt Friedrich und strahlt zufrieden. Er schiebt mir seinen unangetasteten Pfannkuchen mit Erdbeeren rüber. »Du kannst meinen haben. Morgen mache ich mehr.«

Die Drohung hört sich dieses Mal wie ein Versprechen an, mit dem ich leben kann. Aber kann ich auch mit Friedrich zusammenleben?

Das frage ich mich, nachdem ich mein Frühstück verschlungen habe und die erste kulinarische Euphorie abgeklungen ist. Am gestrigen Abend war ich zu müde und zu fertig zum Streiten und bin nur noch unter die Dusche und danach direkt ins Bett verschwunden. Die Entscheidung, ob Friedrich bleiben darf oder nicht, steht noch aus und das weiß der Junge. Ich erkenne einen Bestechungsversuch, wenn ich ihn sehe.

»Die Entschuldigung lief also nicht so gut?«, wagt sich die Nervensäge auf verbotenes Terrain vor. Ich knurre zur Antwort. Abgesehen von der Frage nach weiteren Pfannkuchen habe ich noch keinen Ton gesagt. Das müsste eigentlich Antwort genug sein.

Für Friedrich jedoch nicht. »Ähm ... ich weiß nicht, ob du es weißt ...«, druckst er herum. Er verstummt unter meinem Blick, schluckt, lässt sich am Ende aber nicht beirren. »Die Neos waren gestern auch da.«

Ach nee! Das weiß ich!

»Sie haben Fotos gemacht ... von dir und Archie, meine ich. Und dann haben sie sie auf ihrer Website und ihren Social-Media-Kanälen gepostet.«

Ich weiß zwar nicht, was die Fotos auf künstlichen Wasserstraßen sollen, aber anhand von Friedrichs vorsichtigem Verhalten und nervösem Blick scheint es genauso schlimm zu sein, wie es sich anhört.

Ich will sie nicht sehen und knurre erneut, als Friedrich ein Smartphone hervorholt. Ich wusste nicht, dass er auch so ein Ding besitzt. Wenn er bei mir ist, benutzt er es nie.

»Lass es!«, fauche ich, als er den kleinen Bildschirm hochhält. Meine Chaosenergie lacht schadenfroh – und tut rein gar nichts, als ich finster das erste peinliche Bild anstarre. Selbst sie scheint auf Arschs Seite zu sein.

»Sie haben alles gepostet«, sagt der Junge leise. »Nicht nur von gestern Abend. Sie haben auch das Feuer im Einkaufszentrum gepostet. Und den Inhalt deiner Sporttasche. Die Neos waren es, die dich beklaut haben.«

Meine Sporttasche und meine Klamotten sind mir gerade scheißegal. In mir brodeln Wut und Scham, als ich begreife, dass vermutlich nicht nur Friedrich bereits meine Demütigung entdeckt hat. Bald würden alle Freaks davon erfahren.

»Vielen Dank, dass du es mir unter die Nase reiben musst!«, zische ich den Jungen an. Er ist wirklich ein Unglücksrabe – immer dort, wo es ein Opfer gibt. Vermutlich war er deshalb nach dem Zuckerwatte-Attentat auch in meiner Wohnung.

Plötzlich will ich nur noch, dass er mich in Ruhe lässt. Ich ertrage seine Gegenwart nicht länger. Garantiert ist er auf Archies Seite, wie sonst auch, und spioniert mich nur für meinen Erzfeind aus.

Ich öffne den Mund, um ihm zu sagen, dass er verschwinden soll, dass ich ihn nie wiedersehen will …

»Ich helfe dir gegen Archie, wenn du mich unterrichtest und ich weiterhin hier wohnen bleiben darf«, stößt Friedrich blitzschnell hervor.

Jedenfalls glaube ich, dass er das gesagt hat, denn er hat sich verhaspelt und so schnell gesprochen, dass die Worte ineinander überzugehen schienen.

Verwirrt und ungläubig blinzle ich ihn an. Ich muss mich verhört haben. Oder das ist ein schlechter Scherz von Friedrich. Oder ein neuer gemeiner Trick von Arsch.

»Ich helfe dir«, wiederholt der kleine Unglücksrabe.

Tatsache, ich habe mich nicht getäuscht. Er hat es gesagt, ich habe es deutlich gehört.

»Warum?«, will ich misstrauisch wissen und balle die Hände zu Fäusten. Ich weiß, dass ich sie beim geringsten Anzeichen von Unehrlichkeit gegen ihn einsetzen werde. Scheiß drauf, dass er kleiner und schwächer ist als ich!

»Ich gebe es ja zu: Archies Streich gestern Morgen war ziemlich lustig. Und nach allem, was du Montagabend angerichtet hast, hattest du es verdient. Aber nun geht er zu weit. Er hat seine Rache gehabt. Du hast dich sogar entschuldigt. Du! Ich glaube, das ist noch nie passiert. Und du hattest ein schlechtes Gewissen. Es tat dir leid, sonst hättest du dich nie zu einer Entschuldigung herabgelassen. Archie hätte es gut sein lassen und versuchen sollen, mit Spott zu sprechen. Stattdessen gibt er dir die Schuld dafür, dass Spott ihn verletzt und ihm das Herz gebrochen hat. Das ist nicht fair.«

Nach Friedrichs kleiner Rede muss ich schwer schlucken. Ich hätte nicht damit gerechnet, dass er es ehrlich meint oder dass er auf meiner Seite steht. Stets hat er Archie den Vorzug gegeben – nur dieses Mal nicht.

Aber ich glaube nicht, dass er noch lange auf meiner Seite sein wird, wenn ich ihm erzähle, was ich mit seinem großen Helden vorhabe. »Ich werde mich an ihm rächen«, erkläre ich fest und rechne mit Empörung oder Schock.

Stattdessen nickt Friedrich nur. »Ich weiß«, erwidert er. »Und dafür brauchst du meine Hilfe.«

Wir mustern uns gegenseitig. Er hat recht, er sitzt am längeren Hebel und das weiß er auch. Ohne seine Hilfe kann ich Arsch nicht aufspüren – dafür aber er mich. Ohne Friedrich bin ich ständig in der Defensive und muss jederzeit mit einem Angriff rechnen, ohne selbst zurückschlagen zu können.

»Also schön«, gebe ich seufzend nach.

»Das heißt, ich darf hier wohnen bleiben und du unterrichtest mich?«, hakt Friedrich noch einmal nach. Er ist ein harter Verhandlungspartner.

»Ja, das heißt es«, grummele ich. Ich weiß zwar nicht, wie ich das überstehen soll, aber alles ist besser, als ein weiteres Mal Arschs hilfloses Opfer zu sein. Ich habe die Schnauze voll davon! Nächstes Mal messen wir unsere Kräfte zu *meinen* Bedingungen!

»Juhu!«, jubelt Friedrich, springt vom Tisch auf, rennt um ihn herum – und wirft sich in meine Arme. »Das wirst du nicht bereuen!«, verspricht er überglücklich.

Irrtum. Ich tue es jetzt schon.

# Es ist noch kein Meister vom Himmel gefallen

Zum Glück dauert Friedrichs unerwarteter Kuschel-Angriff nicht allzu lange. Danach muss ich erst einmal durchatmen, während Friedrich anfängt, den Tisch abzuräumen. Meine Wut brodelt dicht unter der Oberfläche. Arsch ist schuld daran, dass ich jetzt den Jungen an der Backe habe! Ich bin wild entschlossen, ihm alles heimzuzahlen und zwar sofort!

»In Ordnung«, sage ich und springe vom Stuhl auf. Friedrich wirft mir vom Kühlschrank aus, in dem er gerade die Reste des Frühstücks verstaut, einen überraschten Blick zu.

»Wo wohnt Archie?«, erkundige ich mich.

Es ist Zeit, das Terrain des Feindes auszukundschaften!

Fünf Minuten später stehen wir vor einem heruntergekommenen Berliner Backsteingebäude. Es scheint aus den Zwanziger- oder Dreißigerjahren zu sein und wirkt verlassen. Die oberen Fenster sind mit Brettern vernagelt, die unteren größtenteils mit alten Zeitungen beklebt, sodass man von der Straße aus keinen Blick hineinwerfen kann. An den Wänden prangen Graffitis von verschiedenen Gangs.

Ich hätte nicht gedacht, dass Archies Zuhause so schäbig aussieht. Er wirkt immer so etepetete und wie aus dem Ei gepellt, wenn wir uns sehen. Als würde er viel Wert auf das Äußere legen.

»Bist du sicher, dass er hier wohnt?«, frage ich Friedrich skeptisch. Plötzlich ist mein Misstrauen ihm gegenüber wieder da. Ich traue es ihm zu, dass er versucht, mich reinzulegen. Von Archies Gegenwart ist nichts zu spüren. Vermutlich sind wir noch zu weit vom Gebäude entfernt.

»Aber natürlich!«, entgegnet der Junge überrascht und dreht sich zu mir um. Wenn er lügt, dann kann ich es nicht erkennen. »Ich bin häufiger bei ihm zu Besuch.«

»Und Archie ist mit Sicherheit nicht da?«, will ich wissen. Auf meiner Kundschafter-Mission von meinem Gegner überrascht zu werden, ist nicht das Ziel. Erst muss ich das Terrain kennenlernen und seine Schwächen herausfinden.

»Ja. Er ist gerade in Südafrika unterwegs.«

Meine Unfähigkeit, die anderen Freaks aufzuspüren, erscheint mir immer mehr als ein riesiges Handicap, an dem ich schnellstmöglich arbeiten sollte. Vielleicht kann ich Friedrich dazu überreden, es mir beizubringen. Irgendwie muss ich ja von seiner Gegenwart profitieren.

Wir springen ins Gebäudeinnere und ich erkenne, dass ich mich geirrt habe. Das heruntergekommene Äußere ist nur eine Fassade, die vermutlich unwillkommene Besucher fernhalten soll. Innen ist das Haus geschmackvoll eingerichtet und größer als zunächst gedacht.

Ich stehe im Wohnzimmer, in das gut und gerne meine komplette neue Wohnung hineingepasst hätte, und starre ungläubig auf die Polsterlandschaften. Archie hat nicht nur ein Sofa, er hat zehn. Und dazu unzählige Sessel und Stühle, kleine und größere Tische, massenhaft Kommoden und Vitrinen an den Wänden und einen großen Kamin. Es wirkt, als würde er regelmäßig die Hälfte der Freakshow einladen, denn ich entdecke zurückgelassene Hüte und Schals, die ich wiedererkenne, sowie einige Basteleien und Näharbeiten, deren Stile mir bekannt vorkommen.

»Was ist das hier?«, wundere ich mich.

»Archies Café«, erklärt Friedrich kurz und knapp. Er steht neben einem der Tische, öffnet eine der Keksdosen, die überall herumstehen, und greift hinein. Befürchtungen, dass es Archie auffallen könnte, hat er keine. Man merkt, dass er sich hier wie zu Hause fühlt.

Ich sehe mich gründlich in dem großen Raum um. Er hat einen gemütlichen Loft-Charakter. In einer Ecke sehe ich eine alte eiserne Wendeltreppe, die ein Stockwerk höherführt. Von dort fällt Licht herein, ebenso wie durch die hohen Fenster, die vom Boden bis zur Decke reichen und eine ganze Wandseite einnehmen. Dass die Fenster auf der anderen Seite blickdicht beklebt sind, fällt gar nicht auf.

Ich trete ans Fenster und sehe auf einen mit Blumen und Büschen begrünten Innenhof. Zwischen den Steinplatten ragen zwei große Bäume in die Höhe, die etwas Schatten spenden, das Café trotzdem nicht in Dunkelheit tauchen. Auch draußen stehen überall gusseiserne Tische und Stühle herum. Es ist tatsächlich alles so wie bei einem richtigen Café und ich begreife, dass ich von der Lebensweise der anderen Freaks absolut keine Ahnung habe.

»Kommen oft Gäste hierher?«, frage ich nachdenklich.

»Nur am Wochenende. Unter der Woche ist Archie zu beschäftigt, aber samstags und sonntags ist das Café immer voll. Seine Kuchen, Torten und Plätzchen sind sehr beliebt.«

Friedrichs Erklärung überrascht mich nur bedingt. Ich wusste ja bereits, dass Arsch eine Naschkatze ist und eine Vorliebe für Süßes hat. Kein Wunder, dass er irgendwann mit dem Backen angefangen hat.

Backen ...

»Dann gibt es hier irgendwo eine Backstube?«, erkundige ich mich, als die erste Idee für einen Racheplan in mir Gestalt annimmt. Triff ihn dort, wo es wehtut!

»Ja, klar«, antwortet der Junge und deutet auf eine Eisentür in einer der beiden fensterlosen Wände. Die Tür ist aktuell geschlossen und war mir bislang nicht aufgefallen.

Wenige Schritte später stehe ich vor ihr, packe die Klinke mit der Linken und drücke sie herunter. Die Tür zu öffnen, ist schwerer als gedacht. Bei der heutigen Leichtbauweise bin ich so alte Eisentüren nicht mehr gewohnt.

Dahinter kommt eine große Küche zum Vorschein, die genauso lang ist wie der Raum hinter mir, jedoch nur halb so breit. Auf der gegenüberliegenden Seite befinden sich zwei weitere Türen. Hinter der einen verbirgt sich ein geräumiger, fensterloser Vorratsraum, der mit Regalen ausgefüllt ist. Hinter der zweiten Tür befindet sich ein nur geringfügig kleinerer Raum, der zum Hof rausgeht und große Fenster hat. Die sind wohl auch nötig, denn es handelt sich um die Backstube und selbst jetzt, während die Öfen nicht in Betrieb sind, herrscht hier eine große, stehende Hitze.

»Archie muss letzte Nacht gebacken haben«, sagt der Unglücksrabe hinter mir, der sich unbemerkt angeschlichen hat. Ich zucke zusammen.

»Wie kommst du darauf?«

»Sonst wäre es nicht so warm hier drin.«

Ich mustere die Öfen einen langen Moment. Dann grinse ich fies.

»Willst du sehen, wie meine Chaosenergie funktioniert?«, frage ich den Jungen. Dies ist ein Test, um zu sehen, wie er reagiert. Ich hätte damit gerechnet, dass er zögert oder den Kopf schüttelt, immerhin geht es hier um seinen Freund Archie, doch er nickt bloß.

»Dann pass auf!«, sage ich und konzentriere mich, während ich mit der Erklärung fortfahre. »Eigentlich ist es ganz einfach: Du musst dir nur vorstellen, was du erreichen willst. Versuch nicht, das Chaos zu lenken. Du musst es nur auf dein Ziel richten … loslassen … und die Magie macht die Arbeit ganz von selbst.«

»Krass!«, staunt Friedrich, als nun aus fast jedem Ofen schwarzer Qualm strömt. Ich habe die Brennelemente der Elektroöfen geschmolzen.

Rasch gehe ich zu den Fenstern und reiße sie auf. Der dichte Qualm stinkt, bringt uns mit seinem ätzenden Geschmack zum Husten und raubt uns die Sicht. Zusammen mit der ohnehin schon vorhandenen Resthitze macht das die Raumluft unerträglich. Ich nutze etwas mehr Chaosenergie, um die Wärme und den Qualm nach draußen zu blasen.

»Siehst du?«, frage ich zufrieden. Plötzlich habe ich gute Laune. Der Streich hat Spaß gebracht, mehr als sonst, weil Arsch das Opfer ist.

Doch irgendwie bin ich unruhig. Es reicht nicht. Der Streich war beinahe harmlos – zu wenig für meinen Rachedurst.

»Möchtest du es mal probieren, Friedrich?«, will ich wissen. Der Junge nickt begeistert.

Neben den modernen Elektroöfen steht in der Backstube auch ein großer Steinofen und nimmt viel Platz ein. Ich frage mich, wozu Arsch das altmodische Ding benötigt, schließlich hat – oder genauer gesagt, hatte – er ja eine ganze Reihe elektrischer Geräte zum Backen.

»Komm her!«, fordere ich den kleinen Unglücksraben auf. »Leg deine Hand auf den Ofen!«

Friedrich folgt langsam meiner Aufforderung. Er wirkt nicht zögerlich, sondern eher ratlos. Er scheint tatsächlich keine Ahnung zu haben, wie er etwas Chaos anrichten kann. Ich unterdrücke ein Seufzen.

»Stell dir vor, wie der Ofen kaputtgeht. Auf welche Art und Weise soll das geschehen? Alles auf einmal? Soll er langsam in sich zusammenfallen? Willst du die Tür absprengen? Die Ziegelsteine zersetzen oder in kleine Stücke schlagen?«

Meine Vorschläge bringen ihn zum Grübeln. Während ich warte, dass er sich entscheidet und loslegt, sehe ich mich um. Neben dem Steinofen steht ein großes, breites Regal, in dem sich die Holzscheite stapeln. Auf der anderen Seite des Ofens befindet sich ein großer Holztisch, der wohl als Arbeitsfläche und als Ablage dient und auf dem ich einige Laibe Brot entdecke, die ich mir genauer anschaue. Durch die Zerstörung der elektrischen Öfen sind sie jetzt schwarz und verrußt, sonst hätte ich sie wohl einfach mitgenommen.

Friedrich lässt sich Zeit. Genervt drehe ich mich zu ihm um und sehe ihn immer noch neben dem Steinofen stehen, eine Hand auf den Ziegelsteinen, die als Verkleidung dienen, das Gesicht verkniffen und angestrengt verzogen.

»So wird das nichts!«, stelle ich fest. »Du bekämpfst dich selbst und deine Chaosenergie.«

»Aber du hast doch gesagt …«

Dieses Mal seufze ich wirklich. Der ahnungslose Stümper benötigt meine Hilfe in der Tat dringend.

Mit einer ungeduldigen Bewegung lege ich meine Hand auf seine und versuche die Unglücksenergie in ihm zu erspüren. Während meine Magie stets sehr lebhaft und unruhig wirkt und nur darauf wartet, endlich loslegen zu können, ist seine Energie das genaue Gegenteil davon. Sie ist eine Schlafmütze, faul und selbstzufrieden. Kein Wunder, dass der Junge Mühe hat, sie zu etwas zu bringen. Nun erstaunt es mich überhaupt nicht mehr, dass er nicht früher versucht hat, seine Magie in den Griff zu bekommen. Er ist bequem und scheint zu erwarten, dass ihm alles in den Schoß fällt.

Ohne Vorwarnung verpasse ich ihm einen Chaosschlag, dann noch einen und noch einen. Ich höre am Rande, wie der Junge stöhnend herumjammert, während er gleichzeitig versucht, seine Hand unter meiner hervorzuziehen, aber ich lasse ihn nicht, sondern konzentriere mich weiter auf die faule Präsenz in ihm drin. Langsam beginnt sie sich unter den wiederholten kleinen Schlägen zu regen.

Plötzlich lasse ich Friedrichs Hand los. »Versuch es noch mal!«, fordere ich ihn auf.

»Sag mal, spinnst du?«, beschwert sich die Nervensäge stattdessen und funkelt mich wütend an. »Das tat weh!«

»Tu es!«, brülle ich. Meine Entscheidung bereue ich inzwischen mehr als nur ein bisschen. So ein undankbarer Wicht!

Dass ich ihn anfahre, damit hat der Junge nicht gerechnet. Er zuckt zusammen und wirkt eingeschüchtert. Verschreckt richtet er den Blick wieder auf den Steinofen und traut seinen Augen nicht, als ein Funke Unglücksenergie von seinen Fingern auf die Ziegelsteine überspringt.

Die Steine platzen mit einem Ächzen. Splitter fliegen durch die Backstube und ich weiche ihnen schnell aus. Friedrich scheint nicht zu bemerken, dass er getroffen wurde, denn jetzt strahlt er staunend. Er ist überglücklich.

»Sieh nur, Murphy! Ich habe es tatsächlich geschafft!«, jubelt er.

Das Ergebnis ist allerdings in meinen Augen keinen Jubel wert. Das Einzige, was Friedrich geschafft hat, ist, die beiden Ziegelsteine zu zersprengen, die er mit seiner Hand direkt berührt hat. Den Steinofen selbst stört das wenig, zumal sie außen waren, kein Loch in die Wand gesprengt wurde und der Ofen damit noch voll funktionstüchtig ist.

»War das alles? Noch mal! Du musst üben!«, fordere ich ihn auf.

Eine Viertelstunde später steht der Ofen immer noch, aber wenigstens sieht er jetzt wenigstens etwas lädiert aus.

Eine halbe Stunde nach Beginn der Übung ist Friedrich *immer noch nicht* fertig und ich tue ihn als hoffnungslosen Fall ab. Bislang scheint er nicht begriffen zu haben, dass er den Gegenstand nicht berühren muss, den er zerstören will. Auf diese Weise kommt er jedenfalls nur sehr langsam voran. Am liebsten hätte ich mich eingemischt und hätte den Steinofen mit einem kräftigen Energiestoß endlich in sich zusammenfallen lassen, aber Friedrich hat jetzt der Ehrgeiz gepackt.

»Das schaffe ich allein!«, faucht er mich an, als ich es wage, ihm meine Hilfe anzubieten.

Von seiner anfänglichen Euphorie ist nicht mehr viel übrig. *Das bisschen Chaos*, wie er meine Arbeit hin und wieder abschätzig betitelt hat, hat sich nun als mühselige Plackerei entpuppt.

»Halleluja!«, rufe ich spöttisch, als der Steinofen nach einer knappen Dreiviertelstunde endlich mit großem Abschiedsgetöse in sich zusammenfällt und die Metalltüren mit einem Krachen auf dem Boden aufschlagen.

Das Ganze dauert mir schon viel zu lange. Meine Unglücksmagie ist unruhig und will endlich wieder freigelassen werden. Ich tue ihr den Gefallen.

Wie im Zeitraffer scheinen sich Holzwürmer durch das Regal neben dem Steinofen zu fressen und knabbern erst Muster in die Holzscheite, entzünden dann die Zweige und dürren Äste einen nach dem anderen wie Kerzen und lösen anschließend die Bretter in Luft auf.

Doch ich achte darauf, dass das Feuer dieses Mal nicht außer Kontrolle gerät. Ich habe noch einiges vor.

Ha! Nimm das, Arsch!

Innerhalb von fünf Minuten habe ich alle Möbel zu Kleinholz verarbeitet, das Brennmaterial in Ruß verwandelt, jeden einzelnen Elektroofen in seine Einzelteile zerlegt und bin auf der Suche nach einer Herausforderung, während ich die Speisekammer betrete.

Hier ist alles sauber und ordentlich aufgeräumt. Das geht für einen Chaosanhänger wie mich natürlich gar nicht.

»Oh ja!«, sage ich und klatsche begeistert in die Hände. Meine eigenen fiesen Ideen gefallen mir. Wer sagt, dass Rache nur Arschs Spezialität ist?

Mit einem konzentrierten Energiestrahl aus Chaos bohre ich ein Loch in die Wand. Sekundenschnell habe ich Pfade nach draußen, nach oben und nach unten angelegt.

Dann pfeife ich fröhlich, während ich mich zu den Regalen um mich herum umdrehe.

Ich ritze Löcher in die Mehl- und Zuckerverpackungen, die den Inhalt langsam nach unten rieseln lassen, schlitze mit einem Gedanken die Obstdosen auf, sodass sich Ananas-, Mandarinen-, Pfirsich- und Birnensaft auf den Weg hinab zum Boden macht. Dort trifft er auf den Erdbeer- und Kirschsaft aus den Gläsern, in die ich mit Präzision kleine Löcher gebohrt habe.

Eine perfekte Tränke!

Das finden auch meine tierischen Freunde, die nun in Scharen über die Mäuse-Autobahn, den Ameisen-Trampelpfad und die Tauben-Einflugschneise, die ich für sie angelegt habe, hereinströmen und meiner Einladung zu einem Festbüfett folgen.

Schnell tummeln sich Hunderte kleiner Gäste im Vorratsraum und trinken genüsslich aus dem Saftsee zu meinen Füßen.

Ein paar Neugierige klettern bereits auf die Regale und sind auf der Suche nach etwas Abwechslung.

Mehlwürmer machen sich in den kaputten Mehltüten breit und vermehren sich in Windeseile. Meine Chaosenergie und das viele Futter ziehen sie an.

Bald herrscht ein fröhliches Fauchen und Zwitschern im Raum. Dankbarkeit schallt mir aus Hunderten, nein, Tausenden Kehlen entgegen. Fliegen, Wespen, Bienen und Spatzen haben sich uneingeladen dazugesellt und mischen das Gelage noch etwas auf.

Inzwischen wird es voll in der Speisekammer, die ich innerhalb von nicht einmal zehn Minuten gründlich zerlegt habe. Das soll Friedrich mir erst mal nachmachen!

Der Junge starrt mich mit großen Augen an, als ich mich zur Tür umdrehe und ihm ein triumphierendes Grinsen zuwerfe. Er ist sprachlos angesichts meiner Genialität und endlich verfliegt der letzte Rest meiner schlechten Laune und es ist, als wären die beiden letzten Tage und all die Katastrophen nie passiert.

»Weiter geht's!«, verkünde ich laut, während ich in die Küche gehe. Meine Chaosenergie knistert bei jedem Schritt und sprüht Funken. Sie treffen die Kochplatten, den Mixer, die Küchengeräte, die überall herumstehen, die altmodische Kaffeemaschine, die daraufhin ihren Todesmarsch bläst, bevor die Glaskanne mit einem brodelnden Knall zerspringt. Dann greifen sie auf die größeren Geräte über: die Mikrowellen, die gehorsam in Reihe auf einer Anrichte stehen, die neumodischen Kaffeeautomaten, die drei großen Kühlschränke und die Tiefkühlschränke, die in der Ecke stehen.

Alle zischen und ächzen protestierend unter ihrer Berührung, bevor sie, sich in Todesqualen windend, die weiße Flagge schwenken und toter Mann spielen.

Bin ich gut oder bin ich gut?

Ich drehe mich zu Friedrich um – und stehe plötzlich Arsch gegenüber.

# Angriff ist die beste Verteidigung

Schock lässt mich einen Moment lang regungslos erstarren. Mit Archie habe ich überhaupt nicht gerechnet. Ich hatte der Konfrontation aus dem Weg gehen und vorher so viel Chaos wie möglich verursachen wollen, um mir nachher schadenfroh vorzustellen, wie er beim Anblick der Verwüstung reagiert.

Wieso ist Arsch überhaupt hier? Hat der nutzlose Junge nicht behauptet, dass er sich in Südafrika aufhalten würde? Warum hat der kleine Unglücksrabe mich nicht gewarnt? Hat er mich etwa in eine Falle laufen lassen?

Mein Misstrauen scheint sich zu bestätigen, als mein Blick blitzschnell durch den Raum huscht. Von Friedrich ist nichts zu sehen. Er hat sich aus dem Staub gemacht.

Mieser Verräter! Na, warte, wenn ich dich erwische!

Arsch scheint auch unter Schock zu stehen, denn er hat noch keinen Ton gesagt oder mich in irgendeiner anderen Weise angegriffen. Stattdessen wandert sein Blick durch die zerstörte Küche, in der kein einziges Elektrogerät mehr heil ist. Als Nächstes hatte ich mir eigentlich die Möbel vornehmen wollen, aber dazu bin ich nicht mehr gekommen.

»Warum?«, fragt mein Erzfeind und schluchzt auf. Tränen stehen in seinen traurigen Welpenaugen – ein Anblick, der mir ausnahmsweise sehr gut gefällt. »Warum tust du mir das an? Ich habe dir nichts getan!«

»*Nichts getan*?«, echoe ich ungläubig. »Leidest du unter Alzheimer oder bist du schwachsinnig? Du hast mir den Krieg erklärt! Dies ist *Krieg*! Oder dachtest du, ich würde mir einfach alles von dir gefallen lassen? Idiot! Wenn du Krieg willst, dann bitte sehr!«

»Aber …!«, beginnt Arsch, der immer noch fassungslos wirkt. Dann bemerkt er, dass er weint und welch ein erbärmliches Bild er abgibt, und reißt sich merklich zusammen.

»Erst zerstörst du mein Glück und nun meine Existenz – und weswegen? Wegen ein paar harmlosen kleinen Streichen? Was habe ich dir je getan, Murphy? Erklär mir das! Du spielst anderen jeden Tag Streiche! Aber wenn du selbst einmal das Opfer bist, dann kannst du es nicht ertragen, oder was? Habe ich deinen Stolz verletzt, dein männliches Ego gedemütigt, weil die anderen uns eine Liebesbeziehung unterstellen? Erträgst du es nicht, dass sie dich für schwul halten? Musst du dich daher mit einem weiteren Schlag unter die Gürtellinie an mir rächen?«

»Wer ist denn hier derjenige, der verletzt wurde und sich dafür an jemand anderem rächt? He? Was kann ich denn dafür, dass deine Beziehung zu Spott auseinandergegangen ist und er dir nicht beigestanden hat?«, kontere ich.

»Du … du …!«, schäumt er und weiß nicht, was er sagen soll.

Für einen Moment herrscht Stille, sodass wir hören, wie sich die schwere Eisentür zur Küche mit einem Knirschen öffnet. Gleichzeitig drehen wir uns um und starren Friedrich an, der in einer Hand eine Keksdose hält, in der anderen einen Keks, den er gerade herausgenommen hat und nun zum Mund führen will.

»Murphy …«, ruft er freudestrahlend. Dann sieht er Arsch, lässt im nächsten Augenblick den Keks und die Dose fallen und wird kreidebleich.

»Friedrich?«, fragt Archie fassungslos, während Kekse und Plätzchen durch die Küche kullern. Der Verrat steht ihm ins Gesicht geschrieben. »Du wusstest, dass *er* hier ist, und hast mir nicht Bescheid gesagt? Warum?«

Plötzlich fühle ich mich wie das fünfte Rad am Wagen. Arsch und Friedrich haben vergessen, dass ich da bin, und starren sich nun gegenseitig an. Arsch verletzt, Friedrichs Miene eine Mischung aus Angst und Trotz.

»Weil du unfair warst«, erklärt der Junge schließlich. »Klar, was Murphy Montagabend getan hat, war nicht nett. Aber du hattest deine Rache, Archie. Und ich bin nicht doof. Du hast mir genau in dem Moment von deinem Chaosdate mit Spott und Murphys Rolle darin erzählt, als du gespürt hast, dass Murphy sich aus dem Zuckerwatte-Bett befreit hat, obwohl ich dich vorher schon gelöchert hatte, was mit dir los ist. Du wolltest, dass ich wütend werde und ihn zur Rede stelle, wenn er unter der Dusche steht. Damit ich dir im Anschluss erzählen kann, wie er auf deinen Streich reagiert hat. Oder nicht? Du hast mich für deine Rache benutzt!«

Der kleine Unglücksrabe sieht nun richtig wütend aus und ich begreife, dass ich hier den Grund vor mir habe, warum er sich auf meine Seite geschlagen hat.

»Ich …«, beginnt Arsch und verstummt. Eine Entschuldigung scheint er sich nicht abringen zu können. Der Anflug von Reue verschwindet genauso schnell aus seiner Miene, wie er gekommen ist. Wut blitzt stattdessen in seinen Augen auf. »Ach ja? Und was ist mit ihm?«, fragt er scharf. »Hat er dich etwa nicht für seine Rache benutzt? Von wem weiß er sonst, wo ich wohne? Ich dachte, wir seien Freunde!«

»Das dachte ich auch«, entgegnet Friedrich leise und reckt dann das Kinn. »Du bist unfair, Archie! Du hattest deine Rache gestern Morgen. Du hättest es gut sein lassen sollen und versuchen, dich mit Spott zu versöhnen. Hast du aber nicht. Stattdessen hast du Murphy gedemütigt, als er sich bei dir entschuldigen wollte. Du bist so besessen von deinem Elend und deiner Rache, dass du alles andere nicht mehr siehst. Wer deine Freunde sind und wie sie sich fühlen, ist dir doch gerade völlig egal!

Und Murphy? Murphy war immer ehrlich zu mir. Er hat mir klipp und klar gesagt, dass er sich an dir rächen will, und *mich* dann die Entscheidung treffen lassen, was ich tun will. Er hat mir nichts vorgemacht. Im Gegensatz zu dir. Und außerdem hilft er mir, meine Chaosenergie zu kontrollieren. Etwas, was *du* mir in all den Jahrhunderten nie angeboten hast, obwohl wir *Freunde* sind!«

»Friedrich …«

Archie streckt die Hand nach dem Jungen aus, ob aus Reue oder aus Zorn, kann ich angesichts seiner versteinerten Miene nicht sagen. Doch der kleine Unglücksrabe schlägt sie beiseite und springt.

Ich starre auf den Punkt, an dem der Junge gerade noch stand, und habe das Gefühl, Zeuge eines schweren Unfalls geworden zu sein. Es dauert einen Moment, bis mir wieder klar wird, dass ich in Arschs

Küche stehe, die ich verwüstet habe, und dass die beiden Räume neben uns noch schlimmer aussehen.

»Das ist alles deine Schuld!«, schreit die Putten-Fratze plötzlich, während sie herumwirbelt und mir den Zeigefinger in die Brust pikt. »Du hast Friedrich gegen mich aufgehetzt!«

»Ja, klar! Rede dir das nur ein!« Ich funkele ihn wütend an. »Vielleicht solltest du dir mal überlegen, warum dich alle verlassen! Erst Spott und dann Friedrich! Ist ziemlich einfach, mich zum Sündenbock zu erklären, statt die Fehler bei sich selbst zu suchen, nicht?«

Brüsk schiebe ich mich an ihm vorbei, wobei ich seinen nervigen Finger wegdrücke. In diesem Moment schaut eine Maus aus dem Vorratsraum zu uns in die Küche und nutzt es aus, dass ich die Tür einen Spalt offen stehen lassen habe. Ihre Barthärchen sind voller Kirsch- und Erdbeersaft und ich muss unwillkürlich lächeln.

»Ihhh!«

Arschs panisches Kreischen lässt meine Ohren klingeln und die Maus huscht davon. In der Speisekammer bricht Hektik aus. Ich höre ein ohrenbetäubendes Quietschen, Trippeln, Flügelschlagen und Zwitschern, als meine tierischen Freunde erkennen, dass die Party vorbei und ein schneller Abgang angesagt ist.

Während Arsch entsetzt »Murphy!« schreit, springe ich zufrieden und fröhlich pfeifend in die Fußgängerzone. Abgesehen von der unschönen Szene eben war mein Plan ein voller Erfolg.

# Frechheit siegt

Es ist ein herrlicher Vormittag. Ich stehe zufrieden zwischen all den Menschen in der Fußgängerzone, die den schönen Maitag genießen, und fühle mich ihnen zum ersten Mal seit Langem verbunden. Gute Laune sprudelt in mir empor, will raus, will sich austoben und zum ersten Mal lasse ich meine Chaosenergie ohne Bedenken und ohne Angst frei.

Schnürsenkel lösen sich, Damenabsätze brechen ab, plötzliche Stolpersteine erheben sich in der gepflasterten Straße und die Menschen stürzen reihenweise zu Boden. Einige unachtsame Fußgänger, die telefonieren oder Musik hören und so nicht rechtzeitig mitbekommen haben, was um sie herum passiert, stolpern nun über ausgestreckte Beine oder Arme, treten auf Hände oder Füße oder laufen gegen Mülleimer, während sie einen überraschten Blick auf die Domino-Menschen um uns herum werfen.

Schmerzensschreie, wütende Beschimpfungen und erschrockene Entschuldigungen tönen durch die Fußgängerzone. Ja, sogar Schluchzen ist zu hören und ich lache befreit auf. Es ist ein wirklich wundervoller Tag.

»Das ist meine Spezialität, Murphy!«, fährt mich da jemand von der Seite her an und mich überfällt plötzlich ein ekelhafter Gestank.

Würgend wirbele ich herum und erkenne das Schleimmonster, das mich empört anfunkelt.

»Ernsthaft, Hochmut?«, frage ich sie. So eine eingebildete Schnepfe! Denkt tatsächlich, dass sie mir vorschreiben kann, was ich tun darf und was nicht!

»Hast du etwa Angst, dass ich dir deinen Job streitig mache? Kein Wunder! Ich bin besser als du! Sieh dich doch einmal um! Hast du schon mal so viele Leute auf einmal zu Fall gebracht?«

Gezählt habe ich meine Opfer zwar nicht, aber hundert Domino-Menschen werden es wohl sein. Noch immer herrscht ein unbeschreiblicher Lärm in der Fußgängerzone, der sich noch verstärkt, als ich jetzt die ersten Sirenen höre. Jemand hat wohl einen Krankenwagen gerufen, denn eine der Frauen hält sich ihren gebrochenen Arm. Vielleicht ist es auch die Polizei, denn einer der gestürzten Männer prügelt sich nun mit einem anderen, über dessen ausgestrecktes Bein er gefallen ist. Dass sie beide meine Opfer sind, kann er natürlich nicht erkennen.

Ich lache angesichts von so viel Chaos und Lärm. Nach dem Elend der letzten beiden Tage tut es so gut, wieder der Alte zu sein. Endlich habe ich mein Leben wieder unter Kontrolle und ich bestimme, bei wem etwas schiefläuft.

»Denkst du das wirklich, Murphy?«, will *Hochmut kommt vor dem Fall* wissen. Ihr hübsches Gesicht zieht nun eine hässliche, leicht gerötete Fratze.

Ich kann es nicht lassen, ich trete nach. »Und ob!«, erwidere ich grinsend. »Und mal ehrlich: Angesichts deines … nun ja … speziellen *Odeurs* wird dich wohl kaum jemand vermissen, falls ich deinen Job übernehme.«

Zufrieden beobachte ich, wie ihr Gesicht knallrot anläuft, ihr Mund sich empört öffnet, sie einen Schwall ihres eigenen Gestanks einatmet … und einen fürchterlichen Hustenanfall bekommt. Ihr Mief ist unerträglich geworden, ich wusste gar nicht, dass ihre Emotionen die Intensität des Schleimgeruchs beeinflussen. Gut zu wissen.

Tränen laufen ihr über die Wangen, als sie sich endlich wieder beruhigt und der Gestank nachgelassen hat. Ich habe es stoisch ertragen – und mit etwas Chaosenergie den Schleimgeruch in die andere Richtung geblasen. Bin ich gut, oder was?

»Freu dich nicht zu früh, Murphy!«, zischt mich das Schleimmonster nun hilflos an. Sie ballt drohend die Fäuste, doch sie kann im Grunde nichts gegen mich ausrichten, nicht nur aufgrund von Krähes Gesetz. Und das weiß sie auch. Daher wirkt ihre Drohung einfach nur lächerlich. »Du weißt doch: *Hochmut kommt vor dem Fall!* Du wirst es bereuen, dich über mich lustig gemacht zu haben!«

Glucksend winke ich ab. »Das riskiere ich«, erwidere ich selbstbewusst. Die dumme Kuh versteht auch überhaupt keinen Scherz. »Und wenn ich eine Schleimspur sehe, dann weiche ich ihr aus. Verstanden!«

Ich salutiere übertrieben vor ihr und ziehe meinen imaginären Hut. So viel Spaß hatte ich schon lange nicht mehr.

Da man gehen soll, wenn es am schönsten ist, drehe ich mich auf dem Absatz um und schlendere hüpfend durch die Fußgängerzone, in der sich nun eine Menge Schaulustiger um meine Opfer versammelt hat. Krankenwagen schieben sich langsam durch die neugierigen Zuschauer, zwei Polizeiwagen sind bereits da und halten am Rand der Menge.

Mich könnt ihr lange suchen!

Ich habe so gute Laune, dass ich beschließe, den Polizisten ebenfalls einen kleinen Streich zu spielen. Als Erstes aktiviere ich die Sirenen, die sie gerade erst ausgeschaltet haben, und beobachte, wie sie überrascht zusammenzucken. Einer der Polizisten eilt zu den Streifenwagen zurück und schaltet bei beiden die Sirenen aus. Vergnügt beobachte ich ihn dabei, warte ein paar Sekunden und dann schalte ich die Sirenen wieder an.

Seine Kollegen werfen dem jungen Polizisten kurz einen irritierten Blick zu, während sie ihrer Arbeit nachgehen und versuchen, den Streit zu schlichten und herauszufinden, was passiert ist. Mir ist das zu langweilig, daher konzentriere ich mich weiter auf den jungen Beamten mit den kurzen straßenköterblonden Haaren, den ich kurzerhand Fiffi taufe.

Fiffi flucht leise, während er erneut die Sirenen ausschaltet und doppelt kontrolliert, ob sie tatsächlich aus sind. Ich lasse ihm den Spaß, schlendere näher heran und mustere neugierig das Polizeifahrzeug. Hier kann ich noch eine Menge Schabernack anstellen.

Als Nächstes streiche ich konsequent das Wort »Polizei« von den beiden Autos. Da mir der Anblick so ganz ohne Beschriftung auch nicht gefällt, ersetze ich die ehemals respektablen Autoritätsbekundungen an den Seiten und auf der Motorhaube durch in meinen Augen passendere Bezeichnungen, während ich den lieben Fiffi weiter in den Wahnsinn treibe, indem ich die Sirenen sekundenweise ein- und ausschalte.

»Verdammt! Was ist da los? Findest du das etwa lustig?«, brüllt nun einer seiner Kollegen den unschuldigen Fiffi an, der bei genauerem Hinsehen tatsächlich ein paar Ähnlichkeiten mit einem treudoofen Hund hat.

»Das bin ich nicht! Die Anlagen sind defekt! Sie schalten sich von selbst ein und aus!«, wehrt sich der junge Polizist. Fiffi wirkt jetzt richtig verzweifelt und fährt sich immer wieder ratlos und nervös durch die Haare.

Erstes Gekicher ertönt aus der Menge und Fiffi erkennt, dass er gerade kein Bild der Autorität bietet. Er bemüht sich um Haltung, setzt seine Polizei-Kappe auf und schaut ernst drein.

Als er den ersten Schritt in Richtung seiner Kollegen macht, prustet jemand los.

Nein, dieses Mal nicht ich. Momentan begnüge ich mich noch mit einem breiten Grinsen und warte ab.

»He, Fiffi! Hast du endlich die Sirenen im Griff?«, ruft ein junger Mann spöttisch aus der Menge.

»Wie bitte?!«

Der Polizist wirbelt empört zum Sprecher herum, kann ihn aber nicht schnell genug ausfindig machen.

»Wer von euch hat mich Fiffi genannt?«

Sein Gegner winkt fröhlich. Er ist von ein paar Kumpels umgeben und fühlt sich stark.

»Fiffi!«, brüllen nun seine Freunde und lachen. »Fiffi, hol das Stöckchen!«

Das Gesicht des jungen Polizisten verfinstert sich vor Zorn, nur mühsam schluckt er seine Wut herunter und wendet sich ab.

»Ich weiß jetzt, wo das Stöckchen ist! In seinem Arsch! Der Typ hat 'nen Stock im Arsch!«, johlt der Anführer der jungen Männer. »Stehst drauf, was?«

»Schwuchtel!«

Gott, wie primitiv! Angewidert betrachte ich die Kleingeister. Fiffi kann einem echt leidtun. Er allein gegen die Meute, während seine Kollegen immer noch alle Hände voll mit wütenden Domino-Menschen zu tun haben. Ich beschließe, ihm ein wenig zu Hilfe zu kommen, und verpasse den ignoranten Grölern jeweils ein kleines pinkfarbenes Puschelschwänzchen. Damit es nicht nach Magie aussieht, sind es natürlich keine echten, sondern diese Felldinger, die man in den Achtzigern und Neunzigern gerne an den Schlüsselbund gemacht hat. Nur eben in Pink.

Ich lache mich schlapp, als der Erste der geistig unterbelichteten Truppe nun den pinken Puschel am Hintern seines Kumpels entdeckt und sich finster umschaut. Er wechselt ein paar leise Worte mit seinem Freund, dessen Gesichtszüge mit jeder Sekunde mehr entgleisen. Als er nach hinten greift und das Fellschwänzchen entdeckt, rastet er aus.

»Wer von euch feigen Schwanzlutschern war das?«, brüllt er. »Na, warte! Wenn ich dich erwische, bringe ich dich um!«

»Scheiße, du hast auch so ein Teil!«, erkennt einer seiner Freunde und deutet auf den Anführer.

Das Gebrüll der Truppe wird immer lauter. Doch niemand wagt es, über sie zu lachen, als sie sich nun mit aller Kraft bemühen, die demütigenden Fetische von ihren Hintern zu entfernen.

Habe ich erwähnt, dass ich sie mit bestem Chaoskleber an ihren Hosen festgeklebt habe?

Als die Gruppe erkennt, dass sie sie nicht abbekommen und niemand in ihrer Nähe ist, der sich an sie herangeschlichen haben kann oder sich verdächtig das Grinsen verkneift, ziehen sie mit eingezogenem Schwanz davon. Vermutlich neue Hosen kaufen.

Nachdem die Puschel-Fraktion außer Sicht ist, dauert es eine Minute, bis die Menge in Gelächter ausbricht. Auch Fiffi kann wieder grinsen.

»Danke! Wer auch immer das war, danke sehr!«, ruft er in die Menge.

Eine junge Frau hat nun Mitleid mit ihm und klärt ihn endlich auf. »Ähm, sehen Sie sich mal die Streifenwagen an! Ich fürchte, Sie wurden das Opfer eines kindischen Streiches.«

Der junge Polizist dreht sich zu den Autos um, öffnet den Mund und ist sprachlos.

Das Wort »Fiffi« steht mit einem Knochen, Hundekörbchen und Herzen versehen auf der Motorhaube. »Fiffi on Board« auf der einen Seite, »Unser Freund und Helfer« mit einem großen Knochen auf der anderen Seite des Fahrzeugs.

Fiffi geht um seinen Streifenwagen herum und wirkt fassungslos. Er rubbelt über die Schrift und braucht ein paar Minuten, um zu erkennen, dass es sich nicht um einen unauffälligen Autoaufkleber handelt und dass die Beschriftung nicht abgeht.

»Wie …?«

Während er ein weiteres Mal um den Wagen geht und seinen treudoofen Hirnschmalz aktiviert, um eine Lösung zu finden, wird mir langsam langweilig. Fiffis Kollegen sind immer noch mit der Klärung des Streits der Domino-Menschen beschäftigt. Der erste Krankenwagen fährt gerade langsam mit seiner Patientin aus der Fußgängerzone und ein Teil der Menge hat sich schon zerstreut. Ohne die Puschelschwänzchen-Gang ist es nicht mehr dasselbe.

Während ich überlege, was ich tun soll, springe ich ins zweite Auto und schaue mir die Ausstattung an. Ich bin in einer Welt aufgewachsen, in der es keine Autos gab und in der es schon als schnell galt, per Pferdekutsche und nicht zu Fuß unterwegs zu sein. Daher hat es bei mir ein paar Jahrzehnte gedauert, bis ich mich zum ersten Mal in eins dieser mechanischen Höllengefährte gesetzt habe.

Aber ich war stets nur ein unsichtbarer Beifahrer.

Der Gedanke schießt mir durch den Kopf, während ich das Steuer vor mir betrachte. Plötzlich überkommt mich der Wunsch, es selbst mal auszuprobieren. So schwer kann das doch nicht sein. Schließlich hatte ich jahrzehntelang die Gelegenheit, andere beim Fahren zu beobachten. Ich weiß also theoretisch, wie es geht.

Kurzentschlossen drehe ich den Schlüssel im Zündschloss um – Wie naiv müssen die Polizisten sein, wenn sie denken, dass schon niemand ihren Wagen stiehlt? – und fahre los.

Es dauert wieder ein paar Augenblicke, bis Fiffi bemerkt, dass etwas nicht stimmt. Noch immer ist er in der Betrachtung seines verschönerten Wagens versunken und bekommt nicht mit, dass das andere Auto scheinbar fahrerlos hinter ihm vorbeirollt.

Ich hupe und schalte die Sirene an. Endlich wacht Fiffi auf.

»He!«, ruft er und rennt mir hinterher, während ich langsam beschleunige.

»Vorsicht! Aus dem Weg!«, brüllt der junge Polizist die Fußgänger vor mir an und setzt zu einem Sprint an, um die Fahrertür zu erreichen.

Aber so schnell gebe ich meine neue Errungenschaft nicht wieder auf. Irgendwie gefällt es mir, Auto zu fahren, und nun habe ich auch den Trick mit der Gangschaltung raus. Ich schalte hoch in den zweiten Gang, trete erneut aufs Gas und wechsle dann in den dritten. Vor mir taucht die Straße auf und Fiffi wirkt nun regelrecht panisch vor Verzweiflung, als er versucht, mich – oder genauer gesagt das Geisterauto – daran zu hindern, in den Verkehr zu geraten und einen Unfall zu bauen.

Nun gut, irgendwie hat er ja recht. Einen Unfall zu bauen, wenn ich gerade eben erst erfolgreich ein Polizeiauto gestohlen habe, bringt vermutlich wenig Spaß. Ich aktiviere also erneut Blaulicht und Sirene und drücke zudem kräftig auf die Hupe. Als ich auf den Asphalt der normalen Straße wechsle, weichen mir die anderen Autos gehorsam aus.

Fiffi verschwindet aus meinem Rückspiegel, während ich weiter beschleunige. Die Tachonadel auf mehr als fünfzig bis sechzig Stundenkilometer hochzujagen, traue ich mich dann doch nicht, nachdem ich beinahe einen Unfall gebaut hätte, als ich fast zu langsam einer Baustelle ausgewichen bin. Erst mal brauche ich mehr Fahrpraxis.

»Ist dir klar, dass du in einem Polizeiauto sitzt, auf dem ›Fiffi & Justitia just got married‹ steht?«, erschreckt mich da plötzlich eine unerwartete Stimme zu Tode. Ich verreiße das Lenkrad, das Auto gerät ins Schleudern und auf der Nebenfahrbahn kracht ein anderer Wagen in die Leitplanke, die unsere Spur von der Gegenrichtung trennt. Mein unerwünschter Beifahrer lacht und ich bringe mein Fahrzeug wieder in die Spur.

»Was willst du hier?«, frage ich ihn wütend, während ich mit einem Gedanken die lächerliche Beschriftung entferne. Ich hatte ganz vergessen, dass ich »Idiot am Steuer« auf der Fahrertür angebracht hatte. Wie gut, dass er den Schriftzug anscheinend nicht gesehen hat, sondern nur den Fiffi-Schriftzug auf der Motorhaube.

»Wir müssen reden, Murphy.«

»Und worüber?«

»Über Archie.«

Wenn ich auf eines gar keinen Bock habe, dann auf eine Unterhaltung über Arsch. Meine gute Laune verfliegt langsam.

»Da gibt es nichts zu reden, Spott«, wiegele ich ab.

»Doch, gibt es. Ich will das jetzt klären. Was läuft da zwischen euch beiden? Seid ihr jetzt wieder zusammen?«

Na super! Noch einer, der den Lügen des Höllen-Quartetts Glauben schenkt!

»Ich will nichts von Arsch!«, fauche ich genervt. »Wie kommt ihr überhaupt alle darauf, dass wir ein Liebespaar wären oder jemals gewesen sind? Ich will nichts von ihm! Ich bin ja noch nicht einmal schwul!«

»Wirklich nicht?«, fragt Spott hoffnungsvoll. »Dann hast du also nichts dagegen, dass wir es noch einmal versuchen?«

»Bitte! Macht!«

Gott, bin ich heute großzügig!

»Danke, Murphy!«

*Wer den Schaden hat, braucht für den Spott nicht zu sorgen* wirkt überglücklich, als er aus dem Wagen springt und mich endlich in Ruhe lässt. Soll er mit Arsch glücklich werden, das ist mir so was von egal. Wie er überhaupt so auf das Putten-Gesicht und die kleinen Speckröllchen von Arsch abfahren kann, ist mir ein Rätsel. Vielleicht muss man schwul sein oder einen Knick in der Linse haben. Ich kann ja verstehen, dass Arsch auf Spott steht, denn mit seinem markanten Gesicht und dem kantigen Kinn könnte er auf dem Cover irgendeines Männermagazins abgebildet sein.

Aber Arsch? Der würde niemals einen Blumentopf bei einem Schönheitswettbewerb gewinnen.

Kopfschüttelnd fahre ich weiter. Schnell habe ich die merkwürdige Begegnung wieder verdrängt und genieße die Spritztour im gestohlenen Polizeiwagen durch Berlin. Immer wieder stutzen Autofahrer und andere Verkehrsteilnehmer, wenn sie sehen, dass das Fahrzeug scheinbar ganz von alleine fährt, und ich hinterlasse eine Spur aus Chaos, Blechschäden und verwirrten Menschen bei meiner Fahrt durch die Stadt. Doch auch das wird irgendwann langweilig, daher stelle ich den Wagen am frühen Nachmittag einfach am Straßenrand ab und springe zurück in meine Wohnung.

Im nächsten Moment öffne ich den Mund zu einem panischen Schrei. Ich ersticke!

## Besser ein Ende mit Schrecken als ein Schrecken ohne Ende

Ich sehe nur noch rot. Alles um mich herum wirkt wie Blut, die Luft ist erfüllt davon.

Ich bemühe mich zu verstehen, was mit mir passiert. Versuche zu atmen, doch etwas erdrückt mich, presst meinen Brustkorb zusammen. Meine Glieder werden zusammengedrückt, ja regelrecht *zusammengequetscht.*

Ich kann mich nicht bewegen, kann nicht atmen, kann nicht denken.

Todesangst erfüllt mich. Es ist alles wieder so wie damals, als meine Chaosenergie die Hütte über mir zum Einsturz gebracht hat und ich vom Gefühl zu ersticken erwacht bin. Damals habe ich mich mit einem Sprung in Sicherheit gebracht.

Dieses Mal kann ich es nicht. Ich fühle mich wie gelähmt, unfähig, einen klaren Gedanken zu fassen.

Luft! Ich brauche LUFT!

Unwillkürlich öffne ich den Mund. Um zu atmen oder zu schreien, weiß ich nicht. Nichts von beidem gelingt mir. Noch bevor ich einen Ton herausbringen kann, drängt sich auch schon etwas in meinen Mund hinein, dehnt sich in meiner Mundhöhle aus und presst sich meine Kehle hinunter.

Ein ekelhafter, süßlicher Geschmack liegt auf meiner Zunge und kitzelt in meiner Nase. Er erstickt mich, lässt mich nicht atmen. Ich würge gegen das Zeug an, schlucke es herunter.

Es will sich wieder meine Kehle hocharbeiten, doch ich kann nicht erbrechen, da mein Mund bereits wieder voll ist. Das rote Zeug ist überall, um mich herum, in mir, über mir, neben mir.

Ich werde es nicht los, so sehr ich mich auch dagegen wehre. Um mich schlagen bringt nichts. Meine Arme bewegen sich nur schwerfällig durch die rote Masse, meine Fäuste treffen nie auf Widerstand.

Vergeblich versuche ich, das Zeug aus meinem Mund zu bekommen, es auszuspucken, wieder hochzuwürgen, mich von der Invasion meines Körpers zu befreien, einfach nur nach Luft zu schnappen.

Es gelingt mir nicht.

Mir wird schwarz vor Augen.

Kann nicht kämpfen.

Atmen! Muss atmen!

LUFT!

Ich begreife, dass ich sterbe ... und dann fühle ich gar nichts mehr.

»MURPHY!«

Jemand schüttelt mich und rüttelt an meinen Gliedern, die sich schwer und wie durch die Mangel gedreht anfühlen. Angst liegt in der Stimme. Sie kommt mir bekannt vor, ich weiß, ich sollte sie erkennen. Doch ich tue es nicht.

Etwas klatscht mir ins Gesicht, aber selbst der Schmerz des Schlages klingt nur dumpf in mir wider. Alles ist wie betäubt. Erstarrt. Ich kann mich nicht bewegen oder reagieren. Und ich will es auch nicht.

Immer wieder schreit mich die Stimme an. Erst als sie schluchzt, erkenne ich, dass sie Friedrich gehört.

Was macht der Junge hier? Träume ich? Und dann ausgerechnet von Friedrich?

Können Tote überhaupt träumen?

Oder ist Friedrich ebenfalls tot? Hat das, was in meiner Wohnung gelauert hat, ihn ebenfalls umgebracht?

Ich mag nicht darüber nachdenken und fühle mich außerstande, mich alledem zu stellen. Stattdessen lasse ich meine Augen geschlossen, blende alles aus, auch den Schmerz, und lasse mich treiben.

Wie viel Zeit vergangen ist – Gibt es hier überhaupt Zeit? –, kann ich nicht sagen, doch plötzlich höre ich eine Stimme, die mir das Entsetzen in jede Faser meines Körpers jagt.

»Murphy, mein Junge! Keine Angst, wir sind ja da. Wir retten dich!«

Ein magischer Schlag fährt ausgehend von meinem Oberarm, auf dem nun eine Hand liegt, durch meinen Körper, durch meine Brust, meine Beine, meine Zehen und sogar durch meine Fingerspitzen, um sich dann wieder in meiner Brust und in meinem Kopf zu konzentrieren.

Plötzliche Heiterkeit bricht aus mir hervor – und mit ihr die rote Masse, die ich gegen meinen Willen geschluckt habe. Ich reiße die Augen auf, während mein Gelächter langsam abklingt, und blicke in die besorgten Gesichter von Lachen, Schlaf und Friedrich.

»Wie geht es dir, mein lieber Junge?«, will Lachen wissen.

Verwirrt blinzele ich sie an. Erst langsam begreife ich, was es bedeutet, was es bedeuten muss, wenn ich Lachen und Schlaf hier vor mir sehe, denn dass es jemand vor mir geschafft hat, die beiden Lebenden Sprichwörter umzubringen, ist einfach unmöglich.

»Ich lebe noch?«, frage ich dennoch. Ich brauche eine Bestätigung, brauche Worte, um zu begreifen, was geschehen ist.

»Willst du eine Decke?«, erkundigt sich Friedrich fürsorglich. Er muss geweint haben, denn ich sehe Tränenspuren auf seinen Wangen und vereinzelt purzelt noch eine neue Perle aus seinen Augen.

»Eine Decke?«, wiederhole ich verwirrt. Das Denken fällt mir wahnsinnig schwer.

»Ja, hol ihm eine Decke«, erwidert Schlaf fest. »Die kann er gut gebrauchen, er steht unter Schock.«

Schock. Da ist das Wort, die Erklärung für das seltsame, unwirkliche und distanzierte Gefühl in mir. Ich weiß, ich sollte etwas fühlen und auf Lachens und Schlafs Fragen reagieren, die sich nun bemühen herauszufinden, was passiert ist. Es ist mir alles gleich. Stattdessen versuche ich nur zu begreifen, dass ich lebe. Dass ich nicht das Zeitliche gesegnet habe, sondern immer noch atme.

»Was ist das bloß für ein Zeug?«, will Schlaf verwirrt wissen. Er tippt die komische rote Masse, die ich dank Lachens Magie hervorgewürgt habe, vorsichtig mit dem Finger an. Sie gibt unter seiner Berührung nach und federt zurück, sobald er sie loslässt.

Jetzt, da ich sie vor mir sehe, habe ich das Gefühl, als müsste ich wissen, was sie ist. Doch der Gedanke gleitet mir schneller durch die Finger als eine Elritze.

»Hier, Murphy!«

Plötzlich ist Friedrich wieder da. Ich habe gar nicht mitbekommen, dass er verschwunden ist. Er hat von irgendwoher eine Wolldecke und ein Kissen aufgetrieben. Lachen schnappt sich beides, breitet die Decke über mir aus und hebt meinen Kopf an, um das Kissen drunterzuschieben.

»Wird er wieder gesund?«, erkundigt sich der Junge leise bei den beiden alten Heilern.

»Aber sicher doch. Er braucht nur etwas …«

»… Schlaf«, wirft Morpheus prompt ein.

»… Heiterkeit und neuen Lebensmut«, fährt Lachen mit einem wütenden Blick in Richtung ihres Lebensgefährten fort. »Jeder weiß doch, dass Lachen die beste Medizin ist. Und unser armer Murphy muss sich erst von dem Trauma erholen.«

»Weißt du, was passiert ist?«, will Morpheus von Friedrich wissen. Schlaf scheint die rote Masse zu faszinieren, denn erneut tippt er sie mit den Fingern an.

»Nein«, antwortet der Junge. »Wir waren getrennt unterwegs. Irgendwann wollte ich nach Hause zurückkehren – ich wohne jetzt bei Murphy, müsst ihr wissen.« Seine Stimme klingt aus einem mir unerfindlichen Grund stolz. »Doch als ich meine Sinne ausgestreckt habe, um zu sehen, ob Murphy schon zu Hause ist, habe ich nur seine schwache Präsenz gespürt. Nicht als würde er schlafen, sondern viel schwächer. Das hat mir Angst gemacht. Ich bin sofort zu ihm gesprungen und da war überall dieses seltsame Zeug um uns herum und Murphy war bewusstlos und schien nicht mehr zu atmen. Mir fiel das Atmen ebenfalls schwer, also habe ich ihn nur gepackt, bin nach draußen gesprungen und als ich ihn nicht aufwecken konnte, habe ich euch geholt.«

»Hast du das hier schon mal gesehen?« Morpheus deutet auf das nachgiebige rote Zeug, das mich fast umgebracht hat.

Friedrich betrachtet es einen Moment lang ratlos, dann geht ihm ein Licht auf. »Das ist Wackelpudding!«

Er steckt ein kleines bisschen von der Masse in seinen Mund, was echt eklig ist, wenn man bedenkt, wo sich das Zeug vor Kurzem noch befunden hat.

»Himbeere«, stellt er fachkundig fest. »Ist eigentlich ganz lecker. Kinder essen Wackelpudding gerne, weil er süß ist.«

Friedrichs harmlose Bemerkung sorgt dafür, dass ich mich abrupt aufsetze und die Decke von mir werfe. Jetzt weiß ich, was passiert ist.

»Archie wollte mich umbringen!«

# Dicht daneben ist auch vorbei

Einen Moment lang kann ich es nicht glauben. Dann breitet sich die Erkenntnis in mir aus.

Arsch hat versucht, mich mit Wackelpudding zu ermorden!

Erneut sehe ich rot, dieses Mal jedoch vor Wut, und meine Unglücksenergie, die eben noch friedlich gewesen ist, stimmt nun in meine mordlüsternen Rachefantasien mit ein.

Es knistert und blitzt um mich herum. Lachen, Schlaf und Friedrich hüpfen erschrocken vor mir zurück.

Das ist mir nur recht, denn auf diese Weise kann mich keiner schnell genug packen, als ich jetzt in Arschs Wohnung springe. Im Wohnzimmer sind Leute, aber in meiner Wut kann ich nicht erkennen, um wen es sich handelt oder wie viele es sind. Sie sind unwichtig und sie können mich nicht aufhalten.

Mein Blick heftet sich zielsicher auf die Gestalt von Arsch, meinem Todfeind, dessen Präsenz ich nun auf der Fensterseite zum Hof spüre.

»DU!«, brülle ich außer mir.

Er reißt die Augen auf, scheint jedoch nicht zu begreifen, dass ich es dieses Mal ernst meine, als ich schon mit meiner Magie die Verankerung der Wendeltreppe neben ihm löse, die mit einem metallischen Reißen nachgibt, und die Treppe nach ihm werfe.

»Archie!«, quietscht jemand erschrocken.

Gerade noch rechtzeitig benutzt mein Gegner seine Magie, um das Eisen in Bonbons zu verwandeln, die harmlos auf seinen Kopf prasseln.

»Bist du wahnsinnig geworden?«, ruft er erschrocken.

Ich antworte ihm nicht, sondern sehe mich bereits suchend nach neuen Wurfgeschossen um. Ein Chaossturm umhüllt mich und ich lenke ihn auf eins der Sofas in der Nähe, packe es und schleudere es ebenfalls auf Arsch.

»Murphy!«, schreit jemand entsetzt. Es ist Friedrich.

Ich brülle frustriert, als *Alles Gute kommt von oben*, eine von diesen naiven blonden Dummchen, die anderen ungefragt ihre Hilfe aufdrängen, das Sofa, das meinen Erzfeind eigentlich hätte erschlagen sollen, in einen Strauß Blumen verwandelt. Ausgerechnet in rote Rosen!

Wütend drehe ich mich zu ihr um. »Halt dich da gefälligst raus, hast du verstanden? Sonst kommst du als Nächstes dran!«, drohe ich und sie zuckt furchtsam vor mir zurück.

»Er ist wahnsinnig geworden! Er will Archie umbringen!«, behauptet nun jemand. Ironischerweise ist es *Dicht daneben ist auch vorbei.*

O ja, ich will diesen erbärmlichen, abscheulichen, armseligen, verschlagenen, hinterhältigen … Bastard umbringen! Aber nicht sofort! Als Erstes will ich ihm so richtig Schmerzen zufügen. Er soll wissen, wie es ist, Todesangst zu haben.

»Murphy, was soll das?«, fragt mein Widersacher entgeistert und es befriedigt mich ungemein, dass ich Angst in seinen Augen erkenne. Nur sein scheinheiliges Unschuldsgetue kann ich nicht ertragen.

»Was das soll?«, entgegne ich beißend. »Das weißt du genau!«

»Ist es wegen des Wackelpuddings? Das war doch nur ein harmloser Scherz!«

Ein harmloser Scherz?!

Ich fasse es nicht! Mein letzter Rest Kontrolle entgleitet mir jetzt. Rasend vor Zorn stürzen wir, meine Chaosenergie und ich, uns auf den verlogenen Scheißkerl.

Mit Chaos aufgeladene Keksdosen fliegen an mir vorbei, treffen Arsch ins Gesicht, vor die Brust und eine auch mitten auf die Zwölf. Er krümmt sich vor Schmerzen zusammen. Die Sofalandschaften rauschen mit Getöse durchs Wohnzimmer und an mir vorbei. Ich spüre mehr, als dass ich es höre oder sehe, wie die Freaks, die auf ihnen sitzen, vor Entsetzen schreien und einer nach dem anderen in Sicherheit springt.

Sie haben Angst vor uns.

Gut so!

Meine Unglücksenergie und ich brüllen im nächsten Moment vor Enttäuschung, als die Sofas plötzlich umgelenkt werden und durch die Glasfenster in den Hof fliegen. Kein einziges trifft sein Ziel, alle rauschen haarscharf an Arsch vorbei. Noch während es splittert, die Scherben in den Hof regnen und die Sofas draußen die Tische und Stühle umreißen, bleibe ich kurz vor meinem Feind stehen und drehe mich mit Mordlust zu *Dicht daneben ist auch vorbei* um, der meinen Angriff vereitelt hat.

»Wag es ja nicht!«, drohe ich dem alten Freak mit der fleckigen Glatze und strecke die Faust aus. Pures Chaos umhüllt sie. »Dies ist eine Sache zwischen mir und ihm, niemandem sonst! Du weißt ja nicht, was er getan hat!«

»Ich habe gar nichts getan! Du bist ja verrückt! Nur wegen ein bisschen Wackelpudding so überzureagieren!«

Arschs Heuchelei und unschuldiges Putten-Gesicht sind ungeheuerlich. Ich möchte nur noch reinschlagen, ihn vor Schmerzen schreien hören, meine Hände um seinen Hals legen und zudrücken.

»Du hast mich beinahe umgebracht!«

Arsch lacht. »Mit Wackelpudding? Du bist ja irre!«

»Es stimmt, Archie«, mischt sich nun Friedrich ein. Der Junge nähert sich uns vorsichtig, wobei er darauf achtet, nicht ins Schussfeld zu geraten. »Murphy wäre fast erstickt.«

Mein Gegner starrt ihn überrascht an. »An Wackelpudding?« Er scheint es nicht fassen zu können.

Ich glaube ihm sein unschuldiges Getue nicht. An Arsch ist ein Schauspieler verloren gegangen. Für seine Leistung hätte er in Amerika sicher einen Oscar bekommen.

»Wie kann man bitte sehr an Wackelpudding fast ersticken?«, fragt er und schüttelt ungläubig den Kopf.

Es ist genug!

Ich schlage zu und breche ihm die Nase. Es knirscht befriedigend und Blut schießt hervor.

»Es reicht, Murphy!«

Lachen hat sich mir unerschrocken genähert und will mich festhalten, doch dieses Mal kann ich ihrem Klebearm ausweichen. Dieses Mal entzieht sich meine Energie ihrer Kontrolle. Ich spüre, wie die künstliche Heiterkeit, die sie auf mich lenkt, um mich zu beruhigen, an mir abprallt.

»Morpheus!«, ruft sie, während ich aushole und dem Scheißkerl erneut eine verpasse. Dieses Mal stürzt er zu Boden und stöhnt.

»ES REICHT!«

Donner hallt durch den Raum, als plötzlich *Eine Krähe hackt der anderen kein Auge aus* da ist und ihre Magie einsetzt.

Plötzlich stehe ich über meinem gestürzten Feind, in bester Angriffsposition, um ihn endgültig zu erledigen … und kann mich nicht mehr bewegen!

# Aufgeschoben ist nicht aufgehoben

Etwas legt sich über mich. Es fühlt sich wie ein Zwang oder eine magische Fessel an und greift von meinem Körper auf meinen Verstand über. Meine Rachefantasien brennen plötzlich in meinem Kopf, als wären sie zu heiß, und ich spüre, wie sie mir durch die buchstäblichen Finger gleiten, weil ich sie nicht mehr festhalten kann.

Tränen laufen mir vor Schmerzen über die Wangen, als ich gezwungenermaßen meinen Angriff erst einmal einstelle. Doch damit gebe ich mich nicht geschlagen. Aufgeschoben ist nicht aufgehoben.

»Argh!«, schreie ich, als sich der Schmerz erneut durch meinen Verstand windet.

»Hör auf, daran zu denken, wie du Archie am besten wehtun kannst, dann hört der Schmerz auch auf!«, fordert Krähe und scheint angesichts meiner Qualen, die sie mit ihrer Magie verursacht, keinerlei Reue zu verspüren.

»Dafür, dass du niemand anderem schaden willst und das auch von uns verlangst, genießt du es jetzt, mich zu foltern!«, beschuldige ich sie.

Wenn ich bedenke, wie kurz davor ich gewesen war, meinen Erzfeind endgültig zu vernichten! Doch dann mussten sich ja die Freaks einmischen! Dass sie auch noch *Eine Krähe hackt der anderen kein Auge aus* geholt haben, ist einfach unglaublich. Wenn ich herausfinde, wer das war, erwartet denjenigen sein blaues Wunder!

»Und schon wieder denkst du an Gewalt gegen deinesgleichen«, stellt die Friedenswächterin der Freakshow fest, während ich vor Schmerzen mit den Zähnen knirsche. »Gib es auf! Ich werde nicht zulassen, dass ihr euch gegenseitig Schaden zufügt.« Sie funkelt mich und Arsch, der immer noch auf dem Boden sitzt, nacheinander wütend an.

»Also, was zur Hölle ist hier eigentlich los?«

»Murphy hat versucht, mich umzubringen!«, platzt Arsch heraus und ist damit schneller als ich.

»Du hast als Erstes versucht, mich umzubringen!«, kontere ich empört und stinkwütend. Es ist ja mal wieder typisch! Arsch stellt sich als das unschuldige Opfer dar und so parteiisch wie Krähe ist, bin ich dann wieder der Leidtragende. Aber nicht mit mir!

»Mach dich nicht lächerlich! Das war ein harmloser Streich, nichts weiter! *Du* bist es doch, der versucht, mein Leben zu zerstören, und dann kannst du es nicht ertragen, wenn ich mich mit kleinen Racheaktionen revanchiere!«

»Harmlos?« Ich schnaube wütend. »Du hast versucht, mich zu ersticken, und hattest beinahe Erfolg damit!«

»Nur schade, dass es nicht geklappt hat, dann wäre ich dich wenigstens endlich losgewesen!«, schlägt Arsch zurück.

»Du ...!«, stoße ich hervor und balle die Fäuste, obwohl sich bei dieser Bewegung erneut brennendes Feuer durch mein Gehirn windet.

»Schluss jetzt!«, brüllt Krähe. »Ich will keine weiteren Anschuldigungen mehr hören! Ich hatte euch aufgetragen, euch zu versöhnen. Und was passiert? Stattdessen führt ihr einen Kleinkrieg gegeneinander! Das werde ich nicht zulassen. Ihr habt geschworen, anderen Sprichwörtern keinen Schaden zuzufügen. Da ihr euch nicht freiwillig an euren Eid haltet, muss ich eben dafür sorgen, dass ihr keine andere Wahl habt. Meine Magie wird verhindern, dass ihr euch noch einmal angreift und eure Kräfte gegeneinander einsetzt. Habt ihr verstanden?«

Krähe mustert uns nacheinander grimmig und ich habe sie nie zuvor so sehr gehasst wie in diesem Moment. Nur zu gerne hätte ich ihr die Federn eine nach der anderen ausgerupft und voller Befriedigung zugehört, wie sie schreit. Niemand kommt zwischen mich und meine Rache!

»Aber ... Murphy hat angefangen!«, protestiert Arsch natürlich prompt und setzt dabei eine empört-unschuldige Miene auf.

»Ruhe!«, brüllt Krähe erneut und keckert gereizt. »Ihr zwei seid jetzt still. Wenn ich wissen will, was passiert ist, dann frage ich die anderen.« Kurz scheint sie über ihre eigenen Worte nachzudenken, die nur so aus ihr herausgesprudelt sind. »Was eigentlich eine gute Idee ist. Friedrich, mein Junge, klär mich auf. Wie ist die Situation zwischen den beiden dermaßen eskaliert?«

Unsere Köpfe drehen sich zu dem kleinen Unglücksraben um, der sich unangenehm berührt windet. Er zögert, während sein Blick zwischen mir und meinem Feind hin und her huscht.

»Du brauchst keine Angst vor den beiden zu haben, Friedrich. Die tun dir nichts, dafür sorge ich«, versucht Krähe, ihn zu beruhigen.

»Ich habe keine Angst vor Murphy oder vor Archie«, wiegelt der Junge ab. Dann seufzt er einmal und beginnt zu erzählen. »Nun gut. Jeder von euch weiß wahrscheinlich von der Restaurant-Katastrophe und dem vermasselten Date zwischen Archie und Spott am Montag. Nur dass es keine Absicht von Murphy war, wie wir zunächst alle gedacht haben, sondern ein Unfall.«

Arsch will etwas sagen, Krähes Magie verstärkt sich und klappt ihm den Mund zu. Er gurgelt wütend, kann aber keinen Ton über die Lippen bringen.

Unterdessen fährt Friedrich fort: »Da Spott nun einmal ist, wer er ist, hat er Archie verletzt. Die beiden haben sich getrennt. In seinem Schmerz hat sich Archie am Dienstagmorgen dann an Murphy gerächt. Dass er Murphys Bett in Zuckerwatte verwandelt und ihm eine Honig-Schokoladen-Dusche verpasst und dann dafür gesorgt hat, dass ich ihn empört in diesem peinlichen Moment zur Rede stellen wollte, wisst ihr noch nicht. Gut, zugegeben, diesen Streich hatte Murphy verdient, aber dass mich Archie für seine Rache benutzt hat, war nun wirklich nicht die feine englische Art.

Auf jeden Fall konnte ich Murphy später davon überzeugen, dass er sich bei Archie entschuldigt.«

»Er hat sich entschuldigt? *Murphy*?«

Krähe und die anderen können es nicht glauben. Ich bemerke erst jetzt, wie viele Zuschauer wir eigentlich haben. Neben uns vier, Lachen und Schlaf, *Dicht daneben ist auch vorbei* und *Alles Gute kommt von oben* befinden sich etwa zwei Dutzend weitere Freaks im Raum, wie mir ein rascher Blick durch das Wohnzimmer verrät. Natürlich sind auch die Neos da. Was habe ich anderes erwartet? Die Neos aus meinem höllischen Fanclub sind wie Aasgeier, wenn sie eine unangenehme Situation wittern.

»Er wollte es zumindest, ja. Doch statt Murphys Entschuldigung anzunehmen, hat Archie ihn erneut gedemütigt, in aller Öffentlichkeit und vor den Neos, die dann nichts Besseres zu tun hatten, als schadenfroh darüber zu berichten.«

Friedrich wirft beim Erzählen den vier Neologismen einen wütenden Blick zu. Die Neos und er werden keine Freunde mehr werden, das ist ja mal klar.

»Und dann?«, will Krähe wissen.

»Tja, damit war die Chance auf eine Versöhnung erst einmal vertan. Und da ich inzwischen ziemlich wütend auf Archie war, weil ich begriffen hatte, dass er mich benutzt hatte, habe ich Murphy meine Hilfe angeboten.«

»Du hast ihm *geholfen*?«

Ich würde Krähe am liebsten sagen, dass sie sich ihre Empörung sonst wohin stecken kann, doch ihre magische Fessel hindert mich ebenfalls daran, etwas zu sagen. Das ist jetzt ihre und Friedrichs Show, Arsch und ich sind gezwungen, untätig zuzusehen.

»Ja«, gibt der Junge ohne Reue zu. »Archie ist zu weit gegangen und da Murphy uns andere nicht aufspüren kann, hätte Archie ihm jederzeit weitere fiese Streiche spielen können, ohne dass er eine Möglichkeit hat, sich zu wehren. Also habe ich für Chancengleichheit gesorgt und wir haben gemeinsam heute Vormittag etwas Chaos in Archies Backstube gestiftet. Wobei uns Archie erwischt hat.

Aber vorhin ist Archie dann zu weit gegangen. Er hat unsere Wohnung vollständig mit Wackelpudding gefüllt und als Murphy nach Hause zurückgesprungen ist, war er in der Masse gefangen und bekam keine Luft mehr. Wenn ich nicht kurz nach ihm nach Hause gekommen wäre und wenn Jelos ihn nicht hätte heilen können, wäre Murphy jetzt tot. Archie ist wirklich zu weit gegangen und hat fahrlässig unser beider Leben aufs Spiel gesetzt, denn mich hätte das Attentat genauso gut umbringen können.«

Ich wundere mich kurz, wen er mit Jelos meint, bevor ich mich erinnere, dass das Lachens Name ist.

»Ist das wahr, Archie?«, will Krähe wissen und der Druck ihrer Magie lässt etwas nach. Wir können wieder reden, nur leider muss Arsch gleich widersprechen.

»Das war doch harmlos! Murphy hätte jederzeit springen und sich selbst befreien können!«

»Das konnte er nicht«, wendet Jelos – für mich wird sie vermutlich immer Lachen oder der Klebearm sein – ein. »Murphy leidet unter Platzangst und vermutlich auch unter einem Trauma. Vor Panik konnte er seine Magie überhaupt nicht einsetzen. Ich stimme Friedrich zu: Was du gemacht hast, ging zu weit und war extrem fahrlässig, Archie! Ich weiß nicht, was dafür gesorgt hat, dass aus eurer Liebe solch ein Hass wurde, aber du musst dich doch an die guten Zeiten erinnern, die ihr hattet! Ihr habt euch mal geliebt!«

»Haben wir nicht«, stelle ich das Gerücht endlich richtig. »Wir haben uns nie geliebt.«

»Ist ja klar, dass du das jetzt sagst, Murphy, nach allem, was in den letzten Tagen zwischen euch beiden vorgefallen ist«, meint Krähe verständnisvoll, die natürlich prompt alles wieder verdreht. »Aber Jelos hat recht. Euer Streit geht zu weit. Beide Seiten wurden verletzt und haben sich ihrerseits falsch verhalten. Liebeskummer, verletzte Gefühle, Zorn – oder was gerade sonst noch in euch brodelt – hin oder her. Das muss jetzt aufhören. Und da ihr anscheinend nicht dazu in der Lage seid, werde ich euch weiterhin mit meiner Magie belegen. Ihr werdet euch nicht mehr gegenseitig schaden können. Habt ihr das verstanden?«

O ja, ich verstehe nur zu gut. Aber das heißt nicht, dass ich es hinnehmen werde. Ich werde schon einen Weg finden, um die Magie dieser selbstgefälligen Besserwisserin und Einmischerin zu brechen. Und dann kann Arsch etwas erleben!

# Das fünfte Rad am Wagen sein

Dass ich meinen Abend auf einem staubigen Dachboden eines alten Mehrfamilienhauses etwas außerhalb von Berlin verbringen würde, hätte ich am Morgen jedenfalls nicht gedacht. Ich wundere mich immer noch, wie ich hierhergekommen bin.

Es ist still um mich herum. Ich sitze auf einem antiken Sofa, das unter meinem Gewicht unangenehm nachgibt, sodass ich gefühlt in dem Möbel versinke, versuche das unangenehme Müffeln des Stoffs zu ignorieren und knirsche wieder einmal mit den Zähnen, während vor mir Staubpartikel durch die Abendsonne tanzen, deren Strahlen dank einiger Fenster in Lichtkegeln auf den Dachboden fallen. Noch nicht einmal das gute Wetter kann mich aufmuntern. Wenn ich einen Einfluss auf das Wetter hätte, würde es jetzt ein Gewitter, einen Sturm oder Platzregen geben, etwas, was das heftige Toben in meinem Inneren widerspiegelt.

Die Schmerzen, die mich aufgrund von Krähes Fluch immer wieder peinigen, sind mal mehr und mal weniger erträglich, doch ich kann nichts dagegen tun, während ich darauf warte, dass Friedrich endlich zurückkehrt. Es war seine Idee, hier erst einmal unterzutauchen, bis unsere Wohnung wieder wackelpuddingfrei ist.

Leider kann ich nichts tun, um zu helfen. Ich wollte den Wackelpudding mit Chaos zersetzen, doch als ich mich der Wohnung genähert habe, bekam ich bereits Schweißausbrüche. Als Friedrich dann die Wohnungstür geöffnet hat und ich auf eine rote Wand gestarrt habe, die uns entgegenkippte, war es mit meiner Seelenruhe endgültig vorbei. Im nächsten Moment habe ich mich zitternd vor Panik in meiner alten Wohnung im Turm wiedergefunden, durch die der Wind pfiff und Scherben und Trümmer hin und her blies.

Friedrich hatte recht, dass es besser wäre, auf dem Dachboden zu warten, bis er, Lachen und Morpheus die Wohnung gereinigt haben, aber es ist nicht viel besser. Der Dachboden ist nämlich eine Bruchbude. Das Sofa, auf dem ich sitze, ist noch das Beste an meiner Umgebung. Überall um mich herum türmen sich Müll, alte Kartons, kaputte Möbelstücke und Gerümpel und eine dicke Staubschicht liegt auf den meisten Dingen. Nur das Sofa, ein Tisch und ein Stuhl in der Mitte des Raumes sind sauber und wirken, als wären sie in Gebrauch. Alles andere erweckt den Eindruck, als wäre schon lange kein Mensch mehr auf den Dachboden gekommen. Woher kennt Friedrich überhaupt diesen Unterschlupf?

Die Frage lenkt mich etwas von meinen düsteren Grübeleien der letzten Stunden ab. Bislang habe ich keine Möglichkeit gefunden, Krähes Fluch zu brechen, obwohl meine Unglücksenergie und ich es stundenlang versucht haben. Inzwischen habe ich es erst einmal aufgegeben, bis mir eine bessere Idee kommt, denn Magie scheint nicht die Lösung für mein Problem zu sein. Von meiner Chaosenergie spüre ich schon eine ganze Weile nichts mehr. Wenn ich es nicht besser wüsste, würde ich sagen, sie schmollt.

Warum hat sie eigentlich nicht den Wackelpudding zersetzt, als ich in ihm gefangen war? Müsste sie nicht reagieren, wenn ich in Lebensgefahr bin?

Während ich darüber rätsele, taucht Friedrich plötzlich wieder auf. Er riecht nach Wackelpudding, ein Geruch, den ich wohl mein Leben lang nicht mehr als harmlos oder angenehm empfinden werde, und ich weiche unwillkürlich vor ihm zurück.

»Entschuldige, Murphy«, sagt er und wirkt müde und gereizt. »Wir sind leider nicht fertig geworden. Es sieht so aus, als müssten wir eine Nacht hierbleiben, bevor Jelos, Morpheus und ich morgen weitermachen können. Es ist schwieriger, als wir dachten, die Masse aufzulösen oder wegzubringen. Wir wollten Archie dazu überreden, dass er seine Magie rückgängig macht, aber er schmollt und weigert sich. Er meint, seine Wohnung müsste er schließlich auch allein wieder in Ordnung bringen …«

»Tue mir einen Gefallen, Friedrich«, unterbreche ich seine Erklärungen. »Erwähne diesen Namen nie wieder!«

Beinahe unerträgliche Schmerzen toben durch meinen Körper, während ich mich bemühe, nicht an meinen Erzfeind zu denken. Daran, wie ich ihm noch einmal die Nase brechen möchte oder ihm in die Eier treten oder …

Ich winsele beinahe, als die Qualen weiter zunehmen.

»Es tut mir leid.« Der Junge streckt erschrocken die Hand aus und ich habe nicht die Kraft, seine Berührung abzuwehren, als er seine rechte Hand auf meine Schulter legt.

Ich atme mehrfach tief ein und aus, bis der Schmerz etwas nachlässt. »Woher kennst du eigentlich diesen Unterschlupf?«, frage ich, um mich abzulenken.

»Ich habe hier gewohnt«, erklärt er.

»Du hattest eine Wohnung hier im Haus? Wann denn?«

Ich sehe ihn überrascht an. Er steht vor mir und da ich auf dem Sofa sitze, befinden wir uns auf Augenhöhe, sodass ich erstmals an seinen langen Haaren vorbei einen Blick direkt auf sie erhasche und feststelle, dass seine Augen blau sind.

Diese Antwort habe ich nicht erwartet. Friedrich ist ein Landei? Irgendwie dachte ich immer, dass er ebenfalls in der Stadt wohnen würde und nicht hier auf dem Land.

»Nein, keine Wohnung«, verbessert er mich. »Ich habe bis gestern hier auf dem Dachboden gelebt.«

Unerwartet fühle ich Mitleid mit dem Jungen. Mitleid mit einem anderen Menschen oder Sprichwort habe ich schon lange nicht mehr empfunden, aber nun überkommt es mich mit unerwarteter Heftigkeit. Kein Wunder, dass Friedrich stets etwas verwahrlost aussieht, denn ich würde wahrscheinlich genauso aussehen, wenn ich auf einem stickigen, staubigen Dachboden ohne Bad hausen würde.

»Wieso hast du denn nie etwas gesagt? Warum hast du dir nie etwas Besseres gesucht?« Ich verstehe es nicht.

Friedrich lächelt freudlos. »Ich wusste nicht, wie ihr eure Wohnungen findet oder dass ihr Magie einsetzt, um sie zu eurem Zuhause zu machen und zu verhindern, dass jemand euch vertreibt. Das hat mir nie jemand erklärt oder gezeigt.

Und da ich meine Magie bisher sowieso nicht einsetzen konnte, bin ich irgendwann dazu übergegangen, mir dort einen Unterschlupf zu suchen, wo ich nicht vertrieben werde: Scheunen, Ställe, Dachböden …«

Friedrich verstummt verlegen.

»Aber warum hast du nichts gesagt?«, will ich erneut wissen.

»Hättest du denn gesagt: *Ach, kein Problem, Friedrich, du kannst bei mir wohnen*?«

Da hat der Junge recht. Ich hätte es nicht gesagt.

»Warum wohnst du denn nicht bei Arsch?«

»Wer ist Arsch?«

»Archie.«

»Du nennst Archie Arsch?«

Überrascht sieht er mich an, dann lacht er kurz. Doch sein Moment der Heiterkeit verfliegt rasch.

»Du hast für jeden von uns einen Spitznamen, oder? Nicht nur für Archie. Und wie nennst du mich?«, will er wissen.

»Der kleine Unglücksrabe«, antworte ich. Es ist die harmloseste Bezeichnung, die mir spontan einfällt. Ich will keinen neuen Streit provozieren und außerdem tut er mir leid.

»Okay, das passt«, gibt er zu. Er wirkt nicht sauer oder verletzt.

»Also?«, hake ich nach. Überraschend interessiert es mich, warum er nicht zu Arsch gezogen ist. Immerhin waren die beiden Freunde – ich glaube aber nicht, dass sie es nach heute noch sind.

»Warum ich nicht bei Archie wohne? Ich habe es mal getan, eine Zeit lang«, erzählt er zu meiner Verwunderung. »Es hat nicht funktioniert. Ich hatte ständig das Gefühl, als würde ich stören, das fünfte Rad am Wagen und nur zu Besuch sein. Kennst du das? Und Archies Ex war nicht gerade begeistert, dass ich da war, und hat mich das spüren lassen. Irgendwann bin ich wieder ausgezogen, weil ich mich dort nicht wohlfühlte.«

»Archies Ex?«

Ich hatte bis vorgestern nicht gewusst, dass er schwul ist, daher überrascht es mich, jetzt von einem Ex zu hören.

»Dominik.«

Friedrich seufzt, als er meine ratlose Miene sieht. Ja, ich kenne die Namen der meisten Sprichwörter nicht, verklag mich doch!

»*Gelegenheit macht Liebe.* Keine Ahnung, warum Archie je mit ihm zusammen war. Der Typ ist ein unsensibles Arschloch, das immer wieder fremdgegangen und dann reumütig zu ihm zurückgekehrt ist. Wahrscheinlich wollte Dominik mich nicht in der Wohnung haben, weil ich so zu viele seiner Affären mitbekommen habe und es dann ständig Streit mit Archie gab. Es war ein einziges Auf und Ab in ihrer Beziehung, bis Archie ihn dann vor … hm, zwei Jahrzehnten, denke ich, vor die Tür gesetzt hat.«

Krähes Zauber ertappt mich bei dem Gedanken, ob ich nicht über Dominik versuchen könnte, mich an Arsch zu rächen. Und ich winsele leise. Es hat keinen Zweck. Selbst wenn mich Krähe dies tun ließe, wie sollte ich *Gelegenheit macht Liebe* finden? Ich weiß ja nicht, wie man die anderen Sprichwörter aufspürt. Apropos …

Es dauert ein paar Minuten, bis ich meine Umgebung wieder ohne einen Schleier aus Tränen sehen kann und die Schmerzen vollständig abgeklungen sind. Die Zwischenzeit hat Friedrich genutzt, um uns Abendessen zu besorgen. In diesem Moment stellt er zwei Pizzaschachteln und zwei Colaflaschen, die er irgendeinem ahnungslosen Pizzaboten geklaut hat, auf den Tisch.

»Bedien dich!«, meint er.

Während er genüsslich seine Salamipizza verschlingt und ich auf die vegetarische Pizza vor mir starre, drehe und wende ich meine Idee so lange im Kopf hin und her, bis sie mir keine Schmerzen mehr bereitet.

»Kannst du mir beibringen, wie du die anderen Sprichwörter aufspürst?«, frage ich und der Junge hält überrascht inne. »Ich meine, wenn du mich nicht rechtzeitig gefunden hättest, wäre ich jetzt tot. Wenn die Situation andersherum gewesen wäre, hätte ich dich niemals rechtzeitig retten oder Lachen und Schlaf holen können. Meine Unfähigkeit, euch zu finden, scheint mir ein sehr großer Nachteil zu sein.«

Er wirkt nachdenklich. »Du hast recht. So habe ich das noch nicht gesehen«, sagt er und tut dann das, was ich mir erhofft hatte. Er nickt. »Ich gebe dir morgen Unterricht, Murphy. Einverstanden?«

Und wie! Denn jetzt habe ich wieder einen Plan und bin meinem Ziel einen Schritt näher.

## Eile mit Weile

Albträume sind scheiße. Besonders wenn ihr in ihnen sterbt.

Racheträume sind auch scheiße. Jedenfalls dann, wenn euch eine hinterlistige, besserwisserische kleine Krähe mit einem Zauber belegt hat, der euch jedes Mal schmerzhaft weckt, sobald ihr kurz vor der Erfüllung eures Ziels seid.

Ich meine, wie unfair ist das denn? Wie soll ich denn bitte schön meine Träume kontrollieren?

Der Donnerstagmorgen kann mir gar nicht schnell genug kommen. Ich bin froh, als die ersten Sonnenstrahlen in den dunklen Dachboden fallen und mich meine Umgebung wieder erkennen lassen. In der Dunkelheit der Nacht habe ich mir mehr als einmal vorgestellt, wie all das Gerümpel um uns herum Zentimeter um Zentimeter näher rückt, wenn ich mal nicht aufpasse, bis es direkt vor mir steht und mich verschlingt.

Das Ironische ist, dass ich mir nie darüber Gedanken gemacht habe oder Platzangst hatte, bevor Lachen diese Diagnose gestellt hat. Ich und Platzangst? Lächerlich! Ich habe doch auch in Aufzügen keine Angst.

Okay, zugegeben, ich fahre nicht Aufzug, da die Dinger jedes Mal kaputtgehen, wenn ich einsteige, und die Türen sich nie schließen.

Nun gut, vielleicht ist etwas Wahres dran an ihrer Feststellung. So ein Mist!

Und vor allem kennt *er* jetzt meine Schwäche. Es kann dann ja nicht mehr lange dauern, bis *er* sie ausnutzt.

Ich verstehe nicht wieso, aber es hilft, von meinem Erzfeind als *er* zu denken, denn es erspart mir einiges an Schmerzen. Unfehlbar ist Krähes Zauber also nicht.

Autsch!

Leider ist es nur sehr schwierig, die eigenen Gedanken ständig zu zensieren. Ich werde Krähe sagen, dass sie eine Diktatorin ist, wenn ich sie das nächste Mal sehe. Ich bitte euch, sie kann doch nicht ernsthaft von mir verlangen, dass ich im Schlaf meine Gedanken und Träume unter Kontrolle habe! Das ist schlicht und einfach nichts anderes als Folter!

Wie spät es wohl ist?

Langsam wird es heller auf dem Dachboden und ich setze mich auf dem Sofa auf. Es knarrt merkwürdig und für einen Augenblick habe ich Angst, dass es unter mir zusammenbricht. So wie einst die Hütte *über* mir zusammengebrochen ist und mich begraben hat.

Ich unterdrücke meine Chaosenergie und den Flashback mit Gewalt. Nur beim Schauder, der mir nun über den Rücken läuft, gelingt es mir nicht. Langsam bin ich reif für den Psychiater, wenn das so weitergeht. Ich muss dringend mein Leben wieder in den Griff bekommen. Und je eher ich damit anfange, desto besser.

Müde sehe ich auf Friedrich herab, der auf dem Boden schläft und in der Nacht ganz dicht ans Sofa herangerollt ist. Er kuschelt sich in die Decke und das Kissen, die er mir gestern nach meinem Beinahetod angeboten hat. Ich habe nicht gewusst, dass sie ihm gehören, aber es macht Sinn.

Die Wolldecke, die der Junge mir für die Nacht geliehen hat, stört mich plötzlich und ich schiebe sie beiseite, obwohl es so früh am Morgen recht frisch ist. Leise gehe ich zum Fenster an der nächsten Giebelwand und sehe hinaus. Zum ersten Mal seit Tagen ziehen Wolken über den blauen Himmel und ich spüre beinahe schon den Regen in der Luft.

»Friedrich?«, frage ich.

Der Junge schläft noch, aber ich bin plötzlich unruhig und will mit dem Tagewerk beginnen. Ich will meine Wohnung zurück, ich will lernen, wie man andere Freaks aufspürt, und vor allem will ich …

Scheiße! Verflucht noch mal!

Bei der erneuten Schmerzattacke beiße ich mir zudem schmerzhaft auf die Unterlippe. Na, danke schön, Krähe!

Gereizt springe ich in meine Stammbäckerei, in der die Verkäuferinnen und der Bäckermeister gerade die Brötchenkörbe und die Theke einräumen – ein Blick auf die Uhr an der Wand verrät mir, dass es erst Viertel vor sechs ist. Ich schnappe mir eine Tüte und befülle sie mit kernlosen, belegten Brötchen und ein paar Schokoladen-Croissants, von denen ich mir denke, dass sie Friedrich schmecken könnten.

Im nächsten Moment bin ich zurück im Unterschlupf und rufe laut: »Frühstück ist fertig!«

Grinsend verfolge ich, wie er zusammenzuckt, die Augen aufreißt, sich wild blinzelnd umsieht, bis er mich erkennt, und dann stöhnend den Kopf im Kissen vergräbt. Rache ist süß!

Shit! Merde! Dreimal verfluchte Hundekacke!

Das ist jetzt *nicht* Krähes Ernst! Ich darf noch nicht einmal mehr diesen Satz benutzen?

»Murphy? Alles in Ordnung?«, fragt der Junge besorgt, als ich leise stöhne.

»Alles kein Problem!«, lüge ich, was ihn beruhigt.

Er reibt sich den Schlaf aus den Augen, gähnt herzhaft, dehnt und streckt sich, bevor er aufsteht und mit einem Schlag putzmunter zu sein scheint. Das ist unfair!

Seine Augen leuchten auf, als er die Bäckerstüte entdeckt. »Du hast Frühstück besorgt? Klasse!«

Er reißt die Tüte auf, entdeckt die Croissants und seufzt wohlig. »Hm, lecker!«

Keine fünf Sekunden später isst er direkt aus der Tüte, von Tischmanieren hat der Junge auf jeden Fall noch nie etwas gehört. Ich verziehe das Gesicht. Da ich keine Teller entdecken kann, ohne mich auf eine vermutlich stundenlange Suche zu begeben, beschließe ich, dass wir einen Tag lang auch ohne Geschirr und Besteck auskommen.

Das Frühstück dauert gerade mal zehn Minuten, dann spüle ich den letzten Bissen mit einem Schluck Cola herunter.

»Wann willst du dich mit Lachen und Schlaf treffen?«, erkundige ich mich.

»Um acht Uhr.«

»Das heißt, wir hätten vorher Zeit zum Üben, oder?«

»Ja, klar.«

Friedrich streicht sich die Krümel vom T-Shirt und ist angesichts der frühen Stunde beinahe unerträglich gut gelaunt. Aber immerhin, er ist hilfsbereit, also ist dies besser, als wenn er ein grummelnder Langschläfer wäre.

»In Ordnung«, meint er. »Hm, wie fangen wir denn am besten an?«

»Wie hast du es denn gelernt?«

»Das war instinktiv. Doch das scheint bei dir ja leider nicht zu funktionieren, oder?«

»Jedenfalls hat es das nicht in den letzten sieben oder acht Jahrhunderten.«

»Du weißt nicht, wie alt du bist?«, fragt Friedrich.

»Nein, jedenfalls nicht genau. Du etwa?«

»Doch, ich bin dreitausendeinhundertachtzehn Jahre alt.«

Er wirkt stolz, dass er mir noch eine Sache voraushat. Schön für ihn.

»Können wir jetzt anfangen?«, will ich genervt wissen.

»Ich habe eine Idee. Schließ die Augen!«

»Was?«

»Schließ die Augen! Vertrau mir!«

Ich gehorche widerwillig und sofort spüre ich wieder einen Anflug von Beklemmung. Dunkelheit und Klaustrophobie sind anscheinend keine gute Kombination.

»In Ordnung, Murphy. Nun sag mir, wo ich bin.«

»Immer noch direkt vor mir. Wieso?«

»Okay. Das ist richtig. Aber kannst du sagen, wo ich bin, wenn du mich nicht siehst, ich schweige und mich durch den Raum bewege?«

Plötzlich herrscht tatsächlich Stille und ich spitze unwillkürlich die Ohren. Verdammt, ich höre nichts!

Es dauert ein paar Sekunden, bis ich den Drang, die Augen aufzureißen, unterdrücken kann. Schwieriger ist es, mein Gehör zu ignorieren und einfach zu versuchen, ihn zu fühlen. Es dauert ein paar Minuten, bis ich ihn endlich aufspüre.

»Du bist ein paar Meter hinter mir.«

»Richtig! Noch mal, Murphy!«

Er springt und plötzlich ist die Präsenz hinter mir weg. Der Dachboden fühlt sich leer an. Wo ist er hin?

Ich strecke meine Sinne aus, doch ich finde ihn nicht. Hat er sich irgendwie getarnt? Oder mache ich etwas verkehrt?

Endlich komme ich auf die Idee, meine Sinne weiter auszustrecken, und entdecke ihn schließlich im Raum direkt unter mir.

»He!«, protestiere ich, als ich zu ihm springe. »Du hast gesagt, du würdest auf dem Dachboden hin und her springen!«

Friedrich grinst. »Bin ich doch. Ich habe nicht gesagt, dass ich *nur* dort herumspringen würde.«

Spitzfindig ist er ja, das muss ich ihm lassen.

»Das ist schon mal nicht schlecht. Du hast mich am Ende doch noch gefunden, auch wenn es recht lange gedauert hat.«

Beleidigungen und Lektionen von einem Kind am frühen Morgen. Warum mache ich diesen Mist noch mal mit? Ach ja, ich darf mein Ziel nicht vergessen.

»Mal schauen, wie lange es dauert, bis du mich dieses Mal findest, Murphy. Bis gleich!«

Und weg ist er.

Fünf Minuten später, nachdem ich den Dachboden und das gesamte Haus mit meinen Sinnen abgesucht habe, begreife ich endlich, dass er weiter gesprungen sein muss, als ich dachte. Dummerweise finde ich ihn mit meiner Methode nicht. Auch in der nächsten halben Stunde nicht. Nachdem ich mich schon über meinen kleinen Erfolg gefreut hatte, bin ich jetzt unglaublich frustriert.

Irgendwann kehrt Friedrich zurück und findet mich gereizt auf dem Sofa sitzend vor.

»Murphy?«

»Ich kann es nicht. Ich bin zu doof dafür! Zufrieden?«, fauche ich ihn an.

»Aber du hast mich doch vorhin auch gefunden!«, wundert er sich. »Ich dachte, du hättest das Prinzip verstanden.«

»Anscheinend nicht.«

Wir schweigen uns eine Weile an, ich unzufrieden, er ratlos.

»Wie genau hast du mich denn vorhin gefunden?«, will er schließlich wissen.

»Ich habe meine Sinne ausgestreckt und dich entdeckt.«

»Hm«, macht er nachdenklich. »Aber hast du auch *nach mir* gesucht?«

»Häh? Nach wem denn sonst?«

»Ich meine, hast du nach meiner Präsenz gesucht? Oder einfach nur nach irgendeiner übernatürlichen Präsenz in deiner Nähe?«

»Oh!«, mache ich. Der Groschen fällt. Ich verstehe, was er meint. Anscheinend gibt es Unterschiede darin, wie sich die Freaks anfühlen, und ich habe einfach nur nach einer Freak-Präsenz gesucht.

»Versuchen wir es einfach noch mal. In Ordnung, Murphy? Du versuchst, meine Präsenz zu spüren. Dann springe ich und du folgst mir. Lass dir Zeit und schließ am besten die Augen. Es geht am einfachsten, wenn du deine anderen Sinne ignorierst.«

Dieses Mal fällt es mir leichter, ihn ausfindig zu machen, während er leise auf dem Dachboden umherschleicht. Ich versuche mir einzuprägen, wie er sich anfühlt, und erkenne die Chaosenergie, die dicht unter seiner Haut gemächlich umherfließt. Hin und wieder hat sie einen plötzlichen Energieschub, ähnlich wie der Junge ihn manchmal hat, und ich begreife, dass dies zu seiner speziellen Präsenz dazugehört.

Und dann ist er plötzlich weg. Der Sprung überrascht mich. Ich versuche, das Gefühl, das ich eben von Friedrich hatte, festzuhalten und anderswo aufzuspüren. Es fällt mir unheimlich schwer. Eins steht ohne Frage fest: Dies ist nichts, was mir liegt. Vermutlich weil das Aufspüren erfordert, dass man die anderen gut kennt, und trotz meiner sieben oder acht Jahrhunderte als Lebendes Sprichwort bin ich den anderen nie sehr nahegekommen. Nur wenige von ihnen kenne ich mit Namen, die meisten gerade mal vom Sehen.

Kein Wunder, dass es mir schwerfällt, jetzt den Jungen zu finden, obwohl ich ihn vermutlich am besten von den anderen Freaks kenne.

Eine Viertelstunde später glaube ich kurz, seine Präsenz zu spüren. Ich strenge mich an, um sie festzuhalten, auch wenn mein Kopf bereits von der ungewohnten Anstrengung schmerzt, und springe blind.

Im nächsten Moment pruste ich vor Schreck, als ich bis zur Hüfte in einem See lande. Ich habe keine Ahnung, wo ich bin, aber zumindest steht Friedrich ein paar Meter vor mir am Ufer und starrt mich erschrocken an. Mir kommt der Verdacht, dass meine Bemühungen, ihn aufzuspüren, für ihn genauso hoffnungslos erscheinen müssen wie für mich seine Bemühungen mit der Unglücksenergie.

»Nun ja, es ist ein Anfang«, meint er schließlich, nachdem wir beide uns vom Schreck erholt haben. »Wir können später weiterüben. Es ist gleich acht Uhr. Ich sage dir Bescheid, wenn Morpheus, Jelos und ich fertig sind. Bis später!«

Na, super! Friedrich ist weg und ich stehe immer noch klatschnass im See, während ich begreife, dass ich keine Wechselkleidung habe, weil die sich in der wackelpuddingverseuchten Wohnung befindet und ich sie nicht holen kann.

Dennoch verzieht ein Grinsen mein Gesicht, denn ich muss nur *ihn* ausfindig machen und …

Schmerzen explodieren in meinem Schädel, als sich mein mühsam erdachter Plan in Luft auflöst.

»Ich hasse dich, Krähe!«

# Ein Leben wie eine Hühnerleiter: kurz und beschissen

Frustriert springe ich ins nächste Bekleidungsgeschäft, das um diese Uhrzeit natürlich noch geschlossen ist, und decke mich zum zweiten Mal in zwei Tagen mit neuer Kleidung ein. Es geht schnell, da ich allein bin. Frustshopping bringt auf diese Art und Weise natürlich überhaupt keinen Spaß, sodass ich mit schlechter Laune zurück auf Friedrichs Dachboden springe und mich umziehe.

Trocken, aber ratlos setze ich mich aufs Sofa und überlege meine nächsten Schritte. Eigentlich müsste ich arbeiten, doch momentan reizt mich nichts. Irgendwo ein Rohr platzen zu lassen und so die ganze Wohnung unter Wasser zu setzen, jemanden daran zu hindern, pünktlich zu einem wichtigen Termin zu kommen, Computer oder Smartphones lahmzulegen, ein kleines Feuer zu legen oder andere kleine Streiche an ahnungslosen Menschen, sind nicht die Dinge, auf die ich meine Unglücksenergie konzentrieren möchte.

Es ist verrückt! Nicht einmal auf einen Rasierunfall habe ich Lust!

Verblüfft stelle ich fest, dass mein letzter Streich dieser Art schon drei Tage her ist. Zu diesem Zeitpunkt war meine Welt noch in Ordnung. Ich hatte die Kontrolle über meine Magie und meine eigene Wohnung. Jetzt hingegen hause ich mit Friedrich auf einem heruntergekommenen Dachboden, mein gesamter Besitz ist futsch und ich kann mich noch nicht einmal am Schuldigen rächen, weil Krähe dies verhindert!

Wieso musste sie sich unbedingt einmischen? Was geht es sie an, wenn wir Krieg haben? Wer hat sie zu unserer Anführerin gewählt, die uns sagen darf, was wir denken oder tun dürfen? Niemand!

Plötzlich will ich Krähe unbedingt zur Rede stellen. Jetzt sofort!

Ich sehe die kleine Möchtegern-Herrscherin vor mir, wie sie mich missbilligend anstarrt, keckernd auf mich einredet und dabei die schwarzen Flügel ausbreitet. Das Bild fühlt sich so lebendig an, als würde sie tatsächlich vor mir stehen. Ihre Präsenz erscheint mir plötzlich unheimlich nahe – und ich packe sie, halte das Gefühl fest und springe.

Im nächsten Moment stehe ich auf irgendeiner Wiese im Nirgendwo und sehe mich suchend um. Gras, Wiesenblumen, Apfelbäume, hin und wieder eine Kuh und ein leicht bewölkter Himmel, so weit das Auge reicht. Ich befinde mich am Arsch der Welt. Doch wo ist Krähe?

»Muh!«

Eine feuchte Schnauze stupst mich von hinten an und durch mein dünnes T-Shirt fühlt sich die Berührung unangenehm an. Ich erschrecke mich, während die glückliche Kuh sich über die Begegnung mit mir freut und nun an meinen Haaren riecht.

»Danke, ich hab's verstanden«, sage ich genervt und wehre weitere Liebesbekundungen ab, indem ich mich umdrehe und ein paar Schritte zurückgehe.

Plötzlich versinken meine Sandalen bis zum Knöchel in etwas Weichem, Feuchtem und Ekligem. Mein Blick wandert unwillkürlich nach unten.

Ich stehe mit beiden Füßen in einem riesigen Kuhfladen!

»Scheiße!«

»Murphy?«

Krähe sitzt nur wenige Meter weiter auf einem Baum und sieht überrascht zu mir herab. Sie neigt den Kopf zur Seite und keckert ein paar Mal.

»Was machst du hier? Und wie hast du mich überhaupt gefunden? Hat Friedrich dir gesagt, wo ich bin?«

»Nein«, antworte ich knapp.

Ich sehe zu ihr hoch, muss dafür den Kopf in den Nacken legen und ärgere mich, weil ich wie ein kleiner Bittsteller vor ihr stehe und sie vom Ast zu mir herabgucken kann. Und zu allem Überfluss fühle ich mich auch noch eklig, weil meine Füße voller Kuhmist sind. Von Beginn an im Nachteil zu sein, war nicht die Situation, die ich mir für meine Konfrontation mit Krähe ausgemalt hatte.

Angewidert benutze ich etwas Chaos, um den Dreck von meinen Füßen zu spülen und sie zu reinigen. Obwohl es mir gelingt, alles zu zersetzen, bis meine Füße sauber aussehen, weiß ich, dass sie es nicht sind. Plötzlich ertrage ich meine Sandalen nicht mehr. Mit einem kleinen Sprung stehe ich direkt vor Krähes Apfelbaum – auf einem sauberen Stück Wiese! – und ignoriere mein ruiniertes Schuhwerk, das ich an der Stelle des Missgeschicks zurückgelassen habe.

»Nimm den magischen Zwang zurück!«, fordere ich von Krähe. Ich mache mir nicht die Mühe, höflich zu sein. Dafür bin ich auch viel zu wütend.

»Warum sollte ich das? Damit du und Archie da weitermacht, wo ihr gestern aufgehört habt und ich spätestens heute Abend über euren Leichen stehe?«

»Weißt du, dass ich nicht schlafen kann, weil mich dein Fluch ständig schmerzhaft aus meinen Träumen reißt?«, will ich von ihr wissen. »Ja, *dein Fluch*! Er verlangt von mir, dass ich meine Träume kontrolliere! Wer bitte schön kann das? Verrat es mir! Du benutzt deine Macht wie eine Tyrannin! Niemand hat dich zu unserer Herrscherin gemacht. Mit welchem Recht also willst du jeden meiner Gedanken, jeden meiner Träume und jede meiner Taten kontrollieren?!«

»Du hast mir diese Macht gegeben«, entgegnet sie seelenruhig, »als du geschworen hast, deinesgleichen nicht anzugreifen. Wir sind unsterblich, da sind gewisse Regeln notwendig, damit wir alle in Frieden miteinander leben können. Aber ich weiß, daran hattest du noch nie viel Interesse. Wir sind dir egal. Mir ist es gleich, ob du uns allen aus dem Weg gehst und dein Leben in Einsamkeit verbringen willst. Aber eins dulde ich nicht: Kämpfe untereinander! Und du hast geschworen, dich daran zu halten!«

Jetzt geht sie zu weit! Wenn ich gewusst hätte, dass ich ihr damit Macht über mich verleihe, hätte ich ihr nie dieses bescheuerte Versprechen gegeben! Stand das etwa im Kleingedruckten? Ist Krähe etwa die Vorläuferin einer dieser modernen Telefonverkäufer, die dir Dinge aufschwatzen, die angeblich kostenlos sind und dich am Ende deine Seele kosten?

»Und wenn du jetzt im Schlaf Schmerzen hast, dann liegt es daran, dass du nicht die richtige Einstellung hast«, fährt Krähe fort, die nicht merkt, wie es in mir brodelt. »Du willst immer noch Rache an Archie nehmen, statt dich mit ihm zu versöhnen! Und du denkst ernsthaft, ich würde dich aus deinem Eid entlassen, wenn du nur ein bisschen jammerst und mir Vorwürfe machst? Ich habe eine Verantwortung uns allen gegenüber! Ich bewahre den Frieden unter uns – und nachdem du es in Kauf genommen hast, andere zu verletzen, nur um an Archie heranzukommen, sehe ich noch weniger Grund dafür.«

»Ich jammere?! Ich *jammere* nicht!«

Was erlaubt Krähe sich?

Während ich zu einem empörten Konter ansetze, breitet Krähe auf einmal die Flügel aus – und springt!

»Du selbstgefällige, eingebildete, arrogante … Xanthippe!«

Meine Beleidigung hallt über die Wiese und geht im Muhen der Kühe um mich herum unter. Nicht einmal sie lassen mich das letzte Wort in dieser Auseinandersetzung haben.

## Geld allein macht nicht glücklich

Wie kann Krähe mich so herabkanzeln und mich danach einfach stehen lassen? Aber nicht mit mir!

Wie ein Geysir kocht plötzlich Zorn in mir hoch und ihr dicht auf den Fersen folgt meine Unglücksenergie. Sie erfüllt mich, bis ich glaube zu platzen. Ich muss etwas tun!

»KRÄHE!«

Als sie nicht sofort auf den Ruf reagiert und auch nicht zurückkommt, beschließe ich, ihr zu folgen. Das Bild von Krähe, wie sie von ihrem Ast auf mich herunterblickt, steht ganz klar vor meinem inneren Auge, während ich mit mühsam unterdrückter Wut nach dem Bild greife, es festhalte und springe.

Meine Augen öffnen sich sofort nach der Ankunft und …

Das darf nicht wahr sein!

Ich stehe immer noch oder schon wieder auf derselben Wiese, die Kühe muhen zur Begrüßung, während ich fassungslos auf den Apfelbaum starre, vor dem ich bereits vor wenigen Sekunden stand. Von Krähe ist nichts zu sehen oder zu hören, leider aber auch nicht zu spüren.

Was ist schiefgelaufen? Warum bin ich wieder auf der Wiese gelandet und nicht Krähe gefolgt?

Schnaufend atme ich ein und aus. Die Chaosenergie knistert um mich herum. Sie spürt meinen Frust und will etwas zerstören. Plötzlich gleitet sie mir durch die Finger und schlägt in Krähes Apfelbaum ein.

Wie ein Blitzschlag aus nächster Nähe donnert es ohrenbetäubend über die Wiese. Die Kühe brüllen erschrocken und flüchten, während der gespaltene Baum, der nun an den Spitzen kohlt, mit Getöse zu beiden Seiten des neu entstandenen Kraters zu Boden fällt.

Ich habe Krähes Baum, vielleicht sogar ihren Lieblingsbaum, zerstört. Seltsamerweise verschafft mir dieser Gedanke keine Befriedigung. Es ist nicht Krähe, an der ich mich rächen will, sie steht mir lediglich im Weg.

Inzwischen stieben aus meinen Fingern und Zehen Funken. Ich habe das Chaos in mir nicht mehr unter Kontrolle, es will raus, auf etwas einschlagen und das Leid anderer sehen. *Sein* Leid sehen. Da das nicht geht, mache ich mich zunächst auf den Weg zur Arbeit. Ich habe einiges zu tun, bevor ich mich wieder halbwegs normal fühlen kann.

Da um kurz nach acht Uhr am Morgen die Möglichkeiten, Unfug zu treiben, begrenzt sind, überlege ich für einen kleinen Augenblick, ins Ausland zu springen, aber irgendwas hält mich in Deutschland, ja, sogar in Berlin. So mache ich das Naheliegende: Ich suche meine Lieblingsbank auf, um zunächst etwas Geld abzuheben.

Im Eingangsbereich der mittelgroßen Bankfiliale befinden sich bislang nur wenige Leute. Einige Geschäftsleute, eine Mutter mit ihrem Kleinkind im Kindergartenalter, zwei, drei Rentner und ein Handwerker im Blaumann stehen vor dem etwa halben Dutzend Kontoauszugsdruckern und Geldautomaten.

Durch eine automatische Tür aus Glas sehe ich in den Schalterraum, der um diese Uhrzeit spärlich gefüllt ist. Nur sechs Bankangestellte sitzen an dem Dutzend Schalter, die Hälfte von ihnen langweilt sich oder unterhält sich, während die anderen drei Kunden bedienen und Auskunft geben.

Mit der Langeweile wird es gleich vorbei sein, denke ich und lasse die mühsam unterdrücke Energie auf einen Schlag los.

Als Erstes fährt sie in die beiden Bankauszugsdrucker, die nun rattern und schwarzen Dampf ausstoßen wie eine alte Eisenbahn. Die Mutter mit dem Kleinkind schreit auf und reißt ihr Kind erschrocken vom Gerät zurück. Der Rentner vor der anderen Schlotmaschine ist weniger reaktionsschnell. Ich taufe ihn Bummelzug. Der alte Mann starrt nämlich noch immer verdutzt auf das Gerät vor ihm und hat sich noch keinen Zentimeter bewegt, während D-Zug mit ihrem Miniwaggon schon längst zum nächsten Schalter gedüst ist und nun ihren Dampf ablässt.

»Das ist doch giftig!«, beschwert sie sich. »Wie können Sie einen defekten Drucker im Eingangsbereich stehen haben, in dem sich Familien, Kinder und alte Leute aufhalten?!«

Der Handwerker im Blaumann zieht den Alten vom qualmenden Drucker weg, der jetzt in seinen letzten Zügen liegt. Die beiden Geschäftsleute, die bereits am Geldautomaten gewesen sind, haben seelenruhig die Bank verlassen, ohne sich um die Katastrophe zu scheren. Nur die beiden anderen kümmern sich um das Rentnerehepaar, das geschockt wirkt, und geleiten sie zur Seite, als zwei der Bankangestellten mit Feuerlöschern in den Eingangsbereich stürmen und auf die armen Drucker einsprühen, als gäbe es kein Morgen, obwohl die Geräte gar keinen Qualm und keine giftige Druckerschwärze mehr ausstoßen. Mit D-Zugs Geschwindigkeit können die beiden leicht übergewichtigen U-Bahnen nicht mithalten.

D-Zug ist inzwischen mit ihrer Beschwerde schon bis zum Bankdirektor vorgestoßen. Damit überrascht sie sogar mich. Das Ganze hat keine drei Minuten gedauert.

Ihr denkt doch nicht etwa, dass es das schon gewesen ist,

oder?

Meine Finger knistern noch immer, als ich nun meine rechte Hand auf einen Geldautomaten nach dem anderen richte. Fünf Stück an der Zahl stehen im Eingangsbereich. Ich lasse keinen von ihnen heil.

Der Erste explodiert und schießt Glas- und Metallsplitter sowie angekokeltes Geld durch den Raum. Einige Splitter treffen die Menschen, die schreiend in Deckung rennen. Wie erwartet ist der Bummelzug wieder mal der Letzte, der sich in Sicherheit bringt.

Noch während sich der erste Automat mit lautem Trara von seinem ehrfürchtigen Publikum verabschiedet, stimmt schon der nächste in die Abschiedsmelodie ein. Dieser hier hat auch einen Münzeinwurf, der nun Schluckauf bekommt und wie ein Springbrunnen alles eingegebene Kleingeld wieder von sich stößt.

Doch warum sich mit Kleingeld begnügen?

Der dritte Geldautomat ist an der Reihe und er zeigt sich spendabel. Hundert- und Fünfzigeuroscheine segeln durch die Luft und verwandeln den Boden in den teuersten Teppich der Welt. Hin und wieder garniert ein Zehn- oder Zwanzigeuroschein die grün-braune Fläche.

Ich beweise meine Kreativität beim vierten Automaten, der in der Wand eingelassen war. Ja, war, denn nun kippt er einfach vornüber und landet mit einem gewaltigen Knall auf den Fliesen, die unter seinem Gewicht zerspringen und splitterweise durch die Eingangshalle schießen.

Das Geschrei der Kunden und der beiden Bankangestellten klingt mir in den Ohren, als ich mich dem fünften und letzten Geldautomaten widme und ihn einfach durchschmoren lasse. Der Bildschirm wird schwarz.

Wie? Das ist euch zu langweilig?

Als der Lärm nachlässt und keine weiteren Katastrophen passieren, sehen die Menschen im Eingangsbereich verängstigt auf. Sie wirken erschrocken, die meisten von ihnen sind verletzt – seltsamerweise nicht Bummelzug, er muss einen Schutzengel gehabt haben – und sie scheinen noch nicht zu begreifen, was passiert ist.

Während die Bankangestellten, der Direktor, D-Zug und der Miniwaggon hinter dem sicheren Schutz der Glaswände, Säulen und großen Pflanzen der Schalterhalle hervorschauen, wo sie sich feige versteckt haben, beschließe ich, das Leid der geplagten Bankautomaten-Opfer zu belohnen. Ich schließe die automatische Glastür zwischen der Schalterhalle und dem Eingangsbereich, zerstöre den Mechanismus, sodass die Tür sich nicht mehr öffnen lässt … und lasse dann die Überwachungskameras in der gesamten Bank mit einem hörbaren Plopp kaputtgehen.

Plötzlich hängen sie an den Kabeln von den Wänden und Decken herab und machen einen armseligen Eindruck.

»Bedient euch!«, sage ich.

Und wieder bestätigt sich mein Eindruck von der Menschheit: Der überwiegende Teil von ihnen ist einfach strohdoof. Statt sich auf das herumliegende Geld zu stürzen, jammern und klagen sie erst einmal. Die Bankangestellten begutachten fassungslos und kopfschüttelnd die Zerstörung um sie herum, während die verletzten Kunden Schadenersatz von ihnen verlangen.

Nur der alte Bummelzug hat sich ein bisschen Menschenverstand bewahrt. Er beginnt still und ungeniert, die Geldscheine vom Boden aufzusammeln und in seine Tasche zu stecken. Warum vor Gericht ziehen, wenn der Schadenersatz schon vor ihm liegt?

Recht hat er. Das scheint auch der Handwerker einzusehen, der sich dem Alten zügig anschließt, während das Rentnerpaar nichts mitbekommt und weiterhin die beiden Angestellten anschreit. Sehr zum Leidwesen des Bankdirektors, der an die verschlossene Glastür hämmert, die sich jedoch um seinen Unmut wenig schert und weiterhin verschlossen bleibt. So muss der Direktor ohnmächtig zusehen, wie die beiden Männer und nun auch die beiden Geschäftsleute einen Teil des Geldteppichs einsammeln und verschwinden, während er sie nicht aufhalten kann.

Erst als nur noch die beiden U-Bahnen und das wütende alte Ehepaar in der Halle stehen, lasse ich die automatische Tür los, die sich mit einem leisen Ächzen öffnet.

»Ihr Idioten!«, brüllt der Chef seine beiden treuen U-Bahnen an, die nicht wissen, wie ihnen geschieht. »Ihr habt die Diebe davonkommen lassen!«

Normalerweise hätten mich das Chaos, der Zorn und das Leid um mich herum zum Kichern gebracht oder in schallendes Gelächter ausbrechen lassen. Heute jedoch kann ich mir nicht einmal ein Grinsen abringen.

Vermutlich hängen meine Mundwinkel herab, während ich mich leer fühle. Mein Überschuss an Unglücksenergie ist verbraucht, ich fühle mich müde und spüre jetzt, dass ich in der letzten Nacht kaum geschlafen habe.

Das Chaos bereitet mir keine Freude. »Was mache ich hier?«, frage ich mich.

Irgendwie macht mir die Vorstellung, die nächsten Jahrtausende, Jahrhunderte oder auch nur Jahrzehnte weitere Unglücksfälle dieser Art zu verursachen und zu beobachten, keinen Spaß mehr. Im Gegenteil, sie macht mir sogar Angst.

Werde ich in tausend Jahren immer noch dieselben Streiche verüben? Wird mir Friedrich immer noch jeden Tag folgen und versuchen, sich Chaostricks von mir abzuschauen? Werde ich dann immer noch mit *ihm* verfeindet sein und einen Weg suchen, Krähes Fluch zu brechen?

Die Vorstellung deprimiert mich. Mein Leben, wenn man es mal so nennen will, besteht aus dem ewig gleichen Trott, nur dass der Trott sich in ein langsames Stolpern über unebenes Gelände und danach in ein allmähliches Versinken im Treibsand der Freakhölle verwandelt hat. Und es gibt nichts, rein gar nichts, was ich tun kann, um aus dieser Hölle zu entkommen.

Während ich jetzt die ersten Polizeisirenen höre, humpele ich mit schmerzenden Füßen – ich habe gar nicht bemerkt, dass mich Splitter von den Automaten getroffen haben – aus der Bank und starre in den dunkel gewordenen Himmel. Es sieht nach Regen aus.

# Trautes Heim, Glück allein

Und jetzt?

Nach der unbefriedigenden Aktion in der Bank stehe ich ratlos am Rand des Gehwegs, beobachte, wie die hinzugerufenen Polizisten in die Schalterhalle stürmen, die Sanitäter auf ihren Fersen, und fühle gar nichts. Normalerweise habe ich ständig Ideen, platze vor Unglücksenergie, freue mich oder bin frustriert. Nun aber fühle ich mich ausgebrannt und erschöpft und weiß keine Lösung.

Die Konfrontation mit Krähe hat mich kein Stück weitergebracht. Ich leide immer noch unter ihrem Zwangszauber, meine Wohnung ist immer noch nicht wackelpuddingfrei, ich habe immer noch keine Lust auf Arbeit und nun zu allem Überfluss auch noch dreckige *und* verletzte Füße, aber kein Badezimmer. Ach ja, und mein einziges Paar Schuhe ist ebenfalls hinüber. Klar, ich könnte zum nächsten Bach springen und meine Füße hineintunken, doch mich verlangt es nach Seife und warmem Wasser. Daher springe ich nun in irgendeine Wohnung.

Meine nackten Füße versinken in einem weichen *Ding*, das sich bei näherem Hinsehen als schrecklich hässlicher rosafarbener Teppich entpuppt. Ich bin in einem geschmacklos eingerichteten Barbie-Wohnzimmer gelandet. Die weißen Möbel gehen in der kitschigen Deko aus Herzen, Kuscheltieren, rosafarbenen Kissen, albernen Figürchen und weiterem unnützen Blödsinn unter. Es gibt keine Stellfläche, die nicht mit irgendeiner augenverätzenden Abscheulichkeit vollgestellt ist.

Etwas raschelt und mir kommt ein weißer Kater mit dickem, flauschigem Fell schnurrend entgegengerannt. Anders als die Menschen haben Tiere keine Probleme, uns zu sehen und zu hören. Er stört sich nicht an meinen stinkenden Füßen, sondern streicht glücklich um meine Beine.

»Hat dein Frauchen dich passend zur Inneneinrichtung ausgewählt?«, frage ich mitleidig und beuge mich herunter, um seinen Kopf zu streicheln.

Das Wohnzimmer wirkt so picobello, dass ich weiß, dass es nicht als Katzenwohlfühlort vorgesehen ist. Der Kater tut mir leid. Nirgendwo steht ein Kratzbaum und eine kleine Kuschelecke entdecke ich auch nicht.

Als das Tier auf das Sofa springen will, ertönt ein scharfes »NEIN!«. Hinter mir hat eine schwarzhaarige Schönheit mit langen, vermutlich künstlichen Fingernägeln das Wohnzimmer betreten. Sie sieht aus wie Mitte oder Ende zwanzig und bei ihr läuft definitiv was im Oberstübchen verkehrt, wenn sie längere Krallen hat als ihr Kater und diese darüber hinaus rosa bemalt und mit Strass-Steinchen beklebt sind. Ihr Gesicht ist bei näherem Hinsehen spendabel mit Schminke versehen und natürlich ist der Lippenstift rosa.

Der Kater zieht den Schwanz ein, als sein Frauchen ihn packt und aus dem Wohnzimmer trägt.

»Du wirst schön brav sein, während Mami unterwegs ist«, säuselt sie süßlich. Ihn kann sie mit ihrem Tonfall jedenfalls nicht täuschen, er wirkt unglücklich, als sie ihn im Badezimmer absetzt und die Tür von außen schließt. Ich bin ihnen gefolgt und nun sehen der Kater und ich uns an. Als ich die Wohnungstür zufallen höre, seufze ich erleichtert.

»Stört es dich, wenn ich mal die Badewanne benutze?«, frage ich ihn. Er schnurrt, was ich als Zustimmung werte.

»Gott, was ist das alles für ein Zeug?«

Eklig riechende Cremes, Lotionen, Shampoos und mehr undefinierbares Zeug, das nur Frauen auseinanderhalten können, stehen im Badezimmer herum. Einen Kater stundenlang in dieser Geruchshölle einzusperren, grenzt an Folter.

Kurzerhand öffne ich ein Fläschchen nach dem anderen und gieße alles, was ich nicht riechen kann, in den Ausguss. Also alles.

Es ist schwierig, überhaupt eine Seife zu finden, die nicht übertrieben parfümiert ist. Am Ende wähle ich die olfaktorisch harmloseste, um kurz meine Füße in der Badewanne zu waschen.

Danach werfe ich den Inhalt des großen weißen Badezimmer-Schranks kurzerhand in den Mülleimer, die leeren Shampoo-Flaschen lasse ich in der Badewanne liegen, genauso wie das benutzte Handtuch.

Dann öffne ich die Badezimmertür, der Kater flitzt an mir vorbei ins Wohnzimmer, bleibt stehen und sieht sich fragend zu mir um.

»Mach!«, sage ich. »Tob dich ruhig aus!«

Während der Kater seine Freiheit genießt und durchs Wohnzimmer rast, wobei er auch über das Sofa hechtet, beschließe ich, dass Barbie-Katzenmami Strafe verdient hat. Sperrt sie den Kater immer im Bad ein, wenn sie das Haus verlässt? Das Katzenklo ist ein Indiz dafür. Einfach in den Garten gehen kann er jedenfalls nicht. Wir befinden uns im obersten Stockwerk eines Mehrfamilienhauses ohne Balkon.

»Von artgerechter Haltung hat die Tussi jedenfalls noch nie etwas gehört.«

Während ich konsequent alles Rosafarbene erst einmal kackbraun färbe, zerbreche ich jedes potthässliche kleine Glasfigürchen, jedes sorgsam gerahmte Foto von Barbie-Katzenmami – und davon hat die selbstverliebte Kunstschönheit einige –, zerreiße und zerstöre jedes Herz, das ich in der Wohnung finden kann, bevor ich mich daranmache, die komplette Parfümsammlung in den Ausguss zu gießen.

Mir kommt der Verdacht, dass das Schleimmonster und sie sich wunderbar verstehen würden. Bei beiden muss der Geruchssinn schon halb tot sein, wenn man diesen Gestank ertragen kann.

Für die Zerstörung der Deko und die Vernichtung der Geruchsbelästigung brauche ich über eine halbe Stunde, dann habe ich keine Lust mehr. Ich hätte zwar noch weitaus mehr zerlegen können, aber ich begnüge mich als letzte Tat damit, den mit Herzen beklebten Laptop durchschmoren zu lassen, und gehe dann ins Wohnzimmer, um nach dem Kater zu sehen, der inzwischen glücklich auf dem Sofa thront.

»Ich gehe dann mal wieder«, erkläre ich ihm.

Sofort springt er auf und kommt auf mich zu. Miauend bleibt er direkt vor mir sitzen und versucht dann, an meinen nackten Beinen hochzuklettern.

»Autsch! Pass auf deine Krallen auf!«

Die Botschaft ist angekommen. Er will nicht hierbleiben – kein Wunder, Barbie gibt sonst vermutlich ihm die Schuld am Chaos hier in der Wohnung –, ich soll ihn mitnehmen. Für seine Flucht hat er sich auf jeden Fall den Richtigen ausgesucht.

Ich nehme ihn hoch und springe mit ihm zu Friedrichs Unterschlupf. Dieses Mal komme ich draußen an und sehe mich erstmals in der Nachbarschaft um. Eine ruhige Wohnstraße mit vereinzelten Häusern und großen Grundstücken, dahinter befinden sich Wiesen, Felder und ein Stückchen weiter ein kleiner Wald. Der perfekte Auslauf für einen Kater.

»Na? Wie gefällt es dir hier?«

Der Kater schnurrt. Zum ersten Mal an diesem fürchterlichen Morgen fühle ich mich für kurze Zeit zufrieden. Während ich den Kater dabei beobachte, wie er die Umgebung erkundet, auf Bäume klettert, mit Blumen schmust, im Blumenbeet buddelt und all die anderen Katzen-Tätigkeiten ausprobiert, die ihm bislang verwehrt waren, warte ich darauf, dass Friedrich zurückkommt.

Ich warte und warte. Mittag ist schon längst vorbei, der Rest des blauen Himmels ist verschwunden und der Kater und ich haben uns auf den Dachboden zurückgezogen, als es angefangen hat zu gießen. Jetzt erkundet er das Chaos, stört sich nicht am Dreck in seinem ehemals schneeweißen Fell, während ich auf dem Sofa sitze und meine erneut dreckigen Fußsohlen anstarre. Ich habe noch immer keine Schuhe und auch keine Lust, mir neue zu besorgen.

Das Glücksgefühl und die Energie von der Katzenrettungs-Katzenmami-Bestrafungsaktion sind längst verflogen. Ich fühle mich antriebslos, noch nicht einmal meine Unglücksenergie kann sich zu etwas aufraffen. Gerade als ich beschlossen habe, mich wieder hinzulegen und den Rest dieses scheußlichen Tages so weit wie möglich einfach zu verschlafen, taucht Friedrich auf.

Der Junge ist verschwitzt und erschöpft. »Die Wohnung ist jetzt endlich wieder unsere«, verkündet er schnaufend und will sich ungeachtet der Tatsache, dass meine Füße dort liegen, auf die andere Seite des Sofas plumpsen lassen. Rasch ziehe ich die Füße an. Gerade noch rechtzeitig.

»Zum Glück haben Helene, Matthias und Bernd uns geholfen, sonst wären wir heute Abend noch dabei gewesen«, fährt Friedrich fort, lehnt sich zurück und schließt mit einem wohligen Seufzer die Augen.

Ich habe keine Ahnung, von wem er spricht. Aber ich frage nicht nach. Das Einzige, das mich interessiert, ist, dass ich endlich meine Wohnung wieder zurückhabe.

»Das heißt, wir können nach Hause gehen?«

»Ja.«

Etwas raschelt auf dem Dachboden, als ich mich aufsetze, und dann kommt der Kater auf mich zugeschossen und springt zwischen uns aufs Sofa.

»Aargh!«, schreit Friedrich erschrocken, als er plötzlich von dichten Spinnenweben durchzogenes Fell neben sich spürt. Keine Ahnung, was er erwartet hat. Eine Maus oder eine Ratte? Er reißt die Augen auf und starrt den Kater an, der sich von seinem Geschrei nicht aus der Ruhe bringen lässt und zufrieden schnurrt.

»Was ist das?«

»Das ist Ken«, erkläre ich. »Und er ist ab sofort mein neues Haustier.«

Das jedenfalls hat mir Ken in den letzten Stunden klargemacht. Oder vielleicht meinte er es auch andersherum, dass *ich sein* Haustier bin und ihn nun zu füttern und zu streicheln habe. Tatsache ist, wir sind uns einig: Er bleibt bei mir.

»Ken? Was ist das denn für ein Name?«

»Du weißt nicht, wer Ken ist?«

Keine Ahnung von Kulturgeschichte, aber ein Smartphone haben. Kopfschüttelnd begreife ich, dass ich etwas am lausigen Stand von Friedrichs Allgemeinbildung tun muss.

Jedoch nicht heute.

Oder morgen. Oder in den Tagen danach.

Das Einzige, wozu ich mich aufraffen kann, ist, in meine Wohnung zurückzukehren und dabei Ken festzuhalten, der zu spüren scheint, wenn ich an einen anderen Ort springen will, und dann jedes Mal auf meinen Arm hüpft.

Aufmerksam und langsam sehe ich mich in der Küche um und mache einige tiefe Atemzüge, um die Panik in den Griff zu bekommen. Wie Friedrich versprochen hat, der mir nun in unsere Wohnung folgt, sehe ich kein bisschen Rot mehr. Das hindert mich nicht daran, jeden Zentimeter der Küche gewissenhaft zu inspizieren und mich selbst davon zu überzeugen. Riecht es nicht süßlich?

Erst als ich nichts finde, stoße ich einen tiefen Seufzer aus. Jetzt kann ich ein Bier gebrauchen. Während Ken die Ecken der Küche abschnüffelt wie ein kleiner Spürhund, beobachtet mich Friedrich stumm.

»Ist alles in Ordnung, Murphy?«, will er schließlich besorgt wissen.

Ich antworte nicht auf seine Frage. Die Antwort müsste offensichtlich sein, selbst für ihn. Gar nichts ist in Ordnung!

Das bestätigt sich, als ich den Kühlschrank öffne und Rot sehe. Sofort beginne ich zu schreien und springe ins angrenzende Wohnzimmer, als mir Himbeer-Wackelpudding entgegenkommt.

»Scheiße!«, tönt es aus der Küche, während ich zittere und Ken miauend um meine Beine streicht. »Es tut mir leid, den Kühlschrank müssen wir vergessen haben. Murphy?«

Seine Miene drückt Reue und Sorge aus, als er aus der Küchentür zu uns ins Wohnzimmer schaut. Doch ich beachte seine Entschuldigung nicht, sondern hebe den Kater hoch und kehre auf den Dachboden zurück, der von nun an unser Zuhause sein wird.

Während sich Ken wieder auf Mäusejagd begibt, lege ich mich aufs Sofa und schließe die Augen vor dem Elend, das mein Leben ist. Schlimmer kann es kaum kommen.

# Auf jeden Regen folgt auch Sonnenschein

Regentropfen prasseln nun schon seit einer ganzen Weile auf das Schrägdach und übertragen ihr gleichmäßiges Trommeln auf den Dachboden. Zusammen mit Kens Schnurren, der sich mit mir auf dem Sofa eingerollt hat und an meiner Brust liegt, könnte es ein entspannter Regennachmittag sein.

Ich sagte *könnte*. Natürlich ist er es nicht. Stattdessen werde ich als menschliches Versuchskaninchen missbraucht. Nun gut, als *unsterbliches* Versuchskaninchen, aber ihr versteht, was ich meine.

»Du hast recht, Friedrich. Murphys Verhalten ist nicht normal«, sagt Lachen, während ich ihre nervende Stimme so gut wie möglich ausblende. Bei der künstlichen Heiterkeit, die sie mir seit ein paar Minuten schubweise verpasst, gelingt mir das weniger gut.

»Haha!«, mache ich erneut freudlos und kneife die Augen fest zusammen. Es tut weh. Lachen ist definitiv nicht die beste Medizin.

»Ich mache mir Vorwürfe«, meint Friedrich voller Reue. »Die Küche zu reinigen, war meine Aufgabe. Wie konnte ich nur den Kühlschrank vergessen!«

Es hört sich an, als würde jemand ihm nun die Schulter tätscheln. Vermutlich Lachen.

»Mach dir keine Vorwürfe, Friedrich«, beschwichtigt Morpheus ihn. »Murphy leidet nicht an einem erneuten Trauma aufgrund des Wackelpuddings, wenn ihr mich fragt. Das erscheint mir eher der Beginn einer ausgewachsenen Depression zu sein. Krähe hätte ihn nicht aufhalten sollen.«

Nanu? Nun spitze ich doch die Ohren. Das sind ja völlig neue Töne!

»Morpheus!«, fährt Lachen ihn schockiert an. »Das kann nicht dein Ernst sein!«

»Damit meine ich nicht, dass ich will, dass Archie stirbt, Liebes«, erwidert ihr Lebensgefährte beruhigend. »Aber es ist nicht gesund, dass Krähe Murphy das Ventil für seine Emotionen – und Aggressionen – genommen hat. Er hätte sich abreagieren müssen, dann würde es ihm jetzt besser gehen. Dieser künstliche Zwang tut keinem der beiden gut. Stell dir vor, Jelos, Krähe würde uns zwingen, uns niemals wieder zu streiten. Glaubst du, das täte unserer Beziehung gut?«

Eine Weile herrscht Ruhe, sodass ich endlich wieder das beruhigende Prasseln des Regens auf dem Schrägdach und Kens liebevolles Schnurren hören kann. Ich spüre, dass ich langsam ins Reich der Träume versinke, als …

»Du hast recht!«, zerreißt Lachens laute Stimme die Stille. »Was machen wir jetzt? Wir müssen doch etwas tun, um unserem Jungen zu helfen! Und meine Magie wirkt nicht!«

*Unserem* Jungen? Obwohl mich die besitzergreifende Bezeichnung stört, kann ich mich nicht aufraffen zu protestieren.

»Beruhige dich, Jelos. Murphy braucht einfach etwas Schlaf.«

Eine Hand senkt sich auf meine Schulter, ein magisches Kribbeln breitet sich in mir aus und dann empfinde ich endlich etwas Frieden.

Ich weiß nicht, wie spät es ist, als ich die Augen aufschlage. Zwielicht herrscht auf dem Dachboden. Es könnte abends sein, nachts oder morgens, denn noch immer höre ich den steten Regen, der den Himmel trübt.

Ken beginnt sofort zu schnurren. Er ist eine warme, weiche Kugel auf meinem Bauch, noch nicht einmal sein Gewicht stört mich.

»Die anderen schlafen noch«, flüstert jemand und ich erkenne, dass Morpheus in einem Sessel neben mir sitzt. Der Sessel stand vorher nicht da und wirkt neu. »Wie geht es dir?«

Ich erwidere nichts, sondern wende den Blick ab. Auf diese Frage habe ich keine Antwort. Stattdessen lege ich meine Hand auf Kens weiches Fell, der nun lauter schurrt und bestimmt gleich die anderen aufwecken wird. Wer sind überhaupt die anderen? Friedrich und Lachen?

»Ich bin froh, dass du den Kater hast. Haustiere sind der beste Trost, wenn bewährte Heilmethoden versagen.«

Damit meint er wohl seine und Lachens Magie, denn ich fühle mich nicht besser als vor seinem Zwangsnickerchen.

Obwohl er weiterhin flüstert, taucht nun Friedrich neben uns auf und reibt sich verschlafen die Augen.

»Wie spät ist es?«, erkundigt er sich gähnend.

»Sechs Uhr.«

Dass er morgens meint, wird mir klar, als Friedrich nun Frühstück besorgt. Kurz darauf kehrt er mit einer Tüte Brötchen und Croissants sowie einer großen Kanne Kaffee und zwei Plastiktassen zurück. Für sich und mich bringt er Cola mit.

»Nicht das ungesunde Zeug! Nicht bereits zum Frühstück!«, tadelt ihn Lachen, die inzwischen aufgestanden ist. Morpheus hat Kerzen entzündet, sodass ich nun erkenne, dass sie nicht nur zwei Sessel, sondern auch ein Doppelbett auf den Dachboden gebracht haben, während ich geschlafen habe. Mich wundert es, dass die beiden alten Quacksalber sich dazu herabgelassen haben, in unserem staubigen Unterschlupf zu nächtigen.

»Lass sie doch«, meint Morpheus verständnisvoll.

Ich habe keinen Durst oder Hunger. Mit mehr oder weniger sanfter Gewalt zwingt mich der Klebearm, mich aufrecht hinzusetzen und die Flasche Cola trotzdem an den Mund zu führen. Einen Schluck bringe ich herunter, dann mag ich nicht mehr und muss würgen. Als mir Lachen ein Brötchen mit Schinken-Käse-Belag anbietet, schüttele ich den Kopf.

»Also schön, ich bin mit meinem Latein am Ende!«, gesteht sie seufzend.

»Aber wenn ihr beide Murphy nicht helfen könnt, wer denn dann?«, fragt Friedrich.

Die beiden alten Freaks wechseln einen Blick. »Alexander«, sagen sie unisono.

Während ich mich frage, wen zur Hölle sie damit schon wieder meinen, springt Schlaf und taucht kurz darauf mit einem bekannten Gesicht wieder auf.

Es ist der Kiffer. Mein Freund, der Zeitdieb. Verdammt, er heißt Alexander? Irgendwie habe ich das nicht erwartet.

»Ich glaube nicht, dass ich helfen kann«, protestiert er, als Morpheus ihn zu meinem Sofa schleift.

»Versuch es wenigstens!«

»Alexander, wenn sich jemand mit Glück und Unglück auskennt, dann du!«, redet Lachen begütigend auf ihn ein.

*Dem Glücklichen schlägt keine Stunde* sieht unwohl aus, als die drei ihn erwartungsvoll anstarren.

»Kannst du ihm nicht einfach etwas von deinem Glück abgeben?«, will Friedrich hoffnungsvoll wissen. »Wenn du glückliche Momente aufsaugen kannst, dann musst du sie doch auch auf jemand anderen übertragen können!«

»Es tut mir leid, aber so funktioniert das nicht.«

»Warum nicht? Warum sagst du einfach Nein?«, ruft Friedrich und für einen Moment kehrt Stille ein. »Du machst es dir ziemlich einfach! Ich dachte, ihr seid Freunde? Warum probierst du es nicht wenigstens einmal?«

Friedrich funkelt ihn wütend an, während der Glückliche sich windet und ihm plötzlich der Schweiß auf der Stirn steht.

»Alexander«, sagt Lachen vorwurfsvoll.

»Okay! Ich verrate es euch!«, platzt er plötzlich heraus. »Ich kann niemandem glückliche Momente geben, weil ich sie *esse*! Davon lebe ich. Wenn ich sie aufsauge, sind sie kurz darauf weg. Versteht ihr nicht? Ich würde Murphy ja gerne seine glücklichen Augenblicke zurückgeben, aber ihr müsst das verstehen, sie schmecken einfach zu gut!«

»Soll das heißen, du hast Murphy *bestohlen*? Du hast Murphys Glück gestohlen? Deshalb geht es ihm so schlecht?«

Während Lachen und Schlaf geschockt aussehen, geht Friedrich auf den Glücklichen los, der furchtsam vor ihm zurückweicht.

»Das musst du verstehen, Junge …«

»Ich verstehe es NICHT!«, brüllt Friedrich und schlägt mit seinen kleinen Fäusten auf ihn ein.

»Wir dürfen unsere Kräfte nicht gegeneinander einsetzen!«, stellt Lachen ihn empört zur Rede. »Du hättest dich von den Menschen ernähren sollen! Wie konntest du Murphy das antun! Er ist einer von uns! Hast du etwa noch mehr von unseresgleichen bestohlen?«

»Wir sollten Krähe holen«, verkündet Schlaf zornig.

»Nein, nein, nein!«

Ich sehe zum ersten Mal tief empfundene Angst auf dem Gesicht des Glücklichen. »Ich würde niemals die anderen Lebenden Sprichwörter bestehlen! Das müsst ihr mir glauben!«, fleht er.

»Ach? Und was ist mit Murphy?«

»Aber Murphy ist keiner von uns!«

»Wie meinst du das?«, frage ich ihn und die vier wirbeln überrascht zu mir herum. »Alexander?«

»Du schmeckst nach Mensch«, flüstert der drogensüchtige Glückliche schließlich. »Nach sehr altem Mensch zwar, aber nicht wie einer von uns. Du weißt, was es heißt, sterblich zu sein, den Moment zu genießen. Du kennst die Flüchtigkeit des Glücks, der Zeit. Du lebst im Hier und Jetzt. Ich weiß nicht, warum du so anders bist als wir, doch eins weiß ich mit Sicherheit: Wenn du ein unsterbliches Lebendes Sprichwort wärst wie alle anderen, würden deine glücklichen Momente ganz anders schmecken.«

Er bestätigt, was ich jetzt seit drei Tagen weiß. Ich bin nicht wie die anderen. Irgendjemand hat mich zu dem gemacht, was ich heute bin. Ich wurde nicht als Neologismus geboren und im Anschluss zum unsterblichen Lebenden Sprichwort. Nein. Etwas oder jemand hat mir mein menschliches Leben geraubt und mich zu *diesem hier* gemacht. Ich weiß nicht einmal, wie ich nennen soll, was ich bin. Verflucht trifft es wohl am ehesten.

»Murphy?«, fragt Lachen verwirrt und Ken streicht schnurrend um meine Beine. Ich bemerke erst nach einigen Sekunden, dass ich weine.

»Lasst mich in Ruhe!«, entgegne ich abweisend und verkrieche mich mit Ken wieder auf dem Sofa, ziehe die Decke über den Kopf und blende den Streit, der zwischen den anderen entbrennt, einfach aus.

Irgendwann höre ich Krähes Keckern, doch auch das ignoriere ich. Es interessiert mich nicht, ob der Glückliche nun seine wohlverdiente Strafe bekommt. Wenn er nicht gewesen wäre, hätte mir Montag nicht die Zeit gefehlt, meine Unglücksenergie zu verbrauchen. Ich hätte nicht Archies Date auf eine solch katastrophale Weise platzen lassen, die Menschen wären nicht an den Folgen meines Super-GAUs gestorben und es hätte niemals den Kleinkrieg zwischen Archie und mir gegeben. Im Grunde ist der Glückliche an allem schuld, was in den letzten vier

Tagen passiert ist. Er war der Auslöser. Nur weil er meine glücklichen Momente stehlen wollte!

Plötzlich dringt ein heller Lichtstrahl durch die Dunkelheit meiner Gedanken. Mein Zorn verflüchtigt sich wie Nebel im Licht der Sonne. Ich blinzle überrascht und erkenne, dass das Licht durch meine Decke hindurch scheint. Es ist hell auf dem Dachboden geworden und als ich die Decke zurückschlage, erkenne ich, dass der Regen aufgehört hat. Sonnenstrahlen fallen durch die kleinen Dachfenster und bringen die Staubpartikel in der Luft zum Tanzen. Doch das ist nicht das einzige Licht, die wahre Lichtquelle steht neben mir und lächelt mich an.

»Dieses Licht ist für dich«, wispert *Auf jeden Regen folgt auch Sonnenschein* und irgendwie weiß ich, dass sie nur zu mir spricht, dass die anderen sie nicht hören können. Dass sie nur für mich das Wetter geändert hat.

Und plötzlich verspüre ich wieder Hoffnung.

# Kindermund tut Wahrheit kund

»Danke«, flüstere ich.

Sie nickt einmal, beim nächsten Blinzeln ist sie fort, als wäre sie nie da gewesen.

»Das war eine gute Idee, Krähe«, meint jemand, es scheint Morpheus zu sein, aber ich ignoriere ihn, während ich Ken absetze, tief einatme, ans Fenster trete und hinaussehe. Es ist ein wundervoller Frühlingsmorgen und ich will nach draußen. Dafür brauche ich jedoch Schuhe.

Kurz bevor ich springe, spüre ich das Gewicht des Katers, der auf meiner Schulter landet – und seine Krallen, die sich durch das dünne T-Shirt bohren, als er sich bemüht, das Gleichgewicht zu bewahren. Ich brauche vermutlich demnächst Schulterpolster, wenn Ken das ständig macht.

Mutig betrachte ich die Wohnung, in die ich zum ersten Mal seit dem Wackelpudding-Attentat ohne Furcht zurückkehre. Ich habe nicht das Gefühl, dass ich wieder eine Panikattacke bekomme, sollte ich doch noch einmal zufällig über einen letzten Rest Wackelpudding stolpern.

Ich gehe vom Wohnzimmer, das Ken nun erkundet, über den Flur in mein Schlafzimmer und hole mir ein neues Paar Schuhe aus dem Schrank. Während ich die Sandalen anziehe, spüre ich die Präsenz von Friedrich, Jelos, Morpheus und Krähe.

Ich lächle, als ich aufsehe und ihre besorgten Gesichter bemerke. »Keine Sorge, mir geht es gut«, beruhige ich sie. »Sag mal, Krähe, was ist eigentlich mit Alexander passiert?«

»Er wird dir nie wieder glückliche Momente stehlen, dafür habe ich gesorgt, keine Bange«, keckert sie und wirkt wütend. »Zur Strafe muss er in den nächsten Tagen eine Diät machen und ich habe seinen

Vorrat an Drogen entsorgt. Ich hoffe, dass er dann klarer sieht, was er falsch gemacht hat. Aber, Murphy, warum hast du mir nicht gesagt, was er getan hat?«

»Weil ich es selbst nicht gewusst habe. Ich dachte, er stiehlt mir nur meine Zeit«, gestehe ich. Kurz denke ich darüber nach, ehe ich weiterspreche. »Hättest du mir denn geglaubt? Mal ehrlich, Krähe, er war nicht der Einzige, der seine Kräfte gegen meinen Willen gegen mich eingesetzt hat, doch du hast mir nie zugehört, wenn ich etwas gesagt habe. Stattdessen hast du mich getadelt, weil ich wütend war und Drohungen ausgestoßen habe. Nie hast du gefragt, warum ich das tue.«

Der Vorwurf sitzt, denn Krähe öffnet ihren Schnabel, bemerkt, dass sie kein Gegenargument hat, und schließt ihn wieder.

»Es tut mir leid.«

»Ist auch egal«, wische ich ihre Entschuldigung beiseite. »Das ist Schnee von gestern. Wisst ihr, wer mir am besten helfen kann herauszufinden, was mit mir geschehen ist und wie ich unsterblich geworden bin?«

Sie kennen die anderen Sprichwörter und Redewendungen besser als ich. Vielleicht fällt ihnen ja ein, wer der Schuldige sein könnte. Es gibt bestimmt nicht viele, die zu einer solchen Verwandlung, zu diesem Fluch fähig sind. Doch meine Hoffnung auf eine einfache Antwort erfüllt sich nicht.

Morpheus und Jelos wechseln einen Blick. »Versuch es bei *Kindermund tut Wahrheit kund*«, schlägt sie vor.

»Danke«, entgegne ich und unterdrücke ein Seufzen. Auf diese Idee bin ich auch schon gekommen. »Und wo finde ich sie?«

»Ich bringe dich zu ihr«, meint Friedrich. Nachdem sich Jelos, Morpheus und Krähe verabschiedet haben und Ken beschlossen hat, dass er erst einmal sein neues Revier erkunden will, machen Friedrich und ich uns allein auf den Weg.

Wir kommen irgendwo in Russland an, denn um uns herum höre ich nur russische Gesprächsfetzen. Die Stadt sagt mir auf den ersten Blick nichts und im nächsten Moment sehe ich *Kindermund tut Wahrheit kund*, die mit Kreide etwas auf den Gehweg malt, und ich nehme nichts anderes um uns herum mehr wahr.

Sie – und mit ihr die erhofften Antworten – befindet sich nur wenige Meter von uns entfernt auf der anderen Straßenseite. Kindermund ist an diesem Nachmittag – in Russland ist es schon später – ganz in ihr Spiel vertieft. Sie bemerkt nicht, dass ihre langen, geflochtenen Zöpfe beim Malen den Boden streifen und dreckig werden. Auch ihr einfaches Kleid ist schmutzig vom Staub, Straßendreck, Kreide und anderen Flecken.

»Lass uns rüberspringen«, schlägt Friedrich vor, als der Verkehr, der uns von dem unsterblichen Kind trennt, nicht weniger wird.

Ich nicke und im nächsten Moment befinden wir uns auf der anderen Straßenseite. Bevor ich etwas sagen kann, bekomme ich eine ausgestreckte Hand vor die Brust.

»Was willst du, Unglücksbringer?«, herrscht mich eine Frau mittleren Alters mit hageren Gesichtszügen an. Doch das täuscht. Statt vierzig oder fünfzig ist sie bereits mehrere Tausend Jahre alt. Wie ihre Zwillingsschwester ist sie eine der Hüterinnen von *Kindermund tut Wahrheit kund.* Ich hatte vergessen, dass sie versuchen, alle anderen Unsterblichen von dem Kind fernzuhalten.

»Die Wahrheit«, erwidere ich ehrlich. Lügen hätte auch keinen Sinn gehabt.

»Die Wahrheit kannst du auch von mir bekommen. Dafür musst du sie nicht in ihrem Spiel stören«, meint sie abweisend.

»Und wer bist du? *Die Wahrheit liegt in der Mitte* oder *die Wahrheit ist die Lüge von morgen*?«, frage ich.

Die beiden unsterblichen Wahrheits-Schwestern sehen sich so ähnlich, dass keiner von uns sie auseinanderhalten kann. Und selbst wenn Kindermund manchmal schwierig zu verstehen ist, sind ihre Antworten immer noch besser als die von Mitte oder Lüge. Mitte ist zu unpräzise, als dass man mit ihren Antworten wirklich etwas anfangen kann, bevor das beschriebene Ereignis nicht eingetreten ist, und Lüge erzählt dir zwar ebenfalls die Wahrheit, aber nicht die, die du hören wolltest, sondern die Wahrheit von gestern, letztem Jahr oder vor ein paar Jahrhunderten. Vielleicht würde mir das sogar weiterhelfen, da meine Frage meine Vergangenheit betrifft, doch ich mag die harten Augen der Schwestern nicht. Manchmal habe ich den Verdacht, dass sie ihre Wahrheiten als Waffe einsetzen, um die Fragenden zu quälen.

»Ich bin diejenige, die entscheidet, ob du eine Antwort bekommst oder nicht«, entgegnet die Unsterbliche unfreundlich.

»Lass es gut sein. Wir müssen zu Kindermund. Krähe weiß Bescheid«, unterbricht Friedrich den aufkeimenden Streit. Krähes Namen als Druckmittel einzusetzen, darauf muss man auch erst einmal kommen.

»Nun gut. Ihr werdet ja sehen, was ihr davon habt«, sagt die Wahrheits-Schwester und zieht sich wieder auf ihren Wachposten zurück, während wir uns nun endlich Kindermund nähern.

»Kindermund?«, frage ich vorsichtig, während ich langsam in die Knie gehe und ihre Zeichnung betrachte. Sie hat ein Dorf an einer Küste gemalt. Das Wasser hat sie mit Wellen angedeutet, die Häuser haben überwiegend Strohdächer. Hinter dem Dorf ragt eine Burg in die Höhe und thront über allem. So viel kann ich bereits erkennen, aber der Rest des Bildes ist noch nicht fertig.

Kindermund, die wie eine asiatisch anmutende Vierjährige aussieht, hebt den Kopf und lächelt mich an.

»Kind des Chaos«, begrüßt sie mich, dann fällt ihr Blick auf Friedrich, »und *ein Unglück kommt selten allein.*«

»Warum nennst du ihn ein Kind des Chaos?«, erkundigt sich der Junge überrascht.

»Weil er das ist«, antwortet sie. »Blau oder Grün?«, will sie dann wissen, als sie die beiden Kreiden hochhält.

»Grün«, wähle ich.

»Grün. Eine gute Wahl. Grün ist das Leben um uns herum. Du hast dich entschieden zu leben.«

Hatte ich bereits erwähnt, dass es manchmal schwierig ist, sich mit Kindermund zu unterhalten? Nicht nur, dass sie die Welt anders wahrnimmt, weil sie die Wahrheit sieht, sie ist auch ein Kind und ihr sind andere Dinge wichtig als uns Erwachsenen. So zum Beispiel die Farbe einer Kreide für ihr neues Bild.

»Kannst du mir sagen, wer mich unsterblich gemacht hat? Woher stammt die Unglücksmagie, die ich in mir trage? Wer hat mir das angetan?«

»Die Antwort auf eine dieser Fragen kennst du bereits«, tadelt sie mich sanft. Sie ignoriert mein ratloses Gesicht, während sie nun ihrer Zeichnung einen Baum hinzufügt.

»Was soll das heißen, Murphy kennt die Antwort schon?«, fragt Friedrich verwirrt. Er sieht mich an, aber ich weiß die Antwort darauf nicht.

»Kindermund?«

Sie sieht hoch, doch ich merke, dass sie schon in Gedanken wieder bei ihrer Zeichnung ist. Mir bleibt nicht mehr viel Zeit, ihr eine Antwort zu entlocken, bevor sie wieder stundenlang in ihrem Spiel versunken ist. Ich erkenne die Warnzeichen schon von meinen letzten Besuchen bei ihr.

»Wer kann mir eine Antwort geben, außer dir oder mir, wie ich unsterblich wurde?«

Kindermund antwortet grundsätzlich nicht auf Fragen, die man ihr bereits gestellt hat, daher bin ich nun gezwungen, einen anderen Ansatz zu wählen. Mühsam unterdrücke ich meine Ungeduld und verfluche mich dafür, dass ich meine drei wichtigsten Fragen auf einmal gestellt habe. Nun kann ich keine der Antworten mehr bekommen, die mich am meisten interessieren.

»Sei vorsichtig, was du dir wünschst. Du könntest es bekommen und es würde dir nicht gefallen«, entgegnet sie, während sich ihr Kopf wieder über ihre Zeichnung senkt. »Such den Gewährer der Wünsche!«

»Das war's? Geht es noch ein bisschen vager?«

Friedrich ist empört, doch Kindermund hört ihm nicht zu. Summend wandert ihre Hand mit der Kreide über die Zeichnung zu ihren Füßen. Der Junge will einen Schritt nach vorne machen, wodurch er auf das Bild getreten wäre, aber ich kann ihn gerade noch aufhalten.

»Nicht! Du willst die drei Wahrheiten nicht gegen dich aufbringen, glaub mir!«, warne ich ihn. »Komm!«

Ich packe seine Hand und springe mit ihm zurück in unsere Wohnung.

»Das war eine verdammte Zeitverschwendung!«, flucht der Junge und lässt sich auf einen Küchenstuhl fallen. Sofort kommt Ken hereingeschossen und bekundet miauend seinen Hunger.

Ich springe in den nächsten Supermarkt, schnappe mir einen Karton Katzenfutter und bin zurück, bevor Friedrich bemerkt, dass ich weg war.

»... hätten auch die andere Wahrheit fragen können«, schimpft er gerade, während ich einen Teller aus dem Schrank hole, den Karton öffne und etwas Futter auf den Teller schütte. Ken stürzt sich hungrig auf sein Fressen.

»Nein«, antworte ich dem Jungen schließlich. »Das willst du nicht. Glaub mir, Kindermund ist diejenige der drei, die die Wahrheit sagt, mit der du am Ende etwas anfangen kannst. Leider ist es nicht immer einfach herauszufinden, was sie meint, aber sie hat uns eine klare Antwort gegeben, bei der wir ansetzen können: der Gewährer der Wünsche. Gibt es Lebende Sprichwörter, die Wünsche erfüllen können?«

»Ich …« Er verstummt, während er grübelt. »Lass mich nachdenken!«

Mir bleibt nichts anderes übrig. Die Antwort muss warten, denn ich spüre, wie die Unglücksenergie in mir wieder ansteigt. Das letzte Mal, dass ich sie eingesetzt habe, war gestern Vormittag in der Bank. Das ist über vierundzwanzig Stunden her. Es wird dringend Zeit, wieder zu arbeiten.

# In der Liebe und im Krieg ist alles erlaubt

Ein wenig unschlüssig, wozu ich jetzt Lust habe, gehe ich die verschiedenen Möglichkeiten durch. Technik-Katastrophen? Eine simple Verspätung? Oder ein verpatztes Date? Ein ruinierter Urlaub? Die Möglichkeiten sind unendlich.

Dann fällt mir wieder ein, dass heute Freitag ist, und ein Blick auf die Küchenuhr verrät mir, dass ich nur ein kleines bisschen zu früh dran bin für mein Lieblings-Event: Hochzeiten.

»Ich bin dann mal ein paar Stunden weg«, verkünde ich fröhlich und winke Friedrich und dem Kater zum Abschied kurz zu.

Oh, wie ich Wochenenden liebe! Dann stört es mich noch nicht einmal, dass ich nie frei habe. Ich könnte von morgens bis spät in die Nacht arbeiten und die Zeit auf einer einzigen Veranstaltung zubringen, ohne dass mir langweilig wird. Hochzeiten bieten so viele Möglichkeiten!

Ich springe an einen kleinen Ort etwas außerhalb von Hamburg. Der beliebte Veranstaltungsort für Hochzeiten liegt ein paar Hundert Meter von mir entfernt, als ich zunächst auf dem Deich lande und mein gutes Wetter genieße. Hin und wieder sehe ich Pfützen, aber irgendwie weiß ich, dass heute nur meinetwegen überall die Sonne scheinen wird, wohin ich auch gehe.

Da ich zu früh dran bin, habe ich noch Zeit genug, den Blick auf die Elbe zu genießen, auf der an diesem schönen Tag nicht nur Containerschiffe, sondern auch kleine Segelschiffe und vereinzelt Motorboote unterwegs sind. Genüsslich atme ich tief ein, es schmeckt nach frischer, gesunder Luft.

Ein Stückchen weiter stehen Apfelbäume, inzwischen verblüht und dafür voller Blätter, für die diese Region bekannt ist. Radfahrer und

Fußgänger bewegen sich auf und unterhalb des Deiches an mir vorbei, die meisten von ihnen schenken den Obstbäumen keine Beachtung, wodurch sie leicht als Einheimische zu erkennen sind.

Als es kurz vor zwölf ist, springe ich die paar Hundert Meter bis zum Gasthaus. Ich hätte zu Fuß gehen können, doch die Vorfreude lässt mich ungeduldig werden. Vor dem Lokal sehe ich schon das aufgebaute Zelt, das ein guter Indikator dafür ist, dass hier heute eine Großveranstaltung stattfindet.

Ich sorge mit einem Chaoswindstoß dafür, dass die Befestigung des Zeltes ins Wackeln kommt, drinnen alles durcheinandergerät und die Angestellten alle Hände voll zu tun haben, während jetzt Auto um Auto auf den Parkplatz vor dem Restaurant rollt. Türen klappen, die Gäste plaudern miteinander und geben den Restaurantmitarbeitern die Chance, gerade rechtzeitig alles wieder in Ordnung zu bringen. Schade!

Dafür weht mein nächster unerwarteter Chaoswindzug zwei älteren Damen die Autotüren aus den Händen. Es scheppert fröhlich, als sie die Nachbarautos treffen. Das gibt schöne Kratzer und Beulen!

Aber Täter und Opfer kennen sich. Das ist manchmal das Dumme an Hochzeiten, die beiden Seiten sind sich nicht fremd, sodass die Pöbeleien, die bei fremden Unfallopfern gerne mal ausbrechen, hier leider ausbleiben. Stattdessen werden die beiden älteren Damen – die eine in Tränen aufgelöst, weil ihr dieses schreckliche Missgeschick passiert ist, die andere leicht geschockt und voller Reue – von den beiden Autobesitzern getröstet. Alles nicht so schlimm, man habe doch Haftpflichtversicherungen.

Meine Unglücksenergie wird langsam gereizt, ich bin definitiv etwas aus der Übung, wenn alles so harmonisch gelöst wird. Vielleicht habe ich drinnen mehr Glück.

Ich gehe die paar Stufen zum Restaurant hoch und schlängele mich an den plaudernden Gästen vorbei, die auf dem Weg in den ersten Stock sind. Dort steht schon das glückliche Brautpaar und wartet auf seine Gäste. Zwei Kellner haben Tabletts mit Sekt pur und Sekt mit Orangensaft für die Erwachsenen sowie Orangen- und Kirschsaft für die Kinder parat.

Grinsend drängele ich mich an dem männlichen Kellner vorbei, der daraufhin stolpert, erschrocken einatmet, als sein Tablett ins Rutschen gerät – sein Gleichgewichtssinn ist echt nicht von schlechten Eltern, denn er verschüttet nur ein paar Tropfen – und dann beim Versuch, die Getränke auf seinem Tablett zu retten, in seine Kollegin kracht. Mit lautem Scheppern fallen nun Dutzende Gläser zu Boden und zerbrechen.

Ich lache über die erschrockenen Gesichter des Brautpaares und der bereits anwesenden Gäste. Der Fotograf drückt unwillkürlich auf den Auslöser, aber ich bezweifle, dass es dieses Foto ins Hochzeitsalbum schaffen wird.

Eins muss man dem Gastwirt lassen: Die Organisation ist tadellos. So schnell, wie jemand mit Besen, Kehrblech und Mülleimer da ist, habe ich das bei anderen noch nicht erlebt. Und kaum sind die Scherben so gut wie möglich weggefegt, ist auch schon der unglückliche Kellner mit einem Ministaubsauger da und entfernt den Rest. Nun erinnern nur noch die Flecken an das Missgeschick. Doch ich hätte das nicht so früh sagen dürfen, denn keine halbe Minute später wird der Teppich auch schon einshampooniert.

Ich schnappe mir einen Sekt vom Tablett der Kellnerin, die mit einem entschuldigenden Lächeln auf den Lippen innerhalb kürzester Zeit Nachschub besorgt hat und jetzt die Gäste bedient. Während ich es mir gut gehen lasse, schlendere ich durch den Empfangssaal, betrachte das Gästebuch, dem ich in einem unbeobachteten Moment ein paar hässliche Flecken und ein, zwei eingerissene Seiten verpasse, und gehe anschließend gemütlich weiter zu den Blumensträußen, Blumentöpfen und der Armee aus Vasen, die auf einem Tisch hinter dem Brautpaar stehen. Kichernd verpasse ich den Blumen einen Hauch Chaos. Noch sieht man nichts davon, doch lange wird das Brautpaar sich nicht an ihnen erfreuen können.

Meine gute Laune verfliegt jedoch, als ich plötzlich etwas Unerwartetes spüre. Etwas, das hier nichts zu suchen hat. Wie kann er es wagen?!

Ich wirbele herum und sehe *ihn* die Treppe heraufkommen. Wut und Empörung brodeln in mir. Meine Fingernägel krallen sich schmerzhaft in meine Handflächen, als ich nun die Fäuste balle und mit den Zähnen knirsche. Blitze aus Schmerz zucken hinter meiner Stirn.

»Was machst du hier?!«, stelle ich *ihn* zur Rede.

Natürlich hat sich Arsch für die Feier extra schick gemacht. Er trägt einen leichten Sommeranzug und kein T-Shirt plus Shorts und

Sandalen, so wie ich. Mister Etepetete scheint nicht zu begreifen, dass die Menschen um uns herum ihn nicht sehen können.

»Ich arbeite!«, faucht er und blitzt mich wütend an. »Das ist mein gutes Recht. Also verzieh dich!«

»Ich denke gar nicht daran! Dies ist mein Arbeitsplatz!«

»Sehr lustig! Natürlich musst du das jetzt behaupten! Aber ich war zuerst hier, also ist das *mein* Arbeitsplatz und du musst gehen. Oder soll ich Krähe holen?«

»Von wegen *zuerst hier*! Ich bin schon seit einer halben Stunde hier und bereits seit einer Stunde im Alten Land! Du warst also definitiv *nicht* zuerst hier!«

So leicht lasse ich mich nicht vertreiben und schon gar nicht von diesem hinterhältigen Mistkerl!

»Dein Pech! Ich jedenfalls folge schon seit zwei Stunden diesem Pärchen da!«

Er zeigt auf eine Frau mit lockigen braunen Haaren von Mitte zwanzig und einen Mann mit spärlicher natürlicher Kopfbedeckung von etwa dreißig.

»Ich werde auf keinen Fall verschwinden! Das ist meine Hochzeit!«, erkläre ich.

In mir brodelt die Chaosenergie, sie will unbedingt raus, doch Krähes Zwang verhindert, dass wir dem selbstgefälligen, eingebildeten, geckenhaften Ober-Arsch eine verpassen.

Aber der Fluch beschränkt sich nur auf Arsch.

Mein fieses Grinsen überrascht ihn, er ahnt nicht, was mir gerade durch den Kopf geht. Doch ich bin großzügig, ich werde ihn nicht lange auf die Folter spannen. Ich werde es ihm zeigen!

Im nächsten Augenblick richte ich meine Chaosenergie auf die Frau, sie stolpert, geht in die Knie, wodurch ihr langes Kleid auf dem Boden schleift. Nur leider hat ihr Partner gerade jemanden erkannt und nicht aufgepasst. Die beiden Schritte, die sie ihm voraus war, werden ihr nun zum Verhängnis: Er tritt aufs Kleid, während sie weiter vorwärtsstolpert, und es macht *ratsch*!

»NEIN!«, schreit sie und während sie zu ihrem Liebsten herumwirbelt, dürfen wir anderen alle den langen Riss in ihrem Kleid bewundern, der ihr fast bis zum Hintern reicht und den anderen

Gästen beinahe ihre Unterhose präsentiert hätte. Fast – verflucht, ich lasse echt nach!

»Du verdammter Tollpatsch!«, fährt sie ihn an und dann fängt er sich auch schon eine Ohrfeige ein.

»Das glaube ich jetzt nicht!«, ruft Arsch empört. »Halt dich da gefälligst raus! Das sind *meine* beiden Opfer! Du hast den Rest der Hochzeitsgesellschaft! Reicht dir das nicht?«

Er hat die Fäuste in die Seiten gestemmt und wirkt wie ein schmollendes Kind im Anzug. Herrlich! Wo ist Friedrich mit seinem Fotoapparat – oder meinetwegen auch die Neos mit ihren Smartphones –, wenn man mal peinliche Beweisfotos braucht?

»Wie du schon sagst: Dies ist meine Hochzeit. Ich kann machen, was ich will«, verkünde ich genüsslich, während der Streit hinter uns eskaliert. Inzwischen prügelt sich das ehemals glückliche Pärchen und der missglückte Riss im Kleid ist durch den handfesten Streit größer geworden und entblößt die Dame bis zum Reißverschluss, der den halben Rücken herunterreicht, wodurch der Hintern und der untere Rücken freigelegt sind.

Sie bietet ein Bild des Jammers – hätte sie mal das Geld für wasserfeste Schminke investiert –, Tränen rollen in wahren Sturzbächen ihre Wangen hinab, während er sie beschimpft und ihr mit seinen Fäusten droht. Der Bräutigam und zwei weitere Männer müssen ihn mit Gewalt zurückhalten, damit er sich nicht wieder auf seine frischgebackene Ex-Freundin stürzt.

Daraus kann man doch noch was machen, denke ich.

Ich sorge dafür, dass die beiden Helfer den wütenden Mann nicht mehr halten können – und zack! Seine Faust landet im Gesicht des Bräutigams!

Ein schockiertes Raunen geht durch den Empfangssaal und plötzlich ist der Wirt mit seinen Leuten da. Sie lotsen die weinende Freundin mit dem ruinierten Kleid in ein Nebenzimmer, leisten dem Bräutigam Erste Hilfe und komplimentieren den streitlustigen Rabauken mit sanfter Gewalt vor die Tür, wo sie ihn kurz darauf in ein Taxi setzen.

Ich verfolge die Rücklichter mit einem fröhlichen Winken, während Arsch neben mir mit den Zähnen knirscht. »So, Job erledigt! Ich denke, damit wirst du hier nicht mehr benötigt. Bye!«

»So schnell wirst du mich nicht los!«, droht Arsch und springt. Leider nicht weit, denn ich kann seine Präsenz immer noch in der Nähe spüren. Mist!

Vermutlich kümmert er sich jetzt gerade um das zweite Opfer. Nun, soll er doch! Ich bin gespannt, wie er die Kleid-Katastrophe und die Trennung mit einem Kuchen-Streich oder etwas ähnlich Langweiligem toppen will.

Ha! Wer hätte das gedacht? Krähes Fluch hat ein Schlupfloch!

Triumphierend hüpfe ich zurück in den ersten Stock, wo die Braut und ihre Eltern die letzten Gäste begrüßen. Die anderen sehen bereits von der Empore hinunter in den Saal, der ebenso wie der kleinere Empfangssaal wirklich schön geschmückt ist, plaudern miteinander und warten darauf, dass sie hinunter an ihre Tische dürfen.

Als der Bräutigam kurz darauf zurückkehrt – das blaue Auge ist recht gut kaschiert und ich bezweifle, dass auf den Fotos davon etwas zu sehen sein wird, wenn der Fotograf seinen Job versteht –, ringen er und seine Frau sich ein Lächeln ab und gehen unter dem Beifall der Gäste die Treppe hinunter in den Saal.

Ich meide das Gewusel, das jetzt ausbricht, und warte, bis alle unten sind, bevor ich meine Ecke verlasse und mich der Treppe nähere. In den letzten Minuten habe ich immer wieder Arschs Anwesenheit in der Nähe gespürt, aber ihn nie gesehen. Dass meine Vermutung, er wäre in einem der Nebenzimmer und würde sich um sein weibliches Opfer kümmern, falsch ist, bemerke ich erst, als ich die Treppe erreiche – und einen Abgang mache.

»Argh!«

Mein Schrei kommt zu spät, denn in diesem Moment rutsche ich auch schon auf den vereisten Stufen aus und segele nach unten. Leider ist dort nichts Weiches, das mich auffangen könnte, und so lande ich mit einem schmerzerfüllten Stöhnen und einem gehörigen Rumms auf dem Treppenende.

»Au!«, stöhne ich. Zu etwas anderem fühle ich mich gerade nicht in der Lage.

Die Gespräche der Gäste und ihr Gelächter erscheinen mir jetzt wie Hohn. Von meinem Unfall hat niemand etwas mitbekommen.

So ein fieser Bastard!

Verflucht, wie hat Arsch das gemacht?

»Oh, das tut mir aber leid!«, säuselt mein verlogener Erzfeind scheinheilig. Er steht plötzlich neben mir und verbirgt noch nicht einmal sein fieses Grinsen. »Eigentlich wollte ich mein Opfer zu Fall bringen, doch dann hat sie sich überraschend entschieden, dass sie das angebotene Ersatzkleid zwar annimmt, aber lieber mit dem Taxi nach Hause fährt, und ist *die andere Treppe* nach unten gegangen. So ein Pech aber auch!«

»Das – wirst – du – mir – büßen!«, drohe ich ihm, auch wenn ich jedes Wort nur unter großen Schmerzen hervorpressen kann.

Indirekte Streiche? Das ist die Lösung? Na schön, das kann ich auch!

Nur mit dem Aufstehen hapert es etwas. Ich verpasse die Vorspeise, während ich auf der Treppe liege und darauf warte, dass meine Schmerzen endlich nachlassen und ich mich wieder bewegen kann. Unterdessen hat mein Widersacher natürlich beste Laune und vergeht sich fröhlich pfeifend in Streichen an *meinen* Hochzeitsgästen. Na, warte!

Zehn Minuten später haben mich meine Unglücksenergie und mein Zorn so sehr aufgeladen, dass ich mit jedem Schritt durch den Saal den Fußboden beschädige. Aber das ist mir egal.

Mein Blick heftet sich auf Arsch, der beim Brautpaar steht. Ich mache einen Schritt auf ihn zu – und bin gezwungen auszuweichen und zehn Minuten tatenlos auszuharren, während die Leute des Gastwirts die Reste der Vorspeise abtragen. Währenddessen hat sich das Brautpaar erhoben, begrüßt die Gäste und stößt mit ihnen an.

Ha!

Ich konzentriere mich auf das Paar neben Arsch, bemühe mich, nicht an ihn zu denken, und sorge dann dafür, dass dem Mann das Glas unglücklich aus der Hand gleitet. Er versucht noch, es festzuhalten und gibt ihm dabei einen Stoß.

»Murphy!«

Arschs Gebrüll ist eine Wohltat in meinen Ohren. Warum hat er sich auch so fein gemacht? So ist der Rotwein – passenderweise haben alle anderen mit Sekt oder Saft angestoßen, nur mein Opfer nicht – größtenteils auf seinem hellen Anzug und ein kleines bisschen auf dem Kleid der Frau, die links neben dem Mann sitzt, gelandet.

»Das hast du mit Absicht gemacht!«, faucht er mich an, während er mit großen Schritten an den letzten Kellnern vorbei auf mich zustürmt.

»Natürlich! Ich dachte, Rotweinflecken machen sich auf dem Kleid gut.« Während mein Blick auf die roten Flecken auf seinem Anzug fällt, reiße ich gespielt erschrocken die Augen auf. »Oh! Du hast auch etwas abbekommen? Das tut mir aber leid! Das wollte ich nicht!«

Dieses Spiel beherrsche ich auch, Arsch!

Es bestätigt sich, dass er ein schlechter Verlierer ist. Während er das Gesicht vor Schmerzen verzieht – Was er da wohl Verbotenes gedacht hat, das unartige Putten-Gesicht? –, verkrampfen sich seine Hände. Wortlos macht er einen Abgang und kichernd beobachte ich, wie er aus dem Saal rauscht. Erst Sekunden und einige Beinahezusammenstöße mit den Kellnerinnen und Kellnern später erinnert er sich, dass er springen kann.

»Auf Wiedersehen, Arsch!«, rufe ich ihm hinterher. Den wäre ich los!

Meine gute Laune hält fast den gesamten ersten Gang an. Ich habe mich auf einen unbesetzten Platz an einem der Tische gesetzt – es fehlen ja zwei der Gäste, aus offensichtlichen Gründen – und erfreue mich an dem leckeren Essen. Hin und wieder verursache ich kleinere oder größere Missgeschicke, aber ich bin so gut gelaunt, dass sich noch nicht einmal meine Unglücksenergie daran stört, dass ich mir eine Pause gönne.

Der erste Gang wird gerade abgeräumt, als ich etwas spüre und unwillkürlich hochspringe.

Ein Freak ist hier im Saal! Arsch!

Ich habe mich geirrt. Im nächsten Moment kommt die Geschmacksverirrung auf mich zu, ein seliges Lächeln liegt auf ihren Lippen.

»Murphy, mein Junge!«, grüßt sie und ich frage mich einen Moment lang, wodurch ich mich verraten habe, bevor ich mich erinnere, dass die anderen sich ja anhand ihrer Präsenz unterscheiden und erkennen können. Nur ich habe diesen nützlichen Trick immer noch nicht drauf.

»Welch eine Überraschung, dich hier zu treffen! Ich liebe ja Hochzeiten! Du auch? Ich kann praktisch die Liebe spüren, die in der Luft liegt!«

Einfach großartig! Der kleine Ort bei Hamburg entwickelt sich zum Nabel der Welt bei den Freaks und dabei dachte ich, dass nur ich ihn kenne! Erst Arsch, den es irgendwie von Berlin hierher verschlagen hat, und nun auch noch *Liebe macht blind*. Die alte Blindschleiche hat mir gerade noch gefehlt!

»Und viel Drama«, erkläre ich. »Du weißt doch, das liegt mir eher.«

»Soso«, macht sie mit einem unheimlichen Lächeln.

Zum Glück lässt sie mich danach in Ruhe und ich kann ungestört die nächsten beiden Vorträge der Hochzeitsgäste, die die Pause bis zum nächsten Gang füllen, nutzen, um für Chaos und viel Gelächter zu sorgen. Die Vortragenden sind zwar weniger glücklich, aber den restlichen Anwesenden geht es gut.

Mir ebenfalls – bis zu dem Moment, als Arsch zurückkehrt. Der weiß wohl auch nie, wann es genug ist!

Er hat sich umgezogen und dieses Mal auf ein schickes Outfit verzichtet. Stattdessen trägt er ein Hemd und eine lange Leinenhose, die wohl bei ihm als Freizeitkleidung gelten, denn ich habe ihn schon häufiger in so einem Aufzug gesehen. Praktische Kleidung wie T-Shirts und Shorts scheint er nicht zu besitzen.

»Welch eine Überraschung! Du hier?«, begrüße ich ihn spöttisch.

»Ach, es ist so eine schöne Feier. Ich dachte, die lasse ich mir nicht entgehen!«, entgegnet er mit einem falschen Lächeln.

Während wir uns gegenseitig finster mustern und versuchen herauszufinden, was der andere wohl als Nächstes vorhat, wäre mir beinahe der leichte Gestank entgangen, der von der anderen Seite des Saals herüberweht. Ist da etwas angebrannt?

»Du hast Glück, dass ich nicht Krähe verständigt habe, nach dem, was du vorhin abgezogen hast«, ätzt Arsch, während ich unwillkürlich den Kopf drehe, das Schleimmonster neben der Geschmacksverirrung stehen und die beiden einträchtig miteinander plaudern sehe. Sie lachen über irgendetwas.

Wie die Geschmacksverirrung Hochmuts Mief aushalten kann, ist mir ein Rätsel. Aber vielleicht befindet sie sich tatsächlich auf einer anderen Ebene der Wirklichkeit und kann ihn daher nicht riechen?

»Ha! Wenn es danach geht, dann solltest du lieber aufpassen, dass ich ihr nichts von der vereisten Treppe erzähle. Von wegen Pech! Das war Absicht! Die paar Flecken auf deinem lächerlichen Anzug waren Pipifax dagegen!«

»Mein *lächerlicher* Anzug?«, wiederholt er empört, während in mir aus irgendeinem Grund nun die Alarmglocken zu läuten beginnen. Ich wittere eine Gefahr, doch ich kann nicht erkennen, was Arsch plant.

Plant er überhaupt etwas?

Mein Magen sackt mir in die Kniekehlen, als ich mich plötzlich erinnere, dass auch Hochmut gedroht hat, sich an mir zu rächen. Und im Gegensatz zu Arsch ist sie nicht durch einen Zwangszauber von Krähe eingeschränkt.

Wie fies und hinterhältig ihr Plan tatsächlich ist, begreife ich erst, als ich das schadenfrohe Grinsen auf ihrem Gesicht sehe, während die Geschmacksverirrung ihre Massenvernichtungswaffe hebt.

Beinahe zielgerichtet, als könnte sie mich sehen und nicht nur spüren, deutet der Blindenstock auf mich.

Mir bleibt nur noch die Zeit, ein entsetztes »Nein!« auszustoßen, während *Liebe macht blind* auf den Auslöser drückt und einen rötlichen Lichtstrahl auf mich abschießt.

Er trifft mich mitten in die Brust.

Mitten ins Herz.

Ich keuche erschrocken, während ich zurücktaumele, Arsch endlich erkennt, dass wir nicht alleine sind, und zu Liebe und Hochmut herumwirbelt.

Entsetzen breitet sich in mir aus, als ich beginne, den fiesen Plan von Hochmut zu erkennen.

»Spring!«

Während ich ihm die Warnung zurufe, mir meine Wohnung in Berlin vorstelle, um zu springen, ahne ich bereits, dass er nicht schnell genug sein wird. Das Letzte, das ich sehe, während ich mich dematerialisiere, ist, wie der zweite Zauberstrahl, das Gegenstück zu meinem, in Arsch einschlägt, er die Augen aufreißt und mich voller verwunderter Erkenntnis anstarrt.

Dann bin ich in Berlin und schreie.

»NEIN!«

# Liebe macht blind

Es ist zu spät. Ich spüre, wie Liebes Magie zu wirken beginnt. Obwohl ich weiß, dass es ein Zauber ist, meine Gefühle nicht echt sind und ich mit all meiner Kraft und meiner Chaosenergie dagegen ankämpfe, kann ich nicht verhindern, dass sich das Hochgefühl in mir ausbreitet.

Plötzlich fühle ich mich, als könnte ich schweben. Das Herz klopft mir bis zum Hals, ein Kribbeln breitet sich in meiner Magengegend aus und mein tiefer Atemzug gerät zu einem schmachtenden Seufzer.

Archie! Warum habe ich vorher bloß nie gesehen, welch ein bezaubernder Engel er ist? Dieses atemberaubende sanfte Lächeln, die blonden Locken, die rosigen Wangen mitsamt den funkelnden grünen Augen – *Seit wann weißt du, welche Augenfarbe Arsch hat, Murphy?* –, wahrlich, das Bild eines Engels! Hach!

Warum bin ich bloß gesprungen? Gerade war ich ihm so nahe und hätte mich stundenlang an ihm sattsehen können! Ich hätte ihm dabei zusehen können, wie er seine Magie wirkt, wie er zufrieden lächelt, wenn er wieder einem Mistkerl einen gelungenen Streich gespielt hat. Wir hätten gemeinsam gelacht, uns angesehen, uns gegenseitig in die Augen gestarrt, uns langsam vorgebeugt, mit Spannung dem Moment entgegengefiebert, in dem sich unsere Lippen berühren und sie sich zu unserem zärtlichen Kuss öffnen …

*Jetzt hackt es aber echt bei dir, Murphy! Das ist ja eklig! Hör auf damit!*

Verträumt ignoriere ich die lästige, gehässige Stimme in mir drin, die mit jeder Sekunde rasender zu werden scheint. Sie gönnt mir mein Glück nicht, doch momentan bin ich so euphorisch, dass ich ihr noch nicht einmal böse sein kann.

Summend wandere ich durch die Wohnung in mein Schlafzimmer und starre in den großen Spiegel am Kleiderschrank. Plötzlich ist mir, als würde ich mich selbst zum ersten Mal sehen. Meine braunen Augen haben ein goldenes Leuchten angenommen, das unerwartete Liebesglück strahlt regelrecht aus ihnen heraus. Die kurzen Haare, die stets einen kleinen Tick zu lang sind, sehen verwuschelt aus – als wäre gerade ein gewisser Jemand mit den Händen durch sie hindurchgefahren, während wir uns geküsst haben.

*Ihr habt euch* nicht *geküsst!* Wir *haben uns nicht geküsst! Hallo? Murphy an Murphy! Du wurdest verzaubert, nichts davon ist wirklich passiert! Erinnerst du dich? Gerade noch haben wir uns darüber Gedanken gemacht, wie wir uns am besten an Arsch rächen …*

»Archie!«, unterbreche ich den klagenden Teil von mir.

*Was?*

»Er heißt Archie. Hör auf, ihn so zu nennen! Der Einzige, der sich mit diesen gehässigen Bezeichnungen zum Arsch macht, bist du.«

*Ich bin* du*! Wir sind eine Person! Du bezeichnest dich hier gerade selbst als Arsch!*

»Siehst du? Ich muss es ja am besten wissen«, erwidere ich zufrieden. Mein Spiegelbild lächelt mich an. Noch nicht einmal die Empörung über das Verhalten meines fiesen Ichs kann meine Blase der Glückseligkeit zum Platzen bringen.

»Murphy?«

Friedrich steckt den Kopf zur Tür herein und wirkt überrascht, mich vor dem Spiegel stehen zu sehen. Er mustert mich besorgt und wieder durchzuckt mich der Gedanke, welch ein lieber Junge er ist.

*Also, das mit Arsch …*

Archie!

*… kann ich ja noch verstehen, daran ist der verfluchte Zauber der hinterhältigen Blindschleiche schuld. Aber wieso schwärmst du jetzt plötzlich von dem kleinen Unglücksraben? Hat dir der Zauber völlig den Verstand geraubt?*

»Ist alles in Ordnung, Murphy?«, fragt der Junge. »Es ist erst früher Nachmittag. Ich habe dich noch gar nicht zurückerwartet.«

»Alles bestens! Mir geht es einfach großartig! Ist es nicht ein herrlicher Tag? Freitag! Es ist Frühling und die Sonne scheint. Das schreit geradezu nach einem Ausflug. Sag an, was wollen wir unternehmen?«

»Wir? Unternehmen? Also du und ich? Einfach so zum Spaß?«

»Ja.«

»Geht es dir wirklich gut, Murphy? Du strahlst regelrecht. Ist es dir etwa gelungen, Krähes Zauber abzuschütteln und Archie eins auszuwischen?«

Empört funkele ich ihn an. »Pfui! Schäm dich! Als ob ich Archie etwas antun könnte! Ich würde meinem Herzblatt doch nie ein Haar krümmen!«

»Äh, ja, ist klar. Archie ist dein Herzblatt. Toller Scherz!«

»Das ist kein Scherz. Ich liebe Archie«, entgegne ich. Friedrich scheint darauf zu warten, dass ich ihn in ein Geheimnis einweihe oder erkläre, dass ich ihn veräppeln wollte, aber ich schweige und so wandern seine Augenbrauen immer weiter nach oben. Plötzlich scheint der Groschen zu fallen …

»Ah! Ich verstehe! Das ist deine Strategie, um Krähes Zauber zu umgehen! Du kannst nicht im Zorn gegen ihn vorgehen und so versuchst du es auf dem umgekehrten Weg. Das ist ziemlich schlau! Und? Hat es funktioniert?«

Ich lache, so albern ist seine Theorie. Wenn er nur wüsste, wie sehr ich Archie liebe!

*Nun reicht es mir endgültig!*

Es erfordert einen erheblichen Kraftaufwand, doch dann habe ich mein verrücktes Ich endlich zusammengefaltet, zu einem festen Bündel verschnürt und in einem imaginären Schrank, den ich erst abschließe und dann verbarrikadiere, in der hintersten Ecke meines Verstandes eingesperrt. Aber ich weiß jetzt schon, dass dies nicht ausreichen wird. Bereits in diesem Moment spüre ich, wie der verzauberte Teil meines Ichs mit den Fäusten gegen sein Gefängnis schlägt und es erschüttert. Der Zauber ist stark, lange habe ich nicht.

»Hör zu, Friedrich! Das ist kein Scherz«, sage ich hastig. »Weißt du, wie man *Liebe macht blind*s Zauber brechen kann? Ist es jemandem schon mal gelungen, ein Pärchen auseinanderzubringen, das sie zusammengebracht hat? Oder wird der Zauber irgendwann schwächer?«

Der Junge starrt mich verwirrt an. »Brauchst du das für deinen nächsten Streich? Willst du ein Paar auseinanderbringen, das Liebe verzaubert hat? Dann muss ich dich enttäuschen: Liebes Zauber hat noch niemand gebrochen. Entweder lässt er von selbst nach ein paar

Jahren nach oder die Liebe hält ewig«, erklärt er und scheint nicht zu begreifen, dass er mir mit einem Schlag alle Hoffnungen raubt.

Ich ertrage das nicht eine Minute länger, geschweige denn *Jahre*!

Stöhnend schließe ich die Augen und rutsche mit dem Rücken am Kleiderschrank bis zum Boden herab. »Ich bin verflucht!«

»Was? Was ist denn los?«

Friedrichs Sorge ist rührend – und verdammt frustrierend.

Während mein Frust steigt, entgleitet mir auch schon die Kontrolle. Mit einem Knall, den nur ich hören kann, zerbricht das Gefängnis.

»Ich liebe Archie«, verkünde ich dem Jungen mit einem glückseligen Lächeln.

»Ach du Scheiße! Du meinst das ernst!«

Warum sitze ich eigentlich hier auf dem Boden? Fern von meinem Schatz? Ich muss den Verstand verloren haben!

»Wo willst du hin?«, fragt Friedrich besorgt, als ich aufspringe und mit einem kritischen Blick in den Spiegel meine Frisur richte. Ob Archie diesen Look mag?

»Zu Archie natürlich. Dumme Frage!«

»Das ist keine gute Idee«, erwidert der Junge und steht plötzlich so dicht vor mir, als wollte er mir den Weg versperren. Was natürlich Unsinn ist, denn schließlich kann ich springen.

»Überleg doch mal! Du hast gerade erst versucht, ihn umzubringen. Denkst du wirklich, dass er so begeistert sein wird, wenn du jetzt bei ihm auftauchst?«

Er hat recht. Ich habe mich wirklich schändlich verhalten. Plötzlich habe ich Angst, dass ich allein so empfinde, dass Liebes Zauber nur mich beeinflusst und an Archies Abneigung mir gegenüber abgeprallt ist.

»Du hast recht. Ich muss ihn erobern!«

Und auf einmal habe ich tausend Ideen, wie ich Archie ein romantisches Wochenende bereiten kann, das er nie vergessen wird.

# Guter Rat ist teuer

Doch zunächst muss ich mich umziehen. Ich weiß, wie viel Wert mein Liebster auf ein gepflegtes Äußeres legt. Meine zweckmäßige Freizeitkleidung wird da keinen guten Eindruck hinterlassen.

Kurzerhand springe ich zu einem edlen Herrenausstatter in Hamburg, an dem ich schon häufig vorbeigegangen bin, den ich aber nie aufgesucht habe. Zwar kann ich mir keinen maßgeschneiderten Anzug anfertigen lassen, weil der menschliche Schneider mich natürlich nicht sehen kann, wenn ich jedoch etwas ungefähr Passendes finde, dann kann ich Archie gebührend beeindrucken.

Ich summe vor mich hin und erkenne nach ein paar Sekunden das Pop-Liebeslied, das mir vor zwei Tagen tierisch auf den Keks gegangen ist, als Friedrich es abgespielt hat, und das mir jetzt zunehmend gut gefällt. Wie wunderbar der Sänger meine Stimmung trifft!

Ich fühle mich unbesiegbar, glückselig und voller Hoffnung, als ich durch die bereits fertigen Anzüge und Smokings stöbere. Mir wird schnell klar, dass es ein Smoking sein muss, wenn ich meinen Engel erobern möchte. Nur das Beste für meinen Schatz!

Zehn Minuten später bewundere ich mich im Spiegel neben der Ankleide. Der Schnitt des Smokings betont meine schlanke Figur. Das muss Archie doch gefallen, oder?

»Hier bist du!«

Ich versuche Friedrich zu ignorieren, der beschlossen hat, ein Miesepeter zu sein, denn er sieht gereizt aus. Wenn er mir mein Glück mit Archie – *Arsch!* – nicht gönnt, dann brauche ich ihn nicht.

Und du hältst gefälligst die Klappe, wenn du nichts Nettes sagen kannst!

Meinem fiesen Ich verpasse ich einen Maulkorb, doch die wohltuende Ruhe hält nicht lange an. Friedrich plappert weiter auf mich ein. Als er jedoch mit seinen dreckigen Fingern am Ärmel meines neuen Smokings zupft, ist meine Geduld mit ihm endgültig erschöpft.

»Finger weg!«

Meine Hand drängt ihn grob beiseite, als ich mich zu ihm umdrehe, um ihm gehörig den Marsch zu blasen – und innehalte, als ich Krähe sehe, die ich im Spiegel eben nicht wahrgenommen habe.

»Krähe!«

»Siehst du? Er benimmt sich nicht normal! Und dann hat er auch noch gefragt, wie man Liebes Magie brechen kann. Kannst du ihn überprüfen? Bitte! Vielleicht hat sie ihn wirklich verzaubert!«

»Wie ich dir gerade schon ausgiebig erklärt habe, Friedrich, würde sie das nie machen«, erwidert die gefiederte Regelwächterin genervt.

»Dann spricht ja nichts dagegen, dass du Murphy mit deinen Sinnen überprüfst, oder?«

»Weiße Rosen oder rote?«, unterbreche ich ihren unwichtigen Streit.

»Wie bitte?«

So schwer war die Frage nun auch nicht! Aber ich habe Geduld mit Krähe. Unsere Freundin muss ja schon etwas älter sein, und sofern es nicht noch ein zweites Sprichwort in Vogelgestalt gibt, was ich bezweifle, dann ist sie dazu verdammt, ewig allein zu bleiben.

»Du tust mir so leid, Krähe!«

»Warum das denn?«

»Weil es keine Romantik in deinem Leben gibt, darum. Und in deinem Leben auch nicht, Friedrich. Wie ungerecht ist das denn? Du bist dazu verdammt, für immer in deiner Kindergestalt zu verharren. Dabei wünsche ich mir, dass du auch eine Freundin oder einen Freund findest und dieses großartige Gefühl kennenlernst. Ich könnte singen vor Freude!

Nun muss ich mich nur noch entscheiden, welche Blumen ich meinem Herzblatt mitbringe. Rote Rosen sind ein Klassiker, ich weiß. Aber wirken weiße Rosen nicht einen Tick edler? Was meint ihr? Friedrich? Du kennst nicht zufällig Archies Blumengeschmack, oder?«

Magie streift mich, bohrt sich in meinen Schädel – »Aua, das tut weh!« – und entdeckt dann das böse Ich, das ich weggesperrt hatte.

Und plötzlich bin ich wieder bei Verstand. Ich könnte heulen vor Freude und tue es auch gleich.

Was trage ich hier nur Lächerliches? Ich sehe aus wie eine kostümierte Schaufensterpuppe! Fluchend lockere ich die Fliege um meinen Hals.

»Es tut mir leid, dass ich dir nicht geglaubt habe, Friedrich«, keckert Krähe. »Das ist ungeheuerlich! Wie kann sie es wagen, einen Liebeszauber gegen Murphy zu wirken!«

Krähes Empörung ist Balsam für meine Seele. Nachdem sie so lange stets gegen mich gewesen ist, ist es schön, sie mal auf meiner Seite zu wissen.

»Ich hole sie sofort her, damit sie den Zauber lösen kann, Murphy!«

»Wie? Aber ich dachte, du hättest den Zauber gerade gebrochen?«

Mein mulmiges Gefühl kehrt zurück. Und es bestätigt sich, als Krähe sagt: »Das kann ich leider nicht, der Zauber ist zu stark, selbst für mich. Nein, sie muss ihn selbst wieder auflösen. Wartet hier!«

Neben der Garderobe steht ein schickes, unbesetztes Sofa für Wartende, auf das ich mich nun fallen lasse. Ich vergrabe das Gesicht in meinen Händen und reibe meine Stirn, hinter der es pocht, als würde eine ganze Schar aufständischer Gefängnisinsassen den Ausbruch vorbereiten und nicht nur einer.

»Ich könnte eine Kopfschmerztablette gebrauchen«, murmle ich.

»Ich hole dir eine.«

Friedrich ist sicher nicht einmal eine Minute weggewesen, als ich spüre, wie die Stimme in mir immer lauter wird. *Archie … Archie … ARCHIE!*

»Hör auf damit!«

»Womit?«

»Nicht du, Friedrich. Ich meinte den verrückt gewordenen, verliebten Teil in mir.«

Der Junge mustert mich besorgt und setzt sich dann neben mich aufs Sofa. In der Hand hält er ein Glas Wasser und eine Tablette.

»Hier, nimm! Ich hoffe, das hilft.«

»Danke.«

Ich schlucke gerade das Aspirin herunter, als Krähe wieder auftaucht, mit Liebe im Schlepptau. Ihr wütendes Keckern erfüllt den

Laden. Dass die Angestellten, die Kunden und der Ladenbesitzer, die gerade ins Gespräch vertieft sind, nichts mitbekommen, erscheint mir in diesem Moment wie ein Segen – für ihre Ohren. Leider jedoch nicht für meine.

»Mach es rückgängig! SOFORT!«, fordert sie immer wieder.

*Liebe macht blind* wirkt angesichts ihres Zorns wie die Ruhe selbst. Bewegungslos steht sie vor uns und ich könnte schwören, dass die Augen unter der Binde die ganze Zeit auf mich gerichtet sind.

»Nein«, sagt sie schließlich. Keine Erklärung, keine Entschuldigung, keine Reue. Nichts!

»Warum hast du das getan?«, will ich von ihr wissen. »Warum hast du dich mit Hochmut gegen mich verbündet? Ja, ich weiß, dass sie sauer auf mich ist – beleidigte Leberwurst! –, aber was habe ich dir jemals getan, um das hier zu verdienen?«

»Oh, du armer Junge! Denkst du tatsächlich, ich wollte dich bestrafen? Mein Zauber ist nicht *gegen* dich gerichtet, er ist *für* dich! Er schenkt dir etwas, das du dir schon so lange erträumt hast: Liebe und Glück. Wenn ich dich hätte bestrafen wollen, dann hätte ich dir auf ewig die Liebe verwehrt und sie dir nicht geschenkt.«

»Du denkst, du tust mir einen … *Gefallen*?«

Ist sie wahnsinnig? Wann habe ich jemals um Liebe gebeten? Ich war glücklich ohne sie, ohne diese schrecklichen Gefühle für meinen Erzfeind und besonders ohne die verrückte Stimme in meinem Kopf, die mich nun mit ihrem Liebesgesülze in den Wahnsinn treibt!

»Armer Junge! Du ahnst ja noch nicht einmal, was du dein ganzes Leben lang vermisst hast. Das ist so traurig. Ich finde, jeder hat es verdient, geliebt zu werden. Auch – oder ganz besonders – du.«

Liebes Mitleid wirkt auf mich wie Hohn.

»Mach es rückgängig!«, verlangt Krähe erneut. »Egal, ob du mit guten Absichten gehandelt hast oder nicht: Murphy will diese Gefühle nicht. Du hast ihn doch gehört! Und dann ausgerechnet Archie! Was hast du dir dabei gedacht?«

Nun lächelt Liebe. »Dass sie gut zusammenpassen, natürlich! Und das denke ich immer noch, Krähe. Aber wenn wir schon dabei sind, von wegen gute Absichten und so. Eigentlich müsstest du dich selbst beschimpfen, nicht mich. Wer hat denn als Erste ihre Magie gegen seinen Willen auf Murphy gerichtet? Also ich bin mir sicher: Ich war das nicht.«

Sie nickt mir zu. »Ich wünsche dir alle Liebe und alles Glück dieser Welt, mein Junge«, sagt sie. Und dann springt sie und lässt mich mit dem liebestollen Idioten in meinem Innern allein zurück.

# Pech in der Liebe, Glück im Spiel

»Das kann nicht wahr sein!«, stöhne ich. Mir ist ein bisschen schlecht. Wenn Liebe ihren Zauber nicht rückgängig macht, dann gibt es eine Katastrophe!

Es wird nicht mehr lange dauern, dann schreibe ich Arsch – *Archie!* – schmalzige Liebesbriefe und versuche ihn mit Pralinen oder ähnlichem Unsinn zu erobern.

*He! Das ist eine sehr gute Idee!*

»Es muss eine andere Möglichkeit geben, ihren Zauber zu brechen!«, wendet Friedrich ein. Er versucht vernünftig an das Problem heranzugehen. Etwas, wozu ich nicht in der Lage bin. »Wenn Liebe Paare zusammenbringt, dann muss es theoretisch auch Sprichwörter oder Redewendungen geben, die für Liebeskummer oder Trennungen sorgen. Vielleicht kann eines von ihnen helfen? Krähe, du kennst doch alle anderen! Fällt dir nicht jemand ein, der Murphy helfen kann?«

Krähe legt den Kopf schräg und denkt nach. »Da fällt mir ehrlich gesagt nur *Pech in der Liebe, Glück im Spiel* ein«, sagt sie schließlich.

»Okay, worauf warten wir? Ich will endlich diesen Fluch loswerden, bevor er noch schlimmer wird.«

Ungeduldig springe ich vom Sofa auf, während der Verrückte in mir zu toben beginnt. Er spürt die Bedrohung für seine Existenz und seine Zukunft mit Archie. Soll er doch Angst haben! Das geschieht ihm recht!

Wir verlassen den Herrenausstatter in der Hamburger Innenstadt und befinden uns kurz darauf in einem fensterlosen, klimatisierten Raum. Überall um uns herum dudelt und klingelt etwas. Die Spielautomaten stehen im ganzen Raum verteilt und lassen ihre nervtötenden Melodien erklingen. Vor ihnen sitzen überwiegend Männer, das Alter ist bunt gemischt, und dazwischen eine Handvoll Frauen, die unglücklich und verhärmt wirken.

»Und wo ist er jetzt?«, frage ich voller Ungeduld. Zwar spüre ich eine fremde Freakpräsenz, aber der ganze Lärm – und natürlich der Kampf in meinem Innern – stört meine Konzentration. Ich kann ihn nicht entdecken.

»Sie«, korrigiert Krähe mich und fliegt dann voraus. Sie hat es einfach, sie kann über die Automatenreihen hinwegfliegen, Friedrich und ich müssen uns einen Weg an ihnen und den lachenden oder fluchenden Glücksspielern vorbei suchen. Die Gänge sind eng.

Am liebsten hätte ich das gesamte Casino lahmgelegt und alle Menschen vertrieben, doch ich traue mich nicht. *Pech in der Liebe, Glück im Spiel* könnte es uns übel nehmen und sich dann weigern, mir zu helfen.

Schließlich entdecke ich Krähe auf einem bunten Flipperautomaten. Sie unterhält sich mit einer Frau mit langer brauner Mähne, die irgendwie strähnig und ungepflegt wirkt. Sie sitzt mit dem Rücken zu uns und dreht sich erst um, als wir beide direkt neben ihr stehen. Und selbst dann gilt ihre Aufmerksamkeit mehr ihrem Spiel als uns.

»Wartet kurz! Ich muss das zu Ende bringen«, grummelt sie uns an. Ihr Gesicht wirkt übermüdet, ich frage mich, wie lange sie schon spielt und ob sie eventuell süchtig ist.

Es vergehen fünf Minuten – mein liebestolles Ich singt inzwischen wieder Liebeslieder –, dann zehn Minuten – ich bin kurz davor, jemanden anzuschreien, dass er aufhören soll, und momentan weiß ich nicht, wen von den beiden ich mehr anbrüllen will. Nach einer Viertelstunde hat sie ihr Spiel endlich beendet und wendet sich nun mir zu.

»So! Du bist also Murphy«, meint sie. Ihr Blick ist unangenehm, intensiv und überraschend klar. »Ah, ich sehe den Zauber. O Mensch, da herrscht ein ganz schönes Chaos in dir drin! Und das da«, sie zupft mit ihrer Magie an etwas und ich habe das Gefühl, eine Glocke würde mich durchdringen, während Krähe empört keckert, »das ist dein Zauber, Krähe. Aber was sind die beiden anderen Magien? Sie kommen mir fremd vor.«

»Die *beiden* anderen Magien?«, echoe ich. Was meint sie?

»Meinst du den Zauber, der Murphy zu einem Unsterblichen gemacht hat?«, fragt Friedrich aufgeregt. »Du kannst den Zauber sehen?«

»Natürlich, mein Junge! Es ist meine Gabe, die verschiedenen Kräfte zu erkennen. Nur so kann ich ihnen einen Schubs in die von mir gewünschte Richtung geben. Ich nutze das, was sich um uns herum – und in uns – befindet, für Glück oder Pech.« Sie wirkt nachdenklich. »Sehr interessant. Aber was die vierte bewirkt, kann ich nicht erkennen.«

»Ich wurde VIERMAL verzaubert?«

Mein Zorn bricht sich plötzlich Bahn und das Chaos platzt aus mir heraus. Die Automaten um uns herum geben ein letztes Mal Töne von sich. Dann verstummen sie für immer. Die modernen Glücksritter schreien und keifen. Sie wollen den Geschäftsführer sprechen – jedoch nur so lange, bis die Automaten in ihren Todesseufzern alle eingeworfenen Münzen wieder ausspucken.

»Murphy!«

Krähe wirkt empört, Friedrich entsetzt. Sein Blick wandert furchtsam zu Pech hinüber, doch sie klatscht unerwartet in die Hände. »Großartig!«, ruft sie und lacht. »Glück im Spiel mal ganz anders, das gefällt mir!«

»Es tut mir leid, dass ich die Automaten kaputt gemacht habe.«

»Das muss es nicht. Morgen bin ich in einem anderen Casino, mach dir darüber keinen Kopf!«

»Kannst du Murphy helfen?«, will Krähe wissen.

Sie zögert merklich. »Ich weiß es nicht«, gibt sie zu. »Ich kann es versuchen, aber Liebe ist nun einmal eine der Stärksten von uns. Und die Tatsache, dass Murphy so viele unterschiedliche Zauber in sich trägt, deren Wechselwirkung ich nicht einschätzen kann, macht das Ganze riskant.«

»Und wenn Krähe ihren Zauber auflöst?«, fragt Friedrich.

»He! Ich denke nicht, dass das eine gute Idee ist!«

Krähes Protest geht in Pechs Antwort unter. »Ja, das wäre hilfreich«, erwidert sie. »Ich nehme an, gegen die anderen beiden Zauber können wir so schnell nichts tun. Oder wisst ihr, wer sie gewirkt hat?«

»Nein. Ich wusste bislang nur von einem der anderen beiden Zauber. Und du kannst uns leider überhaupt nichts über den vierten Zauber sagen?« Ich sehe sie voller Erwartung an.

»Bedauerlicherweise nein.«

Dann starren wir drei Krähe an, die ihren Zauber noch immer nicht aufgehoben hat und beleidigt den Schnabel hält.

»Willst du Murphy nun helfen oder nicht?«, fragt Pech spitz. »Immerhin bist du zu mir gekommen und hast mich um Hilfe gebeten. Wenn ich helfen soll, musst du auch etwas tun.«

»Na schön!« Krähe keckert gereizt. »Ich hebe den Zauber auf. Auf deine Verantwortung!«

Ich spüre, wie sich in mir etwas verändert. Plötzlich hebt sich eine Last von meinem Verstand und der dumpfe Druck, den ich kaum noch wahrgenommen habe, seit die Geschmacksverirrung mich verhext hat, verschwindet endlich.

»Danke!«, sage ich erleichtert.

»In Ordnung, nimm dir einen Stuhl und setz dich«, meint Pech, während der Lärm um uns herum abnimmt. Die Spieler haben die Münzen aufgesammelt und sind verschwunden, gegen den Widerstand der Casino-Mitarbeiter, die hoffnungslos in der Unterzahl waren und nur wenig Geld retten konnten. Es herrscht eine wohltuende Ruhe in dem nun fast menschenleeren Saal.

Ich gehorche und setze mich ihr gegenüber. Jetzt können wir uns in die Augen starren, was ich unangenehm finde. Und das Gefühl wird nicht besser, als Pech ihre eiskalten Hände von beiden Seiten an meinen Kopf legt. Ihre Magie stochert in mir herum – so langsam wird es echt lästig, dass die anderen Freaks meinen Kopf als ihre persönliche Spielwiese betrachten –, sie zupft und zieht an etwas.

»AUA!«

»Still!«, herrscht sie mich gedankenverloren an.

*Sorg dafür, dass die alte Hexe damit aufhört!*

Der Verrückte in mir ist gar nicht glücklich über Pechs Eindringen in unseren Kopf. Er wehrt sich. Plötzlich schreit er gellend und ich spüre, wie er mir die Kontrolle über das Chaos entreißt. Mit einem lauten Knall vertreibt er Pech aus meinem Kopf, die ihre Hände fortreißt, als hätte sie sich verbrannt, und dann rückwärts mit dem Stuhl umkippt.

»Geht es dir gut?«, rufen Friedrich und Krähe erschrocken.

Sie winkt ab, während sie sich mit einem Ächzen wieder aufrichtet. Mit einem ernsten Blick mustert sie mich. »Wie ich es mir gedacht habe: Der Zauber ist zu stark. Es tut mir leid, Murphy. Ich kann dir nicht helfen.«

Zu dieser Schlussfolgerung sind wir auch schon gekommen. Ich könnte heulen vor Verzweiflung, während mein verzaubertes Ich schadenfroh lacht.

# Der Wunsch ist der Vater des Gedanken

Plötzlich ist mir das Casino zu dunkel, zu stickig, zu einengend. Ich fühle mich wie in einem Gefängnis, ich kann es nicht ertragen. Ohne mich zu verabschieden, springe ich zurück in meine Wohnung, setze mich aufs Sofa und schließe die Augen. So hilflos habe ich mich noch nie gefühlt. Ein schreckliches Gefühl.

»Murphy?«, höre ich Friedrich kurz darauf vorsichtig fragen.

»Es tut mir leid, dass wir dir nicht helfen konnten«, ergänzt Krähe. Bedauern liegt in ihrer Stimme. »Wenn ich irgendetwas für dich tun kann … Murphy? Alles in Ordnung?«

Mit meinem bitteren Gelächter haben sie nicht gerechnet. Ich öffne die Augen und sehe in zwei perplexe Gesichter. Ihre Sorge können sie sich sparen!

»Der Besuch bei Pech hat ja wohl gar nichts gebracht!«, platzt es aus mir heraus.

Friedrich seufzt. Seine Miene ist ratlos. »Aber zumindest bist du schon mal einen Zauber los«, sagt er gespielt munter.

»Was hilft mir das, wenn ich immer noch unter drei anderen Zaubern stehe und es diese drei sind, die mein Leben zur Hölle machen?«, entgegne ich und balle die Fäuste.

»Vielleicht können wir ja den Gewährer der Wünsche finden, wie Kindermund vorgeschlagen hat, und ihn überreden, seinen Zauber zurückzunehmen?«

»Den Gewährer der Wünsche?«, wiederholt Krähe und breitet aufgeregt ihre Flügel aus.

Hochspannung breitet sich in meinem Körper aus, als ich begreife, was das bedeuten würde. »Dann wäre ich wieder ein normaler Mensch«, flüstere ich.

»Ja, genau.«

»Okay, wovon redet ihr überhaupt?«

Während Friedrich der gefiederten Regelwächterin meine Situation erklärt und ihr das Gespräch mit *Kindermund tut Wahrheit kund* zusammenfasst, kann ich kaum still sitzen. Ken kommt miauend angerannt und verlangt Futter. Ich nutze die willkommene Ablenkung, um in die Küche zu gehen, dem Kater etwas Trockenfutter auf den Teller zu schütten und sein Wasserschälchen aufzufüllen, während er mir schnurrend um die Beine streicht.

Scheiße, der Smoking!

Auf den schwarzen Hosenbeinen fallen die weißen Haare, die Ken hinterlassen hat, natürlich auf. Mein verhextes Ich schreit Zeter und Mordio deswegen. Meine Lösung ist, mich endlich umzuziehen und in etwas Bequemeres und Praktisches zu schlüpfen. Überhaupt ist der Smoking verdammt warm.

Bevor ich ins Schlafzimmer gehen und mein Vorhaben in die Tat umsetzen kann, kommen Friedrich und Krähe in die Küche.

»Wir haben eine Idee, wer der Gewährer der Wünsche sein kann!«, verkündet Friedrich freudestrahlend.

Ich bleibe so abrupt stehen, dass man den Eindruck bekommen könnte, ich wäre schockgefrostet worden. Bewegungsunfähig starre ich ihn an und wage kaum zu hoffen.

»Der bekannteste Wünsche-Erfüller ist *Der Wunsch ist der Vater des Gedanken*. Wenn sich jemand mit Wünschen auskennt, dann er«, erklärt Krähe.

»Worauf warten wir dann noch?«

Dieses Mal möchte Ken nicht in der Wohnung zurückgelassen werden. Lieber unterbricht er seine Mahlzeit und springt mir mit einem protestierenden Maunzen auf die Schulter.

Krähe nimmt uns wieder auf ihrem Sprung mit, sodass ich nicht weiß, wo wir uns befinden, als wir unseren Zielort erreichen. Wir stehen in einem Laden, der voller Zeug ist. Ich hätte Gerümpel dazu gesagt, andere vermutlich Trödel und ein paar wenige hätten es vermutlich wohlwollend als Antiquitäten bezeichnet. Überall stehen kleine Metalldosen, Holzschachteln, Schatullen, Glasgefäße und Schalen jeglicher Art neben altmodischem Spielzeug und billig wirkendem

Schmuck. In einer anderen Ecke entdecke ich alte Kleidungsstücke und Accessoires. Es sieht aus wie beim Trödler und nicht wie ein Ort, an dem wir den Gewährer der Wünsche finden können.

»Wo sind wir hier?«, fasst Friedrich meinen Gedanken zusammen.

»Willkommen in Zacharias' Hort der Wünsche!«, begrüßt uns plötzlich jemand mit einem breiten Lächeln. Es ist ein kleines, weißhaariges Männchen mit funkelnden Augen hinter einer altmodischen Brille. Er trägt noch ein Brillenband, das verhindert, dass die Brille zu Boden fällt, sollte sie ihm von der Nase rutschen. So was habe ich schon lange nicht mehr gesehen. Er macht den Eindruck, als käme er aus einer anderen Zeit, was bei alten Lebenden Sprichwörtern häufig der Fall ist.

Trotz seiner herzlichen Worte und seines freundlichen Lächelns fühle ich mich unwohl. Wer ist er? Ist er derjenige, den wir suchen?

»Du bist *Der Wunsch ist der Vater des Gedanken*?«, vergewissere ich mich.

»So ein Zungenbrecher! Nennt mich lieber Zacharias, meine neuen Freunde. Und Krähe! Schön, dich zu sehen! Ich hätte hier ein tolles neues Flügel-Massageöl, falls du interessiert bist.«

»Nein danke«, keckert Krähe und fühlt sich sichtlich unwohl.

Ha! Sie benutzt ein Flügel-Massageöl? Wie eitel ist das denn? Zum ersten Mal seit dem Liebeszauber spüre ich, wie sich ein echtes Grinsen auf meinem Gesicht ausbreitet.

»Braucht ihr mich noch?«, fragt Krähe und wartet unsere Antwort nicht ab. »Mir ist eingefallen, dass ich dringend etwas erledigen muss. Ciao!«

Sie springt. Grinsend verfolge ich ihre Flucht. In diesem Moment hüpft Ken von meiner Schulter und begibt sich auf Entdeckungstour. Zacharias entfährt ein erschrockenes Quietschen und ich erkenne, dass er extrem kurzsichtig sein muss, da er den Kater anscheinend bislang nicht bemerkt hat.

»Ist das Tier stubenrein?«, will er nervös wissen und schleicht Ken ein paar Schritte hinterher. »Haustiere sind in meinem Laden nicht erlaubt. Nicht, dass es etwas kaputt macht! Das wäre eine *Tragödie*!«

Mir juckt es in den Fingern, ein bisschen Chaos in seinem Laden loszulassen. Sein furchtsames Gehabe ist mir angesichts all des wertlosen Zeugs um uns herum unverständlich. Aber Ken ist wohlerzogen, wenn auch neugierig. Er sieht sich in aller Ruhe um und beschnuppert einzelne Stücke.

»Keine Sorge«, erwidere ich mit einem gespielt freundlichen Lächeln. »Er macht nichts kaputt.«

»Na schön«, sagt das Väterchen händeringend. Ich habe ihn bisher irgendwie nicht ernst genommen – Ist das denn ein Wunder? – und muss mir jetzt ins Gedächtnis rufen, dass er möglicherweise derjenige ist, der mich zu dieser nie endenden Existenz verflucht hat.

»Wir suchen jemanden, der einen Menschen zu einem Unsterblichen machen kann«, erkläre ich. »Der Zauber muss so gut sein, dass der Mensch als Lebendes Sprichwort durchgehen und ebenfalls springen kann.«

Zacharias starrt mich einen langen Moment ohne zu blinzeln an. Dann klatscht er in die Hände, ein Lächeln breitet sich auf seinem Gesicht aus und er beginnt zu lachen. Ich frage mich, ob er plötzlich verrückt geworden ist.

»Eine Herausforderung! Etwas Neues!«, jubelt er dann. »Hach, du weißt gar nicht, wie selten das heutzutage geworden ist! Stets wollen alle dasselbe: Liebesglück, Kinder, Schönheit, Vermögen oder andere materielle Schätze. Aber das! Das ist echt mal etwas Neues!«

»Das heißt, du behauptest, dass du nicht derjenige bist, der Murphy von einem Menschen in ein Sprichwort verwandelt hat? Das ist nicht dein Fluch?«, fragt Friedrich.

Von einer Sekunde auf die nächste kippt die Stimmung und ich fühle mich, als hätte ich die Bodenhaftung verloren. Woran das liegt, erkenne ich erst einen Moment später.

»Was soll das heißen?! Jemand hat meinen Liebsten verflucht?! Na, warte!«

Plötzlich stürmt Archie an mir vorbei. Seine Rachemagie knistert unheilvoll, als er das Männchen packt, es hochhebt und drohend anfunkelt. »Sprich! Warst du das?«

*ARCHIE!*

Das fiese Ich hat keine Chance. Ich muss meinem Herzblatt nahe sein. Zu lange haben sie mich jetzt schon von ihm ferngehalten. Doch nun ist *er* hier. Er hat mich gesucht, weil er genauso für mich empfindet wie ich für ihn.

Er hat mich »mein Liebster« genannt!

Pures Glück durchströmt mich und ich vergrabe das fiese Ich, das meine Beziehung zu Archie zerstören will, ganz tief in meinem Innern. So schnell wird es nicht wieder auftauchen!

Zacharias quietscht erschrocken. »Aber, werter Herr, nicht doch! Das würde ich niemals tun!«, protestiert er. Angstschweiß steht nun auf seiner Stirn. Das scheint Archie von seiner Ehrlichkeit zu überzeugen, denn er setzt ihn wieder zu Boden. Dann dreht er sich zu mir um und mustert mich mit liebevoller Besorgnis.

»Geht es dir gut, Schatz?«, erkundigt er sich.

»Jetzt, da du da bist, ist alles gut. Es ist mir nie besser gegangen«, seufze ich glücklich, während ich mir seine feinen Gesichtszüge Millimeter für Millimeter einpräge und den Blick nicht von meinem Engel abwenden kann.

Langsam gehe ich auf ihn zu, strecke die Hände aus, um nach seinen zu greifen. Ich möchte sie nehmen, an meine Lippen führen und liebkosen …

*Bäh! Igittigitt!*

Die leise Stimme in mir drin kann ich ignorieren, bei Friedrich, der sich zwischen uns schiebt und Archies Hände beiseitedrängt, bevor ich sie berühren kann, fällt mir das schwerer.

»Meint ihr nicht, dass wir erst einmal herausfinden sollten, was Zacharias uns über den Zauber verraten kann, der dich verwandelt hat, Murphy?«, wendet er ein, bevor ich wütend werden kann.

»Du hast recht, Friedrich«, stimmt mein Liebster ihm zu und mein Zorn verpufft. »Ich ertrage den Gedanken nicht, dass jemand Murphy schaden wollte oder womöglich immer noch will.«

Er mustert mich voller Liebe in den Augen und ich schmelze dahin. Mir ist es gleichgültig, was das für ein Zauber ist, solange ich in seiner Nähe sein kann. Aber wenn mein Engel Antworten haben will, dann soll er sie bekommen.

»Zacharias?«, frage ich und wende mich gezwungenermaßen von meinem Herzblatt ab, auch wenn mir das schwerfällt.

»Verstehe ich das richtig? Der Zauber, den du mir beschrieben hast, wurde schon gewirkt?«

»Ja«, antworte ich ihm.

»Ich muss mir das genauer anschauen«, entgegnet er. »Nimm dir einen Schemel und setz dich vor mich hin.«

Ein paar Sekunden später starrt mir schon wieder ein Lebendes Sprichwort tief in die Augen und schon wieder sind es nicht die wundervollen grünen Augen, in denen ich eigentlich versinken will. Doch ich zügele meine Ungeduld und mein Unbehagen. Je schneller wir das hinter uns bringen, desto eher habe ich wieder Zeit für meinen zauberhaften Archie.

*Geht es noch schmalziger?*

Zacharias zückt ein Monokel, das er anstelle seiner Brille aufsetzt. Niemand braucht mir zu sagen, dass es verzaubert ist, denn ich spüre die Magie, die auf ihm liegt. Der Gewährer der Wünsche kneift das andere Auge zusammen, während er mich durch das Glas mustert.

»Hm, ja, ich sehe den Wunschzauber. Interessant!«

»Was ist interessant?«, fragen Archie und Friedrich gleichzeitig.

»Der Zauber basiert auf einem Wunsch, den Murphy irgendwann gehabt haben muss. Er ist nicht die exakte Umsetzung, soweit ich das erkennen kann. Wahrlich, eine schlampige Arbeit! Ich hätte das besser hinbekommen.«

»Aber ich habe mir diese Existenz nicht gewünscht!«

»Das habe ich auch nicht gesagt«, entgegnet Zacharias geduldig. »Jemand hat diesen Zauber gewirkt und dich unsterblich gemacht, *um dir einen anderen Wunsch zu erfüllen.*«

»Welchen denn?!«

Ich verstehe es nicht. Was soll ich mir gewünscht haben? Ich fühle mich nicht, als wäre mein Wunsch in Erfüllung gegangen. Stattdessen fühle ich mich verflucht.

»Du erinnerst dich nicht an deinen Wunsch?«

»Das ist ein Problem«, erkennt Friedrich goldrichtig.

»Kannst du uns wenigstens sagen, wer meinen Liebsten gegen seinen Willen verzaubert hat?«, will Archie erfahren. Er reicht mir seine linke Hand. Ich nehme sie und halte mich an ihr fest.

»Ich bedaure. Die magische Signatur kenne ich nicht. Ich vermute, dass derjenige nur eine kleine Nummer im Wunschgeschäft ist. Keiner der Großen hätte solch eine schlechte Arbeit geleistet.« Er bemerkt unsere enttäuschten Gesichter. »Doch ich kann etwas anderes tun.«

Zacharias geht zu einem Regal ein paar Meter links von uns, mustert es ein paar Sekunden intensiv, bevor er hineingreift. Ein Lächeln erhellt sein Gesicht.

»Hier ist es ja!«

Er kommt zurück und reicht mir ein verstaubtes Glasfläschchen.

»Was ist das?«

»Ein Erinnerungstrank. Er weckt gezielt die Erinnerungen, die verschüttet oder längst von der Zeit verdrängt sind. Wenn du ihn trinkst, wird er dir verraten, was du wissen willst.«

»Danke«, sagen Archie und Friedrich.

Nur ich bin immer noch unschlüssig. Will ich wirklich wissen, was in meiner Vergangenheit lauert, statt mich auf meine Gegenwart und meine Zukunft mit Archie zu konzentrieren?

# Liebe geht durch den Magen

Es wird Zeit, sich zu verabschieden. Daher stoße ich ein Pfeifen aus, um Ken zu mir zu rufen. Kurz darauf kommt er angeflitzt, die Barthärchen voller Spinnenweben.

»Oh, wie süß!«, haucht Archie, als Ken mir auf die Schulter springt. »Friedrich, kannst du bitte ein Foto machen? Ich brauche unbedingt ein Bild davon! Mein Liebster in einem schwarzen Smoking und mit einer weißen Katze auf der Schulter – ein Bild für die Götter!«

Mit einem Schlag bin ich unsicher. »Gefällt dir der Smoking wirklich?«

»Du wirkst sehr stattlich … und höllisch sexy!«, flüstert Archie mit kehliger Stimme, die mir erst einen Schauder am ganzen Körper verpasst, der sich kurz darauf in flüssige Lava verwandelt. Ich zittere, während mir plötzlich viel zu warm ist.

»Ähm, ja. Genug geschmachtet!«, erklärt Friedrich energisch. »Sagt Danke zu Zacharias und vergesst nicht, dass wir uns in seinem Laden befinden! Euer Verhalten ist ihm unangenehm!«

Von jemandem für dein schlechtes Verhalten getadelt zu werden, der dir nur bis zur Brust reicht, sorgt jedenfalls sehr schnell dafür, dass deine auflodernde Leidenschaft sich wieder abkühlt. Mir wird plötzlich klar, dass wir nicht alleine sind. Ich habe nicht nur Friedrichs und Zacharias' Anwesenheit vergessen, sondern auch den schnurrenden Kater auf meiner Schulter.

»Vielen Dank für deine Hilfe, Zacharias«, verabschiedet sich Archie, der im Gegensatz zu mir nicht verlegen wirkt.

»Äh, auf Wiedersehen«, sage ich.

»Viel Glück! Ich hoffe, du findest denjenigen, der dich verzaubert hat.«

Zacharias' gute Wünsche begleiten uns, als wir jetzt zu mir nach Hause springen. Dort hüpft Ken von meiner Schulter und rennt in die Küche, um seine unterbrochene Mahlzeit wiederaufzunehmen.

»Einfach goldig!« Archie schaut ihm für einen kurzen Moment hinterher. »Ich hätte dich nie für einen Haustier-Mann gehalten, geschweige denn für einen Katzenbesitzer, aber er passt zu dir. Seit wann hast du ihn?«

»Erst seit gestern.«

»Und wie heißt er? Es ist doch ein Kater, oder?«

»Ja. Sein Name ist Ken.«

Archie lacht glockenhell. Er scheint den Namen sofort einordnen zu können und dafür liebe ich ihn noch mehr. »Hast du ihn etwa aus den Fängen einer Barbie retten müssen?«

»Ja.«

»Erzähl!«

Und so berichte ich ihm von der Katzenrettungs-Katzenmami-Bestrafungsaktion und Archie lacht genau an den richtigen Stellen, sodass mir ganz warm ums Herz wird. Ich kann es nicht fassen, dass mir nie zuvor aufgefallen ist, wie gut wir uns verstehen.

Irgendwann – wir sitzen auf dem Sofa, halten Händchen und erzählen uns von unseren besten Streichen – muss Friedrich zurückgekommen sein, denn er erschreckt uns mit einem lauten Räuspern und knipst das Licht an. Wir haben weder mitbekommen, dass er verschwunden ist, noch dass es inzwischen Abend und dunkel geworden ist.

»Habt ihr keinen Hunger?«, will er wissen und betrachtet uns abschätzend.

»Nein, nicht übermäßig.«

»Wir leben von Luft und Liebe«, erklärt Archie ihm mit einem glucksenden Lachen.

»Schön und gut. Für diejenigen, die vielleicht doch etwas handfestere Nahrung benötigen, steht Pizza in der Küche«, sagt der Junge und es klingt resigniert. Ich höre ihn etwas murmeln, das sich wie »das fünfte Rad« anhört. Er wirkt nicht glücklich darüber, dass Archie und ich jetzt ein Paar sind. Ich verstehe sein Problem nicht.

»Gibt es auch Nachtisch?«, fragt mein Liebster hoffnungsvoll. Er ist und bleibt eben eine Naschkatze.

»Ich habe Pudding gekocht.«

»Perfekt!«

Für mich hätte es nicht unbedingt Essen geben müssen, doch Archie liebt Süßes und so folge ich ihm nachsichtig in die Küche, wo er bereits zwei kleine Schalen mit Pudding befüllt. Es gibt Schokoladen- und Vanillepudding.

»Welche Schale möchtest du, Friedrich?«

Der Junge ist sichtlich überrascht über Archies Frage. »Ich dachte, die zweite Schüssel ist für Murphy?«

»Nein, die ist für dich. Wir teilen uns eine. Das macht weniger Abwasch«, erklärt Archie vernünftig und seine Augen glitzern schelmisch, als er mich betrachtet.

Vorfreude durchströmt mich, als ich ahne, was er vorhat. Anstandshalber essen wir zuvor aber noch Pizza mit Friedrich, während wir dem Nachtisch entgegenfiebern.

»Oh! Schon so spät?«, meint Archie schließlich nach einem Blick auf die Uhr. »Es wird Zeit fürs Bett, Friedrich.«

»Ich bin kein Kleinkind, das man zu Bett schicken muss!«, wehrt sich der Junge eingeschnappt. »Und dumm bin ich auch nicht! Ich weiß genau, dass ihr beide nur allein sein wollt. Beziehungsweise der Zauber will es! Merkt ihr überhaupt noch, was *ihr* wollt?«

»Aber was sagst du da?« Mein Liebster versteht die Welt nicht mehr. »Ich liebe Murphy! Natürlich will ich mit ihm zusammen sein. Daran ist gewiss kein Zauber schuld.«

»Deine Sorge ist rührend, Friedrich, doch völlig unnötig«, erwidere ich mit einem nachsichtigen Lächeln. »Wir wissen, was wir tun.«

»Eben nicht! Vorhin wolltest du den Zauber brechen, und jetzt? Du hast ja noch nicht einmal den Erinnerungstrank zu dir genommen, oder?«

»Das kann ich auch morgen noch machen.«

Oder nie. Ich bin mir nicht sicher, was es bringen soll, wenn ich Zacharias' seltsames Gebräu schlucke. Und so ganz traue ich dem alten Kauz auch nicht über den Weg. Wer weiß, was er da zusammengebraut hat? Oder ob die Wirkung die ist, die er angegeben hat? Womöglich hat er das Fläschchen mit einem anderen verwechselt? So eingestaubt wie es war, stand es dort schon sehr lange. Er kann es auch mit einem anderen vertauscht haben, ohne es zu wissen. Nein, ich warte lieber noch mit der Entscheidung, ob ich den Zaubertrank trinke oder nicht.

Erst einmal sind andere Dinge viel wichtiger, denke ich, als mein Blick wieder zum meinem Engel wandert. Ich kann ihn nie lange von ihm abwenden.

»Gute Nacht, Friedrich!«, sagen wir einträchtig, während wir uns in die Augen starren. Mein Herzblatt schnappt sich die Schale mit Pudding und einen Löffel, bevor er uns wegteleportiert.

»Endlich allein!«, haucht er und ein erwartungsvolles Lächeln spielt um seine Lippen. Rasch stellt er die Schüssel beiseite. Ich achte nicht auf unsere Umgebung, sondern lasse ihn nicht aus den Augen, während er mir ein sexy Lächeln schenkt – und rasch noch einen Löffel voll Schoko-Vanille-Pudding isst.

Mir ist höllisch heiß, als er langsam und genüsslich den Löffel ableckt. An seinen Lippen haftet immer noch etwas Pudding.

Plötzlich bin ich nervös, als er sich vorbeugt und seine Lippen sich meinen nähern. Alle Glücksgefühle können nicht verhindern, dass mir klar wird, dass ich keine Erfahrung darin habe, einen anderen Mann zu küssen. Ich zögere.

»Hab keine Angst!«, murmelt Archie nur wenige Zentimeter von meinem Mund entfernt. »Wir tun nichts, was dir unangenehm ist. Wir gehen es langsam an.«

Ich schlucke gegen den unerwarteten Kloß in meinem Hals an. Mein Mund fühlt sich staubtrocken an, dennoch öffne ich ihn unwillkürlich, als Archie die letzten Zentimeter zwischen uns überwindet.

Meine Lippen kribbeln, als ich seine auf ihnen spüre und neben Pudding etwas schmecke, das Archie sein muss und einfach einzigartig ist. Ein Gefühlschaos jagt durch meinen Kopf.

*NEIN, HÖR AUF DAMIT!*

Mein anderes Ich ist entsetzt und scheint den Tränen und der Verzweiflung nahe zu sein, während ich zwischen Aufregung und Nervosität schwanke. Der Kuss endet viel zu früh. Ich habe gerade mal erfahren, wie mein Liebster schmeckt, nicht mehr.

Während ich vor Enttäuschung leise seufze, rückt Archie ein Stück von mir ab und betrachtet mich verwundert.

Mich überkommt Panik. War der Kuss für ihn etwa nicht schön? Hat er nicht dasselbe empfunden wie ich?

Oder noch schlimmer: Hat der Kuss ihn etwa kaltgelassen?

Doch was dann kommt, übertrifft meine schlimmsten Befürchtungen.

»Sag mal, Murphy, war das dein erster Kuss?«

Ich wünsche mir, der Boden würde sich unter mir öffnen und mich verschlingen, während meine Wangen nun vor Scham brennen.

# Probieren geht über Studieren

Ich laufe bestimmt flammendrot an und bringe keinen Ton heraus.

»O Gott! So habe ich das nicht gemeint! Ich wollte nicht sagen, dass du schlecht küsst!«, sagt Archie rasch. Erschrocken sieht er mich an.

Noch immer erwidere ich nichts. Was soll ich darauf auch sagen? Dass er vermutlich recht hat? Doch woher soll ich ein Meister im Küssen sein?

»Wann hast du das letzte Mal jemanden geküsst? Warte, das muss Trinity gewesen sein, oder?«

»WAS?!«

Fassungslos starre ich ihn an. Wie kommt er denn jetzt auf sie?

»Ich hatte nichts mit ihr! O Gott, allein die Vorstellung!«

»Nicht?«, fragt er hoffnungsvoll.

»Nein. Glaub mir, *Aller guten Dinge sind drei* ist überhaupt nicht mein Typ.«

»Da bin ich aber froh«, seufzt er und strahlt plötzlich. »Und ich? Bin ich dein Typ?«

»O ja!«

Die Antwort war die richtige, denn Archie beugt sich vor, um mich erneut zu küssen, als … wir plötzlich einen Eimer kaltes Wasser in die Gesichter geschüttet bekommen. Im ersten Moment bin ich geschockt, dann wirbele ich voller Zorn herum. Wer wagt es …?

Friedrich, Lachen und Schlaf stehen neben uns. Der Übeltäter ist schnell ausgemacht, denn der kleine Unglücksrabe hält noch immer den Eimer in der Hand.

»Ich hoffe, wir waren noch rechtzeitig«, meint er ohne Schuldgefühle. »Wenn du wieder bei Verstand bist, wirst du mir dankbar sein.«

»Dankbar?« Zorn brodelt in mir. »Na, warte! Du kannst deinen Dank gleich haben! In Form von Schlägen!«

»Murphy, er ist nur ein Kind.«

Noch nicht einmal das Verständnis meines Liebsten hält mich davon ab, auf den Jungen loszugehen und drohend die Fäuste zu heben.

Plötzlich schnellt Morpheus' Arm vor und seine Hand berührt meine Stirn.

»Schlaf!«, befiehlt er und all meine Pläne lösen sich in Luft auf.

Ich weiß nicht, was passiert ist und wo ich bin, als ich erwache. Blinzelnd sehe ich mich um. Es dauert einen Moment, bevor ich die Kugel auf meinem Bauch als Ken identifiziere, der anscheinend noch nicht aufstehen mag und entspannt schnurrt.

Dann bin ich wach genug, um mein neues Schlafzimmer zu erkennen. Bislang habe ich ja erst einmal hier geschlafen, daher erscheint es mir immer noch fremd.

Ich fühle mich unwohl, aber ich weiß nicht, woran es liegt. Riecht es etwa immer noch nach dem alten Mann? Ich hatte am ersten Abend ausgiebig gelüftet und die Bettwäsche gewechselt. Das diffuse Unbehagen scheint auch nicht an der Bettwäsche zu liegen. Mein vorsichtiges Schnüffeln erkennt keine seltsamen Gerüche.

Was ist es dann?

Auf einmal kommt mir der seltsame Traum wieder ins Bewusstsein. Verrückterweise habe ich geträumt, dass die Geschmacksverirrung mich verhext hat und ich mich ausgerechnet in meinen Erzfeind verliebt habe. Das ist so fies, dass es mich nicht wundert, dass ausgerechnet mein Unterbewusstsein auf eine solch verrückte Idee gekommen ist.

Doch der Traum ging noch weiter. Da waren ein alter Mann, ein Casino, ein Sprichwort namens Pech, Arsch und …

»Verdammte Scheiße!«, schreie ich, während ich mich abrupt aufsetze, Ken unter Protest von meinem Bauch purzelt und mir dabei seine Krallen durch das dünne Laken in die Haut schlägt. Ich nehme den Schmerz gar nicht wahr, auch nicht sein beleidigtes Fauchen, als er aus dem Schlafzimmer rennt.

»Das war kein Traum!«

Plötzlich ist mir schlecht, als ich mich daran erinnere, wie wir uns geküsst haben. Ausgerechnet Arsch hat mich geküsst!

»Ich fürchte, nein, Murphy«, sagt jemand und ich sehe nun Morpheus in der Tür stehen.

»Das glaube ich jetzt nicht!«, stöhne ich. Meinem Magen bekommt der Schreck nicht und ich würge, schlage die Hand vor den Mund und springe überstürzt ins Bad.

Fünf Minuten später wartet Morpheus vor der Badezimmertür auf mich und mustert mich besorgt. »Besser?«, fragt er.

»Nein.«

»Das hatte ich jetzt ehrlich gesagt auch nicht erwartet.«

Er seufzt, kommt näher und legt dann ungefragt seine rechte Hand auf meine Stirn. Gegen den seligen Schlaf des Vergessens hätte ich jetzt nichts gehabt.

»Ich habe Archie geküsst. Ausgerechnet Archie!«, vertraue ich ihm an.

»Keine Bange, das wird so schnell nicht wieder geschehen«, versucht Schlaf mich zu beruhigen. »Nachdem ich euch untersucht habe, konnte ich den anderen Teil in dir erst mal in einen Tiefschlaf versetzen. Damit ist Liebes Zauber zwar nicht gebrochen, aber es verschafft uns etwas Zeit, uns eine andere Lösung zu überlegen.«

»Und welche?«

»Ich weiß es nicht.«

Wenigstens ist Morpheus ehrlich, auch wenn es mich deprimiert. Irgendwie habe ich mich darauf verlassen, dass er und Lachen schon eine Lösung wissen, immerhin sind sie so viele Jahrhunderte älter als ich.

»Komm mit!«

Ich folge ihm in die Küche, in der Lachen und Friedrich schon einträchtig dabei sind, das Frühstück vorzubereiten. Es gibt Obstsalat, Müsli, Toast und selbst gemachte Marmelade. Es duftet verführerisch. Und ich habe absolut keinen Hunger.

»Setz dich, mein Junge.«

Ausnahmsweise habe ich gegen die Bemutterung von Jelos nichts einzuwenden. Ich setze mich, sie schenkt mir einen frisch gepressten Orangensaft ein und überlässt mir dann die Entscheidung, ob ich ihn trinken will oder nicht. Auch das Essen zwingt sie mir nicht auf.

Sie essen schweigend und mustern mich dabei ständig aus dem Augenwinkel, während ich auf meinen leeren Teller starre. Irgendwann seufze ich und nehme mir ein Stück Toast. Ein erleichtertes Ausatmen wandert um den Tisch.

»Du musst nicht darüber reden, Murphy«, weckt Friedrich wenig hilfreich meine Erinnerungen an den letzten Abend und ich krümme mich zusammen.

»Archie schläft übrigens noch und wird hier nicht so bald auftauchen«, fährt Lachen mit derselben, leider falschen Strategie fort. Ihre Worte erleichtern mich kein Stück. Ich hätte es vorgezogen, gar nicht an ihn zu denken oder an das, was geschehen ist.

»Wir müssen uns was überlegen. Ich habe schon vorgeschlagen, dass wir Liebe entführen und Jelos und Morpheus sie zwingen, den Zauber aufzuheben«, sagt der Junge.

»Bedauerlicherweise befindet sie sich nicht auf einer Ebene mit uns, wodurch dieser Plan schwierig bis undurchführbar ist«, ergänzt Lachen. »Also müssen wir uns etwas anderes überlegen.«

»Und was?«, frage ich.

Schweigend holt Morpheus das Fläschchen mit Zacharias' Trank hervor. »So wie ich es sehe, ist das momentan die einzige brauchbare Spur, die wir haben. Selbst wenn sie nicht direkt etwas mit deinem Problem mit Archie zu tun hat. Aber Pech hat recht, deine Zauber beeinflussen sich gegenseitig. Der Liebeszauber wirkt auf dich anders als auf Archie. Er hat keinen Teil in sich, der sich dagegen wehrt. Ihm ist daher nicht klar, dass er unter einem Zauber steht.«

»Und weil das so ist, wird der Zauber bei ihm auch schwieriger zu lösen sein«, fährt Lachen fort. »Nein, wenn wir den Zauber brechen wollen, dann müssen wir bei deinen anderen Zaubern anfangen. Und der Schlüssel dazu ist dieser Trank.«

Sie haben recht. Mir graut zwar vor dem, was ich erfahren könnte oder dass der Trank überhaupt nicht wirkt. Oder dass er womöglich schlimme Nebenwirkungen hat. Probieren geht über Studieren, denke ich mir, als ich den Korken aus der Flasche ziehe, sie an meinen Mund setze und trinke.

Dann warte ich auf das Einsetzen der Wirkung, während meine Freunde mich anstarren. Fünf Minuten später ist noch immer nichts passiert.

»Ich habe es geahnt!«, stöhne ich enttäuscht. »Zacharias' Trank ist …«

Dann kippe ich vom Stuhl und die Welt wird schwarz um mich herum.

# Gott bestraft den Hochmütigen

*Ich erwachte davon, dass John an mir vorbei zur Feuerstelle ging, Holz nachlegte und zum Zunder griff. Er brummte dabei missmutig, als sich das Feuer nicht sofort entzündete.*

*»Aufstehen, du kleiner Faulpelz!«, motzte er mich wie jeden Morgen an. »Hilf Mutter beim Frühstück machen!«*

*Meine Unterlippe blutete, als ich meine spontane Antwort unterdrückte und mich auf die Füße zwang. Meine Decke fiel zu Boden und ich zitterte. Obwohl es bereits Frühling war, war es morgens noch nicht so warm, dass es keinen Unterschied machte, ob wir die Stube heizten oder nicht. Und in den letzten Tagen war ein frischer Nordwind über das Meer in unseren kleinen englischen Küstenort geweht. Es war eisig, da die Glut über Nacht völlig erloschen war.*

*»Hör auf zu trödeln, Tunichtgut!«*

*Johns Stimme riss mich aus meiner Untätigkeit. Rasch legte ich meine Decke zusammen und schob sie in die hinterste Ecke meines Schlafplatzes, bevor mein ältester Bruder auf die Idee kam, mit seinen altbewährten Erziehungsmethoden nachzuhelfen. Mit zwanzig war er so groß, breit und kräftig wie unser Vater, der der Schmied des Dorfes war und für den streitbaren Herzog in der Burg oben tagein, tagaus Schwerter und Dolche schmiedete. John hatte einen genauso harten Schlag im Haus wie in der Schmiede.*

*Auch meine beiden anderen Brüder, Michael und Jeremy, die ebenfalls bereits erwachsen waren, hatten die Statur unseres Vaters, sein dunkles Haar, dieselbe gesunde, wettergegerbte Haut, seine männlichen Gesichtszüge und den stattlich wuchernden Bart geerbt.*

*Mir entfuhr ein Seufzen, als ich nach draußen zum Brunnen eilte. Da sich der Boden unter meinen nackten Füßen kalt anfühlte, beeilte ich mich. Rasch ließ ich den Eimer hinab und drehte schnaufend an der Kurbel, um ihn wieder hochzuholen, als sich genug Wasser darin gesammelt hatte. Ich konnte den großen Eimer nicht bis zum Rand füllen, sondern nur bis zur Hälfte, was bedeutete, dass ich mehrmals laufen musste.*

*Als der Brunneneimer endlich oben war, stemmte ich ihn mit all meiner Kraft über den Rand, ächzte, als mir das schwere Gefäß mit seinem kostbaren Gut beinahe aus den Händen geglitten wäre – für verschüttetes Wasser setzte es Prügel –, und schnaufte erneut, dieses Mal vor Erleichterung, als es mir endlich gelungen war, meine Fracht in die beiden kleinen Eimer umzuschütten.*

*Mit den Eimern eilte ich so schnell wie möglich zurück zu unserem Haus. Drinnen hörte ich schon die Mutter, was bedeutete, dass ich spät dran war und gleich der Vater herab in die Stube kommen würde und wehe, sein Rasierwasser stand dann nicht bereit!*

*Ich legte einen Zahn zu, erreichte die Tür, die ich mit dem Ellbogen öffnete, betrat das Haus – und bekam unerwartet die Tür in die Seite, die zurückgeschwungen war.*

*»Uff!«*

*Erneut biss ich mir schmerzhaft auf die Lippe, um nicht zu schreien und die Aufmerksamkeit auf mich zu lenken. Doch dann entglitt mir zu allem Überfluss einer der beiden Wassereimer.*

*Mit einem lauten Knall und einem schaudervollen Platschen fiel meine kostbare Fracht auf den Boden, kippte um und breitete sich dort rasend schnell aus. Mein Herz pochte mir bis zum Hals, aber meine Hoffnung, dass mein Missgeschick dieses Mal unbemerkt vonstattenging, zerschlug sich in der nächsten Sekunde.*

*Plötzlich stand John vor mir, das Gesicht rot vor Zorn, die Hand bereits erhoben. Mir gelang es weder auszuweichen noch den zweiten Eimer rechtzeitig abzusetzen und so warf mich der Schlag zu Boden. Kurz darauf lag ich in einer großen, kalten Lache. Schluchzend griff ich mir an meine brennende Wange.*

*»Du bist zu gar nichts zu gebrauchen!«*

*»Tollpatsch!«*

*»Kleiner Unglücksrabe!«*

*»Verfluchter Wechselbalg! Wir hätten dich zum Kloster bringen oder ertränken sollen, als wir dich als Baby auf unserer Türschwelle fanden!«*

*Meine drei Brüder und die Mutter standen im Halbkreis um mich herum und beschimpften mich. Die Worte der Mutter – nicht meine*

*Mutter, wie sie nicht müde wurde zu betonen – schmerzten wie immer am meisten. Ich war der Bastard, das Ergebnis eines Seitensprungs meines Vaters, doch während meine Brüder und seine Frau ihm diesen Fehler irgendwann verziehen hatten, so hatten sie auch nach dreizehn Jahren der unerwarteten Folge – mir – immer noch nicht vergeben.*

*Und da half es auch nichts, dass ich so gar nicht nach meinem Vater geriet und statt groß und kräftig eher klein und drahtig war. Ich war der Einzige in der Familie, der hellbraunes Haar hatte, statt schwarzes. Schlimmer als alles andere waren jedoch die ständigen Missgeschicke, die mir unterliefen.*

*Ich bemühte mich, wirklich, doch mindestens einmal die Woche verschüttete ich die Wassereimer, in den Brunnen war ich schon mehr als einmal gefallen und hatte zitternd und wimmernd im Brunneneimer ausharren müssen, bevor sich einer meiner Brüder oder ein anderer Dorfbewohner erbarmt und mich wieder hochgeholt hatte. Schon längst gaben sie mir keine Messer oder anderen scharfen Gegenstände mehr in die Hand. Entweder schnitt ich mich oder ich ließ das Messer so unglücklich fallen, dass es schartig, stumpf und unbrauchbar wurde und mein Vater es einschmelzen und neu schmieden musste.*

*In der Schmiede hatte ich bei Androhung des Todes Zutrittsverbot, seitdem ich vor zwei Jahren einmal ein Feuer verursacht hatte, das beinahe die Existenzgrundlage der gesamten Familie vernichtet hätte. Noch immer wusste ich nicht, wie mir dieses Missgeschick geschehen war. Nur eines war seitdem klar: Ein Schmied würde ich niemals werden, selbst wenn ich irgendwann zulegen und die entsprechende Statur und Muskulatur entwickeln sollte. Und da bereits meine drei Brüder meinem Vater nachfolgten, war für mich auch kein Platz in unserem Familienbetrieb.*

*Also versuchte mein Vater seit letztem Jahr, mich bei einem anderen Handwerksmeister in die Lehre zu geben. Vergebens. Im Ort war ich als der Bastard, der Tollpatsch, der Unglücksrabe, ja sogar als der Unglücksbringer bekannt. Niemand hier nannte mich bei meinem Namen.*

*Manch ein Dorfbewohner hatte dem Pfarrer schon geraten, eine Teufelsaustreibung bei mir vorzunehmen. Sie machten das Kreuzzeichen, um sich vor dem Unglück und dem Bösen zu schützen, wenn ich an ihnen vorbeiging. Unnötig zu sagen, dass ich nach einem knappen Jahr noch* keine Lehrstelle hatte. Keiner der Handwerksmeister wollte mich in seiner Werkstatt oder seinem Haus haben.

Nur der gutmütige Pfarrer hatte Mitleid mit mir und unterrichtete mich in Lesen, Schreiben und in den heiligen Schriften. Noch nicht einmal mein fehlerfreies Vaterunser oder die unzähligen Segenssprüche der Heiligen, die ich seitdem auswendig gelernt hatte, konnten die Dorfbewohner davon überzeugen, dass ich nicht des Teufels war. Und da konnte Vater Joseph noch so sehr beteuern, dass er mich auf ein Leben im Kloster vorbereitete.

Es war letztes Jahr gewesen, dass ich zum ersten Mal Gerüchte gehört hatte, dass meine Mutter eine Hexe gewesen sei. Meine Familie hatte mir nie von ihr erzählt – zu schwer wog die Schande und mein Vater leistete auch nach all den Jahren immer noch Abbitte für seinen Fehltritt –, ich wusste nur, dass meine Mutter nicht aus unserem Dorf gewesen war und es vorgezogen hatte, mich vor seine Tür zu legen und auf seine christlichen Tugenden zu vertrauen.

Leider gehörte Nächstenliebe nicht dazu.

Oder Geduld.

Und so fuhren wir alle auseinander, als die schweren Schritte des Vaters oben ertönten.

»Beeil dich!«, zischte Jeremy. »Wisch das weg! Ich hole neues Wasser!«

Ich wischte mir die Tränen weg, sprang auf und rannte los. Gerade rechtzeitig hatte ich kurz darauf den Lappen ein letztes Mal ausgewrungen, sodass es nun aussah, als hätte ich die Diele gefeudelt und nicht wieder unter Wasser gesetzt, als der Vater die Treppe herunterkam.

Er grummelte, als er mich sah, und so senkte ich nur den Kopf und begrüßte ihn mit einem leisen »Guten Morgen, Vater!«, während er in die Stube ging und sich mit einem Ächzen setzte.

»Wo bleibt mein Wasser?«, brüllte er.

»Hier!«, rief Jeremy. Mein jüngster Bruder war noch am ehesten bereit, mir zu helfen, wenn es nötig war. Nun schleppte er die beiden Wassereimer herein und setzte sie vor meinem Vater ab. Unterdessen eilte Michael mit Pinsel, Rasierschaum – der einzige Luxus in diesem Haus, auf den nicht verzichtet werden durfte – und Vaters Rasiermesser herbei. Kurz darauf trat auch John neben ihn, während ich auf der Türschwelle stehen geblieben war.

*Mein Vater ließ den Blick zwischen meinen Brüdern hin und her wandern. »Michael«, entschied er schließlich und mein mittlerer Bruder errötete erfreut.*

*Es galt als Ehre, den Vater rasieren zu dürfen. Eine Gunst, um die meine Brüder schon seit Jahren wetteiferten. Eine Gunst, die ich nie erringen würde, selbst wenn ich eine sichere Hand gehabt und nicht die Gefahr bestanden hätte, meinen Vater mit einer falschen Bewegung schwer zu verletzen. Ich war der Bastard, manche Dinge blieben mir für immer verwehrt.*

*Sie hatten in diesem Moment vergessen, dass ich ebenfalls da war, sodass ich mich unbemerkt in die Küche schleichen und den Tisch decken konnte, bevor es für mein Versäumnis erneut Schelte oder Schläge hageln konnte, während die Mutter an der Herdstelle stand und im großen Topf umrührte. Es würde wieder Getreidebrei geben.*

*Während des Frühstücks schwieg ich. Das Abräumen war ebenfalls meine Aufgabe und es gelang mir, ohne eine Schüssel zu zerbrechen. Und den Breifleck auf dem Tisch konnte ich wegwischen, bevor die Mutter etwas von meiner erneuten Tollpatschigkeit bemerkte.*

*Meine Brüder und mein Vater waren schon längst aus dem Haus und in der angrenzenden Schmiede, als ich fertig war. Bis zum Unterricht bei Vater Joseph hatte ich noch Zeit. Der Morgen war gerade erst angebrochen und momentan hielt er die Frühmesse ab, die ich mied, weil dort die Alten und besonders Abergläubischen versammelt waren. Vater Josephs Ermahnungen hatten nichts an ihrer Abneigung mir gegenüber geändert. Aber sie bespuckten mich jetzt nur noch, wenn der Pfarrer nicht da oder abgelenkt war.*

*Also hatte ich Zeit, um durchs Dorf zu marschieren und sehnsüchtig zum Wald zu schauen. Der Wald war etwa eine Meile vom Dorf entfernt. Hin und wieder zog ich mich in ihn zurück, wenn die Wahrscheinlichkeit groß war, dass mich niemand so schnell vermisste und ich für mich allein und in Frieden sein konnte.*

*Heute blieb mir nur Zeit für einen kurzen Abstecher an den kleinen Hafen. Dabei lief ich jedoch zwei anderen Jungen meines Alters über den Weg. Lukas und Peter gingen beim Müller und beim Tischler in die Lehre und trugen ihre Lehrlingsgewänder stolz zur Schau. Besonders wenn sie mich sahen, so wie jetzt.*

*»Sieh an, wer da ist! Der Wechselbalg!«, höhnte Lukas, der Müllerlehrling.*

*Die beiden verstellten mir den Weg. Sie waren größer und kräftiger als ich. Aber ich war fieser.*

*Blitzschnell hatte ich eine Handvoll Dreck von der Straße aufgelesen und sie ihnen in die Gesichter geworfen, dann rempelte ich Peter an, drängelte mich vorbei und weg war ich.*

*»Wenigstens bin ich nicht das Produkt von Inzest und Verblödung!«, rief ich ihnen zu, während ich fortrannte.*

*Was Inzest war, wussten die beiden, wetterte Vater Joseph doch regelmäßig gegen diese Sünde, seitdem die Gerberstochter letztes Jahr mit ihrem Halbbruder durchgebrannt war.*

*»Ich bringe dich um!«, brüllte Peter. Gerüchteweise waren seine Eltern Vetter und Base, was kurz vor dem Inzest war und von Vater Joseph auch nicht gern gesehen wurde. Er führte die Bücher über die Familienstammbäume und legte häufig die Stirn in Sorgenfalten.*

*Aber das Dorf war klein und nur selten zogen Fremde hinzu. Trotz seiner guten Lage an der Küste war unser kleines Herzogtum nicht sehr beliebt. Schuld daran war der Herzog, der erst vor zwei Jahren den letzten Grenzstreit mit Waffengewalt ausgefochten hatte, und so hart, wie meine Brüder und der Vater in letzter Zeit schufteten, stand uns demnächst schon wieder ein Scharmützel oder Krieg bevor.*

*Doch ich würde weg sein, bevor dies geschah. Inzwischen war es Mai und in Kürze sollte ich ins Kloster kommen. Noch zwei Tage und drei Tagesmärsche war diese Zukunft entfernt. Danach würde ich mir nie wieder die Gemeinheiten meiner Familie anhören müssen, nie wieder ihre harten Schläge ertragen oder hinnehmen müssen, wie sie und die anderen Dorfbewohner über mich sprachen, obwohl ich am liebsten jeden von ihnen verflucht, verhöhnt oder mit dem Gesicht voran in die nächste Schweinegrube gestoßen hätte. Ich hatte rasch gelernt, meinen Zorn zu zügeln, nachdem mir Vater Joseph erklärt hatte, dass ich damit dem Aberglauben der Dorfbewohner nur neue Nahrung gab.*

*Doch dieser bekam heute anderes Futter. Ich staunte nicht schlecht, als ich die Wagen der Fahrenden entdeckte. Fahrende! Ein Jahrmarkt!*

*Noch unbeliebter als ich waren nur wenige; die Gaukler oder das fahrende Volk, wie sie auch genannt wurden, gehörten dazu. Hin und wieder duldete man sie für ein paar Tage etwas außerhalb der Dörfer, wenn sie einen Jahrmarkt abhielten, ihre Kunststücke, kleinen Theaterstücke oder magischen Tricks vorführten.*

*Dass ausgerechnet jetzt ein Jahrmarkt in unserem Ort einkehrte, grenzte an ein Wunder. Der letzte hatte uns vor sechs Jahren besucht, bevor der Herzog es sich mit dem letzten seiner Nachbarn verscherzt hatte. Die Gaukler mussten von weit her sein, wenn sie das nicht wussten – oder sich nicht um das Gerede der Leute scheren.*

*Ich bewunderte sie dafür. Doch alles andere an ihnen war mir suspekt. Das laute Lachen, bei dem sie ihre Zähne zeigten, die bunt gefärbten Gewänder, ihre seltsamen Utensilien wie Augenklappen und Holzbeine – ja, ihr ganzes Auftreten schien mir nicht gottgefällig zu sein.*

*Hatte ich vor sechs Jahren noch in vorderster Reihe gestanden, um den Einzug der Fahrenden zu beobachten, so wandte ich mich jetzt ab und rannte so schnell wie möglich zur Kirche, um Vater Joseph von der Ankunft der Heiden zu unterrichten.*

*Die Morgenmesse war vorbei und so konnte ich ihn allein antreffen. Als ich geendet hatte, lag seine Stirn in Falten.*

*»Denk an meine Worte! Die Fahrenden bringen die Sünde, nur schwache Menschen geben sich mit ihnen ab. Bleib ihnen fern und lass dich nicht von ihnen verführen! Denk daran, schon bald trittst du in die Dienste unseres Herrn!«*

*Der Pfarrer war der Einzige, der an mich glaubte. Nichts lag mir ferner, als seine gute Meinung von mir zu enttäuschen. Ich war ein frommer Kirchgänger geworden, seitdem er mich unter seine Fittiche genommen hatte.*

*»Ich werde daran denken, Vater!«, versprach ich ihm.*

*Aber ich sollte mein Versprechen brechen, ohne es zu wollen.*

*Zwei Tage lang ging ich dem verdorbenen Treiben aus dem Weg. Ich hatte der Versuchung erfolgreich widerstanden, obwohl selbst meine fromm tuenden Brüder jeden Abend zu den Wagen und Zelten der Gaukler verschwanden.*

*Am nächsten Morgen würde ich zum letzten Mal ihrem Prahlen zuhören müssen. Denn morgen würde mich Vater Joseph persönlich zum Kloster bringen.*

*Voller Vorfreude streckte ich mich an diesem Abend vor dem verglimmenden Feuer in der Stube aus und träumte schon von einer friedvollen Zukunft im Kloster, als ich abrupt aus dem Schlaf gerissen wurde.*

*»Was …?«*

*»Still!«, zischte mich jemand an und ich erkannte John an seiner Stimme. Es war finster in der Stube. Ich hatte weder bemerkt, dass das Feuer endgültig erloschen war, noch dass meine Brüder zurückgekehrt waren.*

*Nun bauten sich drei hochgewachsene, breite Gestalten um mich herum auf, die ich als meine Brüder erkannte. Mir blieb keine Zeit, mich über ihr Verhalten zu wundern, denn schon packte mich John, riss mich mit einer Hand von meinem Schlafplatz hoch, als würde ich gar nichts wiegen, und hielt mir mit der anderen Hand den Mund zu, damit ich nicht schreien konnte.*

*Ich ahnte Böses. Panik kam in mir auf und ich begann, mich gegen seinen Griff zu wehren.*

*»Fesselt ihn!«, befahl John Michael und Jeremy und die beiden zögerten nicht.*

*Die Seile hatten sie schon griffbereit und ich verstand, dass dies hier nicht einer ihrer alkoholgesteuerten, gemeinen Streiche war. Dies war geplant, auch konnte ich keinen Alkohol riechen und sonst stanken meine Brüder stets danach.*

*Warum taten sie das? Sollten sie nicht froh sein, dass sie mich in wenigen Stunden für immer los sein würden? Ich würde nie wieder aus dem Kloster zurückkehren, sobald ich erst einmal zum Novizen und Mönch geworden war.*

*Es dauerte nicht lange und sie hatten meine Hände und Füße zusammengebunden. Die Seile schnitten mir schmerzhaft in die Haut, brachten mich zum Bluten, als ich versuchte, die Fesseln zu lockern. Dann verpassten sie mir einen Knebel und ich revanchierte mich bei John mit einem zackigen Abschiedsgruß.*

*»Autsch!«*

*»Still!«, zischte Michael ihn an.*

*»Dieser Teufel hat mich gebissen! Bestimmt bin ich jetzt infiziert von seinem Bösen!«*

*»Er hat dich schon früher gebissen, erinnerst du dich? Bislang haben wir keine Zeichen des Teufels an dir feststellen können. Du solltest sicher sein«, wandte Jeremy vernünftig ein.*

*»Dann kommt!«*

*Ich stöhnte dumpf um meinen Knebel herum, als John mich unsanft hochhob und über seine Schulter warf. Seine grobe Behandlung tat weh und ich schlug gegen Wände und die Tür, als sie mich hinaustrugen, was Jeremy und Michael dazu brachte, John zu ermahnen, besser aufzupassen und leise zu sein.*

*Inzwischen hatte ich Angst. Was hatten sie vor, dass sie es nicht riskieren wollten, den Vater und die Mutter zu wecken?*

*Sie brachten mich nicht zum Wasser, was ich zunächst befürchtet hatte. Ihre letzte Zwangstaufe oder versuchte Teufelsaustreibung – meine Brüder hatten sich nicht über das Ziel des eisigen Winterbades einigen können – hatte ich noch zu gut in Erinnerung. Danach hatte ich eine Woche im Fieberdelirium gelegen und nur Vater Josephs Zorn und Predigt über Mord als Todsünde hatten wohl dafür gesorgt, dass sie nie wieder etwas Lebensgefährliches versucht hatten.*

*Aber was hatten sie dann vor?*

*Wir verließen das Dorf, schlugen jedoch nicht den Weg zum Wald ein. Und ansonsten gab es dort draußen nichts. Nun gut, außer der Burg des Herzogs oben auf dem Hügel, doch dorthin würden sie mich auf keinen Fall bringen.*

*Erst als wir auf eine Fackel zugingen und Gelächter durch die laue Nachtluft zu uns herüberwehte, begriff ich.*

*Die Gaukler!*

*»Ist er das?«, fragte jemand.*

*»Ja.«*

*»Bringt ihn in den Wagen, dort ist eine Kiste, in die ihr ihn sperren könnt«, sagte der Mann, der ein Fahrender sein musste.*

*Eine Kiste? Einsperren? Was hatten sie mit mir vor?*

*Ich versuchte erneut zu schreien und die Fesseln zu lösen, aber ich hatte keine Chance. John trug mich in einen überdachten Wohnwagen und dort stand tatsächlich eine Truhe, die groß genug zu sein schien, um mich darin einzusperren.*

*»Hast du Angst?«, fragte mein ältester Bruder schadenfroh.*

*»Dachtest du wirklich, dass wir dich einfach so ziehen lassen würden, du Missgeburt?«, fuhr Michael fort.*

*»Du ein Mönch? Das wäre, wie einen Wolf unter die Schafsherde zu lassen. Das konnten wir nicht zulassen. Du magst Vater Joseph getäuscht haben, doch bei uns gelingt dir das nicht. Wir kennen dich, Unglücksbringer!«, zischte Jeremy hasserfüllt.*

*Inzwischen weinte ich – ebenso sehr aus Zorn wie aus Furcht, denn noch immer wusste ich nicht, was sie bezweckten.*

*»Was werdet ihr mit ihm machen?«, wollte John vom Fahrenden wissen, der das Ganze schweigend verfolgt hatte.*

*»Lasst das unsere Sorge sein. Eins ist gewiss: Ihr werdet ihn nie wiedersehen«, versprach der Gaukler, der nun den Deckel über mir herunterließ.*

*Ich hörte, wie sie sich auf die Bezahlung einigten, und dann waren meine Brüder fort. Meine Panik jedoch verharrte länger. Erst als ich bemerkte, dass Licht in die Truhe schien, dass die Kiste Luftlöcher hatte, wurde ich ruhiger.*

*Dann setzte sich der Wagen in Bewegung. Nach ein paar Stunden wich meine Angst dumpfer Verzweiflung. Längst spürte ich meine Hände und Füße nicht mehr, lediglich die Erschütterungen des Wagens drangen bis zu mir vor.*

*Irgendwann hielten wir an. Kurz darauf wurde die Truhe geöffnet und im Tageslicht konnte ich den Mann zum ersten Mal erkennen. Er wirkte nicht böse, obwohl er ein Heide und ein Entführer war.*

*»Ich werde dich jetzt rauslassen«, sagte er. »Weglaufen wird nichts bringen, Junge. Du bist eine halbe Tagesreise von deinem Dorf entfernt und inzwischen werden deine Eltern und alle anderen erfahren haben, was deine Brüder beobachtet haben: Dass du mit uns fortgelaufen bist, um ein Leben als Fahrender zu führen. Also gewöhn dich am besten daran, dass dies jetzt dein Zuhause ist.«*

*Er nahm mir den Knebel ab und lockerte meine Fesseln, doch meine Glieder waren eingeschlafen, sodass es mir nicht gelang fortzulaufen. Meine Beleidigungen ignorierte er, auch dass ich ihn anspuckte und kratzte.*

*Etwas später versuchte ich wegzurennen, als ich meine Glieder endlich wieder spürte, und weinte bitterlich, als sie mich erneut fesselten und wieder in die Kiste sperrten.*

*Dort musste ich die nächsten Tage ausharren, während ich die Fahrenden verfluchte und beschimpfte. Doch mein eigentlicher Hass galt meinen verräterischen Brüdern, die mein Leben zerstört, mich verkauft und meine Seele dem schädlichen Einfluss der Heiden ausgesetzt hatten. Ich hatte ein gottgefälliges Leben führen wollen. Wie sollte dies nun noch gehen?*

Doch das Schlimmste war, mir auszumalen, wie Vater Joseph die Nachricht über mein Fortlaufen mit den Gauklern aufnehmen würde. Er war der Einzige, der jemals an das Gute in mir geglaubt hatte.

Wenn ich nicht weinte oder vor Erschöpfung schlief, dann tobte ich ununterbrochen und verfluchte John, Michael und Jeremy. Wenn ich erst groß und erwachsen war, dann würden sie dafür büßen, dass sie mich ins Unglück gestürzt hatten, dann würde ich mich an ihnen rächen und ihnen zeigen, was ein wahrer Unglücksbringer war. Ich würde ihnen ihr Leben zur Hölle auf Erden machen und dafür sorgen, dass das Unglück sie fortan auf Schritt und Tritt begleitete und ihnen nichts mehr gelang. Bald würden sie dann diejenigen sein, auf die man mit Fingern zeigte, über die man tuschelte und die man »Unglücksbringer« nannte, während man furchtsam vor ihnen ausspuckte.

Tage vergingen, aber eines Morgens war alles anders. Als ich dieses Mal erwachte, war ich nicht länger in der Kiste eingesperrt oder gefesselt. Stattdessen tat mir alles weh und ich lag auf einem Trümmerberg, den ich erst nach langen Augenblicken als die zerstörte Kiste erkannte.

Was war geschehen?

Ich verstand es nicht. Um mich herum herrschte das Chaos. Nichts war mehr heil geblieben. Der Wohnwagen bot ein Bild der Zerstörung. Ich konnte mir die Verwüstung nicht erklären. Waren wir in ein Unwetter geraten? Doch wie hatte ich das verschlafen können?

Erst als ich aufstehen wollte, unerwartet das Gleichgewicht verlor, mich schwankend an der Holzwand des Wagens festhielt und meine Hand anstarrte, die nicht meine Hand war, mich aufrichtete und mir unerwartet den Kopf stieß, sickerte langsam die Erkenntnis zu mir durch.

Ich war nicht länger ein dreizehnjähriger Junge. Ich steckte nicht mehr im hilflosen Körper eines Kindes. Stattdessen war ich groß. Zwar nicht so breit und muskulös wie mein Vater oder meine Brüder, aber erwachsen.

Wie konnte das sein? Welch ein Hexenwerk war das?

Ich war entsetzt, schockierter, als ihr es euch vorstellen könnt, denn trotz all der Gerüchte, dass meine Mutter eine Hexe gewesen sei, trotz des Geredes über die magischen Tricks der Fahrenden hatte ich nie an Magie geglaubt. Auch hatte ich in den vergangenen Tagen die Gaukler nie etwas tun sehen, das ich als Zauberei eingestuft hätte.

Wie hatten sie mir das angetan?

*Schäumend verließ ich mit eingezogenem Kopf den Wagen … und fand draußen ebenfalls ein Bild der Zerstörung vor. Die Verwüstung begrenzte sich nicht nur auf den Wagen, in dem ich eingesperrt gewesen war. Draußen sah es aus, als hätte ein verheerender Sturm gewütet. Die anderen Wagen hatte er komplett zerlegt und zwischen ihnen und der zertrümmerten Ausrüstung erkannte ich langsam reglose Leiber.*

*Es dauerte mehrere Minuten, bis ich begriffen hatte, dass die Fahrenden alle tot waren. Dass nicht sie es gewesen sein konnten, die mich verändert hatten. Dass ich der Einzige war, der überlebt hatte.*

*Da ich nichts mehr fand, das ich hätte verwerten können, und da es mir darüber hinaus pietätlos vorkam, die Gaukler zu plündern, auch wenn sie Heiden gewesen waren, lief ich einfach los. Ich wusste nicht, wo ich mich befand, doch die Straße war nicht weit von der verwüsteten Lichtung entfernt und so lief ich sie an diesem Frühlingsmorgen entlang bis zum nächsten Dorf.*

*Unterwegs begegnete ich einem Bauern, der mich beinahe mit seinem Ochsenkarren überfahren hätte. Mein wütendes »HE! Spinnst du?«, ließ ihn nicht einmal innehalten.*

*Schimpfend lief ich weiter und erreichte das Dorf. Doch auch dort fand ich keine Beachtung. Die Menschen mieden meinen Blick und ignorierten meine Bitten um Hilfe.*

*Gott, wie mochte ich aussehen? Hielten sie mich etwa für einen Bettler?*

*Ich entdeckte den Brunnen, neben dem ein gerade gefüllter Eimer stand, während die Frau, die das Wasser hochgeholt hatte, nun mit jemandem schwatzte. Mit wenigen Schritten war ich dort und starrte in mein Spiegelbild.*

*Enttäuscht erkannte ich, dass ich zwar älter geworden, aber immer noch ich geblieben war: viel zu schlank und hager, die funkelnden Augen wütend zusammengezogen, die Züge viel zu weich, um als männlich und attraktiv zu gelten. Und kein Bart! Stattdessen war ich haarlos wie ein schwächlicher Jüngling!*

*Ich stöhnte ächzend. Womit hatte ich diese erneute Strafe verdient?*

*Erst als mich die Dorfbewohner mehrfach angerempelt hatten, erkannte ich, dass sie mich nicht einfach ignorierten, o nein! Sie konnten mich* nicht sehen*!*

*Ich stand vor ihnen, beleidigte sie aufs Schlimmste, doch ich konnte noch nicht einmal ein unwillkürliches Muskelzucken in ihren Gesich-*

*tern oder ein Ballen ihrer Fäuste erkennen. Sie sahen und sie hörten mich nicht.*

*Ich war ein Geist!*

*»Wie kann das sein?«, fragte ich mich verstört. »Bin ich gestorben?«*

*Veränderten Geister ihre Gestalt? Warum war ich nicht in den Himmel gekommen?*

*Doch ich war immer noch da und irgendwann ertappte ich mich bei dem Gedanken, dass ich gerne nach Hause zurückkehren und meine Brüder beobachten würde. Ich wollte wissen, wie es ihnen ergangen war. Hatte jemand ihre Lüge als das entlarvt, was sie wirklich war? Hatten sie ihre gerechte Strafe bekommen?*

*Es gor in mir. Je mehr ich an zu Hause dachte, je intensiver mir die Bilder von John, Michael und Jeremy vor Augen standen, desto mehr brodelte es in mir.*

*Plötzlich knisterte es. Es gab einen Knall wie bei einem Blitzschlag, etwas roch verbrannt, und beim nächsten Blinzeln stand ich nicht länger auf dem Dorfplatz. Ich war zurück im Haus meines Vaters und beobachtete meine Familie beim Sonntagsfrühstück.*

*Als meine Brüder jedoch für den Besuch der Messe in ihren besten Sonntagsstaat stiegen und dann mit fröhlichen Mienen hinuntergingen, ertrug ich es nicht länger. Meine Wut entlud sich in einem Schrei –* und die Treppe brach unter den dreien ein!

*Während die Eltern entsetzt schrien, meine Brüder jammerten und vor Schmerzen stöhnten, betrachtete ich erstaunt meine Hände, um die eine seltsame, knisternde Energie spielte.*

*Und ich begriff, dass* ich *das gewesen war.*

*Und dass dieses Mal sie diejenigen waren, die sich nicht wehren konnten! Dass ich ihnen nun jede Gemeinheit heimzahlen und sie bis zu ihrem Lebensende heimsuchen konnte.*

*Und das tat ich dann auch.*

## Hinterher ist man immer klüger

Als ich allmählich wieder zu mir komme, bin ich etwas benommen. Lange habe ich nicht an meine Vergangenheit als Mensch und an meine ersten Tage als Lebendes Sprichwort gedacht. Die Erinnerungen an die Ereignisse von damals wecken auch all die unangenehmen Gefühle wieder in mir. Es hat viel Wut, Schmerz und Hass in mir gesteckt.

Doch als die Ziele meines Zorns einer nach dem anderen gestorben waren, war er irgendwann verblasst und mit den Jahrhunderten hatte ich nicht mehr an meine Anfänge in jenem Mai im 13. Jahrhundert gedacht und meine Vergangenheit nur zu gerne verdrängt. Ich habe mich selbst neu erfunden, irgendwann mein eigenes Gesetz erschaffen und war glücklich damit, nicht länger das Opfer zu sein.

Aber ein Gutes hat Zacharias' Reise in die Vergangenheit gebracht: Ich weiß nun zumindest, welchen Wunsch ich gehabt habe.

Ich schlage die Augen auf, blinzele, schließe sie für einen kurzen Moment, bevor ich sie erneut öffne, doch sie haben mir keinen Streich gespielt.

Archie hat sich über mich gebeugt und weint jetzt voller Erleichterung. »Murphy!«, ruft er. »Du lebst!«

»Äh, ja«, entgegne ich und sehe mich rasch um. Wo zur Hölle bin ich und wo sind die anderen?

»Wo bin ich?«, frage ich schließlich, als die Antworten nicht von selbst zu mir geflattert kommen.

»Du bist in meiner Wohnung oberhalb des Cafés«, erklärt er und streichelt mir übers Gesicht. Ich zucke zurück.

»Was hast du? Hast du Schmerzen?« Mein Erzfeind ballt die Fäuste und verzieht voller Zorn das Gesicht. »Na, wartet, euch werde ich es zeigen! Niemand verletzt meinen Murphy!«

Scheiße, ich liege in Arschs Bett! Dies ist definitiv kein Ort, den ich besser kennenlernen möchte!

Obwohl das Doppelbett zugegeben ja sehr weich ist. Genau die richtige Matratzenhärte, die Bettwäsche fühlt sich sehr angenehm auf der Haut an und viel Platz hat es außerdem.

Das Teil mopse ich mir!

»Wo sind Friedrich und die anderen?«, erkundige ich mich besorgt. Irgendwie ist mir flau im Magen. Ich kann mir nicht vorstellen, dass sie mich einfach in Arschs Obhut übergeben würden. Schließlich wissen sie ja, was der Zauber bewirkt.

Aber wo sind sie dann?

»Diese Mistkerle!«, faucht Arsch, während ich mich aufrichte, mich vergewissere, dass ich immer noch vollständig bekleidet bin – man weiß ja nie, auf welche dummen Gedanken Arsch durch Liebes Zauber gekommen ist –, und dann erleichtert das Bett verlasse. »Ich habe dafür gesorgt, dass sie bereuen, was sie getan haben!«

»Was sie getan haben?«

Ich fühle mich wie im falschen Film. Ist etwas vorgefallen, von dem ich nichts weiß? Oder wovon spricht er?

»Sie haben dich ins Koma versetzt! Du hast ständig schauerlich gestöhnt und Nein geschrien! Als hättest du Albträume! Ich weiß nicht, was Morpheus getan hat, aber ich habe dafür gesorgt, dass er und seine beiden Mitverschwörer dir nie wieder zu nahe kommen!«

Rachsucht spricht aus seiner Stimme und seine Augen blitzen. Plötzlich bekomme ich ein ganz schlechtes Gefühl. »Was hast du getan?!«

Schuldgefühle scheint er nicht zu kennen. Stattdessen nimmt er es hin, dass ich ihn anbrülle, und schaut nur besorgt aus der Wäsche. Er wirkt nicht so etepetete wie sonst.

»Geht es dir wirklich gut? Hast du noch Schmerzen, mein Schatz?«

Mir wird das einfach zu viel. Ich muss hier raus!

Doch bevor ich springen kann, kommt Ken durch die angelehnte Schlafzimmertür gerannt und springt mir mit einem freudigen Maunzen in die Arme. Schnurrend reibt er den Kopf an meinem Kinn und ich spüre, wie sich ein Teil meiner Anspannung löst.

»Er ist so süß!«, haucht Arsch verzückt. »Er fühlt sich schon gleich heimisch hier bei uns.«

»Bei dir«, korrigiere ich ihn automatisch, während ich mich auf meinen Kater konzentriere.

»Nein, es ist ab sofort unser Haus«, widerspricht er. »Wenn du glaubst, dass ich dich in diese verfluchte Wohnung zurückkehren lasse, in der du nun schon zum zweiten Mal beinahe gestorben wärst, dann täuschst du dich aber gewaltig. Ich mag mir gar nicht ausmalen, wie du dort wohnst, wieder in Gefahr gerätst und dann niemand da ist, um dich zu retten. Ich liebe dich und nachdem ich dich schon wieder beinahe verloren hätte, lasse ich dich jetzt nicht mehr aus den Augen.«

In meinen Ohren klingt das mehr nach einer Drohung als nach einer Liebeserklärung. Ich sollte zusehen, dass ich hier schleunigst verschwinde!

Bevor ich flüchten kann, hüpft Ken zu Boden, sieht mich auffordernd an und läuft dann zur Schlafzimmertür, um kurz darauf auf dem Gang zu verschwinden.

»Wo willst du nur hin?«, wundere ich mich und folge ihm, während ich genervt Arschs Hand abschüttele, die sich in meine stehlen will. Stattdessen stecke ich meine Hände in die Hosentaschen.

Nun will er sich bei mir unterhaken!

Ich kann mir schon vorstellen, wie begeistert mein verzaubertes Ich wäre, doch das schläft zum Glück noch, wie Morpheus es versprochen hat. Dabei fällt mir ein …

»Seit wann bist du wach?«, frage ich, während ich unbemerkt seinen Arm beiseiteschiebe.

»Seit dem Mittag. Dieses Arschloch! Morpheus' Schlafzauber hat uns unseren ersten gemeinsamen Abend ruiniert! Wenn ich bedenke, was wir alles verpasst haben! Ich hätte mir eine fiesere Rache für ihn ausdenken sollen!«

Ich will in diesem Moment zur Tür greifen und sie vollständig öffnen, als mich seine Worte erstarren lassen.

»Was hast du getan?«

»Das wirst du gleich sehen, mein Schnuckiputz«, verspricht mir *Rache ist süß* und grinst schadenfroh.

»Nenn mich NIE WIEDER so!«

»Mein Hasi?«

O Gott! Noch schlimmer!

Ich ignoriere ihn und beschleunige mit neuer Sorge meine Schritte. Welchen Streich hat sich mein Gegner ausgedacht? Dass seine Racheaktionen nicht so harmlos sind, wie ich lange gedacht habe, weiß ich ja aus eigener Erfahrung. Und wenn weder Morpheus noch Jelos oder Friedrich hier waren, um mein schlafendes Ich vor Arschs Zudringlichkeiten zu beschützen, dann stimmt etwas nicht und zwar gewaltig.

Forschen Schrittes haste ich den Flur entlang, ignoriere die Türen zum Bad und zum Gästezimmer, die offen stehen, und eile Ken hinterher, der am oberen Absatz der Treppe auf mich wartet. Langsam ahne ich, dass es mich nicht freuen wird, was er mir zeigen will.

»Sei vorsichtig, mein Liebster!«, ruft Archie besorgt, während er zu mir aufschließt. »Die Treppe ist neu. Ich muss noch Teppich für die Stufen besorgen.«

Eine nigelnagelneue Holztreppe ersetzt jetzt die Wendeltreppe aus Eisen, die ich vor ein paar Tagen nach ihm geworfen habe. Und einen kurzen Moment lang bin ich ihm sogar dankbar für die Warnung.

Bis ich ein paar Stufen hinabgestiegen bin und in eine schweigende wartende Menge starre. Überrascht halte ich inne.

»Ich wusste es!«, kreischt eine der Neos.

Natürlich ist das Höllenquartett auch da. Warum bin ich nur so verwundert?

»Sie sind wieder zusammen! Juhu! Murchie is back!«

Meine Fans klatschen sich begeistert ab und führen dabei einen affigen Tanz auf, bevor sie sich daran erinnern, dass sie ja ihre Smartphones haben und diesen Moment festhalten können. Und schon klickt und blitzt es und ich begreife, dass Arsch und ich dicht hintereinander auf der Treppe stehen und ein sehr vertrautes Bild abgeben müssen.

Scheiße!

»Es ist nicht, was ihr schon wieder denkt! Gott, für vier Teenager habt ihr echt eine verdorbene Fantasie!«

»Das heißt, ihr hattet nicht gerade eben heißen Versöhnungssex?« Hemmungen scheinen sie nicht zu kennen.

»Nein«, erwidert Arsch. »Nicht nach dem, was Morpheus meinem Liebsten angetan hat. Aber keine Sorge, Freunde. Mithilfe meiner Liebe und Fürsorge ist er bald wieder der Alte.«

Er lächelt mich an, während unsere Zuschauer uns schweigend beobachten. Haben sich etwa alle existierenden Freaks dort unten versammelt? Es müssen Hunderte sein, die nun zu uns heraufsehen.

Dann bricht einer das Schweigen. »Du verlogener Scheißkerl!«

O verdammt! *Wer den Schaden hat, braucht für den Spott nicht zu sorgen!*

Arschs Ex steht dort unten zwischen all den anderen Lebenden Sprichwörtern und starrt voller Zorn und Hass zu uns empor. Er trägt ein schickes Hemd, eine Leinenbermudas und Sandalen und mit den Blumen in der Hand – rote Rosen, wie einfallslos –, die er nun achtlos fallen lässt, sieht er aus wie ein Verehrer, der seinen Liebsten zu einem Date abholen will und dann feststellen muss, dass dieser wieder mit dem Ex zusammen ist.

Oder jedenfalls denkt er das nun. So ein Mist!

»Scheiße!«, entfährt es Archie hinter mir. »Ich habe es ganz vergessen. Es tut mir so leid, mein Schatz. Ich will nichts von Spott, das musst du mir glauben! Zwischen uns ist es ein für alle Mal aus und vorbei. Ich liebe dich, Murphy!«

Nicht!

Voller Verzweiflung packt mich mein verzauberter Widersacher an der Schulter, dreht mich so kräftig herum, dass ich auf der glatten Holzstufe ausrutsche und in Arschs Arme falle, der mich nun an sich zieht und seinen Kopf an meiner Schulter vergräbt. Dabei schluchzt er herzzerreißend, während unten die Neos und die anderen Freaks tuscheln und wispern.

»Lass mich los!«, protestiere ich.

»Bitte, Schatz!«, fleht er und in jedem anderen Moment hätte es mich wohl ungemein befriedigt, meinen Erzfeind zu einem kleinen Häufchen Elend reduziert zu sehen.

Nur jetzt nicht, während mein Fanclub in »Murchie!« und »Küssen! Küssen!«-Schreie ausbricht, unten ein lautstarkes Gerangel zu herrschen scheint und plötzlich jemand die Treppe heraufstürmt, mich aus Arschs Armen reißt, der das Gleichgewicht verliert und sich erschrocken am Geländer festhält.

So viel Glück habe ich nicht. Und so falle ich zum zweiten Mal in zwei Tagen schon wieder eine Treppe hinab, sehe noch Spotts hasserfüllte Miene, als er mich zurückreißt, ich an ihm vorbeisegle und im nächsten Moment mit einem Ächzen unten auf der Treppe aufkomme.

Die Menge keucht erschrocken auf.

»Lügner! Betrüger!«, beschimpft Spott mich. »Von wegen, du willst nichts von Archie und du hast nichts dagegen, dass wir es noch einmal miteinander versuchen! Aber gleichzeitig triffst du dich hinter meinem Rücken wieder mit ihm!«, schreit der eifersüchtige Narr.

»Murphy!«, flüstert Arsch entsetzt und ich habe nun zum ersten Mal die Möglichkeit zu sehen, wie er sich von einem unscheinbaren Putten-Gesicht in einen Furcht einflößenden Racheengel verwandelt.

»DU!«, brüllt er.

Seine Magie wallt auf, ein starker süßlicher Geruch breitet sich im Raum aus und im nächsten Moment trifft sein Rachezauber Spott mit voller Gewalt und verwandelt ihn in einen lebensgroßen Gummibären!

# Das Leben ist kein Zuckerschlecken

Ich hatte keine Ahnung, dass er zu solchen Verwandlungen fähig ist. Obwohl ich mir vermutlich Gedanken hätte machen sollen, wie es ihm gelungen war, meine Wohnung komplett mit Wackelpudding zu füllen.

Aber das nun …

O Gott! Morpheus! Was, wenn er ihn ebenfalls in einen Gummibären verwandelt hat?

»ARCHIE!«

Während ich benommen vor Schmerz und Entsetzen am Fuß der Treppe liege und Arsch an seinem Opfer vorbei zu mir heruntereilt, taucht plötzlich Krähe auf. Ich habe sie noch nie so wütend erlebt. Ihr kräftiger Flügelschlag in Kombination mit ihrem Zorn und ihrer Magie lassen einen Minitornado im Wohnzimmerformat entstehen.

Arsch bleibt abrupt stehen. Die Freaks kreischen erschrocken und drei Sekunden später hat sich das Café fast geleert, während die übrig gebliebenen Redewendungen und Sprichwörter vor Krähes Wut zurückweichen.

»WAS HAST DU GETAN?!«

He! Das habe ich ihn auch schon die ganze Zeit gefragt und keine Antwort bekommen!

Jemand tritt unerschrocken an meine Seite. Zuerst denke ich, dass es Arsch sein muss, doch dann erkenne ich ein anderes bekanntes Gesicht.

»Keine Sorge, Murphy! Dir geht es gleich wieder besser«, verspricht *Die Zeit heilt alle Wunden*. Und tatsächlich. Sie legt ihre zarte Hand auf meine Schulter und schon geht es mir besser. Ich fühle mich, als wäre der Sturz bereits Tage her.

Dann reicht sie mir ihre kleine Hand und hilft mir unerwartet kräftig beim Aufstehen, während Krähe immer noch Arsch anschreit und wissen will, was er sich dabei gedacht hat.

»Er hat es verdient!«, wehrt der sich nun. »Du hättest sehen sollen, wie er meinen Liebsten die Treppe hinabgestoßen hat!«

»Verwandle ihn zurück!«

»Nein!«

»Tu es! Oder ich sorge dafür, dass du Murphy nie wiedersiehst!«

»Das wagst du nicht! Das *kannst* du auch gar nicht! Murphy und ich lieben uns! Nichts kann uns auseinanderbringen!«

»Sei dir da nicht so sicher!«, keckert Krähe.

Arsch sieht zu mir hinab und kommt nun die letzten Treppenstufen nach unten. »Alles in Ordnung?«, fragt er mich besorgt. »Ich danke dir«, wendet er sich dann an meine Heilerin, die im Gegenzug einfach nur nickt.

Obwohl ich Spott nicht mag, tut er mir doch leid. In einen Gummibären verwandelt zu werden, muss genauso schlimm sein, wie beinahe in Wackelpudding zu ersticken.

»Verwandle ihn zurück«, bitte ich.

»Ernsthaft?«

»Murphy hat recht. Du solltest auf ihn hören!«

Krähes und meine vereinten Forderungen zeigen Wirkung, denn Archie seufzt und plötzlich spüre ich, wie sich seine Magie knisternd wieder auflöst. Im nächsten Moment steht Spott wieder auf der Treppe.

»Komm! Du solltest dich erholen!«, meint *Die Zeit heilt alle Wunden* fürsorglich, windet sich auf der Treppe an uns vorbei, steigt die Stufen hoch und bringt das weinende Ex-Bärchen fort.

Ich habe nicht vergessen, was Arsch gesagt hat, und sehe mich suchend um. Aber ich kann kein weiteres übergroßes Gummibärchen entdecken. Wo ist Morpheus? Was ist mit ihm passiert?

»Ich will Morpheus sehen!«

»Weshalb?«, fragt Arsch schmollend. »Er hat versucht, uns auseinanderzubringen! Das werde ich ihm nie verzeihen!«

»Er ist mein Freund. Genauso wie Jelos und Friedrich«, erwidere ich und nun mustert mich mein Gegner nachdenklich. Einen Augenblick später seufzt er.

»Na schön! Ich wäre ein schlechter Freund für dich, wenn ich das nicht verstehen und akzeptieren könnte. Doch rechne nicht damit, dass ich ihm so schnell vergeben werde!«

»Was soll das heißen? Was hast du mit Morpheus gemacht?«, will Krähe irritiert wissen.

»Das.«

Arsch zeigt durch die große Fensterfront des Cafés nach draußen, wo zwischen den Tischen, Stühlen, Bäumen und Pflanzen drei zuckrige Statuen stehen, die von Ken besorgt beschnüffelt werden. *Das* hatte mir der Kater also zeigen wollen!

»Das glaube ich jetzt nicht!«, entfährt es Krähe. »Was hast du bloß mit ihnen gemacht?«

Mich wundert es eher, wie Arsch es geschafft hat, Morpheus und Jelos zu verwandeln. Die beiden sind so mächtig und einige Jahrtausende älter als Archie. Das hätte unmöglich sein dürfen.

»Wie alt bist du eigentlich?«, frage ich ihn mit einem seltsamen Gefühl im Bauch, als Puzzlesteine an seinen Platz fallen.

»Tss, tss! Das fragt man seinen Schatz nicht beim ersten Date! Aber nun gut, genau genommen ist dies ja unser zweites.«

Ich verkneife es mir, ihn zu berichtigen. Die Antwort interessiert mich mehr.

Er sieht mich an, kaut kurz auf seiner Unterlippe herum und seufzt dann. »Also schön. Ich werde nächstes Jahrhundert viertausend Jahre alt. Ist das schlimm, dass ich so viel älter bin als du?«

Ich antworte ihm nicht, sondern gehe zur Tür, betrete den Innenhof und starre den blau-weiß-roten Schlumpf an, bei dem es sich von der Größe her um Friedrich handeln muss.

»Wie konntest du ihm das antun? Ich dachte, er ist dein Freund!«

Mein Vorwurf lässt ihn zusammenzucken. Krähe und ich müssen unsere Forderung nicht wiederholen. Arsch lässt den Kopf sinken und plötzlich stehen statt eines Schlumpfes, einer lebensgroßen Colaflasche und eines riesigen Donuts Friedrich, Morpheus und Lachen vor mir.

Noch nie bin ich so froh gewesen, die drei zu sehen.

# Einsicht ist der erste Weg zur Besserung

Die drei sind sichtlich mitgenommen und ich frage mich, ob sie die ganze Zeit bei Bewusstsein waren. Arsch hat erzählt, dass er mittags aufgewacht ist, und dem Stand der Sonne nach zu urteilen, ist es jetzt später Nachmittag. Friedrich weint hemmungslos, während Ken versucht, ihn zu trösten. Dann bemerkt der Junge mich.

»Murphy!«

Erleichterung erhellt kurz sein Gesicht, dann rennt er auf mich zu und wirft sich schluchzend in meine Arme.

Uh! Muss das sein?

Ich stehe kurz davor, den Jungen abzuwehren, als ich Arschs Blick sehe, der vor Eifersucht strotzt. Er wünscht sich, an Friedrichs Stelle zu sein, doch welche Variante ich vorziehe, ist klar.

Morpheus und Lachen fangen sich eher als Friedrich. Vielleicht haben sie Selbstheilungskräfte, denn Jelos lacht eine Minute lang hysterisch und Morpheus wirkt, als würde er im Stehen schlafen. Kurz darauf sind sie wieder normal.

»Geht es dir gut, mein Junge?«, fragen sie und mustern mich eingehend. »Wir waren besorgt wegen der überraschenden Nebenwirkungen.«

Zacharias' Trank und die Erinnerungen hatte ich schon fast wieder vergessen, zu viel ist dafür in den letzten Minuten geschehen.

Nun hebt Friedrich sein tränenüberströmtes Gesicht und starrt mich an. »Und? Hat Zacharias' Trank geholfen? Hast du dich daran erinnert, wer dich verzaubert hat?«

»Was sagst du?« Nun sieht Arsch sehr zerknirscht aus. »Das heißt, das war gar nicht Morpheus' Schuld? Es lag an Zacharias und seinem verdammten Trank, dass es meinem Liebsten so schlecht ging?«

»Das hatten wir versucht dir zu erklären!«, faucht der Junge ihn nun voller Zorn an. »Aber du wolltest ja nicht zuhören! Oder vielleicht konntest du das nicht. Merkst du überhaupt, wie sehr du dich verändert hast? Du hast mich, ohne zu zögern, in einen übergroßen Gummi-Schlumpf verwandelt!«

Ob die Neos davon wohl auch Fotos gemacht haben?

Jetzt, da die drei wieder zurückverwandelt sind und anscheinend keinen dauerhaften Schaden erlitten haben, merke ich, dass ich die Aktion ein bisschen lustig finde. Den eher trägen Morpheus ausgerechnet in eine Süßigkeit zu verwandeln, die die Form einer Flasche hat, der aufputschende Eigenschaften zugeschrieben werden, das hat irgendwie etwas. Und Lachen, die liebend gerne Plätzchen, Gebäck und Ähnliches zu sich nimmt, in einen Donut zu verwandeln, passt wie die Faust aufs Auge.

Nur dass er Friedrich in einen Schlumpf verwandelt hat, kann ich immer noch nicht verstehen. Irgendwie ist mir der kleine Plagegeist in den letzten Tagen ans Herz gewachsen und erst jetzt erkenne ich, warum das so ist. Er erinnert mich an mich selbst als Kind.

Ich sehe vom Innenhof hinein ins Café, in dem nur noch eine Handvoll unerschrockene Freaks stehen. Natürlich ist auch das Schleimmonster darunter. Sie grinst schadenfroh und scheint das Chaos zu genießen, das sie und Liebe angerichtet haben.

Nun bemerkt Krähe, dass wir nicht allein sind. »Geht!« ruft sie den Freaks zu. »Das Café bleibt heute geschlossen und dies geht nur Archie, Murphy und ihre Freunde etwas an. Hier gibt es nichts für euch zu sehen!«

Sie murren etwas, aber nach Krähes Minitornado eben kommt jetzt kein wirklich ernst gemeinter Protest. Kurz darauf sind wir sechs allein.

»In Ordnung«, meint die kleine Friedensstifterin energisch. »Ich schlage vor, wir gehen rein, setzen uns, trinken einen Tee auf den Schreck und dann erzählt ihr mir, was das für ein Trank ist, den ihr erwähnt habt, und was zur Hölle noch alles passiert ist, während ich weg war.«

Und so machen wir es. Leider begehe ich den Fehler, mich auf ein Sofa zu setzen statt in einen Sessel, und prompt habe ich Gesellschaft. Friedrich sichert sich den Platz zu meiner Rechten, was Arsch mit einem gereizten Blick kommentiert, während er sich auf meiner anderen Seite niederlässt. Doch bevor ich mir einen besseren Sitzplatz besorgen kann, springt mir nun auch noch Ken auf den Schoß und rollt sich schnurrend zusammen. Heute könnte ich anscheinend einen Beliebtheitswettbewerb gewinnen, wenn ich nicht aufpasse. Verrückt!

Während des Tees habe ich Zeit, darüber nachzudenken, was ich ihnen erzählen will – und was nicht. Doch die Wahl lassen sie mir nicht. Nachdem Friedrich Krähe erklärt hat, was es mit Zacharias' Trank auf sich hat, nehmen die fünf mich knapp zwei Stunden lang ins Kreuzverhör und entlocken mir Dinge, die ich nie hatte erzählen wollen.

»Sie haben dich einen kleinen Unglücksraben genannt?«, fragt Friedrich nach meiner Erzählung überrascht. Plötzlich lächelt er. »Das heißt, ich habe dich an dich selbst erinnert! Was bedeutet, dass du mich magst! Dass deine schroffe Art deine Weise ist, Zuneigung zu zeigen! Du *magst* mich!«

»Lass ihn los!«, knurrt Arsch ihn an, während sich der Junge nun an mich drückt. »Hier schmust nur einer mit Murphy und das bin ich!«

»Aber er will gar nicht mit dir schmusen, merkst du das denn nicht?«

Jetzt rücken sie mir von beiden Seiten auf die Pelle und ich fühle mich wie ein Teddy, an dem zwei zankende Kleinkinder ziehen. Mir reicht es endgültig. Zusammen mit Ken, der zufrieden schnurrt, springe ich kurzerhand in einen Sessel.

»Wehe!«, drohe ich, als sie Anstalten machen aufzustehen.

»Lasst Murphy etwas Luft zum Atmen, Jungs! Oder wollt ihr, dass er eine Panikattacke bekommt, weil ihr ihn erdrückt?«, schimpft Jelos und mustert mich besorgt.

Die beiden Gescholtenen wirken wie reuige Sünder, während sie beschämt zu Boden sehen. »Es tut mir leid, Schatz«, sagt Arsch.

»Mir tut es auch leid, Murphy«, meint Friedrich, wobei er jedoch seinen ehemaligen Freund anstarrt und ich mir daher den Zusatz denken kann: »… dass du den da ertragen musst.«

»Das heißt, du hast keine Ahnung, wer dich verzaubert hat?«, will Morpheus nun wissen.

»Nein, woher auch? Ein Sprichwort hätte ich als Mensch ja nicht sehen können.«

»Was mich wundert, ist die Verwandlung selbst«, meint Krähe nachdenklich. »Warum hätte dich der Zauber älter machen sollen?«

»Aber das war doch Murphys Wunsch!«, entgegnet Friedrich, für den als Einzigen alles logisch zu sein scheint. Der Rest von uns ist ratlos. »Murphy wollte erwachsen sein und sich wehren können beziehungsweise sich rächen.«

»Aber er hat sich nicht gewünscht, unsterblich zu werden! Das passt nicht zusammen!«

»Zacharias meinte, dass der Wunschzauberer schlampig gearbeitet hat«, erwidert Archie auf Krähes Unverständnis. »Dass er einen Zauber gewirkt hat, um Murphy einen anderen Wunsch zu erfüllen. Sprich, mein Schatz musste sich gar nicht wünschen, unsterblich zu sein, der andere Wunsch hat dem Sprichwort gereicht und er hat ihn so umgesetzt. Und rächen konnte sich Murphy ja danach an seinen Brüdern.«

Kurz herrscht Schweigen, dann prustet Friedrich überraschend los. »Wenn ich mir das vorstelle! Murphy und ein Mönch! Das hätte ich zu gerne gesehen!«

»Ja, stimmt, das passt gar nicht zu dir, mein Hasi.«

»Nenn mich nicht so! Ich bin nicht dein Hasi, dein Schnuckiputz oder irgendetwas anderes Albernes! Wir sind kein Paar!«

Mein Protest bewirkt bei Arsch erwartungsgemäß gar nichts. Dafür ist der Liebeszauber zu stark. Doch mir geht es etwas besser, nachdem ich meinem Frust Luft gemacht habe.

»Also habt ihr keine Ahnung, wer mich verzaubert haben könnte?«, will ich von den anderen wissen. Sie schütteln die Köpfe.

Wir grübeln schweigend, während Arsch kurz aufsteht und das Licht anmacht. Die Sonne geht bald unter und es ist schon recht dunkel geworden. Hin und wieder kichert der Junge vor sich hin, was ich mit gereizten Blicken kommentiere. So lustig ist mein Kindheitswunsch, Mönch zu werden, nun auch nicht! Im Mittelalter war das ein ganz normaler Beruf für jüngere Söhne.

»Du hast dich sehr verändert, Murphy, nicht wahr? Im Vergleich zu deiner Zeit als Mensch, meine ich«, stellt der Junge irgendwann nachdenklich fest. »Lediglich die Unglücksfälle, die gab es damals schon, nur dass du selbst das Opfer wurdest. Kann es sein, dass du deine Unglücksenergie schon als Kind hattest, sie aber nicht kontrollieren konntest, sodass sie sich gegen dich selbst gerichtet hat, und erst deine Verwandlung in einen Unsterblichen hat das geändert?«

»Quatsch!«

Auf so einen Blödsinn kann nur Friedrich kommen! Ich war ein Tollpatsch und kein Magier! Menschen haben keine Magie!

»Das ist eine interessante Theorie, Friedrich«, meint Morpheus und Jelos nickt zustimmend.

»Spinnt ihr?«

Friedrich wird plötzlich ganz aufgeregt. »Das würde dazu passen, was Kindermund gesagt hat! Erinnerst du dich? Sie hat dich ein Kind des Chaos genannt!«

»WAS?«

Jelos ist aufgesprungen, ihre Teetasse – zum Glück inzwischen leer – zerbricht klirrend auf dem Boden, als sie alles andere vergessend auf mich zurast. Ihr Gesichtsausdruck ist undeutbar und macht mir Sorge.

»Waren das exakt Kindermunds Worte?«, will sie wissen und erbebt vor Aufregung.

»Ja.«

Ihr Verhalten macht mir langsam etwas Angst. Ihr sagt diese Formulierung etwas. Doch was?

»Ich dachte, sie meint damit, dass ich ein Träger meiner Unglücksenergie bin«, erkläre ich.

»O nein, das ist damit nicht gemeint.« Lachen schüttelt den Kopf und starrt mich an. Sie bemerkt noch nicht einmal, dass Morpheus zu ihr getreten ist und ihr nun beruhigend die Hand auf die Schulter legt. »Nein, Kind des Chaos soll heißen, dass deine Mutter Chaos ist.«

»Unmöglich!«

Arsch und Krähe sind außer sich und beginnen jetzt eine lautstarke Diskussion mit Lachen und Schlaf. Ken ist es zu laut. Er erhebt sich, rennt zur Treppe und verschwindet nach oben. Nur Friedrich und ich schauen uns ratlos an, der Junge zuckt mit den Achseln, während mir kurz darauf der Kragen platzt.

»Kann mir verdammt noch mal einer von euch erklären, was hier los ist?«

Urplötzlich herrscht Schweigen und die vier tauschen betretene Blicke. Was immer sie wissen, es ist nicht gut.

# Das Genie beherrscht das Chaos

»Nun …«, druckst Krähe herum.

»Vielleicht sollte Jelos dir das erzählen«, weicht Morpheus aus.

»Also, ich mochte sie ja nie!«

Die beiden Männer und Krähe starren Lachen erwartungsvoll an, die empört die Nase rümpft. »Das ist ja mal wieder typisch!«, schimpft sie. »Wenn es unangenehm wird, dann bin ich an der Reihe, oder was?«

»Nun, sie ist deine Schwester, Schatz«, wendet Morpheus ein und klingt dabei nicht entschuldigend, sondern vernünftig. Mir wird klar, dass hier ein Könner am Werk ist, den ich ganz klar unterschätzt habe. Ich dachte immer, dass Lachen in ihrer Beziehung die Hosen anhat.

»Deine Schwester?«, wiederhole ich überrascht. »Was heißt das?«

Die anderen Sprichwörter starren mich an, als hätte ich etwas sehr Dummes gesagt. Aber das ist doch eine berechtigte Frage! Wenn die Lebenden Sprichwörter erschaffen werden, wie können sie dann Geschwister haben? Das hat mich schon immer an Trinity und Schmied gestört. Doch ich konnte sie nie fragen – okay, ich wollte es nicht, denn das hätte ja Interesse an den Freaks bekundet, die ich stets auf Abstand halten wollte.

»Ihr müsst das verstehen: Murphy ist in gewisser Hinsicht wie ein frisch erschaffener Neo. Er weiß die grundlegenden Dinge über uns Lebenden Sprichwörter nicht, obwohl er schon jahrhundertealt ist«, erklärt Friedrich den anderen.

»Aber wie kann er Jahrhunderte unter uns leben und das *nicht* wissen?«, wundert sich Krähe.

»Das hat er ja gar nicht«, wendet der Junge ein. »Er wollte nie etwas mit uns anderen zu tun haben, ist jedem Gespräch ausgewichen und hat alle Freundschaften abgeblockt. Es hat ihm daher nie jemand etwas erklärt. Denk doch nur an das Tagespensum! Er dachte jahrhundertelang, dass wir ein Tagespensum an Energie verbrauchen müssen!«

Na, vielen Dank, dass du mir und den anderen meine Dummheit so deutlich unter die Nase reibst!

»Könnt ihr mir auch eine Erklärung geben oder nur über mich lästern?«, frage ich genervt.

»Entschuldige, Murphy«, erwidert Krähe. »Natürlich. Als Geschwister bezeichnen wir Sprichwörter, die zur selben Zeit Neos waren. Die gemeinsamen Erfahrungen der Neologismen, die zusammen ihre Fähigkeiten und die Regeln unserer Welt begreifen, formen ein Band, das so eng ist wie das menschlicher Geschwister. Das heißt natürlich nicht, dass diese Sprichwörter sich mögen müssen, aber manchmal ist die Beziehung enger als sonst. Ein gutes Beispiel dafür sind *Ein jeder ist seines Glückes Schmied* und *Aller guten Dinge sind drei*. Vielleicht liegt das auch daran, dass sie beide Glücks-Sprichwörter sind.«

»Es ist so wie bei dir, Archie und Friedrich«, ergänzt Lachen wenig hilfreich. »Eure Beziehung untereinander ist auch enger als zu anderen, weil ihr ähnliche Kräfte habt. Beziehungsweise die anderen haben die Kräfte, bei dir bin ich mir momentan nicht so sicher.«

Und was soll das jetzt schon wieder heißen?

»Fein! Drückt euch einfach noch unklarer aus! Irgendwann bin ich dann völlig verwirrt!«

»Ich glaube nicht, dass es deine eigenen Kräfte sind, die du benutzt«, antwortet Jelos schlicht.

Sie bestätigt damit die Theorie, die mir diese Woche ebenfalls schon gekommen ist. »Ich bin gar nicht *Alles, was schiefgehen kann, wird auch schiefgehen*?«

»Nein.«

»Doch!«

»Ja, was denn nun?!«, frage ich, während Krähe und Lachen sich gegenseitig gereizt ansehen.

»Na schön«, gibt Jelos nach. »Vielleicht ist er das tatsächlich. Tatsache ist, dass er *nicht nur* das ist, wenn ich recht habe. Murphy, mein Junge, tust du mir einen Gefallen? Entfesselst du bitte deine gesamte Unglücksenergie für mich?«

»Aber dann verliere ich die Kontrolle!«

»Genau das ist der Sinn und Zweck.«

Ich verstehe es nicht, doch wenn sie es so will. »Auf deine Verantwortung, Lachen«, meine ich.

Plötzlich muss ich ein Grinsen unterdrücken. Ich sitze zusammen mit Krähe, Arsch und den anderen in seinem Café und habe den Auftrag, den Raum zu verwüsten. *Den Auftrag!* Wie geil ist das denn? Nun bekomme ich doch noch meine Rache und niemand kann mich dafür bestrafen!

Ätschebätsch, Arsch!

Ich atme tief aus und lasse los.

Seltsamerweise war meine Unglücksenergie den ganzen Tag schon friedlich und das, obwohl ich noch kein Chaos gewirkt habe. Das passt nicht zu ihr. Eigentlich hätte sie sich schon längst in mir anstauen und zu entkommen versuchen müssen. Nun jedoch fällt es mir schwer, sie überhaupt zu rufen. Was bestätigt, was ich seit ein paar Tagen weiß. Meine Magie ist ein separater Teil von mir mit eigenem Willen und sie hat mir jahrhundertelang vorgegaukelt, dass ich die Kontrolle über sie hätte.

Ich muss das Wesen – es muss ein intelligentes Wesen sein, das in mir wohnt – zwingen hervorzukommen. Mühsam zerrend und schiebend bringe ich die Chaosenergie an die Oberfläche, bis sie mich von Kopf bis Fuß umhüllt. Noch immer will sie meinen Körper nicht verlassen.

Plötzlich springt Lachen an meine Seite und packt die Energie mit ihrer Magie. Ich bekomme eine volle Breitseite Gelächter ab, sogar meine Unglücksenergie schüttelt sich unter ihr, als Jelos schreit: »Krähe, Morpheus, helft mir!«

Sofort sind die beiden zur Stelle und zerren ebenfalls an mir. Es tut weh, so als würden sie die Magie mit Stumpf und Stiel und allen Wurzeln und Ankern aus mir herausreißen. Ich schreie vor Schmerzen.

»Nicht aufhören! Sonst wird es nächstes Mal schlimmer für ihn!«, brüllt Lachen die beiden anderen an und Arsch und Friedrich halten abrupt inne.

Wo kommen die denn auf einmal her? Wollten sie etwa die drei aufhalten?

Plötzlich wird es besser und mit einem lauten Kreischen reißt die letzte Verbindung der Magie zu mir. Es knallt, als das Chaos explodiert.

Wir werden zu Boden geschleudert. Sofas, Sessel und Tische fliegen durch den Raum. Die Druckwelle zerschmettert die Fensterscheiben, Staub und Scherben wirbeln durch die Luft.

Und dann steht da plötzlich eine fremde Frau vor uns.

»Chasma«, grüßt Lachen kühl. »Wie konntest du nur?!«

Die Frau streicht sich ihr langes hellbraunes Haar, das ihr nach der Explosion kreuz und quer herabhängt, aus dem Gesicht. Sie hat weiche, attraktive Gesichtszüge und sieht aus wie Ende dreißig. Ich hätte vermutlich gesagt, dass sie schön ist, aber irgendetwas stört mich an ihr.

»O MEIN GOTT!«, ruft Arsch voller verwunderter Erkenntnis aus.

»Wer bist du?«, frage ich.

Irgendwie geht es nicht in meinen Kopf, dass sie es sein muss, die seit Jahrhunderten heimlich in mir gehaust hat.

»Murphy, das ist *Das Genie beherrscht das Chaos*, kurz Chaos genannt. Ihr Name lautet Chasma. Sie ist deine Mutter«, erklärt Krähe grimmig, die völlig außer sich wirkt.

Und zack! Es zieht mir den Boden unter den Füßen weg.

»Meine Mutter?«, wiederhole ich im Sitzen.

»Murphy!«, rufen Friedrich und Arsch erschrocken. Der Junge ist etwas schneller als mein Feind und will mir aufhelfen. Mir geht es nicht so gut. Ich bleibe lieber sitzen.

»Ja, Murphy«, sagt sie nun. Ihre Stimme klingt warm und sie mustert mich mit einem undeutbaren Gefühl in ihrem Blick. Was empfindet sie für mich?

»Warum, Chasma?«, will Jelos von ihrer Schwester wissen.

O mein Gott! Das bedeutet ja, dass Lachen meine Tante ist!

»Du weißt warum, Jelos«, erwidert Chaos – ich kann sie nicht meine Mutter nennen, mein Hirn weigert sich. »Nur weil ihr es hingenommen habt, nur weil ihr nicht dagegen ankämpft, heißt das nicht, dass jeder sich genauso verhalten muss.

Das ist doch kein Leben, das wir führen! Geburt, Heranwachsen, Schwangerschaft, Leben geben, altern, sterben – all das wurde uns von unserem unbekannten Schöpfer verwehrt! Ist das etwa fair? Und du klagst mich an, weil ich mir den Wunsch erfüllt habe, der auch dein Herzenswunsch ist? Ein eigenes Kind?

Oh, glaub nicht, dass ich nicht mitbekommen hätte, wie du meinen Murphy stets bemuttert und umsorgst hast! Nur dich selbst klagst du nicht dafür an!«

»Aber, Chasma, wenn wir Lebenden Sprichwörter unfruchtbar sind, wie konntest du dann schwanger werden?«

Nicht nur Krähe ist sichtlich verwirrt von den Ereignissen und Enthüllungen.

»Mithilfe von Magie«, erwidert Chaos schlicht. »Unsere Magie kann so viel mehr, als wir uns vorstellen können, wenn wir es unbedingt wollen. Und in Kombination … dann ist wahrlich nichts unmöglich.«

»In Kombination? Du hattest also Hilfe von jemandem?«, schlussfolgert Arsch.

»Ich bin zwar mächtig, doch so mächtig nun auch wieder nicht, mein Lieber«, sagt sie und schenkt ihm ein Lächeln, das ihn zurückweichen lässt. Ich ahne, dass zwischen den beiden etwas vorgefallen sein muss. Die Abneigung zwischen ihnen ist fast mit den Händen greifbar.

»Und von wem?«

»Von *Alles neu macht der Mai* natürlich.«

»Wie bitte?«

»Dieser Stümper?«

Morpheus und Jelos haben keine gute Meinung von dem anderen Freak. Ich höre nun zum allerersten Mal von ihm. Muss mir das Sprichwort etwas sagen?

»Kümmert er sich nicht um den Frühling?«, fragt Friedrich verwirrt.

»Nein«, erklärt Chaos. »Das ist zu einfach gedacht. Seine Fähigkeiten gehen darüber hinaus. Im Grunde *schenkt er Leben*. Und ich habe ihn vor ein paar Jahrhunderten gebeten, das bei mir zu machen. Nur jemand, der lebt, kann Kinder bekommen.«

Es hört sich so einfach an, wie sie da vor uns steht und uns alles erläutert, doch ich begreife es nicht. Sie und mein Vater hatten Sex? Und daraufhin wurde sie schwanger und hat mich geboren?

»Okay, er hat dich also sterblich gemacht. Und dann? Wie kam es dazu, dass du jetzt in Murphy gesteckt hast?« Morpheus' Blick wandert zwischen ihr und mir hin und her.

»Nun, Mais Zauber haben einen Haken. Er heißt schließlich nicht ohne Grund *Alles neu macht der Mai*. Im Mai ist er nicht nur am stärksten – im Grunde kann er nur dann Macht ausüben –, auch halten seine Zauber nur von Mai bis April. Sobald ein neuer Mai-Monat kommt, lösen sich alle gewebten Zauber auf, die Magie kehrt zu ihm zurück und er kann sie neu verwenden.«

»Das heißt, du hattest ein Jahr, um schwanger zu werden und ein Kind zu gebären«, fasst Jelos zusammen. Seltsamerweise sieht sie nachdenklich aus.

»Nein, Schatz!«

»Aber Morpheus!«

»Nein! Ich bin mir sicher, der Zauber hat einen Preis, von dem wir noch nichts wissen. Wunschzauber haben immer einen Haken.«

Chaos lacht bitter. »Oh, wie wahr!« Sie schüttelt den Kopf. »Ich hatte die Folgen nicht bedacht. Das gebe ich zu. Zuerst lief alles wie geplant. Ich suchte mir einen kräftigen Sterblichen, von dem ich wusste, dass er mir ein starkes Kind schenken würde, wurde schwanger und ging meiner Wege. Die Schwangerschaft zu der Zeit war hart, besonders als alleinstehende Frau, und ich wagte es nicht, meine Magie einzusetzen, aus Angst, dem Ungeborenen zu schaden.«

Plötzlich kommt sie auf mich zu, schnippst einmal mit den Fingern, die Spuren der Chaos-Explosion lösen sich in Luft auf und dann setzt sie sich zu mir auf den Boden.

»Ich wollte immer nur das Beste für dich, Murphy. Das musst du mir glauben«, sagt sie und streckt die Hand nach mir aus. Ich zucke unwillkürlich vor ihr zurück und entlocke ihr so ein Seufzen.

»Ich weiß, das muss hart für dich sein. Und mit Sicherheit ist es ein kleiner Schock …«

»Ein kleiner?!« Ich lache auf. »Mach einen großen daraus, dann stimmt es eher!«

Wenn ich daran denke, wie ich mir als Kind jahrelang vorgestellt habe, wie meine Mutter eines Tages kommen, ihren Fehler erkennen und mich von meiner lieblosen Familie wegholen würde! Und die ganze Zeit steckte sie in mir drin und hat nichts getan?

Ich habe nicht bemerkt, dass ich es laut ausgesprochen habe, doch sie nickt traurig. »Ja, Murphy, ich war die ganze Zeit bei dir.«

»Aber wie ist das möglich, Chasma?«, fragt Krähe.

»Lasst mich der Reihe nach erzählen!«, bittet sie. »Ich war also schwanger und im März wurde Murphy geboren. Ich war überglücklich. Die ersten Wochen vergingen im Taumel der Glückseligkeit. Dann jedoch wurde es Ende April, genauer gesagt der 30. April, die Nacht zum 1. Mai.«

Sie schluckt und ihr Blick richtet sich in die Ferne. »Ihr müsst verstehen: Ich habe Mai nicht als Wünsche-Erfüller gesehen, sondern als Lebensschenker. Ich dachte nicht, dass es einen Haken geben würde. Mai war in jener Nacht gekommen, um mich zu informieren, dass mir nur wenig Zeit bliebe. Um Schlag Mitternacht würde sich der Zauber wieder in Luft auflösen und ich wäre wieder ein ganz normales Lebendes Sprichwort.«

»Aber das bedeutet ja, dass du dein Baby allein lassen musstest«, erkennt Jelos schockiert. Auch wenn sie sich selbst ein Baby wünscht, dieser Preis erscheint ihr zu hoch.

»Ja, genau das bedeutete es. Doch die Not macht erfinderisch, wie man so schön sagt«, fährt Chasma, die Frau im Schneidersitz vor mir, fort. Sie schenkt mir nun erneut ein liebevolles Lächeln.

»Und was passierte dann?«, will ich wissen. Ich bin gefangen von ihrer Erzählung, ihrem Blick und ihrem Lächeln.

Langsam begreife ich, dass ich nicht nur eine Mutter habe, sondern darüber hinaus eine Mutter, die mich liebt.

»Nun, ich habe es nicht hingenommen. Wenn die Ordnung der Dinge mir etwas vorschreiben will, dann rebelliere ich und stifte Chaos. Darin bin ich genau wie du.«

Wir wechseln ein verständnisvolles Lächeln.

»Ich habe dich also gepackt und bin gesprungen«, erzählt sie weiter. »Währenddessen suchten meine Gedanken verzweifelt einen Ausweg. Ich musste sichergehen, dass du auf jeden Fall versorgt und großgezogen werden würdest, selbst wenn es mir nicht gelang.

Also schrieb ich einen Brief, der erklärte, wer du bist, in der Hoffnung, dass jemand in dem kleinen Küstendorf lesen konnte. Danach fand ich heraus, wo dein Vater wohnte, und legte dich zusammen mit dem Brief vor seine Tür. Ich wickelte dich in eine warme Decke, denn die Nacht war kalt, und spürte, wie sich Mai näherte.

›Deine Zeit ist abgelaufen‹, sagte er zu mir. ›Verabschiede dich von deinem Kind. Denn es wird dich niemals wiedersehen.‹

Schadenfreude klang in seiner Stimme durch. Ich hatte ihn in der Vergangenheit als charmanten, umgänglichen Mann erlebt, sodass ich einen Moment lang geschockt war. Doch dann begriff ich. Murphy würde zwar leben und ich könnte ihn beobachten, während er heranwuchs, sein Leben lebte, glücklich wurde, eigene Kinder bekam und irgendwann starb. Aber er würde niemals wissen, wie ich aussehe. Niemals wissen, wie meine Stimme klingt oder wer ich bin.

Es war, als würde ich für mein Kind nicht mehr existieren. Und das konnte ich nicht akzeptieren.«

»Was hast du getan?«, fragt Friedrich neugierig. Er hat sich neben mich gesetzt. Von irgendwoher hat er eine Keksdose aufgetrieben und jetzt greift er hinein und holt einen Schokoladenkeks heraus. Für ihn ist das hier wie eine unterhaltsame Geschichtsstunde.

Für mich ist es mein Leben, und kurz ärgere ich mich über ihn. Und noch mehr, als meine Mutter ihn anlächelt.

»Ich habe natürlich gekämpft, Friedrich. Mai wurde von Sekunde zu Sekunde stärker, Mitternacht schlug und ich spürte, wie mir das Leben entglitt. Also setzte ich Chaos gegen ihn ein und versuchte, mir das Leben zurückzuholen. Ich hoffte, dass mir auf diese Weise dann ein weiteres Jahr bleiben würde.

Doch stattdessen geschah etwas anderes. Unsere Energien vermischten sich, aber Mais Magie ist nicht dazu in der Lage, zweimal hintereinander denselben Zauber zu weben. Seine Magie ist stets Veränderung. Ich konnte daher nicht sterblich bleiben, ich wollte nicht wieder ein Lebendes Sprichwort – die Bezeichnung ist ein Hohn! – sein, also machte sie mich zu etwas Neuem.

Ich spürte, wie ich mich veränderte, zu einem Wirbel aus Chaosenergie wurde – und dann zog mich etwas in Murphy hinein. Ich konnte nicht leben, ich konnte nicht sterblich sein, doch meinem Baby war beides möglich.«

»Das heißt, du wolltest gar nicht in mir gefangen sein?«

»Natürlich nicht, mein Schatz! Das wünscht sich keine Mutter für ihr Kind. Ich wollte dir lediglich nahe sein und das war es, was der Zauber daraus gemacht hat. Es tut mir leid, dass ich dir so viel Leid gebracht habe. Besonders als Kind war mein Chaos für dich nicht zu beherrschen. Ich habe versucht, es im Griff zu behalten, um dir nicht zu schaden, aber Chaos ist nun mal nicht dafür gedacht, in eine Ordnung gezwungen zu werden. Und so brach es sich immer wieder Bahn und verursachte Unfälle und seltsame Vorfälle um dich herum. Als ich begriff, dass diese abergläubischen Narren dir die Schuld für alles gaben, was in ihrem Leben schieflief, sorgte ich dafür, dass sich die Unfälle auf dich konzentrierten.

Es tat mir weh, das tun zu müssen, aber ich wusste auch, dass dies die einzige Möglichkeit war. Sie standen kurz davor, dich zu töten, als du gerade mal drei Jahre alt warst. Und ich konnte meine Kräfte nicht gegen sie entfesseln. Die Macht, die notwendig gewesen wäre, um sie aufzuhalten, hätte dich getötet. Also wurdest du vom Unglücksbringer zum Unglücksraben, die Menschen hassten dich zwar weiterhin, sie waren jedoch nicht länger voller Furcht. Und die seltsamen Vorfälle schrieben sie bald mir zu, zumal dein Vater stets behauptet hatte, ich hätte ihn mit meiner dämonischen Magie verführt. So ein verlogener Lüstling!«

»Stopp!«, rufe ich und schlage mir die Hände über die Ohren.

»Was ist denn, Liebling?«

»Ich will nichts darüber hören, wie ihr beide Sex hattet, okay?«

»Das ist ein absolutes Tabuthema für Eltern ihren Kindern gegenüber«, stimmt Friedrich mir zu und schenkt ihr einen strafenden Blick.

»Entschuldigung, das wusste ich nicht.«

»Und wie wurde Murphy dann unsterblich?«, will Arsch, der während Chaos' Erzählung recht still gewesen ist, nun wissen.

»Tut mir leid, das weiß ich nicht.«

Ich fühle Enttäuschung in mir aufsteigen. Werde ich jemals erfahren, wer mich verflucht hat?

# Die Hoffnung stirbt zuletzt

»Und was machen wir jetzt?«, fragt Friedrich, nachdem wir eine Weile geschwiegen haben.

Der Blick auf die Uhr zeigt, dass es erst halb neun ist, aber für mich fühlt es sich an, als wäre es weit nach Mitternacht. Ich bin völlig fertig, für einen Tag hatte ich mehr als genug.

»Ich werde mit Liebe sprechen. Vielleicht kann ich sie überzeugen, den Zauber aufzulösen«, sagt meine Mutter entschlossen.

»Ich komme mit«, erklärt Krähe.

»Dann versuchen wir herauszufinden, wer dich unsterblich gemacht hat.« Morpheus und Jelos sind sich wieder einmal einig.

»Ich komme mit!«, ruft Friedrich begeistert.

»Und ich …«

Ich komme nicht weit, bevor Arsch mich unterbricht: »Und wir gehen essen. Es ist Abend und du hast den ganzen Tag noch nichts zu essen gehabt. Außerdem ist es eine tolle Gelegenheit, etwas Zeit zu zweit zu verbringen und unser Date von gestern Abend nachzuholen.«

Arsch ist voller Vorfreude und strahlt, als er mich ansieht.

»Eine wundervolle Idee«, stimmt Krähe ihm zu.

Im ersten Moment denke ich, ich habe mich verhört. *Was* hat sie gesagt?

»Ich finde auch, dass ihr ein bisschen Zeit miteinander verbringen solltet. Und ein Essen ist dafür eine gute Gelegenheit. Aber vielleicht willst du dich zuvor umziehen, Archie?«

Er sieht an sich herunter. Seine Kleidung ist mit Schmutzflecken und kleinen Rissen von der Chaosexplosion übersät. »Auweia! Wie sehe ich denn aus?«

Kurz macht er den Eindruck, als wollte er sich hinter einem Sessel verstecken, damit ich ihn so nicht sehe. Doch dann begreift er, dass es dafür zu spät ist.

»Ich bin gleich wieder zurück, mein Schatz!«, ruft er mit einem Lächeln auf den Lippen und springt nach oben ins Schlafzimmer.

»Tolle List, Krähe! Das heißt, wir können jetzt los«, sage ich zufrieden.

»Wir ja, du bleibst hier und gehst mit ihm auf ein Date«, entscheidet sie.

»Spinnst du? Keinesfalls gehe ich mit ihm auf ein Date! Ich will nichts von ihm!«

»Sieh es als Ablenkung, als gute Tat, als was weiß ich! Aber du gehst! Momentan ist er durch den Zauber wie eine tickende Zeitbombe. Wir können uns nicht darauf verlassen, dass er mit uns zusammenarbeitet. Du hast doch erlebt, was er Jelos, Friedrich und Morpheus angetan hat.

Jedes Mal, wenn er denkt, dass du bedroht wirst oder dass wir dir in irgendeiner Weise schaden wollen – und dazu gehört natürlich die Aufhebung des Liebeszaubers –, wird er wieder gegen uns kämpfen.

Wenn du also willst, dass du endlich frei von Zaubern bist, dann gehst du auf dieses verdammte Date und sorgst dafür, dass er gute Laune hat und nichts Böses ahnt! Und stell dich nicht so an! Archie ist ein netter Mann, er wird schon nicht über dich herfallen!«

Ich schlucke mühsam. Das ist gar keine gute Idee!

»Es tut mir leid, Murphy. Ich fürchte, Krähe hat recht«, fällt mir nun auch noch Friedrich in den Rücken.

»Wir beeilen uns, mein Schatz«, meint meine Mutter und schenkt mir ein aufmunterndes Lächeln.

»Aber so solltest du nicht auf das Date gehen«, mischt sich jetzt Jelos ein. »Warte, wir holen dir ordentliche Kleidung!«

Fünf Sekunden später ist sie mit dem verdammten Smoking zurück, den ich eigentlich bei nächster Gelegenheit hatte verbrennen wollen, weil so viele unangenehme Erinnerungen in dem Ding stecken. Es wäre so befriedigend, das Kleidungsstück in Flammen aufgehen zu sehen, das Arsch beinahe buchstäblich besabbert hat, als er mich darin gesehen hat.

»Nein, den ziehe ich nicht an!«

»Stell dich nicht so an, Murphy. Das ist nur ein Smoking. Es kann doch nicht schlimmer sein, ihn anzuziehen, als mit Archie auszugehen, oder?«

Noch nicht einmal Morpheus ist auf meiner Seite! Das ist nicht fair!

Okay, ich schmolle! Na und? Das ist mein gutes Vorrecht! Oder wurdet ihr schon mal von eurer Familie und euren Freunden dazu gezwungen, auf ein Date mit eurem Erzfeind zu gehen? Na also!

»Schick seht ihr aus!«, meint meine Mutter, als ich kurz nach Arsch die Treppe herunterkomme, nachdem ich mich murrend in seinem Gästezimmer umgezogen habe. »Und benimm dich, Archie!«

»Wie ein Gentleman«, versichert er ihr.

»Das will ich dir auch geraten haben, sonst bekommst du es mit mir zu tun!«

Er erschaudert. Irgendwie ist es lustig. Mein Widersacher hat Angst vor meiner Mutter. Damit kann ich ihn heute Abend gut aufziehen!

»Denk an den Plan!«, formt meine Mutter mit den Lippen, als Arsch kurz in die andere Richtung schaut.

Ertappt! Verdammt! Sie kennt mich einfach zu gut.

Freudestrahlend packt Archie nun meine linke Hand und springt mit mir irgendwohin.

»Wo sind wir?«

»Bei meinem Lieblingsitaliener. Sie machen einfach die beste Pasta hier«, erklärt Arsch mir.

Um uns herum wird nur Italienisch gesprochen, wir befinden uns nicht einfach nur beim Italiener, wir mussten gleich bis nach Italien springen. Bei Arsch muss anscheinend alles stilecht sein für unser Date.

Im Lokal gibt es keine Kunstblumen oder die allgegenwärtigen Landschaftsbilder an den Wänden, die man sonst immer sieht und die einander wie ein Ei dem anderen gleichen. Stattdessen hat anscheinend ein regionaler Künstler die Umgebung in Acryl festgehalten. Allerdings nicht so, dass der gewöhnliche Betrachter sie wiedererkennen könnte.

»Ein Expressionist«, erklärt er mir und lässt sich dann fünf Minuten lang über den Künstler und dessen Lebenswerk aus. Ich blende seine Stimme aus, während wir uns einen Tisch suchen und die Speisekarte studieren.

»Warum springen wir nicht einfach in die Küche und schauen nach, was gerade fertig ist? Es ist ja nicht so, als ob wir wirklich etwas bestellen könnten«, schlage ich vor. Ich will dieses verdammte Date einfach schnellstmöglich hinter mich bringen und so zu tun als ob, liegt mir gar nicht.

»Ah, du bist ein Realist, nicht wahr?«

»Was soll ich denn sonst sein? Die Welt wird nicht besser, wenn man sich das vorstellt. Denk doch mal zurück! Wie viele Kriege hast du schon erlebt? Hat sich die Menschheit jemals zum Besseren verändert?«

»Das ist eine ziemlich negative Einstellung und eine ungesunde, Liebster«, erwidert er besorgt. »Wir sind unsterblich. Wir müssen einfach hoffen, dass es besser wird. Etwas muss uns die Kraft geben, jeden Tag aufzustehen, unsere Arbeit zu machen und Spaß an unserem Leben zu haben. Und wenn du nicht an die Menschheit glauben kannst oder an uns andere Sprichwörter, dann such dir etwas anderes, das dir Spaß macht und Lebensmut gibt.«

Bislang war das stets meine Magie gewesen, die Aussicht, etwas Chaos zu stiften und Abwechslung in die langweilige Ordnung zu bringen.

Halt! Es ist ja gar nicht meine Magie, es war immer meine Mutter. Habe ich überhaupt eigene Chaosmagie?

Ich starre auf die Speisekarte in meinen Händen und versuche, sie in Brand zu setzen. Dafür greife ich tief in mich hinein, suche die mir so vertraute Energie – und finde nichts.

Bebend klappe ich die Karte zu und lege sie aus meinen zitternden Händen. Was mache ich jetzt? Wer bin ich überhaupt, wenn ich kein Unglücksmagier mehr bin? Was bleibt mir dann noch? Jahrhundertelang war das mein einziger Lebenszweck. Und jetzt?

»Schatz, was hast du?«

Arsch rennt um den Tisch herum, setzt sich auf den freien Stuhl neben mich und schlingt die Arme um mich, während ich schluchze.

Den Weichei-Spruch habe ich gehört!

Ja, ich habe eine Krise! Na und? Ich möchte dich mal sehen, wenn dein Leben mir nichts, dir nichts innerhalb weniger Tage und Stunden komplett auf den Kopf gestellt wird und du nichts mehr hast!

Arschloch!

Peinlicherweise heule ich Rotz und Wasser. So hat Arsch sich das Date mit mir wahrscheinlich nicht vorgestellt.

Oder vielleicht doch, auch wenn er vermutlich nicht gedacht hätte, dass ich weine, während er die Arme um mich legt. Zuerst versuche ich, seine Umarmung abzuschütteln, aber im Grunde ist es mir gerade egal, ob er nun die falschen Schlüsse zieht. Mir geht es dreckig und die Umarmung hilft etwas.

»Magst du mit mir darüber reden?«, fragt er irgendwann, als ich mich wieder etwas beruhigt habe. »Du weißt, dass du mit mir über alles sprechen kannst, wenn du willst. Ich werde nicht mit den anderen darüber reden. Und besonders nicht mit deiner Mutter. Das muss ein Schock gewesen sein, nicht? Besonders dass sie jahrhundertelang in dir gefangen war. Hast du eigentlich gespürt, dass sie da war?«

»Nicht wirklich. Ich dachte immer, jede Freak-Magie wäre etwas eigensinnig.«

»Freak-Magie? Du bezeichnest dich und uns anderen als Freaks?«

»Das sind wir doch! Oder hältst du es für normal, ewig zu leben und eine Existenz als Geist zu führen? Eigentlich kann man es ja noch nicht einmal Leben nennen, wir sind Untote, Zombies!«

Er lacht leise. »Weißt du, dass ich nie gedacht hätte, dass du über Barbie, Ken und Zombies Bescheid weißt? So häufig, wie ich gehört habe, dass du wieder irgendeinen Zwischenfall in einem Kino verursacht hast, dachte ich, dass du sie und alles, was mit moderner Kultur zu tun hat, hassen musst.«

Das Gegenteil ist der Fall.

»Ich liebe es, ins Kino zu gehen. Kennst du noch die alten Autokinos von früher?«

»Ja, die waren klasse.«

Er sieht verträumt aus. Ich will nicht wissen, woran er denkt, ob an frühere Dates und Knutschereien auf dem Rücksitz. Für mich sind Kinos die Möglichkeit, aus meinem Leben auszubrechen – und wenn auch nur für zehn Minuten, länger hat es meine Unglücksenergie leider noch nie geschafft innezuhalten, bevor sie die Filmrolle oder irgendetwas anderes verschmort hat. Um einen Film komplett zu sehen, muss ich ziemlich oft ins Kino gehen und ihn abschnittsweise gucken. Aber das ist es mir wert. Kein Wunder, dass das Gerücht entstanden ist, dass ich Kinos hassen würde.

»Hast du Lust, stattdessen ins Kino zu gehen? Ich kenne ein altes Autokino, das noch in Betrieb ist«, schlägt Archie vor. »Und ganz ehrlich: Schick italienisch essen zu gehen, ist sowieso nicht deins, oder? Das hast du nur gemacht, weil ich es wollte, nicht wahr?«

Ertappt! Ich nicke.

»In Ordnung. Dann schlage ich vor, wir ziehen uns was Bequemeres an, kippen unseren Plan vom perfekten Date einfach über Bord und lassen uns überraschen, was auf uns zukommt. Einverstanden?«

Er hat mich positiv überrascht. Ich habe ihn für einen besserwisserischen Moralapostel gehalten, der andere mit seinen Racheakten erziehen will und viel Wert auf Äußerlichkeiten und Wohlstand legt. Aber nun ist er unerwartet verständnisvoll und einfühlsam.

Ich springe nach Hause – wenigstens das kann ich noch, ich hatte schon Angst, dass ich diese Fähigkeit auch nicht mehr besitze – und ziehe wieder etwas Leichtes an.

Kurz darauf klopft Arsch – na gut, Archie, ich bin in versöhnlicher Stimmung – an die Schlafzimmertür. »Fertig? Kann ich reinkommen?«

»Ja.«

Er öffnet die Tür. Eine Jeans trägt er nicht, das wäre zu viel verlangt gewesen, aber zumindest seine normale Freizeitkleidung, während ich wieder in eine Bermudas und ein T-Shirt geschlüpft bin. Er mustert mich langsam von oben bis unten und lächelt verlegen.

»Sorry, ich wollte es langsam angehen lassen. Doch ich konnte es nicht vermeiden, dich anzustarren. Weißt du eigentlich, dass der Casual Look dir unheimlich gut steht?«

»Äh«, mache ich.

Scheiße, was sagt man in so einer Situation? Schau gefälligst woanders hin!

Ach nein, das darf ich ja nicht sagen, um den Plan nicht zu gefährden.

»Danke für das Kompliment.«

Ja, lahm, ich weiß. Zumindest verzichte ich darauf, ihm ebenfalls ein Kompliment für sein Aussehen zu machen. Selbst wenn ich nett sein muss, das gehört meiner Meinung nach nicht zum Pflichtprogramm!

»Wo gehen wir hin?«, frage ich, als Archie meine Hand nimmt.

Ich bin mir der Berührung nur zu bewusst. Am liebsten wäre ich selbst gesprungen, aber Archie sagt nur: »Lass dich überraschen!«, und lächelt geheimnisvoll.

Im nächsten Moment sind wir schon da und ich erkenne, dass wir uns tatsächlich in einem Autokino befinden. Dass es die noch gibt! Es dämmert bereits und die Autos fahren nach und nach auf ihre Plätze. Wir warten schweigend ein paar Minuten, bis wir uns ein freies Plätzchen mit guter Sicht suchen.

»Warte!«

Ich hatte mich schon gewundert, warum er so eine große Tasche mitgeschleppt hat, aber nun holt Archie eine Picknickdecke heraus, stellt eine Flasche mit Saft, Gläser, süßes Popcorn und Chips davor ab und macht dann eine kleine Verbeugung.

»Bitte sehr, Monsieur. Nehmen Sie Platz! Ihr Diener Archie wird heute für Ihr leibliches Wohl sorgen. Was wünscht der Herr als Erstes?«

Ich lache, so albern sehen seine Grimasse und seine steife Verbeugung aus. Es ist so Archie-untypisch, dass ich mich frage, ob ich den echten Archie bisher nie kennengelernt habe oder ob der Zauber schuld daran ist.

Gegen meinen Willen entspanne ich mich etwas auf meinem Kein-Date-Date. Wir unterhalten uns über Filme, die wir gesehen haben, Schauspieler, die wir gut finden – obwohl Archie hier parteiisch ist, denn er beurteilt Aussehen genauso sehr wie Schauspielkünste, mit teils seltsamen Ergebnissen –, über Verfilmungen, die mit den Büchern nicht mithalten konnten, und, und, und.

Die Zeit bis zum Vorführungsstart vergeht wie im Flug. Dann ist es dunkel, die Werbung zieht an uns vorbei und der Film beginnt.

Ich bin nur froh, dass es keine Liebesschnulze, sondern ein Actionfilm ist. Es wird viel in die Luft gejagt, Bösewichte werden verkloppt und am Ende gewinnen die Guten. Wir stöhnen gemeinsam an den Stellen, die schlecht umgesetzt sind (zum Glück sind es nur wenige), lachen über die Grimassen der Schauspieler, wenn sie etwas einstecken müssen, klatschen Beifall über ein kunstvoll in die Luft gesprengtes Auto und amüsieren uns während der Vorführung blendend. Ein Film nach meinem Geschmack.

»Hat er dir gefallen?«, will Archie wissen, als die Vorstellung vorbei ist.

»Ja. Er war super. Es hat Spaß gebracht. Das können wir gerne wiederholen«, sage ich.

Dann begreife ich, was ich getan habe. O Scheiße! Wo ist der Zeitumkehrer, wenn man ihn mal braucht? Time out! Ich brauche einen Gedächtnis-Löschzauber für Archie!

»Sehr gerne!« Er strahlt mich voller Freude an. »Vielleicht nächste Woche? Dann soll es einen Horrorfilm geben.«

»Okay.«

Wie komme ich da jetzt wieder raus?

Dann tröste ich mich mit dem Gedanken, dass meine Freunde bis dahin sicher einen Weg gefunden haben, den Liebeszauber zu brechen. Sie *müssen* es einfach!

Wir packen schweigend die Decke und die Überreste unseres Picknicks zusammen. Die Stimmung ist gekippt, von unbeschwert zu verlegen, doch keiner von uns beiden kann etwas dagegen tun.

»Ich wünsche dir eine gute Nacht. Schlaf gut!«, sagt er schließlich und ich erkenne, wie viel Überwindung ihn die Worte kosten. Wie sehr er sich anstrengen muss loszulassen, um mich nicht bis nach Hause zu begleiten. Aber er tut es nicht, er hält sich zurück, meinetwegen. Krähe hatte wieder einmal recht. Solange ich ihm nicht zu verstehen gebe, dass ich seine Avancen willkommen heiße, wird er sich bremsen und hoffen, dass ich meine Meinung mit sanfter Überzeugung nach einigen zwanglosen Dates ändere.

»Gute Nacht!«, antworte ich.

Als ich nach Hause springe, ist nur Ken da. Von meinen Freunden und meiner Mutter fehlt jede Spur, obwohl es inzwischen nach Mitternacht ist. Sie müssen immer noch unterwegs sein.

Ich lege mich ins Bett, wobei der Kater darauf besteht, dass ich das Kopfkissen mit ihm teile, und bin schnell eingeschlafen.

Später erwache ich von Gesang und einer kühlen Brise. Ich brauche ungewöhnlich lange, um zu erkennen, dass ich im vom Vollmond beschienen Innenhof des Cafés stehe, eine Gitarre in der Hand halte und ein Liebeslied singe, während Archie schmachtend aus seinem Schlafzimmerfenster zu mir heruntersieht.

Ich will aufhören – Welch ein Albtraum! –, doch ich kann es nicht. Und als ich ein fröhliches Kichern höre, begreife ich, dass dies kein Traum ist. Dass mein verzaubertes Ich aus Morpheus' künstlichem Schlaf erwacht ist und nun die volle Kontrolle hat. Und dass ich ohne die beiden heute gelösten Zauber nicht die Kraft habe, den Liebeszauber wieder unter Kontrolle zu bekommen.

Meine Hilfeschreie gehen im Klang des Liebeslieds unter, das nun langsam verstummt und von Archie mit begeistertem Applaus belohnt wird.

Friedrich, Morpheus, Mutter, wo seid ihr?

# Der Klügere gibt nach

Ich versuche, es positiv zu sehen. Am Ende der Nacht kann ich küssen. Archie hat sich jedenfalls nicht noch einmal über meine Kusstechnik beschwert oder sich über meine Unerfahrenheit gewundert. Ein Plus.

Und weiter als Küssen ist mein anderes Ich zum Glück auch nicht gegangen. Noch ein Plus.

Es hätte alles schlimmer kommen können, viel schlimmer.

Zum Beispiel hätte es mir gefallen können.

Quatsch! Es hätte mir nicht gefallen können, ihn zu küssen!

Aber Fakt bleibt, ich bin lediglich der Beifahrer in meinem eigenen Körper und der Fahrer hat eine so dicke Glasscheibe zwischen uns errichtet, dass er es noch nicht einmal hören würde, wenn wir ungebremst auf einen Unfall zusteuern würden und ich versuche würde, ihn zu warnen.

Aber zum Glück sind Unfälle auf dem malerischen, unbebauten Hügel, auf dem der liebestolle Idiot und Archie gerade auf einer Wiese den wolkenlosen Sonnenaufgang beobachten, Händchen halten und sich gemeinsam unter eine Wolldecke kuscheln, die Archie ihnen über die Schultern gelegt hat, wohl überaus selten.

Es ist purer Kitsch, hoffnungslos romantisch und ich würde am liebsten die beiden mit den Köpfen zusammenschlagen, so frustriert bin ich.

Wo bleiben meine Freunde? Wo ist meine Mutter? Wundert sich denn keiner von ihnen, wo ich bin? Vermissen sie mich nicht? Machen sie sich keine Sorgen, dass sie mich nicht zu Hause angetroffen haben?

Ich fühle mich von ihnen in der Romantik-Hölle im Stich gelassen. Und jetzt fangen die beiden Insassen auch noch an, von einer gemeinsamen Zukunft zu sprechen!

»Willst du nicht zu mir ziehen?«, will Archie wissen. »Gerne ins Gästezimmer, wenn es dir zu früh für eine Beziehung ist. Ich habe einfach ein ganz ungutes Gefühl, dich in deiner Wohnung allein zu lassen. Ja, ich weiß, dass Friedrich da ist. Dass es meine Schuld ist, dass ich so empfinde.

Es tut mir so leid. Ich war fürchterlich zu dir in den letzten Tagen. Gemeln, hinterhältig, rachsüchtig – und ich habe es an dir ausgelassen, dass Spott mich zutiefst verletzt hat. Dass ich meine Streiche nicht überwacht habe und dass dir dadurch beinahe etwas Schlimmes passiert wäre, kann ich mir nicht verzeihen.«

»Ach, Archie!«, seufzt mein verrücktes Ich.

Passt auf, jetzt kommt's: »Natürlich verzeihe ich dir, mein Herzblatt!«

Mein verzaubertes Ich überrascht mich mit einem Rest gesundem Menschenverstand und Würde.

»Das war nicht in Ordnung«, sagt er kritisch. »Ich gebe es zu, den Streich am Dienstagmorgen hatte ich verdient, und ich habe es nach dem ersten Zorn auch eingesehen. Doch als du mich dann in der Öffentlichkeit gedemütigt hast, war das ein Schlag unter die Gürtellinie. Dennoch habe ich danach immer nur Dinge von dir aufs Korn genommen, während du dich direkt an mir rächen wolltest. Erkennst du den Unterschied?

Ich fürchte, ich werde eine Weile brauchen, um dir das Wackelpudding-Attentat verzeihen zu können. Durch deine Schuld wäre ich fast gestorben.«

»Ich mach's wieder gut. Ich verspreche es!«, meint Archie reumütig. Er bietet ein Bild des Elends.

Jetzt, da sie aus der Schleim-Kitsch-Knutsch-Phase raus sind, geht es mir etwas besser. Es war kaum auszuhalten. Und besonders schrecklich war zu sehen, wie romantisch-kitschig ich sein kann.

Wer ist derjenige, der in seinem Unterbewusstsein Tausende Liebeslieder aus allen Jahrhunderten und Kulturen gespeichert hat?

Leider nicht Archie.

Wer ist derjenige, der an der Regenrinne rauf zu Archies Schlafzimmer geklettert ist, ohne sich um die blauen Flecke und aufgeschürften Hände zu kümmern, einfach weil Springen nicht romantisch genug ist?

Dreimal dürft ihr raten.

Und wer hat sich dann mitsamt Gitarre auf dem Rücken auf den Boden gekniet, Archies Hände genommen und ihm die schmalzigste Liebeserklärung gemacht, die ich je gehört, gesehen oder gelesen habe?

Wenn ich noch einmal die Worte Seelengefährte, Liebe des Lebens, der Eine und Einzige, Lebensgefährte bis in alle Ewigkeit oder Ähnliches höre, fange ich an zu kotzen. Und natürlich hat Archie die Worte begeistert aufgenommen, sogar mit Tränen der Rührung und des Glücks in den Augen, und gedacht, dass *ich* sie ebenfalls so meinen würde.

Aus dieser Nummer komme ich nicht mehr heil heraus. Selbst wenn Morpheus die beiden liebestollen Idioten noch hundert oder tausend Mal in den Tiefschlaf versetzt. Es ist zu spät, um Archie zu erklären, dass ich alles nicht so gemeint habe. Mir bleibt nur eine Möglichkeit: Ich muss die letzten Zauber brechen, koste es, was es wolle. Sonst werde ich meines Lebens nicht mehr froh.

Doch wie?

Archie ist in seinen Armen eingeschlafen. Noch immer sieht man die Tränen auf seinen Wangen glitzern. Die Aussprache und die kurze Nacht waren anstrengend. Mir geht es ähnlich. Lediglich mein anderes Ich ist putzmunter. Kein Wunder. Er hatte ja auch einen ganzen Tag Zeit, sich auszuschlafen.

Seufzend klopfe ich an die Scheibe zwischen mir und meinem anderen Ich. Ich hämmere nicht, ich trommele nicht, sondern mein Klopfen ist höflich.

Es funktioniert. Mein anderes Ich wird neugierig. Die Scheibe zwischen uns wird einen Spalt zurückgeschoben. Nicht genug für eine Flucht, aber weit genug.

»Was willst du?«, fragt er misstrauisch.

»Ich will einfach nur reden, in Ordnung?«

»Und worüber?«

»Über unsere Situation. Hör zu, ich weiß, dass es für uns beide nicht einfach ist. Keiner hat diese Situation gewollt. Keiner von uns war schuld. Tatsache ist, wir stecken fest. Zusammen. In einem Körper. Doch statt zusammenzuarbeiten und eine Lösung zu finden, mit der wir beide leben können, haben wir uns in den letzten beiden

Tagen nur bekämpft. So kann es nicht weitergehen. Siehst du es nicht genauso?«

»Und was schlägst du vor? Ich werde jedenfalls nicht verschwinden oder meinen Liebsten aufgeben!«

»Das verlange ich gar nicht von dir«, entgegne ich geduldig. »Aber wir sollten miteinander reden. Meinst du nicht?«

Er zögert einen Moment, denkt nach. »Du hast möglicherweise recht«, erwidert er langsam. »Doch was hilft uns das?«

»Ein besseres Verständnis füreinander zu Anfang, das wäre doch gar nicht schlecht. Wir sind beide Teile derselben Person … welch ein Wahnsinn ist es da, dass wir gegeneinander Krieg führen? Das ist schließlich ein Krieg gegen uns selbst. Nein, es muss einen friedlichen Weg geben, wie wir miteinander koexistieren können.«

»Das heißt, du wirst nicht mehr versuchen, mich und Archie auseinanderzubringen? Du wirst ihn nicht mehr Arsch oder etwas ähnlich Beleidigendes nennen?«

»Ich verspreche es.«

Er mustert mich skeptisch, schließlich kennt er mich. Ich seufze.

»Hör zu, ich habe eingesehen, dass Archie gar nicht so übel ist. Ich liebe ihn zwar nicht, so wie du, aber ich kann lernen, mit ihm auszukommen. Darum werde ich mich bemühen. Ist das okay für dich?«

»Und was verlangst du im Gegenzug?«

»Ich will ebenfalls mal Zeit mit denen verbringen können, die mir wichtig sind, also mit Friedrich, meiner Mutter und den anderen. Schön wäre es, wenn du dich im Gegenzug dann ebenfalls raushalten könntest, während ich mich aus euren Dates raushalte.«

Der Kompromiss ist mir schwergefallen. Zumal ich weiß, dass es irgendwann nicht mehr bei Küssen und Händchenhalten bleiben wird. Doch kann ich es wirklich verhindern? Nein. Und so mache ich dieses Zugeständnis, wohl wissend, dass mich mein Opfer noch etwas kosten wird.

»Keine Würgegeräusche und andere Igitt-Bekundungen mehr? Denn die sind verdammt lästig.«

»Ich verspreche es.«

Und wenn ich mir die Zunge abbeißen, mich in die tiefste Ecke meines Ichs zurückziehen, die Augen zubinden und die Ohren verstopfen muss.

»Also schön. Das klingt annehmbar. Dann verspreche ich, mich aus deinen Treffen mit deinen Freunden rauszuhalten. Und wie wollen wir das jetzt anstellen?«

»Vielleicht, indem wir uns alle zwei Stunden abwechseln?«

»Zwei Stunden sind zu kurz für ein richtiges Date!«, protestiert er sofort.

»Dann alle vier?«

»Alle zwölf!«

»Sei vernünftig! Irgendwann muss unser Körper auch mal schlafen. Sagen wir acht Stunden Schlaf täglich. Damit bleiben acht Stunden für dich und acht Stunden für mich. Und meinetwegen nimmt jeder die acht Stunden am Stück. Deal?«

»Deal!«

Wir schütteln uns die Hände und mustern uns abschätzend. So ganz trauen wir uns gegenseitig noch nicht über den Weg.

»Also schön. Du hast die Kontrolle um ca. zwei Uhr nachts übernommen, das heißt, ich bin ab zehn Uhr wieder dran«, stelle ich fest.

Wie spät mag es sein? Sechs Uhr? Halb sieben? Sieben?

Auf jeden Fall scheint es mir noch eine Ewigkeit entfernt zu sein, bis ich wieder dran bin.

»Dann bis um zehn Uhr«, verabschiedet er sich von mir und schließt die Glasscheibe. Ich bin wieder eingesperrt. Um fair zu sein, das hätte ich auch mit ihm gemacht.

Nun heißt es warten.

Verdammt, warum habe ich mich auf diesen Scheiß bloß eingelassen?

Mein anderes Ich hat natürlich sofort beschlossen, die Zeit bis zehn Uhr so gut wie möglich zu nutzen, und hat Archie geweckt. Nun rollen sie wild knutschend über die Wiese.

Ich stecke mir die Finger in die Ohren, schließe die Augen und singe: »La, la, la! Ich sehe nichts, ich höre nichts!«

Mist, es hilft nichts! Jetzt erinnert mich meine Ablenkung an eins der Liebeslieder, die mein verrücktes Ich vorhin gesungen hat.

»Murphy? Ach, verdammt!«

Friedrich! Dich schickt der Himmel!

Ich könnte vor Erleichterung weinen, als der Junge auftaucht. Leider scheine nur ich ihn zu hören – sehen kann ich ihn nicht –, da der Idiot nur Augen für Ars… Archie hat.

»Murphy!«

Friedrich packt ihn an der Schulter und rüttelt ihn. Die beiden unterbrechen ihre leidenschaftliche Knutscherei, die für mich leider einen Tick zu weit gegangen ist.

»Lass das, du Nervensäge!«

»Oh, Friedrich! Was machst du denn hier? Du bist in einen … ähm … privaten Moment hereingeplatzt«, sagt Archie verlegen und weiß nicht, wohin er schauen soll. Den Jungen mag er jedenfalls nicht ansehen.

Das hat er wohl begriffen, denn die beiden sind oberkörperfrei und den Kuss kann er definitiv nicht als Wiederbelebungsversuch deuten.

»Ihr solltet das nicht tun! Ihr steht unter einem Zauber. Ein Teil von dir will das hier nicht, Murphy!«, rügt der Junge mein anderes Ich.

»Ich weiß. Aber wir haben uns geeinigt. Jeder von uns bekommt diesen Körper die Hälfte der Zeit«, erklärt er.

Unterdessen hat sich Archie aufgesetzt, sich sein Hemd geschnappt und es halb angezogen. Nun hält er inne, sein Blick wandert zwischen den beiden hin und her.

»Was meint Friedrich mit dem anderen Teil von dir?«, fragt er verwirrt.

»Mein Ich ist durch einen Zauber …« Wie geschickt er das Wort Liebeszauber vermeidet. »… in zwei Hälften gespalten worden. Leider ist meine andere Hälfte … schüchterner und braucht etwas länger, um zu erkennen, wie großartig und wundervoll du bist, mein Engel.«

»Dann müssen wir einen Weg finden, dich zu heilen und deine beiden Hälften wieder zusammenzufügen!«, ruft Archie aus und streichelt ihm zärtlich über die Wange, bevor er ihm einen schnellen Kuss gibt. »Gibt es denn keine Möglichkeit, den Zauber zu brechen?«

»Wir arbeiten bereits daran«, erklärt Friedrich. »Und was hast du gesagt? Du und der andere Murphy habt euch geeinigt?«

»Ja. Ich bin bis zehn Uhr dran, danach darf er wieder bestimmen.«

»Nur bis um zehn Uhr?«

Archie zieht einen Schmollmund und mein hormongesteuertes Ich fällt natürlich prompt darauf rein. Nun geht diese elende Knutscherei schon wieder von vorn los!

»Also, ich weiß ja nicht, wie es euch geht«, meint Friedrich laut, »aber ich habe Hunger. Zu Hause gibt es Pfannkuchen und Waffeln.«

Die Knutscherei endet abrupt und ich kann Friedrichs Gerissenheit nur bewundern, denn wenn Archie einer Sache nicht widerstehen kann, dann sind es Süßigkeiten.

»Waffeln? Etwa mit Schlagsahne?«

»Natürlich mit Schlagsahne! Kann man Waffeln auch anders essen? Dumme Frage, natürlich kann man. Doch warum sollte man?«

Friedrich und Archie sind sich einig. »Das wäre ein Verbrechen!«, sagen sie unisono.

Mein liebestolles Ich ist wenig begeistert, dass das Knutschprogramm überraschend abgesagt wurde, aber er macht gute Miene zum Frühstück. Nachdem sie in meine Wohnung zurückgesprungen sind, wo meine Mutter, Jelos und Morpheus – nur Krähe fehlt – sich bereits um den Frühstückstisch versammelt haben, setzt er ein höfliches Lächeln auf.

Da die Kleidung der beiden Liebenden voller Grasflecken ist und sich das auf die Schnelle nicht verbergen lässt, räuspert sich meine Mutter verärgert.

»Archie! Erinnerst du dich noch, was du mir versprochen hattest? Ist das etwa das Benehmen eines Gentlemans?«, fragt sie spitz.

Er läuft rot an und weiß nicht, was er sagen soll.

»Murphys anderes Ich ist wohl schuld«, erklärt Friedrich, schnappt sich einen Teller und beginnt Waffeln draufzuladen. »Es ist wieder wach und die beiden haben sich darauf geeinigt, sich ihren Körper zu teilen. Wer gerade die Kontrolle hat, kann man glaube ich sehen.«

Morpheus flucht leise, während mein anderes Ich ihn wütend anfunkelt.

»Mach das nie wieder!«, droht er. »Ich habe zwar gesagt, dass ich mit der Vereinbarung einverstanden bin, aber das gilt nur für den Fall, dass ihr nicht wieder versucht, mich zu betäuben oder mich hereinzulegen!«

Die beiden mustern sich abschätzend. »Und wer garantiert uns, dass du dich an die Vereinbarung hältst?«, will Schlaf wissen.

»Sie wollen um zehn Uhr wechseln«, mischt sich Friedrich mit vollem Mund ein. Ihm hängt Schlagsahne im Gesicht, doch das scheint er nicht zu bemerken.

»Möchtest du mal probieren, mein Schatz?«, fragt Archie. »Die Waffeln sind göttlich!« Er hält meinem anderen Ich die Gabel hin und auch wenn ich durch meinen Glaskäfig die Sinnesempfindungen nur gedämpft empfange, muss ich ihm dieses Mal zustimmen.

»Vielen Dank«, sagt Morpheus erfreut. »Sie sind von mir.«

Das Frühstück zieht sich in die Länge. Meine Freunde versuchen ganz klar, die beiden abzulenken und die Zeit bis zehn Uhr rumzubringen, ohne dass die zwei noch einmal allein sind, wofür ich ihnen echt dankbar bin. Dennoch kann es mir einfach nicht schnell genug gehen, bis es so weit ist, dass ich wieder den Duft der Freiheit schnuppern kann.

Schade dass es keine Standuhr gibt, die pünktlich schlägt, denn ausgerechnet um Punkt zehn sind alle in einem so intensiven Gespräch über die aktuellen Kinofilme vertieft, dass keiner mitbekommt, dass es endlich so weit ist.

»Fünf nach zehn!«, ruft Friedrich plötzlich.

»Wir sehen uns später, mein Schatz«, meint mein anderes Ich. Er küsst Archie ein letztes Mal und ich sehe rasch weg.

Dann klopft es an meine Glaswand, der Verrückte öffnet die Tür und wir tauschen die Plätze. Erleichtert sehe ich zu, wie sie hinter mir ins Schloss fällt und sich verriegelt.

Ich bin frei!

Dann blinzele ich und sehe meine Freunde an. »Wir haben genau acht Stunden. Lasst uns die Zeit nutzen!«

Ich will nie wieder in diesen Glaskäfig zurück!

# Alles neu macht der Mai

»Murphy?«, fragt Archie verunsichert.

»Ja?«

»Du wirkst so anders.«

Ich unterdrücke einen Seufzer. Für lange Erklärungen habe ich jetzt keine Zeit!

»Hör zu, dein Schatz schläft gerade. Ich bin nicht er. Warum machen wir es nicht so, dass du zu dir nach Hause zurückkehrst, dir ein bisschen Zeit für dich nimmst, dir vielleicht ein Bad, ein Buch und Kekse gönnst und heute Abend, wenn wir erneut getauscht haben, kommt mein anderes Ich zu dir und ihr macht … was auch immer! Ich will es gar nicht wissen«, schlage ich vor und ringe mir ein freundliches Lächeln ab.

Das war auf jeden Fall viel höflicher als »Verpiss dich! Ich will nichts von dir!«. Manchmal kann ich auch diplomatisch sein, zumal ich den Waffenstillstand mit dem liebesverrückten Ich nicht gefährden will.

Er zögert und starrt mir ins Gesicht. Was immer er dort sieht, hilft ihm, die richtige Entscheidung zu treffen. »Na schön«, gibt er leise nach.

»Auf Wiedersehen, Archie!«, ruft Friedrich fröhlich und winkt zum Abschied. Dann springt Archie und wir sind endlich allein. Ich gönne mir die Zeit, um einmal tief durchzuatmen.

»So schlimm?«, fragt der Junge mitfühlend.

»Lass uns bitte über etwas anderes reden. Habt ihr gestern Abend noch etwas bewirken können? Was sagt Liebe? Ist sie bereit, den Zauber wieder aufzuheben?«, will ich wissen.

Sagt bitte Ja!

Ich brauche ihre Antwort nicht zu hören, ich sehe es an Chaos' Gesichtsausdruck, dass sie keinen Erfolg hatte.

»Es tut mir leid, mein Lieber«, antwortet sie bedauernd. »Ich habe stundenlang auf sie eingeredet, bin ihr überallhin gefolgt, damit sie mir zuhören muss. Aber sie sieht einfach nicht ein, dass sie dir schadet. Für sie ist es etwas Gutes, wenn man jemanden liebt.«

»Aber ich *will* ihn nicht lieben!« Frustriert balle ich die Fäuste und muss mich beherrschen, um nicht auf etwas einzuschlagen.

»Ja, da ist das«, meint sie langsam. »Sie findet es ungewöhnlich, dass ein Teil von dir nicht verzaubert ist. Am liebsten würde sie ihn auch noch mit einem Liebeszauber belegen – ich habe mit Engelszungen auf sie eingeredet, damit sie es nicht tut, ohne Erfolg.«

Das darf nicht wahr sein! Werde ich in Kürze auch noch den letzten Rest meines freien Willens verlieren, weil die Geschmacksverirrung eine unsensible alte Kupplerin ist?

»Keine Angst!«, fährt meine Mutter schnell fort. »Sie hat eingesehen, dass es nicht nötig ist. Ich weiß nicht, ob du es mitbekommen hast – du warst ja so in den Film vertieft –, aber wir sind kurz in euer Date im Autokino geplatzt und haben euch beobachtet. Was sie gesehen hat, hat ihr gut gefallen. Sie glaubt jetzt, dass dieser Teil von dir auf dem besten Wege ist, sich in Archie zu verlieben.«

Ich lege den Kopf auf die Tischplatte vor mir und schließe die Augen. Müde und emotional ausgelaugt ist mir momentan diese neueste Entwicklung einfach zu viel.

»Es tut mir leid, dass ich keine besseren Nachrichten für dich habe, Murphy. Vielleicht hatten Jelos und Morpheus ja mehr Glück?«

Morpheus räuspert sich, während Lachen mitfühlend meinen Arm tätschelt, sich mit ihrer Magie aber glücklicherweise zurückhält. Ein Lachanfall macht die Situation auch nicht besser.

Resigniert hebe ich den Kopf, um die beiden anzusehen.

»Nun, da sich Zacharias ja bereits als hilfsbereit erwiesen hat, dachten wir, dass es nicht schaden könnte, noch mal bei ihm vorbeizuschauen und ihn um Hilfe zu bitten«, erzählt Schlaf.

»Zacharias ist wirklich ein ganz Lieber und Netter«, stimmt Lachen ihm zu.

Kommt auf den Punkt!

»Die Zeit läuft mir weg, Leute. Wir müssen bis achtzehn Uhr eine Lösung gefunden haben.«

Ich werfe einen Blick auf die Uhr und beiße mir auf die Unterlippe, um nicht laut zu stöhnen. Es ist bereits zwanzig nach zehn. Zum zweiten Mal in dieser Woche rinnt mir die Zeit unerbittlich durch die Finger.

»Also gut, wir fassen uns kurz.« Morpheus hat Verständnis für meine Lage. »Zacharias hat uns eine Liste mit allen ihm bekannten Wunsch-Sprichwörtern gegeben. Die schlechte Nachricht ist: Es sind verdammt viele. Das hätte ich nicht vermutet.«

»Daher haben wir uns aufgeteilt«, ergänzt Jelos. »Gestern Abend haben wir die Liste bereits ein gutes Stück abgearbeitet. Bislang war noch kein Sprichwort dabei, das wir verdächtigen würden, bei deiner Verwandlung die Hände im Spiel gehabt zu haben. Alle waren sehr hilfsbereit – und äußerst fasziniert von deinem Problem. Sie scheinen den Zauber jedoch als persönliche Herausforderung zu sehen und hatten kein Interesse an einer Lösung für dich. Es scheint ein starkes Konkurrenzverhalten unter den Wünsche-Erfüllern zu geben. Dass es bereits jemandem gelungen ist, einen Menschen in einen Unsterblichen zu verwandeln, beleidigt ihre persönliche Ehre. Ich hoffe, wir haben da niemanden auf dumme Gedanken gebracht. Nicht dass bald noch mehr arme Männer und Frauen herumlaufen und sich nicht erklären können, warum sie keine normalen Menschen mehr sind. Das wäre furchtbar.«

Mein Blick wandert zu Morpheus, aber er hat auch keine besseren Neuigkeiten, das sagt mir seine Miene.

»Ich habe vorgeschlagen, dass wir *Alles neu macht der Mai* aufsuchen, aber das haben wir gestern nicht mehr geschafft und Jelos dachte, dass Chasma bei der Begegnung vielleicht dabei sein möchte. Und du natürlich auch«, mischt sich nun erwartet Friedrich ein. Ich hatte vergessen, dass er die beiden begleitet hat.

»O ja!«

Der Stuhl schabt so laut über den Küchenboden, dass wir uns alle erschrecken und Chaos anstarren, die aufgesprungen ist. Ken faucht beleidigt und hüpft vom Stuhl, auf dem vor ein paar Minuten noch Archie gesessen hat. Anscheinend wollte er dort ein kleines Nickerchen machen.

»Na los! Hopp, hopp! Worauf wartet ihr?«, fragt meine Mutter uns. Sie klatscht ungeduldig in die Hände, um uns anzufeuern.

Ich muss gestehen, plötzlich brenne ich darauf, den Mann zu sehen, dem ich meine Existenz verdanke. Momentan weiß ich nicht, ob ich mich bei ihm bedanken oder ihm eine in die Fresse hauen will. Ohne ihn wäre ich nie geboren worden, aber andererseits ist er schuld daran, dass ich jahrhundertelang meine Mutter in meinem Kopf hatte.

»Warum hast du eigentlich nie mit mir gesprochen?«, will ich von ihr wissen.

»Das konnte ich nicht, Murphy«, erklärt sie. »Ich war auf meine Essenz, pures Chaos, reduziert. Natürlich habe ich es versucht, doch du konntest mich nie verstehen.«

Die Melodie des Chaos, das Lachen – das waren ihre Versuche gewesen, mit mir zu kommunizieren?

Mir bleibt keine Zeit, weiter darüber nachzudenken, denn nun schnappt sich meine Mutter meine linke Hand, Friedrich meine rechte und beim nächsten Blinzeln sind wir fort.

Staunend sehe ich mich um. Ich habe keine Ahnung, wo wir uns genau befinden, aber es ist eine Gärtnerei und wir stehen in einem scheinbar endlosen Gewächshaus, das wie eine Frühlingsoase wirkt. Alles wächst, blüht in den verschiedensten Farben und duftet nach Frühling. Irgendwo hier muss sich Mai befinden. Nur wo?

Vor und hinter uns erstrecken sich lange Reihen von Blumenbeeten, die größtenteils in voller Blüte stehen. Bienen, Fliegen und andere Insekten umschwirren uns munter. Es liegt ein Summen in der Luft, das meine Konzentration stört.

Zwischen all den umhereilenden Gärtnerinnen und Gärtnern kann ich Mai nicht ausfindig machen. Ich spüre zwar eine Freak-Präsenz in der Nähe, jedoch nicht, wo genau sie sich befindet. Anscheinend gehört diese Gabe genauso wie das Springen zur Grundausstattung eines Unsterblichen und ist mir daher erhalten geblieben. Im Gegensatz zu meinen persönlichen Fähigkeiten, bei denen es sich im Grunde ja um die Magie meiner Mutter handelte.

»Da ist er!«, ruft Jelos nun, die ihn als Erste entdeckt hat.

Flotten Schrittes wendet sie sich den Gang entlang nach links, schlängelt sich zwischen den arbeitenden Menschen hindurch, während wir uns beeilen, ihr zu folgen, und erreicht dann einen Mann von etwa vierzig Jahren, der ein Karohemd und eine Latzhose trägt, mit beiden Händen in der Erde steckt und Knollen vergräbt, die kurz darauf aus dem Boden sprießen und zu Tulpen, Rosen und anderem … Blumenzeug werden.

»Mai!«

Er dreht sich leicht zu uns um, sieht überrascht aus – Hat er uns wirklich nicht kommen gespürt? – und lächelt dann. »Jelos, meine Liebe! Was kann ich für dich tun?«

Er pflückt ihr eine gelbe Blume und verbeugt sich galant vor Lachen, die leicht errötet. Jetzt verstehe ich, warum meine Mutter so überrascht war, als er seine andere Seite gezeigt hat. Er wirkt charmant und wenn er immer so mit Frauen flirtet … War meine Mutter vielleicht ein kleines bisschen in ihn verknallt gewesen, bevor alles seinen Anfang nahm? Oder er vielleicht in sie? Oder wie war es ihr gelungen, ihn zu überreden, ihr zu helfen?

Dann ist meine Mutter ebenfalls bei ihm und verpasst ihm einen Chaosschlag, der Mai durchs Gewächshaus schleudert und ein Dutzend Pflanzschalen zu Boden wirft.

»Hallo, Mai! Ich bin wieder da. Hast du mich vermisst?«

»Chasma!«

Jelos ist entsetzt und will einschreiten, als meine Mutter durch den Weg der Zerstörung auf ihn zugeht, doch Morpheus hält sie fest und schüttelt den Kopf.

»Das müssen die beiden unter sich ausmachen.«

Mai schüttelt benommen den Kopf, während er sich langsam aufsetzt. So wie er das Gesicht verzieht, hat er Schmerzen. Kein Wunder, denn er steht immer noch unter Strom. Jedenfalls laufen kleine Blitze aus Chaos über seinen Körper, als er sich steif bewegt.

»Chasma, was …?«

»Sag nicht, du bist erfreut, mich wiederzusehen«, höhnt sie und packt ihn beim Kragen.

Er hält inne und starrt sie erschrocken an.

»Du hattest gedacht, du wärst mich endlich losgeworden, nachdem dein Zauber mich in meinem Baby eingesperrt und auch nach einem Jahr nicht wieder freigelassen hat«, fährt meine Mutter fort. »Du musstest denken, ich würde nie zurückkehren und dich dafür zur Rechenschaft ziehen, dass du mich hereingelegt hast. Wie praktisch für dich!

Und da du mich ja gebeten hast, niemandem zu erzählen, was wir vorhaben, warst du aus dem Schneider, als meine Freunde begannen, sich Sorgen um mich zu machen. Hattest du das etwa alles geplant, für den Fall, dass ich mich weigere, mein Baby zurückzulassen, und du mich tötest? Ich war schließlich sterblich. Es wäre dir ein Leichtes gewesen, mich zu beseitigen, wenn ich mein Kind nicht sofort geschnappt hätte und geflohen wäre. So hast du mich erst kurz vor Mitternacht eingeholt, als ich bereits dabei war, wieder unsterblich zu werden, und es zu spät für einen Mord war!

Jahrhundertelang konntest du dein Leben in Frieden leben und musstest nicht daran denken, was passiert, wenn ich eines Tages zurückkehre. Damit konntest du ja auch nicht rechnen. Doch nun bin ich frei und ich bin STINKSAUER!«

Sie sieht aus wie eine Ehrfurcht gebietende Göttin, als sie in ihrer vollen Macht vor uns steht. Plötzlich kommt es mir irreal vor, dass ich einmal diese Energie in mir getragen habe. Habe ich etwa auch so auf andere gewirkt, wenn ich die ganze Unglücksmagie entfesselt habe?

»Chasma, meine Liebe, denkst du das ernsthaft?« Er macht einen verletzten Eindruck, aber ich kann nicht erkennen, ob es gespielt ist oder ob er wirklich so fühlt. »Wir sind Freunde. Ich schätze dich als Person und darüber hinaus wollte ich nie, dass dir etwas passiert, geschweige denn dich umbringen! Pfui! Du stellst mich hin, als wäre ich der letzte Abschaum. Ein Verräter, ein Lügner, ein Mörder und was weiß ich noch alles! Ich bin enttäuscht von dir. Zutiefst enttäuscht und verletzt.«

Er holt tief Luft und beruhigt sich etwas. »Doch ich verstehe, warum du so empfindest. Für dich als Verkörperung des Chaos, der Veränderung und des Unvorhergesehenen, muss es eine Qual gewesen sein, in deinem Kind gefangen und der Ordnung des Lebens unterworfen zu sein wie alle anderen. Es schmerzt mich, dass du das durchmachen musstest.«

»Siehst du, Chasma? Es war alles nur ein Missverständnis!«, mischt sich Jelos ein, die er anscheinend schon überzeugt hat.

»Ich fürchte, sie hat recht, meine Liebe«, fährt er mit reumütiger Miene fort. »Ich dachte, du wüsstest ganz genau, wie meine Kräfte funktionieren, dass sie einen Haken haben, dass es dir bewusst war, dass dir nur wenig Zeit bliebe.

Ich habe einen Fehler gemacht. Für mich war klar, dass dich die Erfahrung reizt, sterblich zu sein, schwanger werden zu können, ein Baby zu gebären und zu schauen, was aus ihm wird. Ich kam gar nicht auf die Idee, dass du es behalten wolltest. Sonst hätte ich dir davon abgeraten oder dich an einen anderen Wünsche-Erfüller verwiesen. Das musst du mir glauben, Chasma.«

Ich weiß nicht mehr, was ich glauben soll. Ist er ein Schuft? Oder ist wirklich alles nur ein Missverständnis?

Meine Mutter wirkt nun verunsichert, ihr Zorn lässt nach und mit ihm die Energie, die sie parat hält, um zuzuschlagen. Plötzlich entspannt sie die Hände und ihre Aura des Chaos verschwindet. Abgesehen von mir, atmen alle erleichtert auf und entspannen sich ebenfalls.

»Na schön, im Zweifel für den Angeklagten«, meint sie. »Ich weiß noch nicht, ob ich dir verzeihen kann, was du mir angetan hast. Aber das ist jetzt zweitrangig.«

»Ja, genau. Denn unser Freund Murphy hier braucht deine Hilfe«, sagt Morpheus und schiebt mich vor, während Mai nun endlich aufsteht und sich die Blumenerde von der Latzhose abklopft.

»Worum geht es denn?«

»Murphy wurde verzaubert. Ein Wunschzauber hat ihn unsterblich gemacht, dabei war er einmal ein ganz normaler Mensch«, erklärt Jelos.

»Wie soll das denn gehen?«, wundert sich Mai und starrt mich an. Ich habe den Eindruck, als würde er mich ganz genau mustern. Untersucht er etwa gerade den Zauber?

»Faszinierend«, meint er. »Aber warum kommt ihr nun damit zu mir?«

»Hast du den Zauber gewirkt?«, will meine Mutter wissen und kneift misstrauisch die Augen zusammen.

Er steht stocksteif da, blinzelt ein paar Mal und beginnt dann zu lachen. »Glaubst du das wirklich? Wie soll ich das denn gemacht haben? Du weißt doch, dass meine Magie nie länger als ein Jahr Bestand hat! Und er ist jetzt wie lange schon unsterblich? Nein, meine Liebe, mit der Verzauberung deines Sohnes habe ich nichts zu tun.«

Wir verschwenden hier meine Zeit!

»Weißt du denn, wer mich verzaubert haben könnte? Erkennst du die magische Signatur?«, erkundige ich mich.

Zögernd sieht er mich an. »Das kann ich so nicht sagen.«

»Dann untersuch mich!«

Ob noch jemand in meinem Kopf herumstochert, spielt inzwischen auch keine Rolle mehr. Mittlerweile bin ich mir nicht mehr zu schade, Teufel oder Nacht um Hilfe zu bitten, wenn es etwas bringen würde.

»Na schön!«

Er stellt sich vor mich, legt die Hände von beiden Seiten an meinen Kopf – ich ignoriere, dass sie vor Blumenerde starren und ich den Dreck in die Haare und ins Gesicht bekomme. Kurz zucken seine Finger, ich spüre seine Magie, dann lässt er mich abrupt los und tritt zurück.

»Es tut mir leid. Ich kann dir nicht helfen.«

»Trotzdem danke, Mai«, sagen Jelos und Morpheus, während weder meine Mutter noch ich uns eine nicht so gemeinte Höflichkeitsfloskel abringen können.

»Danke. Sei nicht enttäuscht, Murphy. Wir finden denjenigen schon, der dich verzaubert hat, und werden ihn dazu bringen, seinen Zauber zurückzunehmen«, versucht Friedrich mich aufzumuntern.

Ich zwinge mich zu einem Lächeln und springe zurück in meine Wohnung, setze mich aufs Sofa und warte darauf, dass Ken zu mir kommt und auf meinen Schoß hüpft. Er schnurrt und lässt sich nur zu gerne von mir streicheln. Erst jetzt kann ich mich langsam beruhigen.

Ein Blick auf die Uhr zeigt mir, dass es zehn nach elf ist. Die erste Stunde ist sinnlos vergeudet, wir sind keinen Schritt weitergekommen und so langsam zweifele ich daran, dass ich jemals frei sein werde.

# Geben ist seliger denn nehmen

Murphy?«

Meine Mutter und meine Freunde kehren ein paar Minuten später ebenfalls in meine Wohnung zurück. Vermutlich wollten sie mir Zeit geben, mich zu beruhigen und die Enttäuschung zu verdauen.

»Es ist halb zwölf. Wir haben noch sechsundzwanzig Wunsch-Sprichwörter auf Zacharias' Liste«, meint Morpheus und wedelt mit zwei Blättern. »Wenn wir uns aufteilen, haben wir bis heute Abend alle befragt und herausgefunden, wer der Übeltäter ist. Wir sind zu fünft. Wenn sich jeder von euch fünf vornimmt und ich sechs, können wir uns am späten Nachmittag – oder falls wir einen konkreten Verdacht haben, auch schon früher – wieder hier treffen und uns überlegen, wie wir gegen denjenigen vorgehen. Keine Angst, Murphy. Bis heute Abend bist du frei, ich verspreche es dir.«

Es ist nett, dass er mich aufmuntern will. »Versprich nichts, was du nicht halten kannst, Morpheus«, ermahne ich ihn dennoch ernst.

Unterdessen hat sich Jelos Zettel und Stifte geschnappt und notiert auf drei Post-its jeweils fünf Namen. »Hier, das sind eure«, sagt sie und drückt Friedrich, meiner Mutter und mir die kleinen Listen in die Hand. »Kopf hoch, Murphy!«

Ich seufze. Während ich Ken absetze und langsam aufstehe, dematerialisieren sich die anderen. Anscheinend wollen sie mir beweisen, dass sie voll bei der Sache sind, oder sie sind tatsächlich so motiviert, wie sie tun, wer weiß.

Fünf Namen stehen auf meiner Liste: Erika, Julius, Methusalem, Maria und Caesar.

Plötzlich begreife ich, dass ich ein Problem habe. Mir sagt kein einziger Name etwas. Und selbst wenn ich die dazugehörigen Sprichwörter dabeistehen hätte, würde mir das auch nicht weiterhelfen. Wie soll ich jemanden finden und befragen, den ich nicht kenne? Meine Fähigkeit, andere Sprichwörter aufzuspüren, beschränkt sich auf Friedrich und Krähe. Ich bezweifle, dass es mir gelingen wird, jemand mit meiner nun stark eingeschränkten Magie zu finden, den ich noch nie gesehen habe.

Verdammt! Und nun?

Ratlos starre ich Ken an, doch sein Schnurren ist dieses Mal wenig hilfreich.

Ich beobachte eine Weile die tickende Uhr auf der gegenüberliegenden Wohnzimmerseite. Der Zeiger, der sich stetig weiter vorwärtsbewegt, erscheint mir sehr bedrohlich. Es ist wörtlich – und sprichwörtlich – fünf Minuten vor zwölf. Mein Leben steht vor einem Wendepunkt und alles hängt davon ab, dass ich innerhalb kürzester Zeit eine Lösung finde und den Unsterblichkeitszauber breche.

Doch ob das reicht?

Plötzlich erschreckt mich der Gedanke, dass ich immer noch *zwei* Zauber in mir trage, nicht bloß einen, auch wenn wir so getan haben, als würde schon alles gut werden, wenn wir einen Fluch brechen können.

Was, wenn nicht? Dann bin ich zwar sterblich, verzehre mich aber immer noch nach Archie!

Schlimmer! Vermutlich wird dann der Teil von mir, der sich gegen den Liebeszauber wehrt, so schwach sein, dass es meinem anderen Ich ein Leichtes ist, mich für immer zu überwältigen und ins Glasgefängnis einzusperren, wo ich dazu verdammt bin zuzusehen und zuzuhören, wie er und Archie sich küssen und Sex haben.

Ig…

Scheiße, das darf ich ja nicht mehr sagen!

»Argh!«, brülle ich, drehe mich um und schlage mit der Faust gegen die Wohnzimmerwand.

Blöde Idee, Murphy!

Meine rechte Hand pocht höllisch. Sie blutet und schwillt fast augenblicklich an – ich spüre, dass sie gebrochen ist. Dafür verschafft sie mir einen klaren Kopf. Nun weiß ich, was ich zu tun habe. Bevor ich den Unsterblichkeitszauber loswerden kann, muss ich versuchen, den Liebeszauber zu brechen oder wenigstens so weit zu schwächen, dass ich ihn irgendwann von selbst überwinden kann.

»Ich komme später zurück«, erkläre ich Ken, der mich fragend ansieht und maunzt. Mein seltsames Verhalten versteht er nicht, aber das ist ja kein Wunder.

Ich konzentriere mich, doch es fällt mir schwer, die Freak-Präsenz aufzuspüren, die ich erst einmal unterbewusst wahrgenommen habe. Wenn sie mich nicht berührt hätte, wäre es mir vermutlich gar nicht gelungen, mich an das Gefühl zu erinnern, das ich von ihr hatte.

Zehn Minuten später springe ich endlich und stehe in einem Wettbüro, das gut besucht ist. Anscheinend hat Pech beschlossen, dass sie ein bisschen Abwechslung vom Casino-Alltag braucht. Heute ist sie deutlich ausgeruhter und munterer und studiert wie die Menschen um uns herum ausgiebig die Wettquoten. Die Ringe unter ihren Augen sind verschwunden.

»Murphy!«, begrüßt sie mich überrascht. *Pech in der Liebe, Glück im Spiel* hat nicht damit gerechnet, mich so schnell wiederzusehen. »Wie geht es dir? Hast du denjenigen gefunden, der dich unsterblich gemacht hat?«

»Bislang nicht«, antworte ich mit einem Seufzen. »Aber es ist uns gelungen, die unbekannte vierte Magie aus mir zu befreien. Es handelte sich um *Das Genie beherrscht das Chaos*, meine Mutter. Doch das ist eine andere Geschichte.«

Ich sehe, wie ihre Augen immer größer werden und sie vor Neugier platzt, und rede daher schnell weiter: »Weshalb ich gekommen bin: Nun da Krähe ihren Zauber aufgelöst hat und ich von der Magie meiner Mutter befreit bin, trage ich nur noch zwei Zauber in mir. Kannst du noch einmal versuchen, den Liebeszauber zu brechen?«

*Du elender Lügner! Du hast mich hereingelegt! Das war die ganze Zeit dein Plan! Oh, wie hinterhältig! Das soll wohl um die Ecke gedacht sein! Du versuchst nicht, mich und Archie auseinanderzubringen. O nein! Du versuchst gleich, MICH UMZUBRINGEN!*

Ich ignoriere mein vor Wut rasendes anderes Ich, das nun mit aller Macht versucht, aus seinem gläsernen Käfig auszubrechen. Aber er hat ihn selbst errichtet und er ist stärker als alles, was ich momentan mit meinen Kräften zustande bringen könnte, daher hält er.

Zunächst. Ewig habe ich nicht Zeit.

»Bitte!«, flehe ich sie an. »Hilf mir! Mir bleibt nicht viel Zeit, bevor der Liebeszauber mich umbringt, und das meine ich wörtlich!«

»Also schön. Ich versuche es.«

Ihr Gesichtsausdruck zeigt Widerwillen, doch das kann ich ihr nicht verübeln, nachdem der Verrückte ihr beim letzten Mal ordentlich einen verpasst hat. Wieder legt sie – wie auch Mai vorhin – beide Hände an meinen Kopf und starrt mich konzentriert an.

Dann packt sie mit ihrer Magie irgendetwas in mir – das liebestolle Ich tobt, brüllt und schlägt unterdessen mit den Fäusten gegen seinen Glaskäfig – und zieht.

Das war eine ganz schlechte Idee, denn der Zauber, an dem sie gezogen hat, ist mit dem Feind in meinem Innern verbunden, und als sie an ihm zerrt, reißt sie auch an ihm. Ich spüre, wie er die Glaswand durchschlägt, sein Gebrüll schwillt an, wird zum Geheul des Triumphs, und dann sehe ich gar nichts mehr, als er sich auf mich stürzt und mich würgt.

»Murphy! Scheiße!«, ruft Pech entsetzt.

Ich bekomme nur am Rande mit, wie mein Körper zu Boden stürzt und in wilde Zuckungen ausbricht. Stattdessen konzentriere ich mich darauf, mich gegen das andere Ich zu wehren, das recht erfolgreich, wie ich fürchte, dabei ist, mich umzubringen.

Ich kratze, beiße, schlage um mich, ohne dass es irgendeine Auswirkung hat. Meine Sinne schwinden, als ich spüre, wie jemand sich nähert und erschrocken ruft: »Was ist hier los?«

»Sie bringen sich gegenseitig um!«

»MURPHY, NEIN!«

Plötzlich ist Archie an unserer Seite und berührt unseren zuckenden Körper. Das scheint mein Gegner zu spüren, denn er hält inne.

»Wenn du mich liebst, dann hör auf! Denkst du, ich will, dass du dich selbst tötest?«

Mein anderes Ich und ich starren uns einen Moment lang an, noch immer liegen seine Hände an meiner Kehle, doch jetzt lockert sich der Griff. Hasserfüllt sieht er mich an.

»Bleib im Hintergrund! Ich rede mit ihm!«, zischt er mich an.

Dann blinzeln wir, unser Körper erschlafft und wir blicken auf Archie, dem die Tränen in den Augen stehen.

»Archie«, sagt mein anderes Ich.

»Wer von beiden bist du?«, will er wissen.

»Derjenige, der dich liebt.«

»Der verzauberte Murphy also«, stellt er fest und seufzt. Archie geht neben uns in die Knie und legt die Hand auf unsere Brust. »Ich habe nachgedacht. Nachdem Friedrich gesagt hat, dass du verzaubert wärst und mich nicht wirklich lieben würdest …«

»Aber ich liebe dich! Du bist mein Seelengefährte!«, protestiert der Verrückte.

Jetzt geht der rührselige Scheiß schon wieder los!

Er ignoriert mich. Meine Meinung zählt für ihn nicht, er hat nur Augen für Archie.

»Ich weiß, dass du das denkst«, sagt er mit einem kleinen, traurigen Lächeln. »So wie ich dich liebe. Doch es ließ mich nicht los, was Friedrich gesagt hat. Was wenn wir wirklich verzaubert sind? Also habe ich *Liebe macht blind* aufgesucht und habe von ihr verlangt, dass sie mir die Wahrheit sagt, ob sie wirklich einen Zauber über uns gelegt hat. Und sie hat Ja gesagt.«

»Das ändert doch nichts!«, behauptet er.

»Nein, Murphy, das ändert *alles*.«

Plötzlich steht er auf und macht zwei Schritte zurück, während der andere unseren Körper dazu bringt, sich aufzusetzen. Ich spüre seine Panik, als Archie sich emotional und räumlich von uns entfernt.

»Was soll das heißen?«, verlangt er zu erfahren und steht auf.

»Das heißt, dass ich hiermit Schluss mache, Murphy. Ich liebe dich und vermutlich werde ich dich immer lieben. Aber ein Teil von dir weiß, dass er mich nicht liebt, und selbst wenn er mich noch nicht gehasst hat, als wir uns in den letzten Tagen bekriegt haben, irgendwann wird er mich hassen, wenn ich jetzt nicht den Schlussstrich ziehe.

Oder glaubst du, dass es ihm gefällt, wenn wir uns küssen? Ganz ehrlich: Wie reagiert er darauf?«

»Mit Ablehnung und Ekel«, gibt der andere widerwillig zu.

»Und deshalb kann ich es nicht. Jedes Mal, wenn wir uns küssen, tun wir einem Teil von dir Gewalt an. Und stell dir vor, wenn wir irgendwann miteinander schlafen …«

»Das wäre wundervoll!«, haucht der Verliebte verzückt, der anscheinend nur an das Eine denken kann.

»Nein, im Gegenteil, das wäre Vergewaltigung«, stellt Archie fest. »Und weil ich dich liebe, kann ich dir das niemals antun, keinem Teil von dir. Daher werden wir niemals zusammen sein können.«

»Aber …«

Langsam dringt es zum anderen durch, was sein Geliebter gesagt hat. Verzweifelt streckt er die Hand aus, will Archies berühren, der sie ihm jedoch traurig entzieht.

»Lieben heißt loslassen, Murphy«, sagt Archie unerwartet weise und seine Worte berühren mich. »Ich werde dich immer lieben, aber ich kann nicht mit dir zusammen sein, wenn du unter einem Zauber stehst. Daher bitte ich dich, bitte ich euch beide: Hört auf, euch gegenseitig umbringen zu wollen. Tut es für mich! Ich möchte, dass ihr wieder zu einer Person werdet. Am liebsten würde ich euch selbst heilen, doch das kann ich nicht. Darum unterstütze ich euch beide bei der Suche nach jemandem, der es kann.«

»Ich kann versuchen, den Zauber zu brechen, Archie«, mischt sich Pech nun leise ein. »Wenn die beiden Murphys das auch wollen.«

Wir sehen uns an, ich hoffnungsvoll, der andere traurig und voller Liebeskummer, und nicken dann. »Wir wollen es beide«, sage ich, als der andere sich in mir zurückzieht und mir wieder die Kontrolle über unseren Körper überlässt.

»Du bist jetzt der andere, nicht wahr? Der, der mich hasst?«, fragt Archie, der die Veränderung anscheinend gespürt hat.

Ich sehe ihn an. Nein, Hass ist es nicht, was ich für ihn empfinde. Still und heimlich hat sich Respekt und Sympathie für ihn eingeschlichen.

»Ich hasse dich nicht«, erkläre ich ernst. »Aber ich liebe dich auch nicht. Es tut mir ehrlich leid, doch ich fürchte, ich kann es nicht. Du verdienst es, glücklich zu sein, Archie. Es hat lange gedauert, bis ich erkannt habe, dass du ein netter Kerl bist. Ich wollte dich nicht mögen, aber inzwischen tue ich es. Vielleicht können wir, wenn es irgendwann vorbei ist, Freunde werden?«

Er sieht wehmütig aus. »Wenn das alles ist, was ich kriegen kann, dann nehme ich es. Und gerne«, erwidert er. »Also, Pech?«

Erneut legt sie kurz darauf ihre Hände an meine Schläfen. Dieses Mal tut es nicht weh, als sie ihre Magie wirkt, denn wir kämpfen nicht mehr dagegen an. Doch als sie schließlich die Hände senkt, weiß ich bereits, dass es nicht geklappt hat. Ich spüre den anderen immer noch in mir, der voller Liebeskummer Archie ansieht.

»Hat es funktioniert?«, will Archie wissen.

Pech seufzt. »Leider nein«, gesteht sie. »Liebes Zauber ist zu stark, um ihn zu brechen. Aber ich habe versucht, euch auf andere Weise zu helfen. Da ich ihn nicht von dir lösen kann, Murphy, habe ich ihn noch enger mit deinem Unsterblichkeitszauber verwoben. Die beiden Magien sind jetzt so stark miteinander verknüpft, dass, wenn eine bricht, sich auch die andere auflösen wird. Es tut mir leid, das ist alles, was ich tun kann.«

»Ich danke dir«, flüstere ich und verspüre wieder Hoffnung. Wenn es den anderen gelingt, denjenigen zu finden, der mich zu dieser Existenz verdammt hat, werden wir alles tun, damit er den Zauber zurücknimmt, und dann werde ich frei sein!

»Und nun?«, erkundigt sich Archie. »Wie brechen wir den Zauber?«

Ich will ihm die Liste mit den fünf Wunsch-Sprichwörtern zeigen und ihm von unserem Plan erzählen – und stelle fest, dass ich den Zettel in meiner Wohnung vergessen habe.

»Verdammt, wir müssen zurück«, murmle ich. »Vielen Dank für deine Hilfe, Pech! Komm, Archie, ich brauche deinen Rat!«

Ich nehme seine Hand, ignoriere das eifersüchtige Seufzen meines anderen Ichs, das nur zu gerne an meiner Stelle gewesen wäre, und springe zurück in mein Wohnzimmer, wo ich ihm den Post-it zeige.

»Es muss ein Wünsche-Erfüller sein, der mich unsterblich gemacht hat«, erkläre ich Archie, der die Namen neugierig betrachtet. »Und wenn er mich verzaubert hat, muss er mich auch wieder sterblich machen können. Die anderen haben ebenfalls jeder eine Liste und befragen jedes Wunsch-Sprichwort, das Zacharias kennt.«

»Und bei wem von den fünf warst du schon?«

»Noch bei keinem«, gebe ich zu. »Ich kenne keinen der Namen und weiß nicht, wie ich sie finden, geschweige denn sie fragen soll, ob sie es waren. Die Einzigen, bei denen ich schon war, sind Zacharias und Mai.«

»Mai?«, wundert sich Archie. »Etwa *Alles neu macht der Mai, der deiner Mutter damals geholfen hat?*«

»Ja, er war derjenige, der meine Mutter damals sterblich gemacht hat, auch wenn er ihr verschwiegen hat, dass der Zauber nur ein Jahr wirkt. Im Grunde ist er sowohl schuld daran, dass meine Mutter in mir gefangen war, als auch an meiner Geburt.«

»Irgendwie klingt es nicht, als wäre er eine nette Person. Ich muss gestehen, ich hatte bislang nie etwas mit ihm zu tun. Das Einzige, was ich weiß, ist, dass er ein Frauenheld ist. Er flirtet immer, was das Zeug hält, doch natürlich nicht mit Männern.«

Es klingt ein bisschen enttäuscht. Der andere in mir wird prompt eifersüchtig.

»Nun, ich weiß nicht, ob ich ihn mag«, sage ich langsam und rufe mir die Begegnung mit ihm in Erinnerung. »Jetzt, da ich darüber nachdenke, war er nicht wirklich hilfsbereit. Er schien widerwillig zu sein, mich zu untersuchen, aber das mag daran liegen, dass meine Mutter ihn zuvor mit ihrer Magie niedergestreckt hat. Vielleicht wollte er mir auch nicht helfen, weil ich ihr Sohn bin. Das kann ja sein.«

*Und woher wusste er das?*

»Wie bitte?«, frage ich mein anderes Ich.

*Er wusste, dass du Chasmas Sohn bist. Aber woher? Ihr habt es ihm nicht gesagt. Und auch wenn ihr euch ähnlich seht oder er weiß, dass das Baby Murphy hieß, kann er nicht darauf kommen, dass du das Kind bist, das sie vor Jahrhunderten geboren hat …*

»Es sei denn, *er* ist schuld an dem Zauber, der mich unsterblich gemacht hat«, flüstere ich tonlos.

»Was?«

Die Erkenntnis verfestigt sich in mir. Nun bin ich mir sicher, dass er es war, der mich verflucht hat. Ich weiß zwar nicht wie, aber das bekomme ich noch raus. Sein Zögern, als meine Mutter ihn beschuldigt hat, hat er da etwa überlegt, wie er den Verdacht von sich ablenken kann? Sein Lachen war falsch, auch wenn er anscheinend genug Übung durchs ständige Flirten hat, um es echt klingen zu lassen.

Er ist derjenige, den ich zur Rede stellen muss!

»Murphy?«, fragt Archie vorsichtig und wir beide bemerken, dass er schon eine ganze Weile mit uns redet.

»Uns geht es gut«, erkläre ich. »Ich bin nur etwas geschockt, aber es passt alles zusammen. Mai muss derjenige sein, der uns verflucht hat.«

»Dann stellen wir ihn zur Rede. Jetzt gleich!«

Ich bin mehr als einverstanden mit diesem Plan. Daher springen wir zurück ins Gewächshaus, das nun menschenleer ist. Anscheinend ist Mittagspause, sogar die hart arbeitenden Gärtner dürfen sonntags mal eine längere Pause machen. Ich sehe sie außerhalb des Gewächshauses an langen Tischen und Bänken sitzen und schwatzen.

»He, Mai!«, ruft Archie.

»Oh, hallo!«

Der Wünsche-Erfüller befindet sich immer noch bei denselben Pflanzschalen, die er vorhin bestückt hat, auch wenn er inzwischen das Chaos, das meine Mutter angerichtet hat, beseitigt hat. Vermutlich will er nicht, dass den Menschen etwas Ungewöhnliches auffällt.

»Du hast gelogen!«, beschuldige ich ihn. »Woher wusstest du, wer ich bin? Das kannst du nur wissen, wenn du derjenige bist, der mich verflucht hat! Versuch gar nicht erst, es abzustreiten!«, sage ich, als er den Mund zu einer Erwiderung öffnet. »Ich habe dich durchschaut! Ich will wissen, warum du es getan hast.«

»Und wie«, ergänzt Archie. »Ach ja, Springen ist eine ganz schlechte Idee.« Ihm ist der unstete Blick von Mai ebenfalls aufgefallen. »Wir finden dich. Und wenn wir uns das nächste Mal sehen, hast du nicht nur zwei stinkwütende Rache-Sprichwörter am Hals, sondern auch noch unsere Freunde. Also rede lieber!«

Mais ganze Haltung verändert sich auf einmal. Plötzlich wirkt er nicht länger fröhlich und charmant, sondern gemein und verschlagen. Er lacht schadenfroh.

»Ertappt!«, gibt er grinsend zu. »Wodurch habe ich mich verraten?«

»Du hast mich als Chaos' Sohn bezeichnet, obwohl wir dir das nicht erzählt hatten.«

»Ah, ja, dumm von mir.«

»Warum? Warum hast du es getan?«, will ich wissen.

»Warum? Na, wegen deiner Mutter natürlich! Dieses Miststück hat mich bestohlen und mich bis in alle Ewigkeit geschwächt! Die Magie, die sie mir entrissen hat, ist nie zu mir zurückgekehrt. Zuerst dachte ich noch, dass sie wie immer ein Jahr später zu mir zurückkommt, aber nichts geschah. Weder bekam ich meine Magie zurück noch verließ Chasma deinen Körper.

Die folgenden Jahre habe ich euch beide jeden Mai aus der Ferne beobachtet und gegrübelt, wie ich meine Kräfte nutzen und den Zauber brechen kann. Ich hatte noch nicht aufgegeben. Doch irgendwann begriff ich, dass meine Kraft nicht zu mir zurückkehren konnte, weil irgendetwas den Zauber zusammenhielt. Wenn ich meine Energie zurückhaben wollte, musste ich den Zauber empfindlich stören.«

»Aber wie? Wie ist es dir gelungen, mich unsterblich zu machen? Ich dachte, deine Zauber halten nur ein Jahr«, unterbreche ich ihn. »Sprich! Oder ich prügele dich windelweich!« Ich hebe drohend die Faust.

»Gemach!«, ermahnt er mich und beäugt meine geballte Hand. »Erzähle ich die Geschichte oder du?« Er räuspert sich und ich lasse meine Faust langsam sinken.

»Ich besann mich also darauf, was sie getan hatte. Die Kombination unserer beiden Magien hatte unerwartete Auswirkungen. Plötzlich konnte meine Zauberei Dinge vollbringen, die ich nie vermutet hätte. Wenn ich einen dauerhaften Zauber wirken wollte, brauchte ich demnach jemanden, der mir hilft. Und ich fand jemanden.«

»Wen?«, will Archie wissen und dieses Mal nimmt uns Mai die Unterbrechung nicht übel. Im Gegenteil, er lächelt seltsam.

»Oh, ihr kennt ihn. Er hatte schon einmal seine Finger im Spiel: Alexander, *Dem Glücklichen schlägt keine Stunde*.«

Das schlägt dem Fass den Boden aus!

»Dieser Heuchler! Dieser elende Lügner, von wegen, er weiß nicht, warum ich anders bin als die anderen! Jahrelang tut er so, als wäre er mein bester Freund! Und dabei wollte er mich nur aussaugen und nun erfahre ich auch noch, dass er mit daran schuld ist, was ich bin?!«

»O ja! Was meinst du, warum er mir geholfen hat? Er wollte etwas Neues schmecken. Das Glück der Menschen verliert irgendwann seinen Reiz, wenn man nichts anderes kostet. Und als ich ihm dann vorschlug, einen unsterblichen Menschen zu erschaffen, eine neue Geschmacksrichtung sozusagen, war er sofort Feuer und Flamme für die Idee.«

»Doch warum wolltest du Murphy überhaupt unsterblich machen?«, fragt Archie verständnislos. »Ich dachte, du wolltest dich an Chasma rächen und deine Energie zurückbekommen?«

»Nun, das war mein erster Gedanke. Doch ich hatte irgendwann eingesehen, dass dies nicht funktionieren würde. Die fehlende Magie hatte sich durch den Zauber so sehr verändert, dass sie nicht mehr meine Magie war. Sie war etwas Eigenes geworden, eine Mischung aus Chasmas und meinen Essenzen, beinahe wie ein magisches Kind, das dafür sorgte, dass sie in dir gefangen war«, erklärt Mai zufrieden.

»Und als ich begriff, dass dies eigentlich das Schlimmste für Chasma war – in dir gefangen zu sein, ohne dass du von ihr wusstest –, da dachte ich, ich setze noch einen drauf. Warum sie nur ein Menschenleben lang dieser Folter aussetzen, wenn es auch eine Ewigkeit lang ging? Ich musste nur eine Möglichkeit finden, dich unsterblich zu machen. Aber meine Magie allein war dafür nicht geschaffen.«

»Also habt ihr euch verbündet und jeder hat davon profitiert«, sage ich.

Hass strömt jetzt durch meine Adern. Warum Mai nicht sehen kann, wie ich empfinde, verstehe ich nicht. Ohne Angst, mit purer Schadenfreude und funkelnden Augen gesteht er uns sein Verbrechen. Schuldgefühle oder Reue suche ich bei ihm vergebens.

»Ja. Doch beinahe wäre mein Plan gescheitert. Als ich in jenem Jahr im Mai in euer Dorf kam, warst du plötzlich verschwunden. Ich wartete mehrere Tage, beobachtete und lauschte, bis deine Brüder sich irgendwann darüber unterhielten, was mit dir geschehen war. Die Gaukler zu finden, ging recht schnell. Ich holte Alexander und wir näherten uns dir, während du schliefst. Chasma durfte nicht mitbekommen, was geschieht, denn sie hätte uns garantiert gesehen, im Gegensatz zu dir.

Der Zauber wirkte problemlos. Chasma war wieder unsterblich, was sie so gehasst hatte, aber immer noch in dir gefangen und unser Zauber verlagerte auch das Machtverhältnis zwischen euch beiden. Plötzlich hattest du ebenfalls die Kontrolle über ihre Kräfte, nur dass sie dadurch nicht mehr im Gleichgewicht waren. Und so explodierte die Chaosenergie unerwartet und flog uns beinahe um die Ohren. Wir flüchteten.«

»Die Verwüstung und die toten Gaukler«, erkenne ich. »Das war ich? Und mein Tagespensum war auch die Folge eures Zaubers?«

»Tagespensum?«, wundert er sich. Damit kann er nichts anfangen, aber ich bin mir plötzlich sicher, dass ich recht habe.

»Nimm ihn zurück!«, fordere ich.

»Wie? Den Zauber, meinst du? Warum sollte ich?«

»Was bringt er dir noch? Chasma ist frei«, argumentiert Archie vernünftig.

Mit Vernunft kann ich gerade nichts anfangen, ich bin zu wütend. »Tu es oder ich werde dafür sorgen, dass du es bereust und deine restliche Energie auch noch verlierst!«, brülle ich ihn an.

»Das kannst du nicht!«

»Nicht allein, nein. Aber was werden wohl Krähe, Morpheus, Jelos, Friedrich und meine Mutter tun, wenn sie hiervon erfahren? Was denkst du, auf welcher Seite sie stehen werden?«

»Und ich bin auch noch da. Du solltest lieber tun, was er sagt, sonst verpasse ich dir eine Kostprobe *meiner* Magie«, droht Archie und ich spüre plötzlich, wie er seine Rachemagie entfesselt. Wie ein stolzer Racheengel steht er vor uns und Mai sieht plötzlich sehr beunruhigt aus.

»Na schön! Ich tu's!«

Misstrauisch beobachten wir drei – Archie, der andere in mir und ich –, wie er sich mir vorsichtig nähert und die Hände an meinen Kopf legt. Ich spüre, wie der Fluch auf seine Berührung reagiert, und weiß jetzt, warum er vorhin so zögerlich war und seine Hände gezuckt haben. Er hat versucht, die Reaktion des Unsterblichkeitszaubers zu unterdrücken.

Dann zieht er daran. Ein reißender Schmerz durchzuckt mich, ich höre Mai lachen und Archie schreien, dann löst er sich vor meinen Augen in Luft auf. Panik durchströmt mich.

Irgendetwas ist fürchterlich schiefgegangen! Wo ist Archie hin?

Ich höre noch den Nachhall von Mais Lachen, dann blinzele ich gegen die Tränen an, die meinen Blick verschleiern. Als ich wieder etwas erkennen kann, ist Mai ebenfalls fort.

Was ist geschehen?

Hinter mir höre ich ein Geräusch, Schritte kommen näher. Es muss einer der Gärtner sein, der seine Mittagspause beendet hat, aber ich kümmere mich nicht um ihn, sondern versuche zu begreifen, wie Mai mich hereingelegt hat.

»Wer bitte sind Sie?«

Plötzlich spüre ich, wie mich eine Hand von hinten an der Schulter berührt, drehe mich um und sehe dem etwa fünfzig Jahre alten Gärtner ins Gesicht, der mich irritiert mustert.

»Was machen Sie in meinem Gewächshaus?«

Es hat funktioniert?

Es hat funktioniert!

Ich horche in mich hinein, doch ich spüre nicht länger den anderen in mir und wenn ich an Archie denke, bekomme ich weder Herzklopfen noch romantische Gedanken.

Der Liebeszauber ist gebrochen, ich bin wieder sterblich!

»Entschuldigen Sie bitte«, sage ich zu dem Mann, drehe mich um und gehe durch die geöffnete Tür nach draußen in die strahlende Mai-Sonne.

Endlich bin ich frei!

ENDE

# Ende gut, alles gut

Ich starre das blinkende Wörtchen auf dem Bildschirm an: »ENDE«. Doch ist es wirklich zu Ende?

Ich wünsche, ich könnte sagen: Ende gut, alles gut. Aber dies ist das Leben, es *kann* einfach nicht alles gut sein.

Dennoch bin ich zufrieden, als ich auf den Bildschirm blicke. Die Geschichte endet mit einer positiven Note, dabei will ich es belassen. Ich muss den Lesern nicht erzählen, dass es Tage gibt, an denen ich mir meine Unsterblichkeit oder einfach nur meine Magie zurückwünsche. Manchmal bin ich einfach nur schlecht gelaunt, weil nichts so klappt, wie ich es mir vorstelle, aber niemand darauf Rücksicht nimmt.

Früher konnte ich meine schlechte Laune an den Menschen auslassen und musste nicht mit Konsequenzen für mich selbst rechnen. Nun ist das anders. Ich bin selbst ein Mensch, alles hat Konsequenzen. Ob ich zur Arbeit gehe oder nicht, ob ich dem Schaffner den Stinkefinger zeige oder es doch lieber lasse, immer spüre ich die Auswirkungen meiner Taten. Manchmal ist es verdammt anstrengend, in einer Gesellschaft aus Menschen zu leben.

Gut, unter den Freaks war auch nicht alles Friede, Freude, Eierkuchen. Obwohl der Eierkuchen bei Archie verdammt lecker ist.

Aber einen Vorteil hatte das Leben als Unsterblicher. Ich war freier darin, was ich tun und lassen konnte. Meinen Tagesrhythmus selbst bestimmen, mit einem Blinzeln am Ende der Welt sein.

Nun jedoch ist meine Welt verdammt klein geworden. Ans andere Ende der Welt reisen, ist plötzlich unheimlich kompliziert: Reisepass, Flugticket, eventuell noch ein Visum – viele Papiere und Stunden der Planung sind notwendig, bevor ein Mensch endlich dahin reisen kann, wo er hinwill.

Und Geld natürlich.

Auch etwas, das ich zuvor nie benötigt habe. Früher habe ich mir einfach genommen, was ich brauchte. Nun geht das nicht mehr. Ich muss Geld verdienen, um zu leben.

Auch wenn mich die Unsterblichkeit von einem Dreizehnjährigen zu einem Mann gemacht hat, erst jetzt bin ich wirklich erwachsen geworden und habe gelernt, Verantwortung für mich und andere zu übernehmen. Als Freak konnte ich es mir leisten, weiterhin innerlich ein Kind zu sein. Jetzt nicht mehr.

Vieles hat sich verändert, ist kompliziert und ungewohnt für mich geworden. Manche alten, lieb gewonnenen Gewohnheiten sind schwer abzulegen und ich kämpfe mit ihnen wie mit einer hartnäckigen Warze, um sie loszuwerden.

Dennoch bereue ich es nicht. Für keine Sekunde.

Ich seufze zufrieden, als Ken ins Arbeitszimmer kommt und mir schnurrend auf den Schoß springt. Genug gearbeitet, soll das heißen. Jetzt bin ich dran!

Lächelnd streichele ich ihm durch das weiche Fell. Zum Glück haben sich ein paar Dinge nicht geändert und das ist eines davon. Der Kater lebt weiterhin bei mir in meiner Wohnung in Berlin, ein Arrangement, mit dem wir beide glücklich sind. Zwar fehlen ihm hier im Mehrfamilienhaus der Auslauf und die Natur, die er bei Friedrichs altem Unterschlupf auf dem Land gehabt hätte, aber dafür begleitet er mich zum Einkaufen, beim Spazierengehen und zur Arbeit.

Ich habe einen Job in einem Kino gefunden, auch wenn ich nicht den ganzen Tag Filme gucken kann, was ich mir ursprünglich gedacht habe – ja, haltet mich für naiv, aber woher sollte ich bitte schön wissen, was ein Kino-Mitarbeiter den lieben langen Tag macht? Ich dachte, er kann doch nicht stundenlang an der Kasse stehen und Kinokarten oder Getränke und Süßigkeiten verkaufen!

Doch, er kann.

Inzwischen bringt mir der Job Spaß und einer der großen Vorteile ist, dass ich in meiner Freizeit jeden Film gucken kann, den ich möchte. Ken ist mittlerweile mein gern gesehener Begleiter. Meine Kollegen lieben ihn und mein Chef hat nach dem allerersten Wutanfall, als er den Kater entdeckt hat, Verständnis dafür gezeigt, dass er mitkommt.

Solange Ken nicht in die Nähe des Essens geht, ist alles in Ordnung. Eine Vereinbarung, mit der wir alle drei leben können.

Viel verdiene ich mit meinem Job nicht, aber da ich immer noch mietfrei in meiner Wohnung lebe, ist das okay. Es reicht zum Leben.

Ich speichere die Datei, schließe sie und fahre den Computer herunter. Es ist ein merkwürdiges Gefühl, die vier Buchstaben unter das Manuskript gesetzt zu haben. Fast ein ganzes Jahr habe ich jetzt daran geschrieben, zunächst als Therapie, um die verrückteste Woche meines Lebens und alle Veränderungen zu verarbeiten, später dann, weil ich festgestellt habe, dass es mir Spaß bringt.

Nun ist meine Geschichte fertig, später werde ich sie endlich ausdrucken. »Wie ich wieder ein Mensch wurde – ein Roman von Murphy Müller« wird dann auf der ersten Seite stehen und hoffentlich das Interesse eines Lektors wecken. Dass es meine Autobiografie ist, wird mir sowieso kein Mensch glauben. Vielleicht werden sie mich eitel nennen, weil ich der Hauptfigur meines Buches denselben Vornamen gegeben habe. Lass sie! Ich weiß es besser.

Ja, ich habe den Nachnamen Müller, den ich beim Einzug ans Klingel- und Türschild gezaubert habe, behalten. Er ist auch nicht besser oder schlechter als andere und den Namen meines Vaters habe ich so lange nicht getragen, dass ich nun nicht mehr damit anfange. Ich bin Murphy Müller. Punkt. Dabei bleibt es.

Doch Ausweise auf diesen Namen zu bekommen, war nicht ganz so einfach. Inzwischen habe ich eine gefälschte Geburtsurkunde – ich meine, ich kann doch nicht ernsthaft als Alter achthundertneunundzwanzig Jahre angeben, oder? –, einen Personalausweis und einen Reisepass auf diesen Namen. Und ich arbeite daran, dass in Kürze auch noch ein Führerschein hinzukommt. Wenn es nach meinem Fahrlehrer geht, dauert es jedoch noch eine Weile. Von meinen mit Fiffis Streifenwagen erprobten Fahrkünsten hält er jedenfalls nicht viel.

Mir beginnt der Magen zu knurren. Es ist dunkel geworden, während ich geschrieben habe. Es ist Samstagabend und ich verbringe die Zeit allein mit mir und meinem Leben – Gott, bin ich ein Langweiler geworden!

Ich tapere in die Küche, in der Hoffnung, dass noch etwas von der Lasagne da ist, die mein Mitbewohner gemacht hat. Die ist echt lecker, jedoch auch heiß begehrt bei uns.

Als ich in die Küche komme, sind zwei der Plätze belegt. Jacken hängen über den Stühlen und Gläser stehen auf ihren Plätzen, was ich als klares Zeichen verstehe, dass ich mich auf meinen normalen Platz setzen soll.

Ken schnurrt, während er zu unseren Gästen geht und sie begrüßt, ansonsten ist es leise in der Wohnung. Ich hätte nie gedacht, dass ich mal das Geplapper von Jelos und Morpheus vermissen würde, geschweige denn ihren Anblick. Denn zu wissen, dass sie da sind und mit dem Kater reden, ich sie aber weder hören noch sehen kann, ist ein verdammt merkwürdiges Gefühl.

Vermutlich werde ich mich nie daran gewöhnen, dass auf jedem Platz jetzt ein kleiner Notizblock mit Stiften liegt. Hin und wieder erhebt sich einer der Kugelschreiber und scheint wie von selbst über das Papier zu huschen und Wörter zu schreiben.

Ich weiß es natürlich besser.

»Wie geht es dir, Murphy?«, steht nun auf Jelos' Block.

»Danke, sehr gut. Ich habe gerade die letzten Wörter geschrieben«, verkünde ich glücklich. Von meiner Absicht, ein Romanautor zu werden, wissen sie natürlich. Die beiden sind verdammt stolz auf mich, wie es sich für Tante und Onkel gehört.

Ja, ich wurde als Neffe zwangsadoptiert, aber das klingt schlimmer, als es ist. Hin und wieder erschrecke ich mich, wenn sie unerwartet auftauchen und mir zur Begrüßung auf die Schulter tippen, doch nach einer Weile habe ich mich daran gewöhnt. Schließlich können sie ja nicht anrufen. Klingeln wäre natürlich eine Alternative, aber das vergessen sie in schöner Regelmäßigkeit.

Andere Menschen hätten vielleicht gesagt, dass es bei ihnen spukt, ich hingegen habe unsichtbare Besucher und finde das völlig okay.

»Glückwunsch!«, schreibt Morpheus und unterstreicht das Wort dreimal, um seine Emotionen auszudrücken.

»Danke!«

Ich habe den Eindruck, dass Lachen ein paar Tränchen verdrückt, denn sie ist ungewöhnlich still und hat noch nicht wieder zum Stift gegriffen.

»Natürlich steht ihr dann auch in meiner Danksagung drin, sollte es jemals veröffentlicht werden«, sage ich. Sie hatten einen so großen

Anteil daran, was aus mir geworden ist, dass es falsch wäre, sie nicht zu erwähnen.

»Das ist lieb von dir. Oh, deine Mutter kommt!«, taucht nun auf Jelos' Block auf.

Ein kleiner Windstoß weht durch die Küche, das ist Chasmas Methode, um sich anzukündigen. Kurz darauf wird ein Stuhl direkt neben mir vom Tisch gerückt und dann ein Stück nach vorn geschoben.

»Jelos sagt gerade, dass du endlich fertig geworden bist? Ich bin so stolz auf dich!«, schreibt sie dann und ich lasse es zu, dass sie mir mit der Hand durch die Haare fährt.

Sie liebt das, ich hasse es. Das macht uns zu einem halbwegs normalen Mutter-Sohn-Gespann. Nicht dass wir jemals normal sein werden.

»Und was hast du heute gemacht?«, frage ich meine Mutter.

Unterhaltungen dauern bei uns sehr lange und sind viel mit Schweigen und Warten verbunden. Es dauert etliche Minuten, bis sie mehrere Notizzettel vollgeschrieben hat und sie mir zum Lesen gibt.

Ich lache, als ich von ihrem neuesten Rasierunfall-Streich lese. Dies ist eine Tradition, die sie mir zuliebe weiterführt, obwohl ich weiß, dass sich ihr die Faszination nicht wirklich erschließt. Inzwischen hatte ich selbst schon einige Rasierunfälle und kann nachempfinden, wie sich unsere Opfer dabei gefühlt haben. Doch den Schreck und den kurzen Schmerz nehme ich mit Humor.

Ja, auch das hat sich verändert. Mir wächst nun ein Bart und das ist so ungewohnt, dass ich konsequent alle Stoppeln wegrasiere, die sich über Nacht in mein Gesicht verirren. Früher habe ich meinen Vater und meine Brüder um ihre Bärte und ihre Rasier-Tradition beneidet, heute weiß ich, dass sie ein Grund war für meine Rasierunfall-Macke, wie Friedrich es nennt.

Apropos Friedrich: Er wohnt auch weiterhin bei mir und hat das Zepter in der Küche an sich gerissen. Darf er gerne. Ihm verdanke ich es, dass ich inzwischen jeden Tag so gut esse wie im Restaurant. Nur mit der Figur muss ich aufpassen, denn es gibt selbstverständlich jeden Tag Nachtisch und inzwischen muss ich Sport treiben, damit all das Süßzeug nicht ansetzt.

»Wo ist Friedrich?«, will ich irgendwann wissen, als wir ausführlich über die Streiche meiner Mutter gesprochen haben. Überraschenderweise vermisse ich meine Unglücksmagie und den Unfug, den ich getrieben habe, nur ganz selten. Ich bin wirklich erwachsen geworden, weil ich manche von ihnen nun als das erkenne, was sie gewesen sind: Klein-Jungen-Streiche.

Bewegungslose Stille antwortet mir. Friedrich ist seit dem Mittag aus dem Haus, was ungewöhnlich lange für ihn ist, denn ein Blick auf die Uhr verrät mir, dass es kurz nach Mitternacht ist.

Kurz wird mir ganz anders, als ich erkenne, dass der erste Mai angebrochen ist und ich immer noch ein Mensch bin. Mit meiner Mutter oder meinen Freunden habe ich nicht darüber gesprochen, denn ich wollte meiner Angst, dass Mai mich doch noch irgendwie reingelegt und den Zauber nicht aufgelöst, sondern mich verflucht hat, keinen Ausdruck verleihen.

Nun habe ich endlich Gewissheit: Ich bleibe ein Mensch. Für immer.

»Friedrich ist bei Archie«, schreibt Jelos schließlich und ich bin beruhigt.

Die beiden haben sich längst vertragen und sind wieder gute Freunde. Zum Glück, denn es war anstrengend, zwischen Friedrich und Archie mithilfe von Zetteln vermitteln zu müssen. Ein bisschen kam es mir vor wie ein Kindergartenstreit mit Flüsterpost.

»Wisst ihr, wann er wiederkommt?«, frage ich, während ich meinen Löffel in den Pudding tauche, den ich mir aus dem Kühlschrank geholt habe. Lasagne ist natürlich keine mehr da, was habe ich auch erwartet. Der selbst gekochte Pudding, dieses Mal allerdings von Archie, ist jedoch genauso lecker.

Ich schiebe mir gerade einen Löffel voll in den Mund und will schlucken, als ich hinter mir eine Stimme höre: »Murphy?«

Das ist unmöglich!

Ich verschlucke mich beinahe, nehme den Löffel aus dem Mund und drehe mich ganz langsam um, doch da steht er: Archie. Neben ihm sehe ich Friedrich und beide lächeln mich an.

»Wie …?«

»Wir wollten dich damit überraschen«, erklärt der Junge mit einem breiten Grinsen. »Daran gedacht haben wir schon länger, aber leider haben die anderen Wunsch-Sprichwörter nie den Dreh rausbekommen, wie man es macht. Bis Krähe die Idee hatte, Mai zu fragen.«

»Mai zu fragen? Seid ihr bescheuert?!«

Ich habe keine gute Meinung von dem Mann, der mir alles eingebrockt hat. Wenn ich jemanden von den Freaks überhaupt nicht vermisse, dann ist er das.

»Ich wollte wissen, wie es ist, ein Mensch zu sein. Und außerdem habe ich es vermisst, mit dir zu reden«, erklärt Friedrich. »Aber du brauchst keine Angst zu haben, Krähe hat Mai ganz genau auf die Finger gesehen, damit er uns nur ein Jahr lang verwandelt und keinen Haken in seinen Zauber einbaut.«

Meine Beklommenheit lässt nach. Gerührt sehe ich die beiden an. Das haben sie für mich gemacht. Sie sind wahrlich gute Freunde!

Ich spüre, wie mir die Tränen kommen, sage schnell: »Entschuldigt mich bitte kurz, ich bin gleich wieder da«, zu meinen Freunden und verschwinde dann im Schlafzimmer, wo ich mich erst einmal schnäuze.

»Bist du in Ordnung, Murphy?«

Archie ist mir gefolgt und steht nun in der Tür. Als ich aufsehe, betritt er zögerlich das Zimmer. Er mustert mich und ich weiß, dass er zu viel sieht. Im letzten Jahr sind wir sehr gute Freunde geworden, nachdem Liebes Fluch gebrochen war und wir die erste Verlegenheit überwunden hatten. Das hatten wir Pech zu verdanken, die meine Unsterblichkeit und die zweite Magie untrennbar miteinander verwoben hatte. Ohne sie wäre ich ein Mensch, aber noch immer nicht Herr meiner selbst.

Ein Gutes haben unser Kleinkrieg und der Liebeszauber jedoch gehabt: Wir haben herausgefunden, dass wir uns tatsächlich ähnlich sind und uns gut verstehen. Manchmal braucht es gar keine Worte, damit ich mir vorstellen kann, welcher Gesichtsausdruck gerade über seine Miene huscht, wenn ich etwas erzähle. Ich weiß, wann er lacht, auch wenn ich es weder sehen noch hören kann. Daher ahnt er jetzt auch, was mir durch den Kopf geht, und schenkt mir ein mitfühlendes Lächeln.

»Ich weiß, es muss sich manchmal so für dich anfühlen, als wärst du allein, aber das bist du nicht«, tröstet er mich. »Wir werden bei dir bleiben, wenn du alt wirst.«

Es klingt sehnsüchtig und ich verstehe es plötzlich. Dieses Jahr ist nicht nur für mich. Es ist auch für ihn. Nach knapp viertausend Jahren als Sprichwort ist er schon lange unzufrieden mit seinem ewig gleichen Leben, in dem für Veränderung kein Platz ist. Auch sein legendäres Pech in der Liebe, von dem er mir in den letzten Monaten nach und nach erzählt hat, mag wohl ein Grund sein, dass er es mal ausprobieren möchte, wie es ist, als Mensch zu leben und zu lieben.

»Du willst nicht wieder ein Lebendes Sprichwort werden, oder?«, frage ich ihn.

Archie wirkt nachdenklich. »Ich weiß es nicht«, antwortet er langsam. »Momentan weiß ich nicht, ob das Leben als Mensch besser ist. Aber eins ist mir durch das letzte Jahr bewusst geworden. So leben wie bisher will und kann ich nicht mehr.

Ich entscheide das nächstes Jahr, ob ich gemeinsam mit dir alt werden möchte.«

Ich sehe uns schon als weißhaarige Männer auf dem Sofa sitzen und über den neuesten Film im Fernsehen diskutieren oder streiten, während unsere Freunde uns unsichtbar Gesellschaft leisten, und plötzlich wird mir warm ums Herz.

»Danke, Archie.«

Wir lächeln uns an, bevor wir zu unseren Freunden ins Wohnzimmer gehen. Denn in diesem Fall stimmt es wirklich: Ende gut, alles gut.

# Personenregister

**Sprichwörter, ihre Namen und Bezeichnungen:**

**Alexander** = Verkörperung von *Dem Glücklichen schlägt keine Stunde.* Er ernährt sich von den glücklichen Momenten der Menschen und ist ein dauerfröhlicher Kiffer.

***Aller guten Dinge sind drei*** = Trinity

***Alles Gute kommt von oben*** = Sie ist eine blonde, gutmütige und hilfsbereite Frau und kann mit ihrer Magie alles, das von oben herabfällt, in etwas anderes verwandeln.

***Alles neu macht der Mai*** = Mai

***Alles, was schiefgehen kann, wird auch schiefgehen*** (Murphys Gesetz) = Murphy

**Archie** = Verkörperung von *Rache ist süß.* Er sieht aus wie Anfang zwanzig, hat etwas Übergewicht, rundliche Wangen, grüne Augen und blonde Locken. Seine Spezialität sind Streiche mit Süßigkeiten.

**Arsch** = Murphys Bezeichnung für Archie

***Auf jeden Regen folgt auch Sonnenschein*** = Sie manipuliert das Wetter und sorgt für Sonnenschein, Hoffnung und einen wolkenlosen Himmel. Sie leuchtet von innen heraus.

**Chaos** = Abkürzung von *Das Genie beherrscht das Chaos*

**Chasma** = Verkörperung von *Das Genie beherrscht das Chaos*. Sie ist ein sehr altes Sprichwort mit Macht über das Chaos und Jelos' Schwester. Sie hat langes hellbraunes Haar, ein attraktives Gesicht und sieht aus wie Ende dreißig.

***Das Genie beherrscht das Chaos*** = Chasma

**das Höllen-Quartett** = Murphys Bezeichnung für die vier Neos

**das Putten-Gesicht** = Murphys Bezeichnung für Archie, weil der ihn an eine Putte (Engel in Gestalt eines Kindes) erinnert

**das Schleimmonster** = Murphys Bezeichnung für *Hochmut kommt vor dem Fall*

***Dem Glücklichen schlägt keine Stunde*** = Alexander

**der Glückliche** = Abkürzung von *Dem Glücklichen schlägt keine Stunde*

**der Klebearm** = Murphys Bezeichnung für Jelos

**der kleine Unglücksrabe** = Murphys Bezeichnung für Friedrich

***Der Wunsch ist der Vater des Gedanken*** = Zacharias

***Dicht daneben ist auch vorbei*** = Er ist ein altes Sprichwort mit einer fleckigen Glatze, der sich gerne mal irrt und mithilfe seiner Magie Katastrophen in letzter Sekunde vereiteln kann.

**die Blindschleiche** = Murphys Bezeichnung für Liebe

**die Freaks** = Murphys Bezeichnung für die anderen Sprichwörter und Redewendungen

**die Friedenswächterin** = Murphys Bezeichnung für Krähe

**die Geschmacksverirrung** = Murphys Bezeichnung für Liebe

**die Neos** = Abkürzung für die Neologismen. Hiermit sind vier Neologismen gemeint, die wie jugendliche Mädchen aussehen und Fans von Murphy und Archie sind.

**die Neologismen** = neue Sprichwörter oder sprachliche Neuschöpfungen, die noch nicht fest im Sprachgebrauch der Menschen etabliert sind. Sie sind daher noch nicht unsterblich, haben auch noch keine magischen Kräfte außer Teleportation und bewegen sich sowohl in der Welt der Menschen als auch in der Welt der Sprichwörter. Einige von ihnen verschwinden wieder, wenn sie aufgrund neuer Moden wieder in Vergessenheit geraten, die anderen werden zu unsterblichen Sprichwörtern und Redewendungen.

**die Putten-Fratze** = Murphys Bezeichnung für Archie, weil der ihn an eine Putte erinnert

**die Regelwächterin** = Murphys Bezeichnung für Krähe

***Die Wahrheit ist die Lüge von morgen*** = Zwillingsschwester von *Die Wahrheit liegt in der Mitte* und Hüterin von *Kindermund tut Wahrheit kund.* Sie sieht aus wie vierzig bis fünfzig Jahre, ist unfreundlich und erzählt dem Fragenden nie die Wahrheit, die er hören wollte.

***Die Wahrheit liegt in der Mitte*** = Zwillingsschwester von *Die Wahrheit ist die Lüge von morgen* und Hüterin von *Kindermund tut Wahrheit kund.* Sie sieht aus wie vierzig bis fünfzig Jahre, ist unfreundlich und ihre Wahrheiten sind so unpräzise, dass der Fragende in der Regel erst zu spät erkennt, was sie bedeuten.

***Die Zeit heilt alle Wunden*** = Heilerin

***Eine Krähe hackt der anderen kein Auge aus*** = Krähe

***Ein Unglück kommt selten allein*** = Friedrich

**Friedrich** = Verkörperung von *Ein Unglück kommt selten allein.* Er sieht aus wie ein etwas verwahrloster Junge von circa neun oder zehn Jahren, hat halblange hellbraune Haare und bewundert Murphy und Archie, denen er gerne bei ihrer Arbeit zusieht.

**Hochmut** = Verkörperung von *Hochmut kommt vor dem Fall.* Sie trägt die Nase stets hoch erhoben, weil ihre Füße einen für Sprichwörter stark stinkenden, für Menschen unsichtbaren magischen Schleim absondern, der hin und wieder hochmütige Menschen zu Fall bringt.

***Hochmut kommt vor dem Fall*** = Hochmut

***Jeder ist seines Glückes Schmied*** = Schmied

**Jelos** = Verkörperung von *Lachen ist die beste Medizin.* Sie ist ein sehr altes Sprichwort, die Lebensgefährtin von Morpheus, lacht und redet viel und ist stets gut gelaunt. Sie sieht aus wie eine Dauerwelle tragende, blond gefärbte Mittfünfzigerin, die sich stark schminkt, um jünger zu wirken. Sie heilt Menschen und Sprichwörter mit magischer Heiterkeit. Sie mag Murphy sehr gerne, findet sein schroffes Verhalten lustig und behandelt ihn wie ihr Patenkind.

**Kind des Chaos** = Kindermunds Bezeichnung für Murphy

**Kindermund** = Verkörperung von *Kindermund tut Wahrheit kund.* Sie sieht aus wie eine asiatisch anmutende Vierjährige mit geflochtenen Zöpfen und beantwortet Fragen, aber niemals eine Frage zweimal, zwischen ihren Spielen.

***Kindermund tut Wahrheit kund*** = Kindermund

**Krähe** = Verkörperung von *Eine Krähe hackt der anderen kein Auge aus.* Sie hat die Gestalt einer Krähe und kümmert sich um den Frieden unter den Sprichwörtern, notfalls mithilfe ihrer Magie.

**Lachen** = Abkürzung von *Lachen ist die beste Medizin*

***Lachen ist die beste Medizin*** = Jelos

**Liebe** = Verkörperung von *Liebe macht blind.* Sie ist eine alte Frau, trägt eine Binde über den Augen und befindet sich nicht auf derselben Existenzebene wie die anderen Sprichwörter oder die Menschen. Mit ihrem Blindenstock schießt sie rötliche magische Lichtblitze ab und sorgt dafür, dass sich ihre Opfer ineinander verlieben.

***Liebe macht blind*** = Liebe

**Mai** = Verkörperung von *Alles neu macht der Mai.* Er ist ein Charmeur, sieht aus wie circa vierzig Jahre und kann mit seiner Magie zum Beispiel Pflanzen wachsen lassen, aber er hat immer nur im Mai magische Kräfte. Er hat in der Vergangenheit mit Chasma zusammengearbeitet.

**Morpheus** = Verkörperung von *Schlaf ist die beste Medizin.* Er ist der Lebensgefährte von Jelos, ein sehr altes, ruhiges Sprichwort mit grauen Haaren, der Menschen und Sprichwörter in einen magischen Schlaf versetzt, um sie zu heilen.

**Murphy** = Ich-Erzähler und Verkörperung von *Alles, was schiefgehen kann, wird auch schiefgehen.* Er sieht aus wie circa fünfundzwanzig Jahre, hat braune Augen und braune Haare und liebt es, Menschen mit seiner Unglücks- und Chaosmagie Streiche zu spielen.

**Nervensäge** = Murphys Bezeichnung für Friedrich

**Pech** = Verkörperung von *Pech in der Liebe, Glück im Spiel*. Die Spielsüchtige treibt sich am liebsten in Casinos, Wettbüros und an anderen Orten herum, an denen gespielt wird, und sorgt für zerbrochene Beziehungen und Spielglück. Sie hat lange braune Haare und wirkt ständig etwas übermüdet. Wenn es darum geht, Magie zu erkennen, hat sie einen wachen Blick.

***Pech in der Liebe, Glück im Spiel*** = Pech

**Schlaf** = Abkürzung von *Schlaf ist die beste Medizin*

***Schlaf ist die beste Medizin*** = Morpheus

**Schmied** = Verkörperung von *Jeder ist seines Glückes Schmied*. Er ist der Bruder von Trinity, stark und muskulös, und steht seiner Schwester loyal gegen Murphy bei.

**Sport** = Abkürzung von *Sport ist Mord*. Er ist groß, gut aussehend und ein Serienkiller, der am liebsten bei Sportveranstaltungen zuschlägt.

***Sport ist Mord*** = Sport

**Spott** = Verkörperung von *Wer den Schaden hat, braucht für den Spott nicht zu sorgen*. Er ist immer da, wo sich jemand blamiert, und lacht denjenigen schadenfroh aus.

**Trinity** = Verkörperung von *Aller guten Dinge sind drei*. Sie ist eine attraktive Frau mit langen blonden Haaren und durchkreuzt mit ihrer Hilfsbereitschaft und ihrer Glücksmagie häufig Murphys Pläne, ohne es zu begreifen.

**Unglück** = Abkürzung von *Ein Unglück kommt selten allein*

**Unglücks-Schmarotzer** = Murphys Bezeichnung für Friedrich

***Wer den Schaden hat, braucht für den Spott nicht zu sorgen*** = Spott

**Zacharias** = Verkörperung von *Der Wunsch ist der Vater des Gedanken*. Er ist ein kleines, weißhaariges, stark kurzsichtiges Männlein und ein Wünsche-Erfüller. Sein Geschäft »Hort der Wünsche« sieht aus wie ein Trödelladen.

## Weitere erwähnte Sprichwörter

***Alles wird gut***

***Alter geht vor Schönheit***

**Bernd** = Sprichwort, das beim Aufräumen von Murphys Wohnung hilft

***Blut ist dicker als Wasser***

**Caesar** = ein Wunsch-Sprichwort

***Die Nacht ist keines Menschen Freund*** = Er ist ein sehr ungeselliges Sprichwort, das alle anderen Sprichwörter und die Menschen hasst. Ihm begegnet man lieber nicht im Dunkeln.

***Der Teufel ist ein Eichhörnchen*** = Er hat die Gestalt eines Eichhörnchens und ist mit Murphy verfeindet.

**Dominik** = Verkörperung von *Gelegenheit macht Liebe*. Er ist Archies untreuer Ex-Freund. Friedrich kann ihn nicht ausstehen.

**Eichhörnchen** = Abkürzung von *Der Teufel ist ein Eichhörnchen*

**Erika** = ein Wunsch-Sprichwort

***Gelegenheit macht Liebe*** = Dominik

**Helene** = Sprichwort, das beim Aufräumen von Murphys Wohnung hilft

**Julius** = ein Wunsch-Sprichwort

**Justitia** = Verkörperung der Gerechtigkeit, blind

**Maria** = ein Wunsch-Sprichwort

**Matthias** = Sprichwort, das beim Aufräumen von Murphys Wohnung hilft

**Methusalem** = ein Wunsch-Sprichwort

***Morgenstund hat Gold im Mund*** = Sie hat goldene Zähne und eine goldfarbene Zunge.

**Nacht** = Abkürzung von *Die Nacht ist keines Menschen Freund*

## Menschen

**Barbie-Katzenmami** = schwarzhaarige künstliche Schönheit mit einem weißen Kater, den Murphy Ken tauft

**der Bummelzug** = männlicher Rentner und Bankopfer in Berlin

**die Domino-Menschen** = Opfer von Murphys Fußgängerzonen-Streich in Berlin, die zum Teil miteinander in Streit geraten

**die Gutmenschen** = Menschen, die den Opfern von Murphys Streichen helfen, statt über sie zu lachen. Murphy findet sie sehr lästig.

**die Puschelschwänzchen-Gang:** eine Gruppe junger Männer und Opfer von Murphys Streich in Berlin

**die U-Bahnen** = zwei übergewichtige und langsame männliche Bankangestellte und Opfer von Murphys Bankstreich in Berlin

**D-Zug** = Mutter mit ihrem Kleinkind, von Murphy Miniwaggon genannt, beim Bankstreich in Berlin

**Fiffi** = ein junger Polizist mit straßenköterblonden Haaren in Berlin und ein Opfer von Murphys Streichen

**Jeremy** = Murphys jüngster Bruder

**John** = Murphys ältester Bruder

**Lukas** = Müllerlehrling aus dem Dorf, in dem Murphy aufgewachsen ist

**Michael** = Murphys mittlerer Bruder

**Peter** = Tischlerlehrling aus dem Dorf, wo Murphy aufgewachsen ist

**Taubenfeind** = ein männliches Opfer von Murphys Streichen, arbeitet in einem Versicherungsbüro in München

**Taubenkunstwerk** = ein weibliches Opfer von Murphys Streichen, arbeitet in einer Apotheke in München

**Vater Joseph** = Pfarrer aus Murphys Heimatdorf, er hat den jungen Murphy unterrichtet

# Danksagung und Nachwort

Ich hoffe, euch hat die Geschichte von Murphy und den Lebenden Sprichwörtern gefallen. Sie ist anders als die Geschichten, die ich sonst schreibe. Verrückter, aber auch ein bisschen persönlicher, denn die Idee kam mir in einem Gespräch mit meiner Freundin und Kollegin Petra, nachdem wir beide ein paar Mal kurz hintereinander das Opfer von Murphys Gesetz geworden waren. Ich weiß nicht mehr, wer von uns zuerst gesagt hat: »Ich würde es Murphy gerne mal so richtig heimzahlen«, aber die Idee setzte sich in mir fest und rasch waren neben Murphy auch die anderen Lebenden Sprichwörter geboren.

Das war die Ausgangsidee von »Murphy – Rache ist süß«, doch mein persönlicher Frust verwandelte sich blitzschnell in pure Schreibfreude. Und das Verrückte ist, irgendwann mochte ich Murphy, die Figur, die ich eigentlich nur erschaffen hatte, um mich an ihr zu rächen – und das trotz seiner kindischen Streiche und seiner Schadenfreude. Die Geschichte wurde zu meiner Lieblingsgeschichte.

Dass ihr Murphys Geschichte nun in den Händen halten könnt, daran hatten wieder viele Personen einen Anteil: Meine Muse Petra, meine fleißigen Testleser Kerstin, Konrad, Lillith und meine Mutter, aber auch Drachenmama Astrid, die mich und Murphy so herzlich in die Reihen ihrer Drachen aufgenommen hat. Vielen Dank für dein Vertrauen und deinen unermüdlichen Einsatz für uns Autoren.

Auch Marie möchte ich danken für dieses wunderschöne Cover, die tollen Banner, Lesezeichen und Postkarten. Ich finde, sie sind großartig geworden. Und nicht zuletzt danke ich meiner Lektorin Laura für das Aufspüren der Logiklücken und die Verbesserungsvorschläge. Es hat mir Spaß gebracht, mit dir am Text zu feilen.

Ich hoffe, dass ihr, liebe Leser, genauso viel Spaß an der Geschichte hattet wie ich. Falls ihr mir einen Kommentar, wie sie euch gefallen hat, auf meinen Social-Media-Kanälen oder meiner Website dalassen oder eine Rezension zum Buch schreiben wollt, würde ich mich sehr darüber freuen.

Herzlichst,
Nicole Gozdek

Sarah Adler

Knochenjob

ISBN: 978-3-95991-192-4, kartoniert, EUR 12,90

Drei wissenswerte Tatsachen
Dies ist eine Geschichte über den Tod.
Dies ist eine Geschichte über den Tod, der das Nasenbein gestrichen voll hat
von rostigen Sensen und kratzigen Umhängen.
Dies ist eine Geschichte über den Tod, die folgende Dinge beinhaltet:
Das Leben
Das Schicksal
Eine Reise zur Zeit
Den todesmutigen Versuch, ein paar Menschen zu retten
Und ein zufällig gelüftetes Geheimnis, das alles über den Haufen wirft.
Aber lest selbst.

# PROLOG

Manche Dinge geschehen im Jetzt. Manche haben bereits stattgefunden. Und manche geschehen in der Zukunft …

Hier beginnt meine Geschichte.

Irgendwann nachts, in einer schmutzigen kleinen Stadt, auf einem von Laub und durchnässten Zeitungen erstickten Gehsteig, starb eine Katze.

Es war – nach Menschenzeit – 01:26 Uhr morgens, an einem Donnerstag, der trübe war wie so viele Donnerstage, und die Geschichte ihres Todes war weder kurios noch besonders inspirierend. Es war ein Tod, wie ihn viele Katzen starben.

Verursacht hatte ihn folgender unglücklicher Zufall: Auf der anderen Straßenseite hatte etwas geraschelt. Es gibt vieles, das in der Art kleiner Nager raschelt, die sich im hohen Gras verstecken, und solch ein Geräusch kann lauter sein als das Dröhnen eines herannahenden Autos.

Scheinwerfer leuchteten grell auf, es gab einen dumpfen Aufprall. Es war kein besonders schöner Anblick, aber es dauerte nicht lange[1].

Danach schleppte sich die Katze an den Straßenrand und brach kraftlos zusammen. Der Mörder hatte Fahrerflucht begangen und die Katze war ganz alleine, wie Sterbende es oft sind. Ihre Schnurrhaare zuckten. Ihr Atem verflüchtigte sich als dünner silberner Faden in der regenfeuchten Luft. Dann war alles still.

Einige Minuten verstrichen.

Auf der anderen Straßenseite bewegte sich etwas.

Aus der Dunkelheit, die vorhin so verlockend geraschelt hatte, löste sich ein Schatten. Eine zweite Katze, schwarz wie ein Rabenflügel in einer sternenlosen Nacht, senkte eine schmale Pfote auf

1 Was der Katze garantiert kein besonders großer Trost war.

den feuchten Asphalt. Mit der Gewandtheit eines Wesens ganz aus Wasser und Seide tänzelte das Tier näher, umging lässig die Abwasserpfützen, die hier und dort in den dreckverkrusteten Schlaglöchern lauerten, und wich geschmeidig einer verbeulten Bierdose aus. Als sie vor ihrem gefallenen Artgenossen zum Stehen kam, verdunkelte sich der Nachthimmel. Knisternd sprangen die Lichter der Straßenlaternen der Schwärze entgegen. Die Katze hob ihren golden schimmernden Blick.

Und sah geradewegs durch mich hindurch.

»Kusch«, sagte ich. Für einen Moment herrschte Stille. Die Ohren der Katze zuckten sanft, als sie zu mir aufschaute und sich meinen Vorschlag durch den Kopf gehen ließ. Dann sträubte sich ihr Fell. Sehr weise. Katzen wussten besser als jedes andere Lebewesen, wann es Zeit war, sich aus dem Staub zu machen.

»Verschwinde«, wiederholte ich mahnend, und endlich wölbte das Tier seinen Buckel und sprang mit einem Geräusch wie ein geplatztes Reifenventil in die Dunkelheit davon. Ich blieb reglos stehen und gab mich dem Neid hin. Auch ich hätte gern einem kleinen Panther mit vom Mondlicht umspielten Fell geglichen, der leichtfüßig durch die Nacht tanzte und dessen Schwärze nur von der des tiefsten Punkts des Marianengrabens übertroffen wurde.

Stattdessen war ich ein Besen.

Ihr habt richtig gelesen.

## Drei wissenswerte Tatsachen

1. Dies ist eine Geschichte über den Tod.

2. Dies ist eine Geschichte über den Tod,
die folgende Dinge erklären wird:

- warum ich aussah wie ein Besen,
- warum ich die schwarze Katze beneidete,
- warum ich – als Besen – dennoch sprechen konnte
- und wem ich dies alles zu verdanken hatte.

3. Dies ist eine Geschichte über den Tod,
und sie beginnt ganz am Anfang.

Lasst es mich euch erklären.

Macht es euch bequem.

Als sich die Seele der Katze in den übernächtigten Borsten des Besens verfing, lichtete sich der Himmel …

# KAPITEL 1

Anderswo war die Luft schwer vor Nebel.

Das einzige Geräusch war das endlose Branden der Wellen gegen zerklüfteten Stein.

Wo befinden wir uns? An der Küste von Cornwall. In welcher Zeit? Sagen wir einfach: Eines Tages …

Eines Tages saß ich an der Küste von Cornwall und las in einem abgegriffenen Buch, und das Schicksal war auch da. Seine langen, himmelblauen Gewänder spielten im Wind. Es stand nur ein paar Meter von mir entfernt und beobachtete vergnügt zwei miteinander zerstrittene englische Anwälte, die sich auf den Klippen entgegenkrakselten und dadurch unerwarteterweise zu Wanderkumpanen wurden. Erst dann, als sie sich in neu gefundener Eintracht eine Packung Trockenpflaumen teilten, drehte Schicksal sich zu mir um und tat so, als hätte es mich gerade eben erst bemerkt.

Was für ein Heuchler. In der Tat wusste ich, dass es mich schon gesehen hatte, bevor ich überhaupt dazu gekommen war, mich zu setzen.

Unter dem Schleier hoben sich seine Mundwinkel zu einem Lächeln.

»Wie schön, dass man dich auch mal wieder sieht, Tod. Es muss Ewigkeiten her sein. Was tust du?«

Und hier wird unsere Geschichte merkwürdig.

Ich hob meine Lektüre ein bisschen an, um den Blick auf den Einband freizugeben. Auf ihm waren die leicht abgewetzten Worte »Erste Hilfe – Spezialausgabe Sanitäterausbildung« zu lesen. Darunter prangte das Bild eines recht bleich geschminkten Mannes mit Platzwunde am Kopf, der (das wusste ich aus Berufserfahrung) ganz bestimmt nicht tot war. Es war nicht der alltäglichste Lesestoff für jemanden meines Berufs, auch wenn die Umstände, unter denen ich an das Buch geraten war, dunkel und verworren waren und die ein oder andere Leiche natürlich nicht entbehren konnten.

»Ich lerne, wie man Menschen das Leben rettet.«

Wie das Schicksal so spielte, stand es plötzlich recht unerwartet neben mir – das war eine seiner nervenaufreibenderen Eigenschaften – und hieb mir ziemlich fest auf die Schulter[1]. Sein verschleierter Blick senkte sich neugierig auf die erste Seite und es ließ ein Geräusch hören, das entfernt an ein Lachen erinnern mochte. »Tod, du Trottel!«, verkündete es leichthin. Nerven muss man haben. »Das ist ein Buch von vor über zehn Jahren! Die Richtlinien sind bestimmt alle schon längst wieder überholt!«

Ich fragte nicht, woher es das wusste. Man hätte meinen sollen, das Schicksal habe mit Medizin nicht allzu viel am Hut – aber die traurige Tatsache war, dass die Type seine Finger so ziemlich überall drin hatte. Oh, natürlich kümmerte es sich in seiner Freizeit auch um tragische Liebende und was es an dergleichen Überflüssigkeiten noch so gab, aber einen erstaunlichen Großteil seiner Ränkeschmiedereien durfte am Ende der finstere Genosse auf dem Felsen mit dem Buch in der Hand ausbaden.

Wovon ich rede? Von Strängen, die im Hintergrund aus Langeweile gezupft, von Vorschriften, die geändert wurden, und von Todesopfern, die darunter leiden mussten, dass sich in den ersten paar Wochen niemand eine genaue Vorstellung davon bilden konnte, wie man sich mittlerweile zu verhalten hatte.

Davon, dass es auf der ganzen Welt mit ihrem unermesslichen Umfang nur einen gab, an dem dergleichen jedes einzelne Mal hängen blieb. Mich.

Dies ist eine Geschichte über den Tod, und sie beginnt nicht zufällig mit dem Schicksal.

Nennt es eine bis auf die Knochen reduzierte Biographie.

---

1 Wie ihr euch denken könnt, war ich an diesem Tag ausnahmsweise in anständiger Erscheinung unterwegs. Besen haben keine Schultern.

# Eine kleine Vorgeschichte

Ein aufmerksamer Leser wird nicht umhinkommen, sich zu fragen, wie ein sonst so pflichtbewusster Tod auf die Idee kommt, Leben retten zu wollen, anstatt sie zu nehmen.

Das Ganze begann vor sechstausendeinhundertsechsundachtzig Jahren und ein paar Zerquetschten.

Damals hing der Rauch in dicken Schwaden in der kleinen Hütte. Geräuchertes Fleisch und getrocknete Pflanzen lagen in gut verschnürten Bündeln neben der Feuerstelle.

Damals beugte ich mich gerade über die in einer Ecke kauernde vogelnesthaarige Alte, die aussah wie ein Dörrapfel, und wartete geduldig darauf, dass sie endlich den Löffel abgab, als es geschah.

Sie sah mich an. Sie entblößte einen scharfen, gelblichen Zahn. Sie fluchte.

»*Rotz* und Bärenscheiße!« spie sie mir ins Gesicht. »Ich *hasse* den Tod!«

Ich fuhr zurück. Das für sich allein genommen war schon beleidigend genug, aber nichts, woran ich nicht gewöhnt gewesen wäre2.

Es kam jedoch noch dicker. Damals ließ die ganze Sippe, die sich um die muffige Bettstätte versammelt hatte, ein einträchtiges Brummen hören, das in der heutigen Zeit mit zustimmenden Ellenbogenstößen einhergegangen wäre. Damals ließ das junge Mädchen, das auf Kopfhöhe der Alten am Bett saß und garantiert weder von Tuten oder Blasen noch von Sterben eine Ahnung hatte, ein enthusiastisches Quäken hören, das mir verdächtig nach »Ich auch!« klang.

In der folgenden halben Stunde, die ich mich unwohl fühlend im Kreis dieser düsteren Gestalten herumdrücken musste, keimte ein Gedanke.

Damals gab es noch keine Bücher über Erste Hilfe.

---

2 Der große Vorteil an der Unsichtbarkeit ist, dass man immer genau weiß, wer hinterrücks über einen ablästert.

Am Tag besagten *Eines Tages* schreckte ich in die Zukunft zurück und warf Schicksal einen strafenden Blick zu. Es hatte sich die Sache gespannt angehört, und jetzt erschien es mir beinahe, als lachte es mich aus. Ich ließ meinen Blick noch ein klein wenig finsterer werden.

»*Rotz und Bärenscheiße, ich hasse dich*. Glaubst du denn, jemand käme auf die Idee, dem Leben in die Augen zu schauen und so etwas zu sagen?

»Ach, darum geht es also. Du regst dich mal wieder über Leben auf.«

Das war mehr oder weniger mein Job, und jeder andere hätte sich an meiner Stelle auch aufgeregt. Aber das wollte ich Schicksal nicht wissen lassen.

»Die Menschen sind schlecht erzogen. Die meisten von ihnen heulen sich zwar unentwegt darüber aus, wie *furchtbar ungerecht das Leben doch sei*, aber dann schicken sie ganz schnell ein *aber natürlich haben andere es schlechter* hinterher, oder zumindest einen flüchtigen Gedanken à la *aber sterben möchte ich doch noch nicht*. Heuchler.«

»Das erscheint mir ganz angebracht für Lebewesen mit einem gesunden Arterhaltungstrieb.«

Davon wollte ich nichts hören.

Ihr müsst verstehen, warum ich auf Schicksal nicht besonders gut zu sprechen war.

Letzten Endes lief es seit Jahrmillionen auf eines hinaus: Meine Kollegen hatten ihren Spaß, und ich bekam jedes Mal die Scherereien ab, ohne dass jemand auf die Idee gekommen wäre, mich vorzuwarnen. Das wäre auch mal eine nette Abwechslung gewesen: Dass jemand es ausnahmsweise, welch haarsträubender Gedanke, für nötig gehalten hätte, sich mit mir abzusprechen. Aber nein; der Tod kennt keine Kompromisse, hieß es.

Diese Sorte von alten Vorurteilen führt dazu, dass meinereiner nie einen einzigen Tag Urlaub bekommt. Ich bin sogar sehr kompromissbereit. Es versucht nur nie einer.

»Natürlich bin ich nicht der Einzige, der sich Woche um Woche und Jahrtausend um Jahrtausend den Hintern wund schuftet«, fuhr ich fort; in erster Linie, um oben genannte Kompromissfähigkeit zu beweisen.

»So wie ich«, sprang Schicksal hilfreich ein.

»Ja. So wie du. Und du findest deinen Job –«

»Großartig. Für Glück und Freude zuständig zu sein, die Menschen zum Lachen und Lieben bringen zu können …«

»Ich kann nicht umhin, zu bemerken, dass du die ganzen Todesfälle auslässt.«

»Es ist, wie der Geschäftsleiter der größten Süßwarenfabrik des Universums zu sein und ab und zu ein paar Tonnen Gratisbonbons zu verteilen.«

Und das, da musste ich zustimmen, war ziemlich treffend formuliert. Der einzige Nachteil war, dass sich irgendjemand um die anfallenden Bonbonpapierchen kümmern musste, die in der realen Welt nur allzu oft einem Haufen Leichen entsprachen. Und da, oh Freude, kam dann wieder ich ins Spiel.

Ich war sozusagen die Müllabfuhr.

»Es ist einfach keine besonders gerechte Aufteilung.«

»Und noch schlimmer als das.«

»Ja?«

»Du hast noch nicht einmal einen Hintern, den du dir wund schuften könntest. Du hast nur ein Becken.«

Wenn, wenn, wenn.

Wenn die Welt eine Grundschullehrerin gewesen wäre, hätte sie die ganzen Smileysticker an das Leben verteilt und an mich die Zusatzaufgaben in Mathe.

Ich hatte es satt, dass alle schrien: »Oh Gott, nicht du schon wieder!«, wenn ich mich meldete, um höflich meinen Senf beizutragen. Ich fand es unverschämt, dass das Leben die Mitte vom Pausenbrot bekam und ich immer nur die Ränder. Und ganz gewiss wollte ich keine deprimierenden Klassenbucheinträge mehr, nur weil ich rechtzeitig zur Schulstunde erschienen war!

Das würde sich alles ändern, hatte ich mir vorgenommen. Nun gut, vielleicht hatte ich sechstausendeinhundertsechsundachtzig Jahre gebraucht, um diesen Entschluss zu fassen, aber ich kann euch eines sagen: Von all den verwirrenden, sinnlosen und oftmals haarsträubenden Sprichwörtern der Vielzahl an menschlichen Sprachen gab es zumindest eines, das ausnahmsweise *immer* stimmte:

*Der Tod hält sein Wort.*

Neuerungen standen bevor.

# I. TEIL

## Berufliche Qualifikationen.

## Ein Dossier

# KAPITEL 2

Dies ist eure Erde, von oben gesehen. Sie ist mehr oder weniger kugelförmig. Manche Gegenden sind verdammt heiß, andere verflucht kalt. Das Wasser der großen Meere und schmalen Bachläufe steigt auf und schwebt in klammen Sahnehäubchen durch den Himmel. Gemeinhin bezeichnet man das als Wolken. Es gibt dunkle Wälder und tiefe Ozeane. Es gibt weite Steppen und verschneite Berge. Dies ist eure Erde, umgeben von tausenden von Sternen.

Milliarden von Jahre musste ich mich hier herumtreiben.

Gute Güte.

Was ich an meinem Job ganz besonders verabscheute?

Das ist leicht.

Natürlich erwartet ihr jetzt, dass ich mir dramatisch an die knochige Brust greife und rufe: »Die Menschen! Die Menschen in all ihrer Tragödie und Liebenswürdigkeit, die Menschen, die ich viel zu früh aus dem Leben reißen musste! Die Kinder! Die Säuglinge! Die weinenden Mütter! Ach – die *Menschen!*«

Nun ja. In einer Hinsicht zumindest würdet ihr in eurer grenzenlosen Egozentrik recht behalten. Es waren nämlich tatsächlich zu einem Großteil die Menschen.

Aber nicht aus oben genannten Gründen.

Ich hatte erwartet, in den Menschen dankbare Abnehmer zu finden. Sie zerbrachen sich schließlich so gerne über alles den Kopf und kleideten es in schöne Worte.

Tiere? Oh ja, die gehörten selbstverständlich auch zu meinen Kunden. Tiere flohen, sie mühten sich ab, sie kämpften, und dann starben sie, ohne groß darüber nachzudenken.

Aber Menschen, stellte sich heraus, *verendeten,* und das machte keinen Spaß. Menschen hielten den gesamten Betriebsablauf auf, indem sie so unnötige Fragen stellten wie: »Warum ich?!«, oder gar: »Warum nicht ein anderer?«, möglicherweise gefolgt von Anschuldigungen wie: »Warum nicht mein Nachbar, den ich so hasse, und der immer seine Feinrippunterhosen zum Trocknen an meine Wäscheleine hängt?« Fragen solcher Art hätten meiner Meinung nach an meinen alten Kumpel Schicksal weitergeleitet werden sollen, oder möglicherweise auch an Karma. Das Problem mit Karma war, dass es immer nur dann auftauchte, wenn man es am wenigsten erwartete – und ganz garantiert nicht dann, wenn man es ausnahmsweise einmal hätte brauchen können. Da machte es auch für mich keine Ausnahme.

»Warum?«, seufzten mir die Menschen wehmütig entgegen, und dann erwarteten sie tatsächlich auch noch eine Antwort. Ich bin genauso wenig für die Beantwortung philosophischer Fragen zuständig wie ein Klempner. Es gibt nur einen einzigen Grund, warum Toiletten verstopfen. Es gibt nur einen Grund, warum durchgerostete Rohre brechen, Regenrinnen sich lockern und Wasserboiler im Winter vereisen. Es gibt nur einen Grund, weshalb ihr sterben müsst.

Dinge existieren, und Dinge enden.

Ich hielt mich mit Erklärungen inzwischen gar nicht mehr auf. Tatsache war, dass es eines Tages jeden einzelnen der zig Milliarden Menschen treffen würde, die die Erde belagerten wie Großmütter einen Laden für reduzierte Backförmchen und garantiert juckende Unterwäsche. Ob Freund oder Feind, ob Enkel oder Ekel, alle mussten sie irgendwann dran glauben. Na und? So war das eben. Leben wollte jeder, nur nicht sterben. Aber so funktionierte das einfach nicht – man bekam uns nur im Doppelpack.

Und da begann auch schon das nächste Thema.

Die Sache mit dem Umhang.

Oh ja, ihr wisst ganz genau, was ich meine. …

Sarah Adler

Rabenaas – Wie man die Schatten fängt

ISBN: 978-3-95991-194-8, kartoniert, EUR 14,90

Wo der Himmel schwarz ist, finden wir ihn.
Eine Banshee. Eine Hexe. Ein Seuchenbringer. Ein Wer-Stier. Eine Vampirin.
Ein Cowboy. Eine Anti-Sphinx. Ein Teenager. Und ein Rabe.
Dreitausend Jahre in der Zukunft sucht man nach Antworten in der Dunkelheit. Denn irgendwo in der Unendlichkeit des Universums lauert der meistgesuchte Dieb, Meuchelmörder und Betrüger seiner Generation – und das seit über siebenhundertsiebenunddreißig Jahren. Zeit, das zu ändern, findet der Cowboy, und trommelt die aberwitzigste Truppe Kopfgeldjäger zusammen, die man sich vorstellen kann. Es warten Ruhm und Geld. Es wartet eine Reise voller fremder Sterne, Intrigen, Weltraumpiraten, atemberaubender Kämpfe und Drachen mit Sonnenbrillen.
Und es wartet eine Jagd auf Leben und Tod.
Denn Corax ist gefährlich. Corax kennt keine Gnade. Und Corax wird nicht davor zurückschrecken, erneut zum Mörder zu werden. Oder?

Liane Mars

Bin hexen – Wünscht mir Glück

ISBN: 978-3-95991-814-5, kartoniert, EUR 12,90

Hexe Prim hasst die Magie. Bei keinem einzigen Zauberspruch kann sie sicher sein, was am Ende daraus entsteht. Kein Wunder, dass Prim nur äußerst ungern hext. Doch das ist nun einmal Pflicht, sonst spielt die Magie vollkommen verrückt. Als wäre das nicht schon schlimm genug, wird die Zauberwelt auch noch vom Hexenjäger Liam enttarnt. Der ist nicht nur sexy und gefährlich, sondern auf magische Weise mit Prim verbunden. Was das angeht, ist die Zauberwelt unerbittlich. Prim muss das Herz des Jägers erobern, um die Magie zu beruhigen. Doch wie soll sie das machen, ohne von ihm verhaftet zu werden?